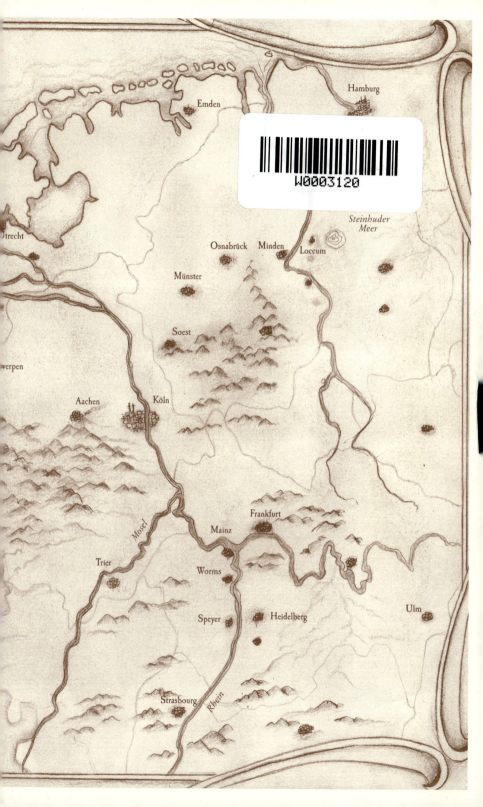

CHRISTOPH ANDREAS MARX

Das Vermächtnis des Templers

*Für meine Mutter,
die historische Romane liebt*

Gottfried Graf von Waldeck, Bischof zu Minden
an Johannes von Nienburg, Abt zu Lucca

Minden, im Jahre der Menschwerdung des Herrn 1323, am Tag des heiligen Ephraim

Mein lieber Freund!

Bald ein Jahr ist vergangen, seit Ihr mir, wie schon so oft, Eure Gastfreundschaft geschenkt habt. Unsere letzte Begegnung steht mir deutlich vor Augen. Es war ein sonnendurchfluteter freundlicher Tag, so wie heute, da ich Euch diese Zeilen schreibe.
Bruder Gorgonius berichtete mir vor einigen Tagen, dass Ihr im Winter schwer erkrankt wart. Nun hoffe ich, dass Euch der Segen unseres Herrn nicht verlassen hat und Ihr Euch wieder bester Gesundheit erfreuen könnt und noch immer voll Liebe und Güte seid, wie ich es an Euch schätzen und lieben gelernt habe.
In den letzten Wochen hatte ich viel Ungemach mit einem Ansinnen des Ordens der Johanniter, denen ich letztlich doch nachgeben musste, wie Ihr sicher inzwischen vernommen habt. Die Zukunft wird zeigen, ob sich all dies in einen Segen verwandelt.
Heute nun wende ich mich an Euch mit der Bitte um Eure Einschätzung in einer Sache, die weit in die Vergangenheit reicht. Ich hörte jüngst von einer Begebenheit, die zu ungewöhnlich ist, als dass ich sie für wahr halten könnte. Sie soll sich im Sommer des Jahres 1307 zugetragen haben. Doch hört selbst:
Zu Köln seien drei Angehörige der Ritterschaft Christi vom Salomonischen Tempel zu Jerusalem in üblen Verruf geraten

und der Häresie überführt worden. Es wird berichtet, dass sie auf dem großen Marktplatz verbrannt werden sollten. Aber offensichtlich ist es nicht dazu gekommen. Als der Henker die drei Männer zum Scheiterhaufen führte, hätte es plötzlich auf wundersame Weise Pfeile vom Himmel geregnet. Eines der Geschosse habe den Henker am rechten Arm getroffen, so dass er nicht mehr in der Lage gewesen sei, sein Amt auszuführen. Ein weiterer Pfeil soll dem Diener des Heiligen Stuhls, der das Verfahren gegen die Templer geleitet hatte, so in den Rumpf gefahren sein, dass er für viele Wochen dem Tode nahe gewesen sei. Ein Geschoss habe seine Eminenz, den Erzbischof getroffen, jedoch nur mit geringem Schaden. Lediglich die Kopfbedeckung sei ihm durchbohrt worden. Die Menschen auf dem Marktplatz seien mit viel Geschrei auseinandergelaufen, und die drei Templer hätten fliehen können. Doch damit nicht genug. Einige Zeugen wollen sogar gesehen haben, dass ein Mann in einer Kutte zuvor die Mauer eines nahegelegenen Kirchturms erklommen habe, was, wie wir wissen, ganz und gar unmöglich ist. Diese Geschichte erzählt man in Köln bis auf den heutigen Tag. Und niemand zweifelt an ihrer Wahrheit.

Mein lieber Freund, all dies würde ich Euch nicht berichten, wüsste ich nicht, dass Ihr selbst im besagten Sommer einige Tage in Köln verbracht habt. Vielleicht seid Ihr Zeuge des Geschehens gewesen oder habt schon damals davon gehört. Immerhin ist die Geschichte so wundersam, dass ich Euch bitten möchte, mir Eure Einschätzung nicht vorzuenthalten.

Möge der Segen unseres Herrn Euch allzeit begleiten.

Es grüßt Euch herzlich Euer Freund

Gottfried, Bischof zu Minden

Johannes von Nienburg, Abt zu Lucca,
an Gottfried Graf von Waldeck, Bischof zu Minden

Lucca, im Jahre der Menschwerdung des Herrn 1323, am Tag der heiligen Adelheid

Mein lieber Freund!

In diesen Stunden sind meine Gedanken bei Euch. Seid Ihr doch fast zwei Jahrzehnte meinem Lebensweg aufs engste verbunden gewesen. Die Erinnerung geht zurück bis in das Jahr 1307. Ihr wisst, welch grundlegende Veränderung mein Leben damals erfahren hat. Es war zugleich das Jahr Eurer Wahl in ein Amt, das Ihr nun schon lange innehabt und, so Gott will, noch lange bekleiden werdet.

Euer Brief hat mich vor einem halben Jahr erreicht. Verzeiht, dass ich Euch erst jetzt Antwort gebe. Seid versichert, dass es nicht böser Wille war, der mich bislang daran hinderte.

Bezüglich der Gründung einer Johanniterkomturei zu Wietersheim habt Ihr sicherlich klug gehandelt. Man kann es nur als ein Beispiel Eures Wohlwollens und Eurer Güte werten. Aber die Johanniter werden sich in diesen undankbaren Ländereien nicht lange halten. Aus gleichem Grund schloss vor zwanzig Jahren das Dominikanerinnenkloster in Lahde. Dessen Güter fielen an den Abt von Lucca. Aber ich sage das nicht, um Euch an alte Fehden zu erinnern, die uns beide ohnehin nicht trennen, auch wenn ich heute, womit damals niemand hätte rechnen können, Abt eben dieses Konvents bin.

Das Wetter in Lucca ist schwer erträglich: regnerisch, stürmisch und kalt. Drei Brüder sind bereits erkrankt. Mich selbst plagt erneut die Lungenschwäche. Das hohe Fieber ist zurückgegangen, doch ich leide noch immer an Husten, Atemnot und *unregelmäßig auftretenden Kopfschmerzen. Diese Anzeichen sind mir nur allzu gut bekannt.*

Es wird Euch sicherlich wundern, dass Ihr zusammen mit diesem Schreiben ein Buch erhaltet. Und es wird Euch noch mehr überraschen, wenn Ihr es öffnet und zu lesen beginnt.

Es ist die Geschichte meines Lebens. Seit April habe ich daran geschrieben, wohl wissend, dass der Herr mich bald zu sich nehmen wird. Als Ihr mir in den Tagen des Monats Juno Euren Brief habt zukommen lassen, in dem Ihr um eine Einschätzung der wundersamen Vorgänge zu Köln batet, konntet Ihr nicht ahnen, dass sich meine Gedanken ohnehin längst in dieser Zeit bewegten.

Es war mein Wunsch, dieses Leben noch einmal zu durchlaufen, um mir selbst Rechenschaft abzulegen. Werde ich die Gnade unseres Herrn finden? Wie armselig sind wir Menschen. Wie kurz ist unsere Zeit, und wie leicht sind die Wege der Versuchung.

Während ich diese Zeilen schreibe, warte ich auf die Glocke der Mitternacht, bereit für die Vigil.

An diesem Tag werde ich keine weiteren Verpflichtungen haben, so dass ich in der Zeit zwischen den Stundengebeten ein letztes Mal meine Geschichte lesen kann, bevor ich sie an Euch sende, mein hochgeschätzter Freund ...

Vigil

Mit Beginn des Läutens zur Vigil legt Abt Johannes die Feder beiseite. Er erhebt sich, geht die knarrende Treppe hinab, öffnet die Tür des Abtshauses und begibt sich ins Freie. Er hat noch etwas Zeit bis zum Stundengebet. Der Himmel ist heute sternenklar. Kurz nach Mitternacht ist die Kälte besonders intensiv, aber Johannes bleibt vor dem Eingang des gegenüberliegenden Gebäudes stehen, schaut hinauf zu den Gestirnen, erblickt am Südhimmel den Orion, dann den Mars, verliert sich im Anblick der unbegreiflichen Unendlichkeit, des großen Mysteriums, und lässt die Gedanken aufkommen, wie es ihnen gefällt.

Vigil, das ist die Nachtwache, das erste Stundengebet des neuen Tages. Es ist die Zeit des Nachthimmels und der Dunkelheit. Die Nacht ist ein unergründliches göttliches Rätsel, in das wir alle eingebunden sind.

Die Dunkelheit hüllt uns ein. Dämonen lauern uns auf. Dürfen wir hoffen? Bleibt mehr von uns als das Nichts? Wird der neue Tag geheiligt sein?

Der Nachtwind ist der Klang der Vigil. Gemeinsam mit der Dezemberkälte treibt er den Schlaf aus den Gliedern. Er fordert auf, neu anzufangen. Die Vigil ist das Symbol des Erwachens. Aus der Welt des Schlafes, des Traums führt sie in eine neue Wirklichkeit. Es gibt noch einen Neuanfang, einen neuen Tag, ein neues Leben zu beginnen.

Und zugleich ist die Vigil Zeitlosigkeit. Weil so viel Verwirrung und Ruhelosigkeit in uns ist, mahnt sie uns zum Zuhören. Der Nachtwind ist Musik, der Klang der Welt. Die Vigil macht alles neu. Die Mönche werden heute hören, was kein Mensch zuvor gehört hat. «Siehe, ich mache alles neu.» So sagt Johannes in der Offenbarung.

Johannes hört in sich den eigenen Namen. Das lässt ihn aufmerken. Sein Blick wendet sich ab vom unendlichen Universum. Er betritt das Gebäude, das ganz den Laienmönchen bestimmt ist, durchquert es mit stillen Schritten und gelangt in den Innenhof. Vom Lesegang kommend betritt er die Südpforte der Klosterkirche und findet im Chor die Mönche zum Stundengebet bereit. Dann erfüllt der Gesang die Stille der Kirche. Das Invitatorium erklingt: Ein großer Gott ist unser Herr, ein großer König über alle Götter. In seiner Hand sind die Tiefen der Erde, sein auch die Gipfel der Berge. Sein ist das Meer – er hat es gemacht, sein auch das Festland – seine Hand hat es gebildet. Ziehet ein! Denn er ist unser Gott, und wir sind das Volk seiner Weide und die Schafe in seiner Hand.

Psalmgesang und Lesung folgen aufeinander. Johannes kann nicht sagen, wie oft er die Vigil gefeiert hat, Tag für Tag. Jahr um Jahr. Wie viel Vertrauen in diesem Stundengebet ist! Kann man einem Neuanfang so sehr vertrauen? Gehört zum Neuanfang nicht immer auch der Schmerz? Die Angst? Der Zweifel? Aber was bleibt uns, wenn nicht das Hoffen?

Johannes wartet, bis die Mönche das Benedicamus beendet haben, erhebt sich und erteilt ihnen den Segen.

Einige Augenblicke später ist der Chor verlassen. Johannes sitzt allein im nun wieder vollkommen stillen Kirchenraum. Seine Gedanken gehen zurück in das Jahr 1302. Auch damals war es ein Erwachen, ein Neuanfang, ein Sprung in eine andere Wirklichkeit gewesen. Aber man hatte ihm keine Wahl gelassen ...

STAT CRUX, DUM VOLVITUR ORBIS

Das Kreuz besteht, solange die Welt sich wandelt.
Inschrift an der Decke des Kapitelsaals im Kloster Loccum

1. Kapitel

AN EINEM TAG IM MAI des Jahres 1302 war ein Junge unterwegs von der Komturei in Lahde zum elterlichen Hof. Einmal in der Woche belieferten seine Eltern das Dominikanerinnenkloster mit Getreide, und es war nicht ungewöhnlich, dass der Junge allein den einachsigen Wagen hinter sich her zog und den Weg nach Lahde auf sich nahm. Auch heute war der Wagen auf dem Hinweg mehrmals im Schlamm stecken geblieben, denn es hatte in der Nacht geregnet. Die Rückkehr fiel dem Jungen leichter, doch bei einer Entfernung von zehn Meilen würde er noch immer drei Stunden unterwegs sein, denn der Weg war schlecht und eigentlich nur mit dem Pferd nutzbar.

In den Nachmittagsstunden schien die Sonne mit großer Kraft. Als der Junge hinter sich von fern Geräusche hörte, hielt er inne. Er hätte nicht sagen können, welches Tier sich dort näherte, obwohl er gewöhnlich Geräusche jeglicher Art schnell und sicher zu deuten wusste. Eben diese Ungewissheit irritierte ihn. Er legte das Joch des Wagens ab und blickte zurück, denn er meinte das ungewöhnliche Geräusch von dort wahrgenommen zu haben. Aber es war nichts zu vernehmen. Der Junge wollte das Joch wieder aufnehmen, als er das Geräusch erneut wahrnahm. Diesmal legte er sein rechtes Ohr an den Erdboden. Und tatsächlich, nach einer kurzen Zeit meinte er rhythmisches Stampfen zu hören.

In diesem Moment brachen zwei Reiter aus dem dichten Wald hervor. Der Junge war so überrascht, dass er sich unwillkürlich aufrichtete, dann jedoch bewegungslos stehen blieb. Was er sah, verschlug ihm die Sprache. Die beiden Reiter waren schneeweiß gekleidet. Sie verlangsamten ihr Tempo und kamen auf ihn zu. Nun erst bemerkte der Junge das große rote Kreuz auf den Umhängen der Männer und das Schwert, das sie an ihren schwarzen Gürteln befestigt hatten. Für einen Moment war sich der Junge nicht ganz sicher, ob er träumte oder wachte. Aber dann brachten die Männer unmittelbar vor ihm die Pferde zum Stehen und blickten zu ihm herab. Es wäre üblich gewesen, vor Herren wie diesen auf die Knie zu fallen, aber der Junge war außer Stande, sich zu bewegen.

«Was tust du hier, Junge?», hörte er einen der Männer fragen.

Der Blick des Jungen fiel unwillkürlich auf dessen Pferd. Es war fast weiß, wie die Umhänge der beiden Reiter. Noch nie zuvor hatte er solch ein Pferd gesehen. Und er kannte sich aus, verstand sofort, dass es sich bei den Pferden dieser Herren um ganz besonders edle Tiere handelte. Das Pferd des zweiten, jüngeren Reiters war von erlesener rotbrauner Färbung mit durchgehender Blesse und bewegte sich ähnlich anmutig wie das seines Begleiters.

Noch immer wagte der Junge nicht, den Männern ins Gesicht zu blicken.

«Was tust du, Junge?», fragte der zweite Reiter.

Es kam keine Antwort, denn der Angesprochene war zu überrascht und brachte keinen Ton heraus.

«Na los, Junge. Sprich!», wurde er erneut aufgefordert.

Der Junge blickte zu Boden.

«Ich bin auf dem Weg nach Hause.»
«Wo ist das?»
Er zeigte in nordöstliche Richtung.
«Führt der Weg nach Loccum?»
«Ja.»
«Kannst du uns führen?»
Nun schaute der Junge auf seinen Wagen.
«Meine Eltern erwarten mich.»
«Dann reiten wir zunächst dorthin. Aber wir benötigen einen Führer. Wenn du uns hilfst, soll es dein Schaden nicht sein. Es eilt. Den Wagen wirst du hierlassen.»
Der Junge blieb unschlüssig, wagte aber nicht zu widersprechen.
«Mach dir keine Sorgen. Steig auf!»
Der ältere Reiter reichte ihm die Hand entgegen. Zögernd blickte der Junge zum ersten Mal in das Gesicht des Fremden. Er war ebenso überrascht von dessen dunkler Hautfarbe wie von den ungewöhnlich klaren, sehr lebendigen, graublauen Augen, die größte Überzeugungskraft und festen Willen ausstrahlten. Er griff nach der ausgestreckten Hand.

Einen Augenblick später saß der Junge vor dem Mann auf dem Rücken des Pferdes.

Während des Ritts zum Hof sprachen sie nur wenige Worte. Wald und Moor wechselten in schneller Folge. Für den Jungen war es zunächst ein beängstigendes Erlebnis, mit solcher Schnelligkeit an den Bäumen entlangzuhuschen. Aber der Reiter verstand sich vorzüglich darauf, selbst überraschenden Hindernissen mühelos auszuweichen, und nach einiger Zeit fand der Junge großen Gefallen daran.

Als sie den Hof erreichten, war der Bauer gerade damit beschäftigt, die Sense zu schärfen. Nun blickte er überrascht auf, wollte zur Seite springen, als die Pferde auf ihn zuhielten, merkte aber dann, dass die Reiter sie zu zügeln verstanden. So kniete er vor den eigentümlich gekleideten Fremden nieder.

«Steh auf!», rief ihm der ältere Reiter zu.

Der Bauer erhob sich zögernd. Als er seinen Sohn erblickte, wurde er ängstlich. Der Reiter bemerkte es.

«Du musst dich nicht fürchten, Bauer», sagte er. «Wir haben deinen Sohn mitgenommen. Er soll uns den Weg nach Loccum zeigen.»

Der Bauer schaute noch immer besorgt auf seinen Sohn.

«Dort werden wir veranlassen, dass du deinen Sohn und auch deinen Wagen heil zurückbekommst. Wir brauchen einen Führer, der sich in dieser abgelegenen Gegend auskennt.»

Die Worte des Fremden hatten den Bauern erneut überrascht. Er war es nicht gewohnt, dass hohe Herren ihre Handlungen erläuterten. Und erst recht war es bei ihnen nicht üblich, für Schaden oder Ausfälle aufzukommen. So fasste er seinen ganzen Mut zusammen.

«Hohe Herren. Ihr seid weit gereist. Benötigt Ihr Essen und Trinken? Eine Rast für Euch und die Pferde?»

«Danke. Du bist ein guter Mann. Aber unser Auftrag zwingt uns weiterzureiten.»

Die Bäuerin kam aus dem Haus. Sie hatte ungewöhnliche Geräusche gehört und war herbeigeeilt. Nun erblickte sie die Fremden, dann ihren Sohn zu Pferd, und sie kniete ebenfalls vor den beiden Reitern nieder. Die erhoben die Hand zum Gruß und machten kehrt. Der Junge winkte seinen Eltern zu. Ängstlich blickte er sie an. Doch es blieb keine Zeit. Die beiden Reiter trieben ihre Pferde an und ritten eilig vom Hof.

Der Weg nach Loccum durch Moorgebiet und dichten Wald erwies sich auch für den Jungen, der ihn schon einige Male gegangen war, als verwirrend. Mehrmals machten die Reiter Halt und ließen ihn absteigen, damit er die Möglichkeit hatte, sich neu zu orientieren.

«Wir sind so schnell», entschuldigte er sich. «Da ist der Weg ganz anders als sonst.»

«Bleib ganz ruhig», meinte der jüngere Reiter. «Versuch dich zu erinnern.»

Schließlich erreichten sie eine Quelle, die der Junge wiedererkannte. Die Reiter machten Halt und ließen die Pferde trinken.

«Ist es noch weit?», fragte der Ältere.

«Nein», antwortete der Junge. «Dies hier ist die Silberquelle. Von hier werden wir das Kloster schnell erreichen.»

«Warum wird die Quelle so genannt?», wollte der jüngere Reiter wissen.

«Sie trägt wohl schon sehr lange diesen Namen. Die Menschen hier sagen, dass es ein heiliger Ort sei, an dem Odin erscheine. Wenn Ihr den Hügel dort hinaufgeht, werdet Ihr einen großen Steinkreis entdecken.»

«Glauben die Menschen dieser Gegend immer noch an Odin?»

«Ich habe gehört, dass sich hier manchmal Magier versammeln, um alte Rituale zu feiern», meinte der Junge. «Aber Genaues weiß ich nicht.»

Als die Pferde genug getrunken hatten, verließen sie den Ort und ritten weiter durch den Wald.

Bei Einbruch der Dunkelheit sahen sie von fern die Umrisse der Klosteranlage. Eine Mauer umgab den gesamten Komplex. Eindrucksvoll ragte die Klosterkirche zum Himmel. Der Junge konnte ihren schmalen Glockenturm erkennen, die mächtige, nahezu schmucklose Westfassade, die Vielzahl der angrenzenden Gebäude, die gemeinsam mit der Kirche eine nahezu quadratische Fläche bildeten, und die freistehenden Steinhäuser und Schuppen, die sich ebenfalls noch innerhalb der Mauern befanden.

Sie erreichten das Haupttor. Der ältere Reiter stieg vom Pferd und schlug mit der Faust kräftig gegen das Holz der Pforte. Kurze Zeit später öffnete sich eine kleine Luke. Ein Mann schaute hindurch, blickte die Ankömmlinge erstaunt an. Dann öffnete sich das große Tor. Ein Mönch in brauner Kutte trat heraus und blieb in der Pforte stehen.

«Dank sei Gott», begrüßte er die Ankommenden. Dann kniete er vor den Reitern nieder.

«Hohe Herren. Verzeiht. Ich muss Euch zunächst beim Abt anmelden», sagte er.

«Wir werden warten», bekam er zur Antwort.

Obwohl die Reiter ihre Namen nicht genannt hatten, erhob sich der Mönch und ging davon, ohne weitere Fragen zu stellen, nicht jedoch ohne zuvor die Pforte zu schließen.

Die drei Reisenden warteten. Der Junge blickte zu Boden.

«Warst du schon einmal im Kloster?», fragte der jüngere Reiter.

«Ich habe einige Male Getreide gebracht. Aber die Mönche ließen mich nicht hinein.»

«Heute darfst du die wunderbare Klosteranlage aus der Nähe betrachten.»

«Diese Häuser sind beeindruckend», sagte der Junge. «Aber auch seltsam.»

«Wie meinst du das?»

«Was machen all die Menschen hier? Und warum ein so großes Gebäude?»

«Hat man dir das nie gesagt?»

«Man sagt, sie dienen Gott.»

«Das ist richtig.»

«Und die Klosterkirche ist das Haus Gottes.»

«So ist es.»

Der Junge überlegte einen Moment. Er war sich unsicher, ob er den beiden Fremden seine Gedanken anvertrauen sollte.

«Aber das ist seltsam.»

«Seltsam? Was ist daran ungewöhnlich?»
«Wozu braucht Gott ein Haus?»
Die beiden Reiter sahen sich an.
«In der Klosterkirche beten die Mönche zu Gott», sagte der Ältere. «Sie loben ihn und suchen seine Nähe.»
Wieder schwieg der Junge kurz.
«Ist das denn nötig? Gott ist doch überall.»
«Wie meinst du das?»
«Man findet ihn in jeder Pflanze, in jedem Lufthauch. Was braucht er ein Haus?»
Erneut sahen sich die beiden Reiter an, doch in diesem Moment öffnete sich die Pforte. Ein Mönch in hellgrauer Kutte trat heraus und begrüßte die Männer ebenfalls mit einem Kniefall.
«Hohe Herren. Der Abt heißt Euch willkommen und bittet Euch zu sich. Er bittet Euch zudem, an diesem heiligen Orte die Waffen abzulegen oder sie stumpf zu machen.»
Die beiden Reiter schnallten die Schwerter ab und übergaben sie dem Mönch. Der blickte auf den Jungen, wagte aber nicht, Fragen zu stellen.
Sie durchschritten das Tor. Zwei Mönche kamen herbei und übernahmen die Pferde. Auf dem Weg sah der Junge zur Linken die hoch aufragende Westfassade der Klosterkirche. Wohngebäude schlossen sich unmittelbar an. Rechts des Weges befand sich ein einzelnes Steinhaus. Von dort kam ihnen ein Mönch in weißer Kutte entgegen. Er umarmte die beiden Reiter und küsste sie auf die Wange.
«Seid willkommen in Christo, werte Brüder. Schon lange ist kein Vertreter des Tempels an dieses Ende der Welt gekommen.»
«Seid gegrüßt, ehrwürdiger Lefhard. Wir sind dankbar, Eurer großzügigen Gastfreundschaft teilhaftig zu werden. Der Prior des Tempels entsendet dir seine herzlichen Grüße.»
Der Blick des Abtes fiel auf den Jungen.

«Wer begleitet Euch?», fragte er.
«Dieser Junge ist aus der Gegend um Lahde. Wir haben ihn mitgenommen, weil er uns den Weg zeigen konnte. Er muss gut untergebracht werden. Und morgen soll er Begleitung für den Rückweg erhalten.»
Der Abt nickte.
«So soll es sein.»
Er wandte sich an den Mönch, der den Reitern an der Pforte Einlass gewährt hatte.
«Sorge dafür, dass es ihm an nichts fehlt, und weise ihm einen Schlafplatz zu.»
Der Mönch nickte. Er nahm den Jungen bei der Hand. Der wandte sich noch einmal um und bemerkte, dass der Abt und die Reiter ihm nachblickten und dabei Worte wechselten. Dann betraten die drei das Abtshaus.

Der Mönch führte den Jungen zum gegenüberliegenden Gebäude, das unmittelbar an die Westfassade der Kirche angrenzte und sich von dort wohl um die fünfzig Meter in südliche Richtung ausdehnte. Durch eine kleine Tür gelangten sie in ein Treppenhaus, das von mehreren Kerzen so erleuchtet wurde, dass man sich, aus dem Dunkeln kommend, orientieren konnte. Der Mönch führte den Jungen in den ersten Stock. Dort befand sich ein großer Schlafsaal. Etwa vierzig Betten waren links und rechts der Außenwand in gleichmäßigen Abständen aneinandergereiht, einfache Holzgestelle, jeweils mit einem Strohsack ausgestattet. Auf den meisten Betten hatten sich bereits Mönche schlafen gelegt.
«Dies ist das Dormitorium», sagte der Begleiter des Jungen. «Warte einen Moment.»
Er ging davon und kehrte kurze Zeit später mit einer Karaffe, einem Tonbecher und einer Decke zurück.
«Nimm dieses Wasser. Essen gibt es erst morgen wieder.»

Er zeigte auf eines der Betten. «Hier kannst du schlafen und dich mit der Decke warm halten. Ich werde dich morgen früh abholen.»

Der Junge nickte.

Als der Mönch gegangen war, sah er sich um. Eine kleine Kerze beleuchtete den Schlafraum, gerade so, dass man sich zurechtfinden konnte.

Die schlafenden Mönche um ihn herum waren noch immer mit der braunen Kutte bekleidet, die sie auch tagsüber trugen. Nirgendwo konnte er erkennen, dass jemand für die Nacht zusätzlich eine Decke benutzte. Es war still im Raum. Ab und zu hörte man, wie sich ein Mönch von der einen auf die andere Seite drehte. Vereinzelte Laute drangen von draußen herein, die Geräusche der Nacht, die dem Jungen wohlbekannt waren.

Er konnte nicht einschlafen. Der Tag beherrschte noch immer seine Gedanken. Seltsame Reiter waren das. Schon ihr Aussehen hatte den Jungen beeindruckt. Aber es war auch ihre Art zu sprechen und zu handeln. Mit keinem Wort und keiner Tat ähnelten sie jenen hohen Herren, die er bislang kennengelernt hatte. Einzig ein fester Wille schien sie zu leiten. Und wenn sie die Mithilfe anderer erwarteten, taten sie dies nicht aus Willkür, sondern weil sie mit großer Ernsthaftigkeit ein Ziel verfolgten, das ihnen wichtig war. Aus einer anderen Welt schienen sie gekommen zu sein. Die seltsamen weißen Gewänder, das große rote Kreuz darauf, die kunstvoll gearbeiteten Waffen und diese außergewöhnlichen Pferde – all das war dem Jungen noch nicht begegnet. Woher kamen diese Männer? Und was wollten sie in Loccum? Der Abt schien sie zu kennen. Aber was taten sie hier?

Sein Gefühl sagte dem Jungen, dass diese Männer ihr Wort halten würden. Aber dennoch. Sie hatten ihn ohne große Fragen mitgenommen. Hatten auch den Vater nicht nach seiner Einwilligung gefragt. Nun erinnerte sich der Junge, dass die beiden Reiter und der Abt wohl kurz über ihn gesprochen hatten, als der Mönch ihn fortführte. Es war nicht üblich, dass sich hohe Herren über einen einfachen Bauernjungen unterhielten. Was würde morgen geschehen? Dem Jungen blieb nur zu hoffen, dass die Reiter Wort hielten.

Von draußen erklang der Ton einer Glocke. Die Mönche im Raum ließen sich dadurch in ihrem Schlaf nicht stören. Aber draußen hörte der Junge Geräusche.

Er trat ans Fenster und sah zum ersten Mal den Innenhof des Klosters. Auf der gegenüberliegenden Seite durchquerten zwei Mönche in hellgrauen Kutten einen der Säulengänge und verschwanden im angrenzenden Gebäude. Im ersten Stock war ein großer Raum erleuchtet, in dem sich viele Mönche versammelt hatten. Dann erblickte der Junge im Kreuzgang den Abt und die beiden Reiter. Durch eine Tür verschwanden sie in der Klosterkirche. Als sein Blick wieder auf das gegenüberliegende Gebäude fiel, war der Raum im Obergeschoss noch immer erleuchtet, aber niemand mehr zu sehen. Zugleich hörte der Junge, wie in der Kirche Gesang einsetzte. Zunächst war es eine einzelne Stimme, die eine Melodie vortrug, dann waren es viele Stimmen, die im Wechsel einsetzten und einander zu antworten schienen.

Der Junge ging zurück zu seinem Bett, legte sich auf den Strohsack und warf die Decke über. Noch lange hörte er den Mönchen zu. Obwohl er die Worte nicht verstand, verspürte er in ihrem Gesang eine große Friedfertigkeit und Harmonie, die seine Gedanken zur Ruhe kommen ließen.

Als er erwachte, schien die Sonne hell in den Schlafraum. Er blickte sich um und bemerkte, dass er allein war. Bis auf jenen Mönch, der ihn gestern Abend geleitet und ihn jetzt geweckt hatte.

«Du musst aufwachen.»

Der Junge sah ihn etwas ungläubig an. Erst allmählich kam

die Erinnerung zurück. Die Reiter hatten ihn mitgenommen. Er war fremd hier.
«Bringst du mich jetzt nach Hause?»
«Du sollst zum Abt kommen. Dein Vater ist da», antwortete der Mönch.
«Mein Vater?», Der Junge blickte ihn fragend an.
«Ja. Aber vorher gibt es etwas zu essen. Komm mit.»
Er rappelte sich auf und folgte dem Mönch. Sie gingen die Treppe hinab und rechts in einen Raum, in dem sich mehrere Tische befanden, vollgestellt mit Lebensmitteln, Töpfen und Küchengerät. Der Junge durfte dort Platz nehmen, erhielt einen Teller mit Haferbrei und einen Becher Wasser. Dann ließ ihn der Mönch allein.

Während des Essens versuchte sich der Junge auszumalen, mit welchem Anliegen sein Vater nach Loccum gekommen sein mochte, aber er konnte sich keinen Reim darauf machen.

Er war mit dem Essen noch nicht fertig, als jemand in den Raum trat. Der Junge blickte überrascht zur Tür.
«Vater!», rief er und sprang auf.
Die beiden umarmten sich.
«Johann!», rief der Vater und drückte seinen Jungen ganz fest.
«Was tust du hier?», fragte der Junge.
Der Vater setzte sich auf einen der Hocker, und der Junge tat es ihm gleich.
«Der Abt hat mich rufen lassen», antwortete er, «... und wollte mit mir sprechen.»
Er hielt einen Moment inne.
«Die beiden Reiter haben sehr gut von dir gesprochen. Sie lobten deine Klugheit und Freundlichkeit. Und sie halten dich für einen gottesfürchtigen Menschen. So schickte der Abt heute Morgen einen Reiter, um mich hierher zu holen.»
«Warum hat er das getan?»

«Er wollte mit mir sprechen. Über dich.»
«Über mich?»
«Ja. Die beiden Reiter halten dich für einen guten, klugen Jungen. Und deshalb hat der Abt mir ein Angebot gemacht.»
Der Junge blickte auf.
«Er möchte, dass du Mönch wirst.»
Der Junge sah seinen Vater ungläubig an.
«Ich? Mönch? Aber ich bin ein Junge vom Lande. Ich kann nur das, was man als Landmann können muss.»
«Das stimmt», sagte der Vater. «Aber du weißt auch, dass es Recht ist, wenn der älteste Sohn den Hof erhält. Das wird dein Bruder sein. Das Angebot des Abts ist ein Geschenk Gottes. Hier im Kloster wirst du nie Hunger leiden müssen. Du wirst Lesen und Schreiben lernen, fremde Sprachen. Du wirst vielleicht selbst einmal Abt werden können.»
Der Junge hatte seinem Vater bewegungslos zugehört. Nun starrte er auf den Tisch.
Es dauerte eine Weile, bis er die Sprache wiederfand.
«Aber wenn ich doch lieber das sein will, was ich immer war?»
Der Vater nahm seine Hand.
«Glaub mir. Es ist ein großes Geschenk. Andere Kinder, die im Kloster aufgenommen werden, müssen viel Geld mitbringen. In deinem Fall will der Abt eine Ausnahme machen, weil die hohen Herren es so wollen.»
Der Junge sah seinen Vater an.
«Und Mutter?»
«Sie weiß noch nichts. Aber ich bin sicher, sie wird es genau so sehen. Und der Abt hat zugestanden, dass wir dich besuchen können. Es wird fast so sein, als würden wir dich auf einen anderen Hof geben.»
Schweigend saßen die beiden beisammen. Dann umarmte der Vater den Sohn, drückte ihn fest an sich.

«Wenn du meinst...», sagte der Junge zaghaft.
«Es wird gut werden», sagte der Vater. «Glaube mir, es fällt mir nicht leicht. Du wirst uns allen fehlen...»
Der Vater wusste nichts anderes zu tun, als den Jungen noch einmal zu umarmen.
Wenig später verließen beide das Gebäude und gingen hinüber zu dem großen Steinhaus. Vor dem Eingang stand der Abt zusammen mit den Reitern. Er umarmte sie, und die beiden bestiegen ihre Pferde. Als sie den Jungen näherkommen sahen, wandte sich der ältere Reiter ihm zu. Da war nicht mehr jener durchdringende Blick, den der Junge gestern an ihm beobachtet hatte, vielmehr ein Ausdruck des Wohlwollens und der Freude.
«Ich weiß, dass von nun an Großes auf dich wartet, Junge. Sei dem Abt ein gottesfürchtiger Mönch. Und lerne viel. Wir werden wiederkommen.»
Er ließ sein Pferd kehrt machen, trieb es an und galoppierte zum Tor, gefolgt von seinem Begleiter. Kurz vor der Mauer mäßigten beide das Tempo, schauten zurück, winkten ein letztes Mal und verschwanden durch die große Pforte.
Der Junge blickte ihnen nach. Und zugleich blickte er ihnen nicht nach, blickte durch sie hindurch, dachte für einen Moment an das, was kommen würde, das Ungewisse, dachte an den Hof, der sein Zuhause war, an die Mutter, an die ihm so vertrauten Wälder, das satte Grün der Wiesen, an die Felder, die mit jeder Jahreszeit ihr Gesicht änderten, die Greifvögel, die über dem Moor ihre Kreise zogen.
Und niemand schien seine Tränen zu bemerken.
Dieser Junge war ich...

Laudes

Johannes legt das Buch zur Seite und schaut sich um. Hier im Calefactorium, dem einzigen beheizten Raum des Klosters, lässt sich im Winter auch zu später Stunde noch arbeiten. Aber nur einige Mönche tun dies. Gewöhnlich nutzen sie das Wenige, was sie von der Nacht haben, für den Schlaf. So kommt es, dass Johannes den warmen Raum ganz für sich hat und an einem der vier Lesetische sitzen kann. Auch er müsste schlafen, um die Anzeichen seiner Krankheit wenigstens zu mildern. Doch heute hat er die guten Ratschläge des Infirmarius ignoriert. Kurz vor Beginn der Laudes unterbricht er die Lektüre, auch weil die Kopfschmerzen wieder aufsteigen. Vorausschauend hat er den Prior gebeten, für ihn die Laudes zu zelebrieren. Dennoch möchte er selbst nicht fehlen.

Als die Glocke erklingt, die die Mönche zum Stundengebet ruft, vergegenwärtigt sich Johannes die Prozedur der Laudes. Nach dem Ingressus werden die Mönche fünf Psalmen als Antiphon intonieren. Ein kurzes Responsorium wird folgen. Im Mittelpunkt des feierlichen Amtes steht das Benedictus: Gepriesen sei der Herr, der Gott Israels, denn er hat sich seines Volkes angenommen, dass wir, erlöst aus der Hand unserer Feinde, ohne Furcht ihm dienen in Heiligkeit und Gerechtigkeit vor ihm alle unsere Tage, zu leuchten denen, die in Finsternis und Todesschatten sitzen, zu leiten unsere Füße auf den Weg des Friedens.

Johannes schaut aus dem Fenster in die unendliche Finsternis … Ein neuer Tag wird kommen. Das ist die Botschaft der Laudes. Sie führt aus der Finsternis hinaus. Der Sonnenaufgang naht. Ein neues Leben wird uns geschenkt. Ein Neuanfang, der all unsere Offenheit verdient, unsere kindliche Dankbarkeit. Es ist eine heitere Stunde, eine Zeit sich zu erheben, zu leuchten.

Gott sagt: Lass dich von mir nicht trennen. Das Leben ist uns in jedem Augenblick ein Geschenk. So erheben die Mönche zur Laudes den Gesang der Dankbarkeit und der Freude. Oft hat Johannes erlebt, dass die hohen Fenster des Chores zu Beginn der Feier noch ganz im Dunkeln lagen, dann aber das erste Licht zu dämmern begann, wenn das Kyrie und das Vaterunser intoniert und der Segen erteilt wurde. Göttliches Licht wird sichtbar. Ihr seid das Licht der Welt, sagt Jesus. Und er meint: Hört zu und sehet. Dies ist eine dunkle Welt. Wenn ihr leuchtet, erhellt ihr sie. Ihr könnt diese Welt erstrahlen lassen. Es ist die Zeit, sich aufzumachen, in die Welt hinauszugehen.

Johannes erwacht aus seinen Gedanken, erhebt sich und verlässt das Calefactorium. Er ist die Säulen des Innenhofs entlanggegangen und hat die Pforte zum Kirchenschiff erreicht, als sein Blick nach links in den Lesegang fällt. Über dem Platz des Abtes, seinem Platz, erblickt er den Adler, der einen kleinen Vogel in den Fängen hält. Oft hat Johannes über dieses Symbol nachgedacht, das so schicksalhaft für ihn gewesen ist: Der Adler trägt sein Junges zur Sonne empor und lässt es ins grelle Licht blicken. Nur jene Jungen, die den Anblick der Sonne ertragen, werden aufgezogen…

2. Kapitel

DIE ERSTEN TAGE WAREN die schwersten. Ohne Mutter. Ohne Vater. Ohne die bekannten Geräusche am frühen Morgen, wenn er auf dem Hof erwacht war. Immer wieder in unregelmäßigen Abständen ergriff den Jungen ein Gefühl der Trauer um das, was er verloren hatte. Dann wurde ihm das Herz so schwer, dass er niemandem Antwort gab, nicht sprechen wollte. Anfangs verzichtete er dann auch auf das Essen.

Eine Woche nach seiner Ankunft im Kloster hatte der Junge vor dem Abt ein Versprechen ablegen müssen. Die kurze Prozedur war im Kapitelsaal in Anwesenheit aller Herrenmönche in einer fremden Sprache vollzogen worden. Erst im Anschluss daran hatte man Johannes den Inhalt seines Versprechens in groben Zügen erklärt. Er sollte von nun an dem Abt und den von ihm beauftragten Mönchen Gehorsam leisten, Verschwiegenheit bewahren, regelmäßig die Gebete einhalten und alle ihm aufgetragenen Arbeiten als einen Dienst an Gott betrachten und sorgfältig erfüllen.

Von nun an gehörte Johannes dem Kloster. Er durfte die nun auch ihn umschließenden Mauern keinesfalls verlassen, es sei denn, man hatte einen besonderen Auftrag für ihn, aber das geschah zunächst nicht.

Alle anderen Versprechen erwiesen sich bald als leicht erfüllbar. Johannes musste nicht an den Stundengebeten der Herrenmönche teilnehmen. Denn er war kein Mönch. Und mit zwölf

Jahren durfte er auch noch nicht als Novize aufgenommen werden. So nannte man ihn einen Oblatus, einen Übergebenen, der im Kloster heranwachsen sollte, um später Mönch zu werden. Pflichten hatte der Junge wenige. Er half den Laienmönchen, den Konversen, bei allen anfallenden Arbeiten. Dabei erwies es sich als nützlich, dass er handwerklich geschickt war und auf dem Hof der Eltern vieles gelernt hatte, das man auch bei der Klosterarbeit gebrauchen konnte. Von der Zubereitung des Essens bis zu kleineren handwerklichen Tätigkeiten war dem Jungen nichts fremd. Und so kam es, dass er unter den Konversen schon bald sehr beliebt war. Ihnen war es aufgetragen, den Jungen zu beschäftigen. Viele Oblati erwiesen sich als ungeschickt, dumm oder faul. Doch der Neue verrichtete die ihm aufgetragenen Arbeiten ohne Murren. Dabei dachte er mit, war von schneller Auffassungsgabe und erwies sich als zuverlässiger Arbeiter, der ein fröhliches Gemüt besaß. So lernte der Junge bald viele Arbeitsbereiche kennen.

Johannes lebte von nun an im Westtrakt des Klosters. Dort arbeitete er, dort schlief er im Dormitorium, das sich im Obergeschoss befand, neben den Konversen. Dreimal am Tag wurde die Arbeit unterbrochen. Die Laienmönche versammelten sich und verschwanden durch einen Seitengang zum Gebet in der Klosterkirche. Der Junge blieb dann allein, schaute aus einem der Fenster des Dormitoriums in den Kreuzgang, den er bisher nur einmal betreten hatte, damals auf dem Weg zum Kapitelsaal, um sein Versprechen zu geben.

Doch auch ohne Kontakt zu den Herrenmönchen und ihrem Lebensbereich hatte Johannes den Lebensrhythmus des Klosters schnell verstanden. Der Blick aus dem Fenster in den Kreuzgang eröffnete eine besondere Welt. Im Gegensatz zu den Konversen sammelten sich die Herrenmönche mehrmals am Tag und in der Nacht zum Gebet in der Klosterkirche. Anfangs wurde Johannes nachts regelmäßig aus dem Schlaf gerissen, wenn die Glocke zum Gottesdienst rief. Dann hörte er vom gegenüberliegenden Mönchstrakt leise Geräusche, und kurze Zeit später erklangen Gesänge aus der Klosterkirche herüber. Auch tagsüber geschah dies mehrfach. Johannes erblickte die Mönche danach oft im Kreuzgang, wie sie in eine Fensternische gekauert und in eine Schrift vertieft waren. Aber oft sah er drüben auch niemanden. Von den Konversen erfuhr er, dass die Mönche tagsüber mehrfach für sich allein beteten oder in Schriften lasen und selbst schrieben.

Im Grunde existierten innerhalb der Klostermauern zwei Klöster. Die Konversen lebten ausschließlich im Westtrakt, und auch wenn sie die Klosterkirche betraten, durften sie sich nur im Westteil bewegen und wurden durch eine große Holzwand, den Lettner, vom Ostteil der Kirche und somit von den Herrenmönchen ferngehalten. Die bewohnten den Osttrakt, durften sich auch sonst in allen anderen Bereichen bewegen, hatten aber kaum Kontakt zu den Laien. Wenn sie ihre Gottesdienste im Ostteil der Kirche, also im Chor oder in der östlichen Vierung des Mittelschiffes, abhielten, waren sie dort völlig ungestört. Ihre Aufgabe war es, für die Welt zu beten. Die Aufgabe der Konversen war es zu arbeiten. Johannes hörte davon, dass viele Menschen sich darum bemühten, als Konverse dienen zu dürfen, sei es aus Angst vor den Höllenqualen im Jenseits und auf der Suche nach Gnade, sei es, um sich für den Rest des Lebens versorgt zu wissen. Denn auch sie verpflichteten sich zu lebenslangem Gehorsam.

Für die Konversen gab es feste Regeln und Gewohnheiten, die nur äußerst selten abgewandelt wurden. Sie sollten arbeiten, und deshalb war es ihnen auch strengstens untersagt, Bücher zu besitzen. Für den Gottesdienst brachte man ihnen das Glaubensbekenntnis, das Vaterunser, das Ave Maria und das Miserere bei. Äußerlich unterschieden sie sich durch die braune Kutte und einen Bart von den Herrenmönchen. Ihre Speise war einfach. Meist gab es Hirsebrei und braunes Brot aus Dinkel. Manchmal wurde die Mahlzeit durch Gemüse bereichert, je nachdem, wie es die Jahreszeit zuließ. An besonderen Tagen kam Fisch aus den nahe gelegenen Teichen hinzu.

Seine Arbeiten führten den Jungen auch hinaus auf das Klostergelände. Dort bewunderte er die majestätische Gestalt der Klosterkirche, ohne zu verstehen, wie es möglich war, etwas so Großes und Prächtiges bauen zu können. Bald erkannte er, dass in den Mauern des Klosterbezirks vieles vorhanden war, was man sonst nur in einer kleinen Stadt finden konnte. Da gab es große Vorratsräume, eine Mühle, eine Bäckerei und sogar eine Schmiede. Zugleich unterstanden dem Kloster viele Höfe der Umgebung, die regelmäßig Getreide anlieferten. Im Süden hatten die Mönche mehrere Teiche angelegt, in denen Karpfen gehalten wurden.

Wann immer er konnte, besuchte Johannes den Schmied des Klosters. Der Junge fand diesen Mann sehr interessant. Betrachtete man seine Hände und seine Arme, schien er schon sehr alt zu sein. Er besaß jedoch große Körperkraft. Sein bärtiges Gesicht strahlte Ruhe und Gelassenheit aus. Mit lebendigen Augen verfolgte er aufmerksam jeden Handgriff, den er tat. Und ebenso entging es ihm auch nicht, dass Johannes all dies hellwach beobachtete. Deshalb ließ er den Jungen einfachere Arbeiten ausführen, die in der Schmiede anfielen. Johannes durfte Hufeisen reinigen und abschleifen und dafür sorgen, dass das Feuer nicht ausging, bald sogar die Eisen im Feuer vorwärmen und auf dem Amboss in Form schlagen.

Der Winter war fast vorüber, als Johannes morgens nach dem Essen von einem der Herrenmönche angesprochen wurde. Der teilte dem Jungen mit, dass er heute von der Arbeit befreit sei. Gemeinsam betraten sie den Kreuzgang und erreichten zunächst das Brunnenhaus, in dem Johannes durch die aufstrebenden Spitzbögen hindurch ein muschelförmiges Becken erblickte, in das aus der Wand Wasser sprudelte. Sie gingen vorbei am Refectorium, dem Speisesaal der Herrenmönche, und gelangten zu einem Raum, den Johannes bislang nicht wahrgenommen hatte. Der Mönch ließ ihn dort allein, ohne ihm Genaueres mitzuteilen. Er sah sich um und bemerkte vier Tische, die in gleichem Abstand zueinander standen und zum Fenster hin ausgerichtet waren. Auf diesen Tischen befanden sich große, in Leder gebundene Bücher. Eines davon war aufgeschlagen.

Johannes trat näher und erblickte auf den beiden geöffneten Seiten kunstvoll gestaltete schwarze Zeichen, aber auch die farbige Abbildung eines Mönchs, der mit einem schmalen Gegenstand in der Hand auf ein geöffnetes Buch zeigte.

In diesem Moment ging die Tür auf, und einer der Herrenmönche trat herein. Er bemerkte, dass der Junge gebannt auf das Buch schaute.

«Du bist Johannes?», fragte er.

Der Junge nickte.

Der Mönch trat ebenfalls an den Tisch und blickte auf die kunstvoll gestalteten Seiten des Buches.

«Mein Name ist Jordanus.»

Der Junge blickte auf und schaute ihn an, um sich gleich darauf erneut in die Buchseiten zu vertiefen.

«Weißt du, was das ist?», fragte der Mönch.

«Ich sehe ein Bild. Und Zeichen. Aber ich verstehe ihre Bedeutung nicht.»

«Es sind Schriftzeichen», sagte der Mönch. «Wer diese Zeichen kennt, kann verstehen, was in dem Buch steht.»

«Was steht denn in einem Buch?»

«Ganz unterschiedliche Dinge. Man kann aufschreiben, wie viel Getreide die Bauern dem Kloster abgegeben haben. Oder man schreibt die Geschichte eines Lebens.»

«Eines Lebens?»

«Ja. Dieses Buch zum Beispiel erzählt die Lebensgeschichte des heiligen Bernhard. Von seiner Geburt bis zu seinem Tod.

Bücher können dir etwas über Menschen erzählen, selbst wenn sie vor vielen hundert Jahren gelebt haben.»

«Und dieses Bild?», Johannes zeigte auf die linke Buchseite.

«Zeigt das den heiligen Bernhard?»

«Nun, was meinst du?»

«Ich kenne den heiligen Bernhard nicht. Auf dem Bild sehe ich einen Mann vor einem Buch, das auf einem Tisch liegt. Alles ist so wie hier, in diesem Raum.»

«Richtig. Dieser Mann schreibt Zeichen auf eine Buchseite.»

«Also ist es nicht Bernhard.»

«Wie kommst du darauf?»

«Er kann es nicht sein. Wenn dies seine Lebensgeschichte ist und er schon lange nicht mehr lebt, dann muss wohl ein anderer Mönch das Buch geschrieben haben.»

Jordanus blickte den Jungen verblüfft an.

«Das ist nicht immer eine Sache der Logik.»

«Was meint Ihr?», fragte der Junge.

«Ach, nichts.» Der Mönch bemerkte, dass der Blick des Jungen nicht von dem Buch abließ.

«Würde es dich interessieren, diese Zeichen kennenzulernen?»

Der Junge sah zu Jordanus auf und erblickte das Gesicht eines Mannes, der etwas blass und kränklich wirkte, dessen Haar längst ergraut war und der den Jungen mit gütigen, wohlwollenden Augen betrachtete. Und so zögerte Johannes nicht lange.

«Wenn ich die Zeichen lerne, kann ich dann die Geschichte Bernhards erfahren?»

«Das kannst du. Du kannst diese und auch andere Geschichten lesen. Und eigene Geschichten aufschreiben. Und du kannst die Geschichte unseres Herrn Jesus Christus lesen.»

Johannes überlegte nicht lange.

«Dann möchte ich das lernen.»

«Aber es dauert viele Jahre. Es ist schwer, all das zu lernen», sagte Jordanus.

Der Junge antwortete nicht, sondern blickte weiter gebannt auf die schwarzen Zeichen.

«Du wirst morgen beginnen. Und dann jeden Tag zwischen der Terz und der Sext hier sein. Nur am Sonntag werden wir uns nicht sehen.»

Johannes nickte.

An diesem Vormittag zeigte Jordanus dem Jungen verschiedene Bücher. Gemeinsam betrachteten sie die Abbildungen, die darin enthalten waren, und Johannes wollte etwas über den Inhalt eines jeden Buches erfahren.

Von nun an besuchte der Junge regelmäßig das Scriptorium. Bald sollte sich jedoch herausstellen, dass die Zeit zwischen Terz und Sext nicht ausreichte. Der Junge war voller Neugier, und Jordanus wusste als erfahrener Novizenmeister, dass man diesen Wissensdurst nutzen konnte.

An den folgenden Tagen zeigte er Johannes vielerlei Handschriften, die im Kloster angefertigt oder als Geschenk nach Loccum gekommen waren.

«All diese Bücher sind sorgfältig Buchstabe für Buchstabe geschrieben. Die wesentliche Aufgabe der Skriptoren, so nennt man die Schreiber, ist es, Bücher abzuschreiben und dabei keine Fehler zu machen oder etwas zu vergessen.»

Jordanus nahm einen der dickleibigen Bände vom Tisch und schlug ihn auf.

«Warum muss man die Bücher abschreiben?», wollte der Junge wissen. «Ist das nicht langweilig? Und wozu braucht man zwei Bücher, in denen ein und dasselbe geschrieben steht?»

«Nun, andere Klöster können an dem Buch interessiert sein, wenn sie es selbst noch nicht in ihrer Bibliothek haben. Auch kann es geschehen, dass ein Kloster in Brand gerät. Stell dir vor, es gäbe dann keine Kopien. Die verbrannten Bücher wären für immer dahin.»

Der Junge nickte.

«Dann hat der Schreiber wirklich eine wichtige Aufgabe.»
«Ja, aber keine einfache. Schau einmal!»
Jordanus blätterte zur letzten Seite des aufgeschlagenen Bandes. Das Bild eines Schreibers war dort zu sehen und viele Schriftzeichen.
«Das Bild zeigt den Mönch, der diese Abschrift angefertigt hat. Auf der letzten Seite fügt er dem ursprünglichen Buch etwas hinzu. Das Bild zeigt wohl ihn selbst. Und dann hat er etwas in lateinischer Sprache geschrieben: ‹Die Schreibkunst ist mühevoller als jedes andere Handwerk. Behandelt diese Blätter mit Vorsicht. Ihr wisst gar nicht, was es heißt, ein Buch abzuschreiben. Das ist harte, drückende Fronarbeit›.»
«Das Schreiben hat diesem Mönch wohl keine Freude gemacht», sagte Johannes.
«Es ist wie mit allen Dingen. Manches tun wir gern, manches nicht. Ich glaube, der Herr würde es gern sehen, wenn wir das, was wir tun, gut tun, was es auch sei. Und im Kloster gibt es viele Dinge, die getan werden müssen. Keine Arbeit ist unwichtig. Schau, dieses Buch!»
Jordanus nahm ein anderes Buch vom Nachbartisch.
«Dieses Buch stammt von einem Mönch, den ich selbst noch kennenlernen durfte. Er trug deinen Namen. Johannes von Straßburg. Nach seinem Noviziat hat er fünfzig Jahre bis zu seinem Tod im Kloster Wettingen gelebt und dort dreiundvierzig Bücher abgeschrieben. Er hat bis zu seinem Tod gern geschrieben und ebenso gern gelesen.»
«Und was stand in den Büchern, die er abgeschrieben hat?»
«Das waren sehr unterschiedliche Dinge. Bücher, die man für den Gottesdienst braucht. Evangeliare, Predigtsammlungen, Traktate der Kirchenväter, die Carta Caritatis des Zisterzienserordens, ein Psalterium für das Krankenhaus, ein Mirakelbuch, die Werke des heiligen Bernhard von Clairvaux. Johannes von Straßburg war sehr belesen. Du konntest ihn alles fragen.

Meist wusste er eine Antwort.»
«Meint Ihr, er wusste auch Dinge, die er nie erlebt hatte?»
«Sicherlich. Das ist das große Geheimnis der Bücher. Du erfährst Dinge, ohne sie selbst erlebt zu haben. So kannst du durch die ganze Welt reisen. Du kannst in die Vergangenheit reisen. Und du kannst zu dir selbst reisen.»
«Zu mir selbst?»
«Das mag seltsam klingen. Manchmal, wenn du in Büchern liest, hältst du inne, weil dich das Gelesene besonders berührt. Da wird etwas erzählt, das du in ähnlicher Weise auch schon einmal erlebt hast. Und dann erfährst du, dass es nicht nur dir allein so geht, sondern dass andere ganz Ähnliches erlebt haben. Und du kannst lesen, wie sie damit umgegangen sind. Deshalb ist es sehr interessant, Lebensgeschichten zu lesen. Und natürlich die Heilige Schrift, denn sie ist voll von Lebensgeschichten.»
Der Junge blickte auf das Buch vor ihm, die Lebensgeschichte des heiligen Bernhard, abgeschrieben von Johannes von Straßburg.
«Hat Johannes auch etwas auf die letzte Seite geschrieben?»
«Sicherlich», antwortete Jordanus und blätterte das Buch bis zum Ende durch. Zum Vorschein kam eine Seite ohne Bild, jedoch mit besonders kunstvollen Schriftzeichen. Er begann zu lesen:
«So oft ihr in diesem Buch lest, betet für den Wettinger Mönch Johannes von Straßburg, der es schrieb im Jahre der Menschwerdung unseres Herrn 1281 unter Arnold von Sittard, Abt dieses Klosters. Saget alle und jeder einzelne im innersten Herzen: Mögen diejenigen, durch die wir dieses Buch bekommen haben und durch die Gnade Gottes auch die noch folgenden Bücher erhalten werden, glücklich leben mit Maria, der Christusträgerin, und mit ihr die ewigen Güter Christi genießen. Amen, Amen!»

Vorsichtig klappte Jordanus das Buch zu.

In den folgenden Wochen durfte der Junge erste Schreibversuche machen. Die Arbeit mit Gänsefeder und Pergament fiel ihm nicht leicht. Zumeist endete das in einem hoffnungslosen Gekleckse, und Jordanus wurde mehr als einmal ungehalten und versuchte dem Jungen klarzumachen, wie aufwendig es war, das Schreibmaterial bereitzuhalten.

Als wieder die Notwendigkeit bestand, Tinte herzustellen, durfte Johannes dabei sein. Jordanus und zwei weitere Brüder waren eine Woche lang beschäftigt, die nötigen Farben herzustellen und neues Pergament zu gewinnen.

Man nutzte Ruß, um Schwarz zu erzeugen, Safran und Ocker für Gelb, Indigo und Holunderbeere für Blau, Umbra für Braun. Einige Tinten wurden in Eiklar gelöst und mit Grünspan für Grün oder Mennig für Rot verbunden. Als Braun verarbeiteten die Mönche Sepia. Für die Schrift wurde Eisengallustinte erzeugt. Johannes erkannte schnell, dass die Brüder in diesen Dingen sehr kundig waren. Jordanus hatte auch gesagt, dass es Bücher gab, in denen bewährte Rezepturen verzeichnet und erklärt waren. Doch die Loccumer Brüder schienen selbst zu wissen, was zu tun war. Johannes konnte auch dabei zusehen, wie aus Kalbs-, Ziegen- und Lammhäuten Pergament gewonnen und anschließend mit einem Bleigriffel liniert wurde.

Tatsächlich ging der Junge seither vorsichtiger mit dem Schreibmaterial um, denn es war ihm deutlich geworden, wie immens wertvoll die Buchsammlung des Klosters sein musste und wie vielfältig die Erfahrungen waren, die die Mönche über Jahrhunderte darin gesammelt hatten. Von nun an wollte Johannes nicht nur Schriftzeichen zu Papier bringen, sondern auch verstehen, was man aus diesen Büchern erfahren konnte.

Obwohl die Tätigkeit im Scriptorium sehr aufwendig war, blieb doch auch Zeit für die Arbeit bei den Konversen. Johannes besuchte weiterhin regelmäßig den Schmied. Er versuchte, dem alten Mann möglichst viel abzuschauen, und erwarb sich alsbald eine gewisse Fertigkeit im Erhitzen, Formen und Treiben von Legierungen aus Kupfer und Zinn sowie von Eisen. Außerdem war die Schmiede in kalten Jahreszeiten einer der wenigen beheizten Orte im Klosterbereich. Das machte den Aufenthalt dort zusätzlich angenehm. Eines Tages fand er den alten Schmied bei einer außergewöhnlichen Arbeit. Er hielt ein Schwert in den Händen, richtete es ins Licht und musterte es von allen Seiten. Als er den Jungen bemerkte, winkte er ihn heran.

«Schau einmal», begrüßte er Johannes. «Was sagst du dazu?»

Er gab dem Jungen das Schwert. Der konnte es nur mit beiden Händen halten, denn es war von beachtlichem Gewicht. Dieses Schwert hatte eine gerade, doppelschneidige Klinge, die auf ganzer Länge mit Mustern versehen war und von einem kreuzförmigen Griff gehalten wurde, an dessen Ende der Junge einen ins Metall getriebenen Totenkopf bemerkte.

«Ein ganz wunderbares Stück», sagte der Schmied. «So etwas haben wir hier sehr selten.»

«Wem gehört es?», wollte der Junge wissen.

Der Schmied schüttelte den Kopf.

«Das kann ich dir nicht sagen.»

«Hier im Kloster trägt niemand ein Schwert.»

«Richtig. Aber manchmal suchen Ritter eine Unterkunft im Kloster. Und dann kann es sein, dass sie mir ihr Schwert geben, um es zu schärfen.»

«Hast du selbst schon einmal ein Schwert angefertigt?»

«Das ist lange her», sagte der Schmied. «Als ich noch nicht hier im Kloster war, hatte ich bei meinem Meister die Möglichkeit, das zu lernen. Man muss sich gut mit den verschiedenartigen Metallen auskennen, muss wissen, wie sie gehärtet werden. Und man muss Metall treiben können. Aber ich habe das lange nicht mehr getan.«

Der Schmied nahm das Schwert wieder an sich, drehte es im Feuerschein hin und her und betrachtete es erneut sehr aufmerksam. Dann begann er, es am Stein zu schärfen.

In der Nacht träumte der Junge von dem Schwert. Es sah das Metall im Feuer der Schmiede aufblitzen, sah, wie ein Mann in weißem Gewand die Klinge kritisch musterte und sie kurz darauf durch die Luft sausen ließ, um den schmalen Ast eines Baumes zu durchtrennen.

Wochen und Monate vergingen. Ein Tag ähnelte dem anderen. Das Gleichmaß der klösterlichen Ordnung ließ die Zeit vergessen. Allein die Natur zeigte an, dass das Jahr voranschritt. Fast unmerklich war es Frühling geworden. Noch im Februar hatte Raureif die Erde bedeckt, hatte der Boden unter den Schuhen geknirscht, wenn Johannes vom Kloster zu den Fischteichen gewandert war. Nun schien alles verwandelt, neugeboren zu sein. Die Rotbuchen verloren endgültig ihre alten Blätter, und binnen weniger Tage waren die neuen hervorgewachsen. Auch jene Bäume, die im Winter kahl gewesen waren, hatten bald ihre grüne Pracht zurückerhalten. Wenn Johannes sah, wie sich die Sonne auf der glatten Oberfläche des Fischteiches spiegelte, dann waren ihre Strahlen nicht mehr jene brüchigen Finger, die den klirrenden Frost durchbrachen, sondern die Kraft, die wieder alles erblühen ließ und auch Johannes Gewissheit schenkte, dass der Segen Gottes und die Fülle des Lebens Loccum nie ganz verlassen, nur geruht hatten, um nach einer langen Zeit des Fastens alle Geschöpfe neu zu beseelen.

Eines Tages hatte der Junge wie jeden Morgen in der Küche des Konversentrakts zu tun, als er aus dem Augenwinkel bemerkte, dass jemand in der Tür stand. Er drehte sich um und erblickte völlig überrascht seinen Vater.

Voll Freude lief er auf ihn zu, umarmte und drückte ihn mit aller Kraft.

«Johannes!», war das einzige, was der Vater in diesem Moment von sich geben konnte, bis die beiden voneinander ließen und sich ansahen. Die Augen des Jungen waren voller Tränen, aber wie dem Vater stand auch ihm die Freude im Gesicht. Dann erblickte er nur einen Schritt entfernt einen weiteren Mann.

«Hermann!», rief er, lief auf seinen Bruder zu und umarmte auch ihn.

Wenige Augenblicke später hatten die drei in der Küche Platz genommen, und Johannes erzählte, erzählte ohne Pause von seinem neuen Leben im Kloster, wohl eine Stunde lang, bis er wieder in der Gegenwart angekommen war, die beiden Besucher ansah und ein Gefühl von Wehmut in ihm aufkam.

«Wo ist Mutter?», fragte er die beiden.

«Aber Johannes», sagte Hermann. «Du musst doch am besten wissen, dass dieses Kloster von Frauen nicht betreten werden darf.»

Johannes nickte, und zum ersten Mal schwieg er.

Hermann erzählte von zu Hause. Von einem harten Winter. Von den Feldern, die nun vielversprechend in Blüte standen. Dann erst kam er auf das, was alle bewegte.

«Du fehlst uns sehr. Wir denken oft an dich, und du bist in unseren Gebeten allzeit bei uns. Oftmals, wenn ich einen Weg entlanggehe, erinnere ich mich daran, wie wir ihn früher gemeinsam gegangen sind. Und bei den Mahlzeiten ist jetzt ein Platz leer, und wir wünschen uns, dass du wenigstens einmal wieder bei uns sein kannst.»

«Mir geht es genauso», sagte Johannes. «Oft bringt mich eine Kleinigkeit dazu, in Gedanken auf unseren Hof zu wandern und mir vorzustellen, was ihr gerade tut, ob es euch wohl gut geht. Und dann wünsche ich, bei euch zu sein, und weiß gar nicht mehr, ob es damals richtig war, den Hof zu verlassen. Im-

merhin lerne ich hier sehr viel. Das Kloster ist ein interessanter Ort. Aber es ist auch ein Ort der Einsamkeit.»
Schweigend saßen die drei beieinander. Dann war es Zeit, auseinanderzugehen. Der Junge blickte dem Vater und dem Bruder nach, als beide in Richtung Pforte davongingen, sich noch einmal umwandten, ihm zuwinkten. Minuten später stand er dort noch immer, blickte auf die geschlossene Pforte, geschlossen nicht nur für die Menschen dort draußen, sondern auch für ihn, der getrennt war von allen, die er liebte, von der Welt jenseits der Mauern, die – so wusste er – eine andere Welt war, nicht bestimmt von den Regeln, die Menschen geschaffen hatten, sondern beherrscht von der Natur, deren Gesetze Gott selbst gegeben hatte. Ein eigentümlicher Gedanke kam in ihm auf: War der Mensch draußen auf dem weiten Feld, im undurchdringlichen Dickicht des Waldes, auf dem schwankenden Boden des Moores Gott näher als im Chor der Klosterkirche? War die von Menschen geschaffene Ordnung der Mönche der richtige Weg, im Geiste Gottes zu leben? War es nicht vielmehr richtig, dass er zurückkehrte zu den Menschen, die er liebte? War es nicht die Liebe und ein ehrliches Herz, was Gott dem Menschen zu bewahren gegeben hatte?
In der Nacht lag Johannes lange wach. Die Müdigkeit holte ihn erst ein, als die Glocke die Laudes ankündigte.

Im Spätherbst und im Winter war der Junge dankbar, dass er im Scriptorium tätig sein durfte, da der Raum beheizt war. Es gelang ihm inzwischen, Schriftzeichen mit größter Genauigkeit zu kopieren. Allerdings verstand er nicht, was er schrieb. So begann Jordanus den Jungen in der lateinischen Sprache auszubilden. Das war ein langes, mühsames Unterfangen, denn Johannes musste nicht nur Buchstaben zu Worten verbinden und diese Worte und ihre Bedeutungen auswendig lernen. Es galt auch, die Strukturen der Grammatik zu erfassen und verschiedene Formen des Satzbaus nachzuvollziehen. Eher nebenbei lernte der Junge auf diesem Wege die griechische und römische Mythologie kennen. Das war eine neue, faszinierende Welt, und oftmals saßen der Novizenmeister und sein Schüler lange beisammen und sprachen über die längst vergangene Antike, die in den Büchern überlebt hatte.

Über diese Ausbildung gingen Monate ins Land. Zweimal im Jahr erhielt der Junge Besuch von zu Hause. Dies gab ihm das Gefühl, nicht völlig von der Welt ausgeschlossen zu sein. Er erfuhr, dass es seiner Familie allen Widrigkeiten der Natur zum Trotz recht gut ging. Missernten hatte es nicht gegeben, und alle waren gesund. Allein der Umstand, dass er seine Mutter nicht sehen konnte, erfüllte Johannes mit Trauer, doch hatte man ihm zugesagt, mit dem Ende der Novizenzeit und dem Ablegen der Profess das Kloster gelegentlich verlassen zu dürfen. Das gab ihm Mut und Hoffnung. Und bald sollte er der Erfüllung seines Wunsches einen Schritt näher kommen.

An einem Julimorgen teilte Jordanus dem Jungen mit, dass der Abt ihn zu sprechen wünsche. Gemeinsam durchquerten sie den Konversentrakt und begaben sich zum Abtshaus. Im ersten Stock schien Abt Lefhard auf die beiden zu warten. Als sie eintraten, stand der schlanke, hochgewachsene alte Mann, dessen Kutte völlig weiß gebleicht war, am Fenster und blickte hinaus. Er drehte sich um und betrachtete den Jungen, der vor ihm auf die Knie gegangen war und ihm damit seine Achtung bezeugte.

«Steh auf, Johannes», sagte der Abt.

Zunächst musterte er den Jungen sehr genau, doch dann blickte er ihn freundlich, ja feierlich an.

«Wir haben Gutes von dir gehört, Johannes. Du erfüllst deine Arbeiten fleißig, umsichtig und verlässlich. Außerdem studierst du die Schriften. Wir beobachten all dies mit Wohlwollen und großer Zufriedenheit. Du hast nun ein Alter erreicht, das es dem Kloster erlaubt, dich als Novizen aufzunehmen. Dann wirst du ein Jahr der Probe durchleben. An deinem täglichen Tun wird sich manches ändern, und du musst auch an Gottesdiensten teilnehmen. Allerdings solltest du dich aus freiem Herzen zu diesem Weg bekennen und dies auch feierlich vor allen kundtun. Du weißt, es ist der erste Schritt zu deiner Aufnahme als Mönch.»

Der Abt vergewisserte sich, dass der Junge aufmerksam zuhörte.

«Ist es dein Wille, diesen Weg zu gehen?»

Johannes blickte auf und nickte.

«Ja, ich will diesen Weg gehen.»

Der Abt ging auf ihn zu und umarmte ihn.

«Ich freue mich, dich bei uns zu wissen», sagte er. «Morgen wirst du in Anwesenheit der Brüder in den Orden aufgenommen.»

Noch einmal drückte der Abt den Jungen an sich und wandte sich dann an Jordanus.

«Bereite Johannes für die feierliche Handlung vor. Morgen wird für ihn ein großer Tag sein.»

Jordanus nickte. Er und der Junge verbeugten sich und verließen den Raum.

In der Nacht lag Johannes lange wach. Das, was am folgenden Tag geschehen würde, ging ihm durch den Sinn, nicht so sehr die Rituale, die er nicht kannte, sondern der Umstand, dass er mit der Aufnahme als Novize noch stärker an die Welt des Klosters gebunden wurde. Längst schien alles vorherbestimmt. Und vielleicht war es Gott, der diesen Weg für ihn gewählt hatte. Dies und der Gedanke daran, weiter mit den Büchern arbeiten zu können, stimmte ihn erwartungsvoll.

Die Zeremonie am folgenden Abend war ebenso feierlich wie einfach gehalten. Zur siebten Hora waren alle Herrenmönche im Kapitelsaal versammelt. Beim Erklingen des gemeinsamen

Introitusgesangs der Brüder wurde Johannes hereingeleitet und kniete vor dem Abt nieder. Die Mönche stimmten nacheinander fünf Psalmen an. Nach einem kurzen Responsorium verlas der Abt Auszüge der Carta Caritatis, die das Noviziat und besonders die zisterziensischen Pflichten des Opus Dei, der Lectio Divina und des Labor Manuum beinhalteten. Johannes war im Lateinischen so weit fortgeschritten, dass er verstand, dass es hier um Gottesdienst, geistliche Lesung und die Verpflichtung zur Arbeit ging. Johannes versprach, diesen Regeln zu folgen. Dann erhielt er die Ordenstracht: eine hellgraue Kutte aus der Wolle der Klosterschafe und einen schwarzen, kurzen Schulterumhang, der über Brust und Rücken breit herabfiel. Die Mönche schritten einer nach dem anderen zu ihm und begrüßten ihn mit dem Bruderkuss auf beide Wangen. Dann intonierten sie das Magnificat: Großes hat mir der Allmächtige getan und heilig ist sein Name, und seine Barmherzigkeit währet von Geschlecht zu Geschlecht über die, welche ihn fürchten. Nach dem Kyrie, dem Vaterunser und den Fürbitten schloss der Abt den Gottesdienst mit dem Segen. Die Mönche zogen aus dem Kapitelsaal zum gemeinsamen Mahl ins Refectorium. Johannes durfte zum ersten Mal mit ihnen speisen. Er saß schweigend inmitten der Brüder auf einer Bank, Holzteller und Becher vor sich, und hörte, wie einer der Mönche laut aus der Heiligen Schrift vorlas.

Die Novizenzeit brachte für den Jungen weitreichende Veränderungen. Bislang war er im Kloster vornehmlich mit handwerklichen Dingen beschäftigt gewesen. Von nun an sah er die Konversen nur noch selten. Sein Schlafplatz befand sich im Novizenhaus. Er musste an allen Stundengebeten teilnehmen, die rund um den Tag und die Nacht verteilt waren. An Feiertagen konnten diese Gottesdienste ausgeweitet werden. Immerhin blieb tagsüber Zeit für das Studium der Bücher. Nahm man die Ordensregel streng, war dies während der Novizenzeit nicht erlaubt. Der Neue sollte sich voll und ganz auf den Tagesablauf der Herrenmönche einlassen. Jordanus hatte jedoch beim Abt bewirken können, dass der Junge seine Studien fortsetzen durfte.

Zunächst war es für Johannes nicht einfach, die Bedeutung der Horen nachzuvollziehen. Erst nach und nach lernte er die Texte auswendig, verstand den Ablauf von Antiphon und Responsorium, verinnerlichte die rituellen Gebärden. Oft schien es ihm, als sei allein dafür eine Novizenzeit von zwölf Monaten zu gering bemessen.

In seltenen Fällen wurde der feste Ablauf der Horen variiert. So geschah es, als einer der Mönche gestorben war. Zunächst waren seine sterblichen Überreste in einer Nische des Kreuzgangs aufgebahrt worden. Tags drauf fand ein Trauergottesdienst zu Ehren des Bruders statt. Dazu wurde der Sarg in den Chor der Klosterkirche getragen. Das feierliche Totenamt endete in der nördlich des Chors gelegenen Seitenkapelle mit der Prozession durch die dortige Todespforte zum Klosterfriedhof. Hier fand der Gestorbene eine vorläufige Ruhestätte, bis seine Gebeine Jahre später exhumiert würden, um im Kreuzgang begraben zu werden. Johannes lernte, dass die Zisterzienser wohl ein einfaches Holzkreuz setzten, es aber nicht mit einem Namen versahen. Ihre Gräber trugen keine Aufschriften, denn der Name des Mönches würde bei Gott im Buch des Lebens stehen.

Als Novizenmeister machte Jordanus den Jungen mit den Statuten und Grundgedanken der Zisterzienser bekannt. Im Gegensatz zu den Konversen hatten die Herrenmönche vor allem die Aufgabe zu beten. Ziel des Mönchs sollte die unmittelbare Schau des Göttlichen sein. So hatte der heilige Bernhard Buße, Gotteslob und Kontemplation zu den Tugenden des Zisterziensers erklärt. Der Mönch sollte ohne sinnliche Zeichen, ohne die Mittel der Kunst dem Ideal des Deificari, der

Vergöttlichung, folgen. Deshalb verzichteten die Zisterzienser auf alle Bildhaftigkeit. In einem Gespräch im Scriptorium wies Johannes seinen Novizenmeister auf die Beobachtung hin, dass in den Büchern, die er las und bereits zu kopieren begann, durchaus Abbildungen zu finden seien. Jordanus hatte gelächelt und nichts weiter dazu gesagt. Aber grundsätzlich fanden sich tatsächlich nur wenige Abbildungen in und außerhalb des Klostergebäudes. Die Kirche selbst, die Johannes nun kennenlernte, wenn er sich mit den Brüdern zum Stundengebet traf, war von imposanter Größe und Gestalt, aber zugleich nahezu schmucklos. Auch außen reduzierte sich das Gebäude auf reine Sachlichkeit. So gab es keinen Glockenturm, sondern lediglich einen Dachreiter.

Gegen Ende der Novizenzeit hatte Johannes seine Sprachkenntnisse vervollkommnet. Er konnte flüssig lesen, und seine Schrift war kunstvoll. Getreu der zisterziensischen Ordnung hatte Jordanus in dieser Zeit mit dem Jungen wenig über den Inhalt all der Bücher gesprochen, obwohl Johannes häufig versuchte, seinen Rat zu erhalten.

Eines Tages suchte Jordanus den Jungen im Scriptorium auf und unterbrach ihn bei seiner Arbeit. Johannes war über ein Pergament gebeugt, das er zuvor beschrieben hatte. Nun blickte er auf. Jordanus setzte sich zu ihm.

«Du weißt, dass deine Novizenzeit zu Ende geht.»
Der Junge nickte.
«In dieser Nacht wirst du das Ritual der Profess erleben, das dich zum Bruder unseres Ordens macht.»
«Wird es so sein wie damals, als ich Novize wurde?», wollte der Junge wissen.
«Es wird ähnlich sein. Es ist ein sehr ernstes, würdiges, feierliches Ritual.»
Jordanus zögerte einen Moment.
«Aber der Orden hat Besonderes mit dir vor.»

Der Junge blickte auf.

«Damals haben dich zwei Männer in unser Kloster gebracht. Sie gehören einem Orden an, der mit dem der Zisterzienser befreundet ist, denn auch ihre Gemeinschaft hat der Lehre und dem Wirken des heiligen Bernhard viel zu verdanken. Die beiden Männer hatten damals bemerkt, dass du offenbar Tugenden besitzt, die in ihrem Orden hoch geschätzt werden. So gaben sie dich zu uns, um dich auszubilden und zu sehen, was aus dir wird, was du aus den Möglichkeiten machst, die das Kloster dir bietet. Seit gestern sind sie wieder bei uns zu Gast. Sie haben lange mit dem Abt und mir gesprochen. Wir alle sind überzeugt, dass du befähigt und reif bist, einen Weg zu gehen, der dich aus dem Kloster hinausführt in die Welt.»

Der Junge blickte zu Boden, schwieg einen Moment.

«Was erwartet mich in der Welt? Was ist meine Bestimmung?»

«Du wirst durch die bekannte und unbekannte Welt reisen. Du wirst lernen, das Schwert zu führen, Entbehrungen auf dich zu nehmen. Du wirst Schriften lesen können, die sonst selten jemand in Händen hält.»

Wieder schwieg Johannes. Und auch Jordanus sagte nichts, betrachtete diesen Jungen, der ihm so ans Herz gewachsen war.

«Was würdet Ihr an meiner Stelle tun?», fragte Johannes schließlich.

«Diese Entscheidung liegt ganz bei dir», entgegnete der Novizenmeister. «Ich selbst habe diese Möglichkeit nicht gehabt. Du bist nun reif genug für die Profess, und ich bin sicher, du wirst auch darüber hinaus die richtige Entscheidung treffen.»

Er dachte einen Moment nach.

«Es wird im Anschluss an die Profess eine weitere Einweihung geben. Dann musst du dich entscheiden.»

Jordanus erhob sich. Es war Zeit, den Jungen allein zu lassen. Kurz bevor er die Tür erreichte, wandte er sich noch einmal um.

«Ist dir aufgefallen, dass sich im Kreuzgang über dem Platz des Abtes eine Abbildung befindet? Ein Adler, der sein Junges in den Krallen hält, um es loszulassen. Während der Lesungen muss er dir aufgefallen sein. Jetzt bist du der junge Adler. Jetzt musst du entscheiden, wohin du fliegst.»
Jordanus wandte sich langsam zur Tür. Einen Augenblick später saß der Junge allein im Scriptorium. Es war völlig still im Raum.

Am Ende der Nacht versammelten sich die Mönche im Chor der Klosterkirche zur Laudes. Nach den Eingangspsalmen ließen sie einen Wechselgesang erklingen.

Johannes schaute hinauf zu den hoch aufragenden Kirchenfenstern im Süden und Norden des Mittelschiffs, die den Blick freigaben auf unendliche, bedrohlich über der Welt schwebende Finsternis. Der Abt sprach in ruhigen Worten zu den Brüdern: «Ein neuer Tag wird kommen. Er führt uns aus der Finsternis hinaus ins Licht. Der Sonnenaufgang naht. Ein neues Leben wird uns geschenkt. Nah ist das Land, das sie das Leben nennen. Es ist ein Geschenk. Ein Neuanfang, der all unsere Offenheit verdient, unsere kindliche Dankbarkeit. Es ist eine heitere Stunde, eine Zeit, sich zu erheben, zu leuchten. Gott sagt uns: Lass dich von mir nicht trennen. Das Leben ist ein Geschenk, eine Gelegenheit, die uns gegeben ist. Jeder Augenblick ist uns gegeben. So lasst uns zur Laudes den Gesang der Dankbarkeit und der Freude erheben.»

Als die Brüder das Kyrie und das Vaterunser intonierten, dämmerte das erste zaghafte Tageslicht durch die Fenster des Chores.

Zum Abschluss erteilte der Abt den Segen. Die Mönche verließen die Klosterkirche und begaben sich in den Kapitelsaal. Dort wurde dem Jungen aufgetragen, sich auf den Boden zu legen. Zwei der Brüder bedeckten ihn mit einem schwarzen Tuch.

In diesem Augenblick begann die Totenglocke zu läuten.
«Das Leben endet, und das Leben beginnt neu», sagte der Abt feierlich. «Keuschheit, Armut und Gehorsam werden deinen Weg bestimmen. Es wird der Weg zu unserem Herrn sein. Erhebe dich!»

Johannes stand langsam auf, unsicher, zögernd. Das schwarze Tuch fiel von ihm ab. Eine unerklärliche Trauer überkam ihn. Er hätte seinen Tränen freien Lauf lassen können, doch er tat es nicht, weil das Gefühl der Unsicherheit in ihm größer war als die Schwermut.

Zwei Mönche in schwarzer Kutte betraten den Saal. Ihre Gesichter waren verdeckt. Sie nahmen den Jungen rechts und links bei der Hand und führten ihn in den Kreuzgang. Gemeinsam gingen sie zur Treppe, die in das Obergeschoss zum Dormitorium führte. Doch zur Verwunderung des Jungen öffneten sie eine Tür neben der Treppe und betraten mit ihm einen Raum, den Johannes noch nie bemerkt hatte. Dieser Raum war gerade so groß, dass ein Tisch und ein Stuhl hineinpassten.

«Setze dich an den Tisch», sagte einer der schwarzen Mönche, «und schreibe deine letzten Gedanken auf. Denn du wirst sterben.»

Mit diesen Worten ließen sie Johannes im Raum zurück und verschlossen die Tür.

Es war still. Johannes sah sich um. Links von ihm auf dem Tisch stand eine Kerze, die dem Raum ein spärliches Licht gab. Rechts daneben erblickte er einen Schädel, dessen leere Augenhöhlen ihn anstarrten, davor zwei Beinknochen. Die Wände, die ihn umgaben, waren kahl. Es gab keine Fenster. Die Tür hinter ihm war die einzige Verbindung zur Außenwelt, und er hatte gehört, wie die Klinke eingerastet und ein Schlüssel im Schloss gedreht worden war. Allmählich gewöhnten sich seine Augen an das Licht. Die Kammer wirkte bedrohlich eng, denn sie war so schmal, dass der Junge nicht um den Tisch herumgehen konnte. Er versuchte es erst gar nicht, drehte sich jedoch um und sah, dass die Stuhllehne kaum eine Armlänge von der Tür entfernt war. Nun erst bemerkte er auf dem Tisch vor sich ein leeres Pergament, Gänsefeder und Tinte.

Seine letzten Gedanken sollte er schreiben. Aber zu welchem Zweck? Johannes glaubte nicht, dass die Mönche ernstlich mit seinem Leben spielten. Dennoch blieb, was ihn umgab, nicht ohne Eindruck. Er blickte in die leeren Augenhöhlen vor ihm, und es durchfuhr ihn, dass dies auch sein Schicksal sein werde. So, wie es das Schicksal des Mönchs gewesen war, den sie vor wenigen Wochen zu Grabe getragen hatten. Johannes spürte sein Blut pulsieren. Noch war er jung, voll ungetrübter Kraft. Aber dieser Schädel – war es nicht der Überrest eines Menschen, der wie er einst jung gewesen war, Träume und Wünsche gehabt, Freude und Trauer erlebt hatte, mal einsam und mal glücklich gewesen war? Was wartete auf ihn, der eher durch Zufall Mönch geworden war, anderes als das, was als Gesetz der Schöpfung wirkte? Johannes dachte an die Mönche all der Jahrhunderte, die vergangen waren, von denen nicht einmal ihr Name geblieben war. Warum all die Gebete, all die Schriften, all die frommen Bemühungen?

Der Junge starrte den Schädel weiter an, und er wusste, dass dieser Schädel noch in Jahrhunderten und in Jahrtausenden nichts anderes zum Ausdruck bringen würde als seinen gegenwärtigen Zustand, der in solch unwürdigem, unverständlichem Widerspruch zu dem stand, was zuvor gewesen war.

Hatte nicht selbst Jesus am Kreuz in aller Verzweiflung seine Verlassenheit bekundet? Warum dann dieses Leben?

Plötzlich durchfuhr es Johannes, und er wollte den Tisch an die Wand stoßen, aber dann hielt es ihn zurück. Auch dies führte zu nichts, spürte er und setzte sich wieder, versuchte sich zu erinnern, wieviel Zeit vergangen war. Doch von draußen drang kein Geräusch herein, die Stundenglocke war nicht zu hören. Und es blieb ebenso ungewiss, wie lange er hier noch bleiben musste.

Als er wieder auf die Tischplatte sah, lag dort noch immer das leere Stück Pergament. Johannes blickte auf den Schädel vor ihm. Seine Augen verloren sich darin, drangen in die Tiefe des Dunkels, ohne ein Ziel zu finden. So saß er eine lange Zeit bewegungslos, denn die Flut der Gedanken war zum Stillstand gekommen.

Als sein Geist in die Kammer zurückgekehrt war und der Schädel vor ihm wieder Konturen erhielt, griff der Junge intuitiv die Feder, benetzte sie mit Tinte und begann zu schreiben.

Die schwarzen Mönche hatten die Tür zur Kammer geöffnet und fanden den Jungen mit dem Kopf auf der Tischplatte, schlafend. Sie nahmen ihm die Feder aus der Hand, rollten das Pergament auf und rüttelten ihn wach. Noch ehe Johannes die Augen richtig geöffnet hatte, wurde er vom Stuhl gezogen und Sekunden später durch den Kreuzgang zurück in den Kapitelsaal geführt. Dort am Ende des Raumes stand ein Mann, der ganz in Weiß gekleidet war. Am schwarzen Gürtel trug er ein Schwert. Johannes bemerkte das Kreuz an seinem Umhang und erkannte den Mann als jenen Ritter, der ihn damals ins Kloster gebracht hatte. Neben ihm standen rechts der Abt, links Jordanus.

Der Junge wurde in die Mitte des Raumes geführt und aufgefordert niederzuknien.

«Du hast den Tod überwunden», sagte der Abt feierlich. «Das Leben endet, und das Leben beginnt neu. Du wirst deinen Weg gehen, denn er ist gesegnet.»

Der Abt rollte das Pergament auseinander und begann zu lesen:

«Dort ist der Tod! Was ist das Leben?»

Für einen Augenblick war es still im Kapitelsaal. Erst jetzt spürte der Junge die Anwesenheit der anderen Mönche.
«Johannes!», erklang es feierlich.
Der Junge blickte auf und sah, dass ihm ein Schwert entgegengehalten wurde. Es war ein sehr kunstvoll gefertigtes Schwert mit einem in den Stahl getriebenen Schädel am Griffende.
«Wer auf der Suche ist, benötigt das Schwert. Nutze es, denn dein Weg wird ungewöhnlich sein und gefährlich. Führe es als Werkzeug der Weisheit, der Gerechtigkeit und der Besonnenheit. Dein Schwert wird wie du sein, und du wirst ein Schwert sein. Wenn ihr zueinandergefunden habt, wirst auch du zu dir gefunden haben und deinen Weg erfüllen.»
Der Junge nahm das Schwert mit beiden Händen, betrachtete es ruhig, spürte, wie sich die Wärme seiner Handflächen auf den goldfarbenen Griff übertrug, so als würden all seine Ängste und all seine Zweifel darin aufgesogen. Dann führte er das Schwert langsam zur Decke und sah, wie die Klinge das Licht der Kerze widerspiegelte. Schließlich senkte er es langsam.
«In sieben Tagen wirst du das Kloster verlassen und in die Welt hinausgehen», sagte der Abt. «Erhebe dich zu neuem Leben!»
Nach diesen Worten stimmten die Mönche das große Kyrie an. Einer nach dem anderen trat hervor, umarmte den Jungen herzlich und begab sich anschließend in den Kreuzgang.
Dann war es ganz still im Kapitelsaal. Der Junge blieb allein.

Nach Minuten der Stille erhob sich Johannes, das Schwert noch immer in Händen, und trat ebenfalls in den Kreuzgang hinaus. Draußen war es hell geworden. Die Sonne schien von Osten auf das Brunnenhaus. Dorthin begab sich der Junge, legte das Schwert beiseite, tauchte seinen Kopf in das kühle, klare Wasser und sah zur Sonne. Ein neuer Tag hatte begonnen...

Prim

Ein Hustenanfall und einige Sekunden der Atemnot haben Johannes aus dem Schlaf gerissen. Eine ganze Weile bleibt er verwirrt und ist bang, erneut nach Luft ringen zu müssen. Dann hält er inne, horcht. Da ist der Glockenschlag zur Prim, und so steht er auf und begibt sich in den Kreuzgang. Diesmal will Johannes am Gebet nicht teilnehmen. Zu sehr fürchtet er einen erneuten Anfall. Stattdessen betritt er den Kapitelsaal. Hier wird er den Mönchen unmittelbar nach der Hora Anweisungen für den Tag geben.

Johannes bereitet sich vor, macht sich noch einmal den Charakter dieses Stundengebetes bewusst: Die Prim ist die Loslösung von der Laudes, das Ende der ersten meditativen Stunden, die noch von der Dunkelheit umschlossen sind. Zugleich ist sie der Zeitpunkt der Arbeitsverteilung. Im Anschluss an das Gebet werden die Mönche zusammenkommen, um im Kapitelsaal die praktischen Fragen des neuen Tages zu besprechen. Die Sonne ist aufgegangen. Die Mönche beginnen den Tag in vollem Bewusstsein, hellwach und aufmerksam.

In der Klosterkirche beginnt das Officium. Johannes hört auf den Wechselgesang, dann wird seine Aufmerksamkeit schwächer, und die Gedanken verlieren sich in Erinnerungen. Für einen Moment sieht er sich als Kind, ganz vertieft in die einfachen Handgriffe der ländlichen Arbeit. Schon früh hat er erfahren dürfen, dass die täglich zu verrichtenden Aufgaben, ja die einfachsten Tätigkeiten die Sinne ganz erfüllen können. Es ist nicht so, dass wir das Göttliche umso mehr erfassen, je weiter wir uns vom Irdischen entfernen. Wir werden von der Tat erfasst. Man kann das Göttliche in allem Sein entdecken, wenn das Tun ein wahrhaft klösterliches Tun ist, voll von Aufmerksamkeit und Gegenwärtigkeit. Klösterlicher Gehorsam bedeutet Hinhören, Gehör-Sein für das, was der Augenblick erfordert. Jede Sekunde zählt. Jeder Handgriff verdient die ganze Aufmerksamkeit. Ich bin da, sagt Gott, und die Mönche tun es ihm gleich, indem sie ganz und gar da sind.

Klösterlicher Ungehorsam bedeutet, nicht auf das zu hören, was der Moment erfordert, nicht mehr gegenwärtig zu sein. Der Mensch hört nicht mehr auf sich und nicht mehr auf Gott. Er missachtet die Zeit, die ihm geschenkt worden ist. Er verachtet die Schöpfung, die ihn immerfort lehrt, dass jeder Augenblick ein Neuanfang ist. Ein Neuanfang auch, weil Gott uns schon immer vergeben hat – bevor wir überhaupt einen Fehler begehen.

Dieser Gedanke hat Johannes Mut gegeben, wann immer er verzweifelte und ratlos war. So auch in diesem Augenblick, gerade jetzt, wo es gilt, eine Aufgabe auszuführen, auch wenn die Krankheit immer öfter und unbarmherziger hervorbricht und an den Kräften zehrt. Jeder Augenblick ist ein Neuanfang. Dieser eine Augenblick. Dieser eine Atemzug. Halt an! Schau! Höre! – Und dann geh!

Johannes bemerkt, dass die Mönche aus der Klosterkirche kommen. Im Gebet haben sie Gott angerufen, dass er ihre Handlungen wohlwollend und weise lenke. Dieses Vertrauen stärkt auch Johannes, sich zu sammeln und wieder in den Augenblick zurückzukehren.

Etwas Neues beginnt. Halt an! Schau! Höre…

3. Kapitel

«Es gibt keine Karte, die dir helfen könnte», sagte der Novizenmeister.
Im Lesesaal hatten Johannes und Jordanus noch einmal all jene Bücher studiert, die sich mit geographischen Fragen beschäftigten. Doch das Ergebnis war enttäuschend.
Auf dem Pult lag eine Kopie der Ebstorfer Weltkarte: Innerhalb eines großen Kreises von gut sechs Ellen Durchmesser waren alle bekannten Länder, Flüsse, Meere, Gebirge und größeren Städte verzeichnet. Im Mittelpunkt befand sich Jerusalem, so als habe man von dort mit einem Zirkel den äußeren Weltkreis gezogen. Vom nördlichsten Punkt des Kreises blickte Christus als Weltenherrscher herab. Überall fanden sich kleine Illustrationen, die wohl Besonderheiten der jeweiligen Landschaft darstellen sollten. Da waren Gebäude zu erkennen, die dem kundigen Geographen wohl bekannt sein mussten, Wappentiere, die einen bestimmten Herrschaftsbereich kennzeichneten, und auch viele Flüsse wurden benannt. All dies sagte Johannes jedoch wenig. Er hatte schon Mühe, die Weser zu entdecken. Und Loccum war gar nicht aufzufinden, nur das Steinhuder Meer als kleiner blauer Fleck. Wie sollte eine solche Karte dienlich sein?
Dann studierten sie Reisebeschreibungen. Ein Band schilderte eine Pilgerreise nach Santiago, ein anderer eine Reise zum Kloster von Cîteaux. Tagesstrecken und Unterkünfte entlang

des Weges waren verzeichnet. Manchmal gab es auch Hinweise auf Gefahren, die es auf der langen Strecke zu überwinden galt: Untiefen bestimmter Flüsse, Gegenden, in denen man mit Räubern rechnen musste, Wälder, die nicht passierbar waren. Manches konnte für den Reisenden aufschlussreich sein. Aber diese Bücher waren zu groß und unförmig, als dass man sie unterwegs mit sich führen konnte. Und Jordanus hatte seine Zweifel, ob diese mehr als sechzig Jahre alten Beschreibungen noch mit dem übereinstimmten, was den Wanderer heute erwarten würde.

Schließlich stellten sie die Bände zurück an ihren Platz und begaben sich in den Kreuzgang. Der März hatte die ersten sonnigen Tage gebracht. Auch heute war der Himmel wolkenlos. Ein Spaziergang durch den Innenhof tat nach vielen Tagen der Kälte und Dunkelheit gut.

«Wann werde ich erfahren, wohin meine Reise geht?», fragte Johannes.

Jordanus schwieg einen Moment.

«Vielleicht sagt es dir der Abt», antwortete er. «Vielleicht wirst du von ihm auch nur die erste Station deiner Reise erfahren. Aber mach dir nicht so viele Sorgen. Diejenigen, die möchten, dass du dich auf den Weg machst, werden dich nicht allein lassen. Übrigens, was meinst du, wie groß die Strecke ist, die du an einem Tag zurücklegen kannst?»

Johannes dachte nach.

«Vielleicht die Strecke von Loccum nach Minden», antwortete er.

«Gut geschätzt. Ja, diese Strecke kann man an einem Tag gehen. Bis zu deinem Zielort wirst du etwa drei Monate unterwegs sein. Vorausgesetzt, nichts hält dich auf.»

Johannes blickte den Novizenmeister überrascht an.

«Drei Monate?»

«Mit dem Pferd wärst du schneller. Je nach Beschaffenheit

des Weges könntest du am Tag gut die doppelte Strecke schaffen. Aber wir werden dir kein Pferd mitgeben. Du reist als armer Pilger, als Mönch. Ein Pferd wäre viel zu auffällig. Und zu teuer. Denk allein an Hafer, Heu, Stallunterbringung oder Brückengelder.»

«Drei Monate?», wiederholte Johannes.

Jordanus sah seinen Schützling amüsiert an.

«Ganz ohne eigenes Dazutun geht es nicht», sagte er. «Du hast eine lange Reise vor dir. Aber das ist kein Grund zur Beunruhigung. Es gibt durchaus Möglichkeiten, sie zu beschleunigen. Man wird dir den Weg sicher erleichtern, wenn es möglich ist. Aber Genaueres ist mir nicht bekannt. Du solltest dich einfach darauf freuen, die Welt kennenzulernen.»

Johannes hatte den Novizenmeister aufmerksam beobachtet, und er kannte ihn bereits gut genug, um sein Lächeln als wissendes, kenntnisreiches zu deuten. Jordanus schien die Reise als beschwerlich einzuschätzen, war offenbar aber dennoch zuversichtlich.

«Hat man Euch auch einmal auf eine Reise geschickt?», wollte Johannes wissen.

«Das ist viele Jahre her.» Jordanus zögerte. «Doch meine Reise führte mich zu den Büchern.»

«Zu den Büchern? Wie meint Ihr das? Das hört sich fast so an, als hättet Ihr diese Reise bereut.»

«Nein.» Jordanus musste lachen. «Das bereue ich nicht. Und ich bereue es ebensowenig, hier zu sein. Sie werden auch dich weiter ausbilden. Und sie werden genau prüfen, welches deine Fähigkeiten und Stärken sind. Du hast viele Begabungen, konntest hier im Kloster manches lernen und deine Festigkeit und Ernsthaftigkeit unter Beweis stellen. Es sind nur wenige, die eine solche Reise antreten dürfen.»

«Wer wird mich am Ziel erwarten?»

«Seltsame Fragen stellst du. – Mönche wie wir.»

«Aber sie tragen das Schwert.»
«So ist es. Und auch du trägst es.»
Johannes blickte Jordanus an.
«Ihr aber tragt kein Schwert.»
«Richtig. Das ist nicht meine Aufgabe. Meine Welt sind die Bücher. Unser Orden hat mich dazu auserkoren, das zu tun, wofür ich begabt bin. Auch ich bin ein Krieger. Aber dazu muss ich kein Schwert mit mir führen.»
«Ihr sprecht in Rätseln.»
Jordanus lachte erneut.
«Und du musst wohl die Tugend der Geduld erlernen. Auch das ist eine Waffe des Kriegers.»
«Aber es ist kein Schwert», antwortete Johannes.
«Doch. Als Krieger musst du zunächst mit dir selbst kämpfen. Lass dich nicht von äußerlichen Dingen blenden. Der heilige Bernhard hat uns aufgetragen, unsere Klöster schmucklos zu bauen, uns schmucklos zu kleiden. Unser Leben ist einfach, aber durch und durch ausgerichtet auf unsere Aufgabe. Glaubst du denn, dass die täglichen Gebete, die Stille, die Meditationen dich nicht verwandelt haben? Hast du nie gegen das innere Gespräch in dir gekämpft, um ganz anwesend zu sein? Um ganz die Stille aufzunehmen?»
Johannes schwieg. Er erinnerte sich an jene Nacht, in der er sein Schwert erhalten hatte. Ein Werkzeug der Weisheit sollte es sein. Waren nicht auch Bücher Werkzeuge der Weisheit? Aber wie passte das zusammen? Jordanus wusste mehr, aber er ließ es sich nicht entlocken.
Der Novizenmeister schien die Gedanken des Jungen zu erahnen.
«Es ist nicht gut, wenn ich dir mit Worten erkläre, was du selbst erfahren wirst. Das, was kommen wird, kann dich nur dann verwandeln, wenn du es selbst erlebst, es erfährst.»
Johannes verstand. Er nickte.

«Lass uns die Dinge besprechen, die dir wirklich auf deiner Reise helfen können», sagte Jordanus. «Ich habe einiges, was du brauchst, zusammentragen lassen. Komm mit.»

Sie begaben sich in den Schlafsaal der Herrenmönche. Auf seinem Bett fand Johannes eine Reihe von Gegenständen. «Auch ich war damals viele Monate unterwegs», begann Jordanus. «Deshalb hat der Abt mich gebeten, dich auf die Reise vorzubereiten. Schau auf das Bett: Hier siehst du, was du auf deine Wanderschaft mitnehmen wirst. Es ist auf den ersten Blick nicht viel. Aber mehr wäre nur hinderlich, denn du bist zu Fuß unterwegs. Du siehst den Mantel? Wenn die Sonne scheint, wird er dir hinderlich sein. Du kannst ihn dann aufrollen. Aber bei Kälte und Sturm wirst du nicht auf ihn verzichten können. Wenn du in der Scheune schläfst, kannst du dich in ihn einwickeln. Da sind zwei Wasserflaschen aus Rindsleder. Auf der Reise wirst du durchaus einige Tage ohne Essen auskommen können, nicht aber ohne Wasser. Der breitkrempige Hut dort schützt dich vor Sonne und Wind, und er wird dafür sorgen, dass dir der Regen nicht in den Nacken läuft. Du siehst die Sandalen? Sie sind solide gearbeitet und werden dir viele Monate treue Dienste leisten. Die Tasche rechts davon dient dazu, Proviant und Papiere zu transportieren. Wir werden dir Brot und Käse mitgeben, so dass du für die erste Zeit zu essen hast. Da liegt ein Wanderstab. Sicherlich fragst du dich, wozu er gut ist. Er stützt deinen Gang. Du kannst etwas daran aufhängen. Er hilft dir, dich beim Durchwaten von Flüssen gegen die Strömung zu stützen. Notfalls taugt er auch zur Verteidigung gegen wilde Tiere. Schließlich erhältst du ein kleines Messer. Und zwei Steine, mit denen du Feuer schlagen kannst.»

Johannes schaute verblüfft auf die Gegenstände, die vor ihm ausgebreitet waren.

«Am Tage deiner Abreise», ergänzte Jordanus, «wirst du vom

Abt Papiere erhalten, die dich ausweisen und dir manche Tür öffnen können.»

In den wenigen Tagen, die ihm nun noch blieben, nahm Johannes Abschied von allem, was ihm in den letzten Jahren ans Herz gewachsen war. Er verbrachte viel Zeit im Lesesaal und im Kreuzgang, wanderte zu den Fischteichen des Klosters und meditierte in der Klosterkirche, um seine Unruhe zu besänftigen. Und er besuchte noch einmal den alten Schmied. Gemeinsam betrachteten sie das Schwert, das nun ihm gehörte.

«Du hast immer gewusst, dass es für mich bestimmt war?», fragte Johannes.

Der Schmied nickte.

«Natürlich. Nun wirst du diese Waffe führen. Schon damals hast du sie sehr bewundert, und das hat mich stolz gemacht.»

«Ich werde immer bemüht sein, sie mit Weisheit zu gebrauchen», versprach Johannes.

«Diejenigen, die dich gerufen haben, werden dich lehren, es kunstvoll und besonnen zu führen. Vielleicht bringst du das Schwert eines Tages nach Loccum zurück.»

Die beiden umarmten sich herzlich.

Auf dem Weg zum Mönchstrakt dachte Johannes über das nach, was der Schmied gesagt hatte. Würde er wirklich die Kunst des Kriegers erlernen? Bislang war er ein Mann des Buches gewesen. Und würde er zurückkehren?

Die Nachmittage nutzte Johannes, um dem Novizenmeister im Lesesaal Reiseerfahrungen zu entlocken. Dabei zeigte sich Jordanus als kundiger Ratgeber. So erfuhr Johannes, dass die Wege, auf denen die Pilger reisten, meist nur so breit waren, dass zwei Pferdewagen passieren konnten. Auf Beschreibungen war wenig Verlass, weil sich der Verlauf der Wege oftmals änderte. Flüsse und Bäche konnten zum Hindernis werden, weil es selten Brücken gab. In verlassenen Gegenden dauerte es Tage, bis man wieder auf Menschen traf, auf Herberge und Bewirtung.

«Über eine Unterkunft musst du dir keine Gedanken machen», sagte Jordanus. «In den Klöstern und den Spitälern der Städte wirst du immer aufgenommen.»

«Wieso seid Ihr Euch da so sicher?», fragte Johannes.

«Weil es die Regel des heiligen Benedikt gibt.»

Jordanus holte ein Buch von der Ablage, legte es auf das Pult und schlug es auf.

«Kapitel 53: ‹Alle Gäste, die kommen, sollen wie Christus aufgenommen werden; denn er wird einst sagen: Ich war fremd, und ihr habt mich aufgenommen.›»

Jordanus wandte sich wieder dem Jungen zu.

«Man wird dir Obdach gewähren. Du wirst zu essen und zu trinken erhalten, im Winter einen warmen Platz. Und immer auch eine Auskunft über den Weg, der dich weiterführt.»

«Und wie sieht es in den Städten aus? Und auf dem Land bei den Bauern?», wollte Johannes wissen.

«Überall, wo Christen leben, wird man dir zumindest Obdach, Wasser und Brot gewähren. So war es auf meiner Reise. Die Menschen sind besser, als man glaubt.»

«Aber sie werden mich doch vielleicht gar nicht verstehen.»

«Was meinst du?»

«In fremden Ländern.»

«Du wirst sie verstehen. Du wirst dich in die fremden Sprachen einhören und sie zunehmend besser beherrschen. Meist kannst du dich zunächst einmal mit Händen und Füßen verständigen. Überall da, wo es Mönche gibt, wird man dein Latein verstehen. Und auch im fernsten christlichen Land wird der Gottesdienst in dieser Sprache abgehalten, die dir so bekannt ist. Sorge dich nicht.»

Zur Stunde der Prim versammelten sich die Mönche in der Klosterkirche. Johannes hatte am Abend zuvor noch einige Papiere erhalten. Nun war er zur Reise bereit. Der Gesang der Mönche, das Officium Chori, erfüllte den Raum. Johannes hatte diese Gebetsstunde häufig genug durchlebt, um zu wissen, dass es die Stunde des Aufbruchs ist, die Stunde des Neuanfangs. Der Abt leitete das feierliche Hochamt ein. Nacheinander nahmen die Mönche Brot und Wein. Nach dem Vaterunser gingen sie hinaus in den Kreuzgang und betraten den Kapitelsaal. Der Abt las wie jeden Tag zu dieser Stunde aus der Benediktinerregel. Diesmal war es das 53. Kapitel über die Gastfreundschaft. Es folgte ein Gebet für die verstorbenen Klosterbrüder, dann die Verteilung der Arbeiten des heutigen Tages. Nun erst wandte sich der Abt an Johannes.

«Auch du wirst heute eine Aufgabe erhalten. Es ist eine Aufgabe, die dich eine lange Zeit von uns fort führen wird. Dein Weg soll dich zum Kloster Cîteaux leiten, an jenen Ort im Burgund, an dem unser Orden gegründet wurde. Dort wird man dich erwarten und in Künsten ausbilden, die du hier nicht erlernen kannst. Du hast dich würdig erwiesen, dies zu tun.»

Der Abt schwieg einen Moment. Dann fuhr er fort.

«Lasst uns beten.»

Die Mönche senkten den Blick und falteten ihre Hände.

«Heiliger Herr, allmächtiger Vater, ewiger Gott, der du der Führer der Heiligen bist und die Gerechten auf dem Wege lenkst: Sende den Engel des Friedens mit deinem Diener Johannes, dass er ihn zum vorgesehenen Ziele geleite. Er sei ihm ein fröhlicher Begleiter, auf dass kein Feind ihn von seinem Wege hinwegreiße; fern sei ihm jeder Ansturm des Bösen, nah aber der Heilige Geist.»

Die Mönche antworteten mit einem langanhaltend gesungenen Amen.

Nacheinander kamen sie zu Johannes, umarmten ihn, sagten ihm persönliche Worte, wünschten ihm Glück.

Mit dem Segen schloss der Abt den Gottesdienst. Er verließ den Kapitelsaal, und kurz darauf folgten die übrigen Mönche.

Schließlich war nur Jordanus noch im Raum. Er blickte Johannes an, stolz und etwas wehmütig zugleich.

«Du hast dein Ziel erfahren», sagte er. «Es wird eine lange Reise sein. Aber alles ist wohl vorbereitet. Begib dich zunächst nach Minden. Dort erwartet dich der Bischof. Er wird dir das nächste Reiseziel nennen und dich auf den Weg bringen. Überall auf deiner Reise wirst du Menschen finden, die dir wohlgesinnt sind. Du reist mit dem Segen Gottes.»

Erst jetzt bemerkte Johannes, dass Jordanus Papiere in der Hand hielt.

«Nimm diese Urkunden. Sie weisen dich als Mönch der luccensischen Zisterzienser aus. Auf deinem Wege wirst du schnell verstehen, wann du sie gebrauchen kannst.»

Ein letztes Mal umarmte der Novizenmeister den Jungen. Dann verließ auch er den Kapitelsaal. Im Eingang drehte er sich noch einmal um.

«Komm heil zurück!», wünschte er dem Jungen.

Etwas später, als Johannes durch die Pforte des Klosters trat, dachte er noch einmal zurück an das Stundengebet der Prim. Nun war die Zeit zu schauen, zu hören, zu gehen...

Die Freude auf dem Hof kannte keine Grenzen. Sein Bruder hatte ihn als erster erkannt. Dann erblickte ihn die Mutter. Sie lief auf Johannes zu und drückte ihren Sohn so fest, als wolle sie ihn nie wieder loslassen.

Es war bereits Abend geworden, und ohnehin konnte Johannes nicht abschlagen, diese Nacht auf dem Hof der Eltern zu verbringen.

Johannes musste erzählen, von dem, was er im Kloster gelernt hatte, von den Mönchen und dem Abt, den Gebetsstunden, dem täglichen Leben. Als er gefragt wurde, warum er an diesem Tag außerhalb des Klosters sein durfte, begann er, von der Reise zu berichten, die er gerade angetreten hatte. Seine Zuhörer wurden still, die Gesichter ernst.

«Junge, werden wir dich je wiedersehen?», fragte die Mutter, nachdem Johannes aufgehört hatte zu erzählen.

«Die Brüder haben für mich gesorgt. Es ist ein langer Weg, aber überall warten Freunde.»

Johannes sagte das voll Zuversicht und vermied es, Zweifel und Unruhe zu zeigen, die ihn nach wie vor bewegten.

«Die Zeit wird kommen, wenn wir uns wiedersehen», sagte er bestimmt. «Ich kehre nach Loccum zurück. Das ist meine Aufgabe. Und ich werde sie erfüllen.»

Niemand sagte ein Wort. Für einen Moment hörte man nur die Geräusche der Nacht, die von draußen in die Diele drangen. Johannes blickte zu seiner Mutter und sah ihr an, wie sehr sie um ihn besorgt war. Sie schien zu spüren, dass er da über etwas sprach, das er selbst letztlich nicht überschauen konnte.

Es war der Bruder, der das Schweigen aufhob.

«Lasst uns nicht traurig sein! Lasst uns die wenigen Stunden, die Johannes noch bei uns ist, als Geschenk annehmen!»

Allmählich kamen die Freude und das Lachen auf die Gesichter zurück. Bis in die Nacht dauerten die Gespräche an. Erinnerungen wurden lebendig. Für einige Stunden war es so wie früher, wenn sie gemeinsam ein Fest feierten.

In der Nacht fiel es ihm schwer, Schlaf zu finden. Wie sicher war es, dass er jemals zurückkehren würde? Wie wahrscheinlich dagegen, dass er die lange Reise nicht überlebte? Und selbst wenn die Rückkehr gelänge: Würden die Menschen, die er so sehr liebte, dann noch am Leben sein? Wie lange würde er fort bleiben? Ein Jahr? Zwei Jahre? Fünf Jahre?

Längst war ihm die Tragweite seines Abenteuers bewusst geworden. Aber nie hatte er diese Fragen so drängend und schmerzvoll empfunden wie jetzt.

Am nächsten Tag erreichte Johannes die Weser. Er ging stromaufwärts. Am Mittag sah er die Silhouette der Bischofsstadt Minden. Während er sich näherte, erkannte er immer deutlicher die massive Ringmauer und die hohen Kirchtürme der Stadt, sieben an der Zahl. Am stärksten zeichneten sich die Umrisse der drei größten Kirchen ab. Während eine im alten Stil erbaut worden war, zeigten die beiden anderen ein schlankeres aufstrebendes Äußeres. Alle Kirchen besaßen jeweils zusätzlich zu den nach Westen ausgerichteten, mächtigen Glockentürmen noch einen weiteren, deutlich kleineren Dachreiter, ähnlich dem, den Johannes bereits aus Loccum kannte. Unmittelbar hinter der Stadtmauer standen die Häuser zum Fluss hin ausgerichtet eng nebeneinander. Im Inneren der Stadt schien es eine solche Ordnung nicht zu geben.

Auf der Weser erblickte er Lastkähne, die von der Strömung flussabwärts getragen wurden und flussaufwärts die Segel gesetzt hatten, kleine, einfache Boote. Am Nachmittag erreichte er die große Brücke, die ihn über die Weser führen sollte. Die Stadt war jetzt ganz nah. Für Johannes war all dies neu, und so machte er einen Moment Rast, um das Bild auf sich wirken zu lassen.

Die äußere Mauer schien sich ohne Unterbrechung um die Stadt zu ziehen. Johannes schätzte sie doppelt so hoch wie die Mauer des Loccumer Klosters. Mehrfach war sie durch große Wehrtürme verstärkt, durch die man in die Stadt gelangen konnte. Entlang der Mauer zog sich ein Wassergraben. Auffällig war, dass der Westteil der Stadt deutlich höher gelegen war als der Ostteil. Johannes bemerkte, wie eng die Gebäude beieinander standen. Wie viele Menschen hier wohl lebten? Wie ernährten sie sich, wenn sie am Haus keinen Acker bearbeiten konnten?

Johannes hatte die Brücke erreicht. Dort musterten die Wächter aufmerksam jeden, der in die Stadt gelangen wollte. Ein Händler mit Pferdefuhrwerk musste einen Geldbetrag entrichten, um Durchlass zu erhalten. Auch Johannes wurde nach seinem Ziel gefragt. Die Wächter ließen ihn passieren. Auf der Mitte der Brücke blieb er stehen, um zum Fluss hinabzublicken. An den steinernen Brückenpfeilern, die massiv aus dem Wasser ragten, konnte man die Strömung der Weser besonders gut wahrnehmen. Rechts von der Brücke erblickte Johannes vor der Stadtmauer eine große, unbebaute Fläche unmittelbar am Wasser. Hier hatten Kutter unterschiedlicher Größe angelegt. Viele Menschen waren damit beschäftigt, Schiffe zu entladen. Gleichzeitig standen dort Bauern mit Fuhrwerken und warteten offenbar darauf, ihr Getreide an Bord bringen zu können. Nicht immer gelang es Johannes zu erkennen, was dort gehandelt wurde. Mit großer Verwunderung bemerkte er zehn Schiffe, die in zwei Reihen nebeneinander im Wasser schwammen, aber nicht von der Strömung fortbewegt wurden. Es hatte den Anschein, als wären sie wie von magischer Hand im Fluss gehalten. Bei genauerem Hinsehen erkannte er, dass es sich wohl auch nicht um gewöhnliche Kähne handelte, mit denen Waren transportiert werden konnten. Diese Schiffe besaßen einen Aufbau ähnlich einer Hütte und seitlich ein großes hölzernes Schaufelrad, das von der Strömung bewegt wurde. Johannes konnte sich nicht erklären, welchen Sinn dies haben sollte.

Er ging weiter zum Ende der Brücke. Auch hier durchschritt er ein Tor, das jedoch nicht bewacht wurde. Nach einigen Metern stand er auf einer engen, sehr belebten Straße. Links und rechts reihte sich Haus an Haus. Diese Gebäude waren aus Holz und Lehm gebaut. Einige hatten ein zweites Stockwerk und ein Dachgeschoss mit Ladeluke und Seilzug. Die Straße selbst war ungepflastert. Hin und wieder lagen Essensreste herum. Fliegen, Käfer und Schaben machten sich darüber her, und auch

Mäuse tummelten sich dort. Johannes ging eine Weile ziellos weiter, um alles Neue wahrzunehmen. Menschen eilten geschäftig an ihm vorbei. Hier fand sich nichts von der Ruhe der Arbeit im Kloster. Er kam an eine Kreuzung und blickte nach links. Eine große Kirche war zu sehen. Auf dem Weg dorthin gab es eine Absperrung, eine hölzerne Palisade. Wächter standen am Durchgang. Dorthin begab sich Johannes, um nach dem Weg zu fragen. Intuitiv war er richtig gegangen. Er stand am Eingang zur Domfreiheit. Die Wächter kontrollierten die Papiere, die der Abt ihm für den Besuch beim Bischof zu Minden geschrieben hatte. Etwas hilflos blickten sie auf die Schriftzeichen, aber das Luccensische Siegel schien sie zu überzeugen: In Wachs geprägt sahen sie die Licht aussendende Madonna mit dem Kinde und um sie herum angeordnet die Worte ‹Sigillum Prioris et Conventus Luccensis›. Einer der Wächter zögerte nicht lange und forderte Johannes auf, ihm zu folgen.

Hinter der Palisade hatte man freien Blick auf den Dom. Er übertraf die Klosterkirche von Loccum nur um weniges, aber seine Architektur wirkte nicht so filigran, schien vor allem von den mächtigen Außenwänden bestimmt zu sein. Die klassischen römischen Rundbögen der Westfassade ließen darauf schließen, dass der Dom noch im alten Stil erbaut worden war. Johannes wollte das Bauwerk näher betrachten, aber sein Begleiter zupfte ihn an der Kutte und zeigte auf ein Steinhaus am Rande des großen Domhofs: die Kurie. Johannes hatte sein erstes Ziel erreicht.

Der Wächter befahl zu warten. Nach geraumer Zeit kam er zurück und machte ein Zeichen, ihm zu folgen. Gemeinsam durchschritten sie die schwere Holztür und gelangten über eine Steintreppe zum ersten Stock in ein großes Zimmer. Dort ließ der Wächter den reisenden Mönch allein. Johannes hatte Zeit, sich umzusehen. Er erblickte vor sich einen großen Eichentisch.

Dahinter befand sich ein ebenso ausladender Holzsessel, fast einem Thron ähnlich. An der Wand zur Rechten bemerkte Johannes einen Bücherschrank. Gern hätte er hier etwas genauer hingesehen, aber er besann sich, denn ein solches Verhalten wäre unhöflich gewesen. Zur Linken gewährten zwei große Fenster einen Blick auf die Nordseite des Doms. Johannes blickte hinaus, musterte die Fassade und fragte sich, wie lange diese Steine wohl schon an diesem Ort standen. Unbedingt musste er das Innere der Kirche erkunden, um mehr über den alten römischen Stil zu erfahren. In diesem Moment hörte er, wie sich hinter ihm die Tür zum Zimmer öffnete. Johannes wandte sich um und fiel vor dem Eintretenden auf die Knie, um ihm die nötige Ehrerbietung zu erweisen.

«Johannes von Loccum, erhebt Euch», hörte er eine feste Stimme.

Er küsste den Ring des Bischofs und richtete sich auf. Zu seiner Überraschung sah er sich einem recht jungen Mann gegenüber, der höchstens dreißig Jahre alt sein konnte. Dieser Mann war von schlanker, hoher Gestalt und trug die rote Amtstracht, ein Brustkreuz, jedoch keine Kopfbedeckung. Er musterte ihn mit hellwachen Augen.

«Ihr seid der Mönch, der eine lange Reise antreten will», stellte er fest.

«So ist es, Eure Eminenz. Ich überbringe Euch die allerherzlichsten Grüße des Abts von Loccum.»

«Ich danke Euch», antwortete der Bischof kurz. Er ging zum Fenster und blickte auf den großen Domhof.

«Das Schreiben Eures Abtes wurde mir überbracht. Ihr scheint ein begabter Mann zu sein.»

Er schwieg einen Moment. Dann wandte er sich wieder zu Johannes, musterte ihn erneut aufmerksam.

«Und Ihr scheint ein mutiger Mann zu sein, Johannes von Loccum. Nun, die Ritter vom Tempel werden Euch Ungewöhnliches zutrauen. Was in meiner Macht steht, um Euch zu helfen, will ich gern tun.»

«Ich danke Euch, Eminenz», sagte Johannes. Zu gerne hätte er gewusst, was in dem Brief über ihn und seine Reise geschrieben stand und welche Rolle der Bischof dabei einnehmen sollte. Doch er besann sich, dass es unpassend wäre, danach zu fragen.

«Meine Möglichkeiten sind allerdings gering» sagte der Bischof. «Wir werden uns an Männer wenden, die Euch wirklich hilfreich sein können.»

«Die Stimme des Bischofs von Minden wird von großem Gewicht sein», sagte Johannes.

«Ihr überschätzt meine Macht. Noch vor hundert Jahren war der Bischof in dieser Stadt die uneingeschränkte Autorität. Das ist heute nicht mehr so. Reiche Bürger haben an Einfluss gewonnen. Sie bestimmen mehr und mehr, was in dieser Stadt geschieht.»

Er lächelte kurz.

«Aber das hat manchmal auch sein Gutes. Sie sind sehr zugänglich, wenn sie meinen, einen Vorteil zu erlangen. Lasst uns aufbrechen, Johannes. Wir besuchen einen dieser Bürger!»,

Augenblicke später hatte der Bischof gemeinsam mit Johannes die Kurie verlassen. Begleitet von zwei Wachen erreichten sie den Markt.

Noch nie hatte Johannes ein solch ungeordnetes Menschengetümmel gesehen. Als Erstes erblickte er auf diesem Platz eine unüberschaubare Menge offener Verkaufsstände, die mit Zeltplanen überdacht waren, wohl um die Händler vor Regen und Sonne zu schützen. Er konnte auf den ersten Blick nicht im einzelnen erkennen, womit gehandelt wurde, aber allein die Menge der Stände und die Zahl der Menschen, die hier emsig hin und her liefen, war überwältigend. Das geschäftige Treiben vollzog sich in einer Lautstärke, wie sie Johannes bislang noch nicht vernommen hatte. Unter den Käufern erblickte er Frauen und Männer, Kinder und alte Leute, Geistliche und wohlgekleidete Bürger. Bald erkannte er, dass auch aus den Häusern heraus, die den Marktplatz umgaben, eifrig gehandelt wurde. Das waren durchweg zweistöckige Häuser, in denen sich im Erdgeschoss Läden oder Werkstätten befanden.

Dem Bischof war die Verwunderung und Hilflosigkeit des Mönchs aus Loccum nicht verborgen geblieben.

«Wenn Ihr vorhabt, in die weite Welt zu ziehen, dann solltet Ihr Euch an diesen Anblick gewöhnen», sagte er.

«Wie meint Ihr das?», fragte Johannes zurück.

«Jede große Stadt hat einen Markt wie diesen. Die Städte leben vom Handel. Manche haben sogar mehrere Märkte, auf denen unterschiedliche Waren verkauft werden.»

«Und ist es dort genauso laut und ungeordnet?»

«Auch wenn es so aussieht, hier ist nichts ungeordnet. Jedes Haus, jeder Stand hat eine offizielle Erlaubnis für den Handel. Fremden wäre es unmöglich, hier etwas zu verkaufen, es sei denn, sie hätten eine Genehmigung. Und es kann hier auch nur der handeln, der einer Zunft angehört.»

«Einer Zunft?»

«Alle Händler und Handwerker sind Mitglieder einer Zunft, und jedes Handwerk hat seine eigene. Wer nicht dazugehört, darf in der Stadt nicht arbeiten und nicht handeln. Die Zünfte stellen sicher, dass die Waren gut sind, und sie legen Preise fest. Jede Zunft hat eine Ordnung, die niedergeschrieben ist und an die sich alle Handwerker halten müssen. Das Durcheinander, das Ihr hier seht, ist wohlgeordnet.»

Johannes blickte noch immer gebannt auf das lautstarke Treiben.

«Und was geschieht in den Häusern?»

«Ihr seid ein guter Beobachter, Johannes», sagte der Bischof. «Hier wohnen die reicheren Handwerker und Händler, die ein

Haus unmittelbar am Markt erbauen oder kaufen konnten. Wenn es regnet, sind sie in ihren Läden nicht so sehr betroffen wie die Händler an den Ständen. Aber es gibt noch zwei weitere Besonderheiten, die Eure Aufmerksamkeit verdienen. Zur Linken findet Ihr in die Reihe der Häuser eingebettet die Marktkirche. Sie ist Johannes dem Täufer geweiht.»

«Warum hier noch eine Kirche? Der Dom ist doch nicht weit?»

«Da, wo die Menschen sind, muss auch die Kirche sein. Es ist ein Ort der Stille inmitten geschäftiger Unruhe. Die Menschen lieben diese Kirche, gehen gerne dorthin, um zu beten. Leider soll es schon vorgekommen sein, dass manche Händler sich auch da nicht zurückhalten konnten und die dortige Stille für Verhandlungen nutzten.»

Johannes schüttelte den Kopf.

«Ihr werdet Euch noch über manches wundern, Johannes. Schaut einmal hierher.»

Johannes drehte sich um und folgte dem Blick des Bischofs. Vor ihm erhob sich ein Haus, das ebenfalls zwei Stockwerke besaß, in dem sich aber keine Läden befanden. Ebenerdig umgab dieses Gebäude ein Arkadengang, der im neuen Stil erbaut worden war.

«Hier tagt regelmäßig der Rat, der alles, was die Stadt betrifft, organisiert. Hier wurden auch die Marktordnung und alle Zunftordnungen verfasst.»

«Aber Minden ist ein Bistum», entgegnete Johannes.

«Das ist richtig, aber schon lange bestimmt der Bischof nicht mehr alle Belange der Stadt. Die Bürger haben sich nach und nach Rechte erkämpft. Selbst wenn ich wollte, wäre es unmöglich, die Dinge rückgängig zu machen.»

«Wie konnte das geschehen?»

«Der Handel und das Handwerk haben die Bürger reich gemacht. Längst sind es nicht mehr nur Waren aus dem Umland, die in Minden auf den Markt kommen. Die Schiffe auf der Weser bringen Getreide hinauf zur See und kommen mit Tuch aus fernen Ländern zurück. Einige Händler haben großen Einfluss gewonnen. Einfluss, den Ihr brauchen werdet. – Kommt. Wir verlassen den Markt.»

Eine breite Treppe führte Schritt für Schritt aufwärts, zunächst nach links, so dass man auf den Markt hinunterblicken konnte, bevor es nach rechts hinauf in die Oberstadt ging. Dort führte der Bischof Johannes an einfachen Lehmhäusern entlang, die rund um die dortige Kirche erbaut worden waren. Am Ende ihres Weges erreichten sie ein Steinhaus, ähnlich hoch wie die Häuser am Markt, aber freistehend und von großzügigen Ausmaßen. Johannes bemerkte, dass der Eingang dieses Gebäudes als römischer Rundbogen gestaltet war, einige Fenster im Obergeschoss aber folgten dem neuen Stil.

«Hier finden wir den Zunftvorsteher der Mindener Kaufleute», sagte der Bischof. «Folgt mir.»

Der Bischof öffnete das Tor, und sie gelangten in einen großen Raum. Johannes blickte zunächst auf die hohen, dunklen Schränke zur Rechten und zur Linken, in denen Schriftstücke gelagert waren. Dann sah er am Ende des Raumes hinter einem großen, ausladenden Tisch einen Mann, der in ein Buch vertieft gewesen war und nun überrascht aufsah. Er bemerkte die beiden Besucher, erhob sich und ging auf den Bischof zu, den er freundlich begrüßte.

«Gottfried Graf von Waldeck, Bischof zu Minden, seid willkommen in meinem Haus.»

Der Mann kniete nieder und küsste den Ring des Bischofs.

«Nehmt auch meinen Gruß entgegen, Ludwig. Und erhebt Euch.»

Johannes bemerkte, dass der Angesprochene sehr vornehm gekleidet war. Über einem roten Unterkleid trug er einen ockerfarbenen, reich verzierten Umhang, und ein flacher Hut bedeckte seinen Kopf. Der Mann stand langsam auf und wandte sich erst jetzt dem jungen Mönch zu, der den Bischof begleitete.

«Ihr kommt heute nicht allein, Eminenz», stellte der Kaufmann fest.

«Das ist Johannes, Mönch zu Loccum», antwortete der Bischof. «Er wird in diesen Tagen eine Reise antreten. Ich kenne niemanden, der sich in der weiten Welt so gut auskennt wie Ihr, Ludwig. Und so wäre ich Euch um einen Rat sehr dankbar.»

«Eminenz, es ist mir eine Ehre, Euch mit meinem beschränkten Wissen dienlich zu sein. Aber setzt Euch. Darf ich Euch eine Erfrischung reichen?»

«Danke, Ludwig, Eure Gastfreundschaft adelt Euch. Doch heute ist mir allein an Eurem Rat gelegen.»

Nachdem sie Platz genommen hatten, ergriff der Kaufmann das Wort.

«Lasst mich hören, ob es mir möglich ist, Euch zu Diensten zu sein.»

Der Bischof kam unmittelbar zur Sache: «Ludwig, nehmt an, Ihr könntet reisen, ohne Euch um Tuch oder Getreide kümmern zu müssen. Welchen Weg würdet Ihr wählen, um – sagen wir – nach Rouen zu gelangen?»

Der Kaufmann sah erstaunt auf. Er überlegte einen Moment.

«Wie viel Zeit hätte der Reisende zur Verfügung?»

«Der schnellste Weg wäre der beste», antwortete der Bischof.

Wieder dachte der Kaufmann kurz nach, war aber schließlich nicht um eine Antwort verlegen.

«Die Reise zu Land nimmt Monate in Anspruch. Ich würde den Seeweg wählen, mit dem Lastkahn die Weser hinab nach Bremen, mit der Kogge von dort nach Brügge. Kaufleute aus

Brügge liefern Tuch in das Reich der Franken. Sie segeln meines Wissens den Kanal entlang und die Seine aufwärts.»
Der Bischof hatte aufmerksam zugehört.
«Wie lange würde das dauern?»
«Das hängt davon ab, wie die See ist», antwortete der Kaufmann. «Drei Wochen. Bei Sturm oder Flaute entsprechend länger.»
«Wie gefährlich ist die Reise?»
«Boote können kentern. Auf dem Schiff können Krankheiten ausbrechen. Andererseits navigieren die Koggen in Küstennähe. Vielleicht ist es über Land sogar gefährlicher, denn bis Rouen hätte man sicher mehrmals die Bekanntschaft von Räubern gemacht.»
«Was wäre Euer Rat?»
«Eminenz, Ihr wisst, dass ich all meine Waren den Binnenschiffen und der Flotte der Hanse anvertraue.»
Der Bischof überlegte kurz.
«Dann möchte ich ihnen auch das Leben des Johannes von Loccum anvertrauen», sagte er bestimmt. «Ludwig, wäret Ihr in der Lage, entsprechende Papiere auszustellen?»
Der Kaufmann sah den Bischof nachdenklich an. Dann blickte er zu Johannes, der bislang nur Zuhörer gewesen war, musterte ihn, als wolle er sich von dessen Gesundheit und Körperkraft überzeugen.
«Das wäre möglich», antwortete er zögernd.
«Auch für die Hanse und die Kaufleute aus Brügge?»
«Sicherlich.» Er blickte auf. «Nur müssen Eure Eminenz wissen, dass es nicht einfach sein wird, die Hansekaufleute und vor allem die Händler aus Brügge für diese Sache zu gewinnen.»
Johannes sah, wie der Bischof lächelte.
«Ludwig, Ihr dürft davon ausgehen, dass diese Sache Euer Schaden nicht sein soll.»
«Eminenz, es ist mir eine Ehre, Euch in allen Dingen dienlich

sein zu können», antwortete der Kaufmann. Er sah auf, ging zu einem der Schränke, holte von dort mehrere Schriftstücke und studierte sie gründlich.

«Es müsste möglich sein», fuhr er fort. «Die Reise auf der Weser lässt sich unmittelbar vorbereiten. Ich würde Euch meinen Sekretär als Begleiter zur Verfügung stellen. Er kann in Bremen die Verbindungen erwirken, die für die weitere Reise nötig sind, und entsprechende Papiere ausstellen lassen.»

«Ludwig, es freut mich, in Euch einen guten Freund zu wissen. Bereitet alles vor. Wann wäre die Abfahrt?»

Der Kaufmann warf einen Blick auf die Papiere vor ihm. «Morgen sende ich eine Ladung Getreide flussabwärts.»

Der Bischof blickte zu Johannes.

«So soll es sein.»

Johannes hatte die Nacht im Paulinerkloster in der Oberstadt verbracht und dort auch an den Stundengebeten teilgenommen. Die Rituale waren ihm bekannt, aber dennoch hatte er sich als Fremder gefühlt. Nun, am frühen Morgen, auf dem Weg zum Hafen erinnerte er sich an all die vielfältigen Eindrücke des gestrigen Tages, und er kam zu dem Schluss, dass er sich an dieses Gefühl des Fremden und Neuen von nun an würde gewöhnen müssen. Er ging die Stufen hinab zur Unterstadt, überquerte den Markt, der wie ausgestorben dalag, und erreichte die Kurie. Er betrat den Dom, nachdem er eines der beiden riesigen Tore geöffnet hatte. Dazu war es nötig gewesen, sich mit viel Kraft gegen einen bronzenen Löwenkopf zu stemmen, der sich inmitten eines von Drachenornamenten umschlungenen Rundschildes befand, das von der zottigen Mähne des Löwen fast bedeckt wurde. Das Tier blickte, die Ohren gespitzt, den Betrachter an, als wolle es ihm deutlich machen, dass dieses Haus gegen alles Böse gewappnet war.

Im Inneren des Doms ließen die großen Fenster das erste Licht des Tages herein. Johannes hörte, wie seine leisen Schritte im Raum Widerhall fanden. Er begab sich nach links in das nördliche Seitenschiff und bemerkte dort einen kleinen Schrein, wie er zur Aufbewahrung von Reliquien genutzt wurde. Darin befand sich die vergoldete Büste einer Frau, die ebenmäßige Gesichtszüge besaß und noch sehr jung sein musste. Ihr Haar war unter einem Kopftuch verborgen, das von einem Stirnband gehalten wurde. Johannes kannte Abbildungen der Maria mit dem Kind. Doch hier war eine junge Frau dargestellt, die allein durch ihre Schönheit wirkte und ihn ganz in ihren Bann zog. Sollte es Maria Magdalena sein?

Dann hörte Johannes Geräusche aus dem Chorraum. Offenbar wurde er bereits erwartet. Am Altar in der Vierung bemerkte er den Bischof. Ohne Zögern schritt er auf den Mann zu und kniete vor ihm nieder. Er spürte, wie sich eine Hand auf sein Haupt legte. Dann hörte er die Stimme des Bischofs, der in einem kurzen Gebet für den Reisenden den Segen Gottes und die Hilfe der Engel und der Heiligen herbeirief. Unmittelbar darauf erhielt Johannes von dem Messdiener einen Leinensack mit Proviant und seine beiden Wasserflaschen, die neu gefüllt waren.

«Gehe hin, Johannes von Loccum. Möge der Segen Gottes dich allzeit behüten.»

Der Bischof umarmte den jungen Mönch, wandte sich dann dem Altar zu, kniete nieder und versank in ein stilles Gebet.

Johannes hätte ihm gerne zum Abschied seinen Dank ausgesprochen. Doch es verbot sich, den Bischof bei einer heiligen Handlung zu stören.

Wenig später hatte er durch das Stadttor den Hafen erreicht. Ein junger Mann kam auf ihn zu und sprach ihn an.

«Ihr müsst Johannes von Loccum sein.»

«So ist es», antwortete der. «Ihr seid mein Begleiter nach Bremen?»

«Mein Name ist Martin. Ich stehe in den Diensten Ludwigs des Kaufmanns. Folgt mir. Das Boot ist bereit.»

Unmittelbar am Wasser lag ein Kutter, der mit Getreidesäcken beladen war. Die beiden Männer sprangen an Bord. Johannes verstaute all seine Habe so, dass während der Fahrt nichts verloren gehen konnte. Dann stieß der Schiffer das Boot mit dem Stechpaddel vom Ufer ab. Er hatte das Segel nicht gesetzt, denn offenbar war ihm die Strömung flussabwärts völlig ausreichend. Tatsächlich nahm der Kutter bald Geschwindigkeit auf. Das Stechpaddel diente dem Schiffer jetzt dazu, den Lastkahn so zu steuern, dass er möglichst in der Mitte des Flusses schwamm, um die Strömung gut auszunutzen und Hindernisse, die vom Ufer in den Fluss ragten, zu umfahren.

Nach etwa einer Stunde erkannte Johannes zur Linken den Ort Petershagen. Da waren das steinerne Gutshaus, das vom Fluss aus gesehen mehr einer kleinen Festung glich, und einige weitere Anwesen, die wohl seiner Versorgung dienten.

Von nun an reiste er durch unbekanntes Land.

Mit der Zeit erwies sich die Fahrt als anstrengend. Der schmale Kahn schwankte hin und her. Johannes wurde bald flau im Magen, weil er dies nicht gewohnt war. Zudem saß er eingeklemmt inmitten der Getreidesäcke und konnte kaum die Beine ausstrecken. Er erinnerte sich, gelesen zu haben, dass der heilige Bonifatius noch im hohen Alter große Strecken mit dem Schiff bewältigt habe. Das kam ihm nun etwas fraglich vor.

Gegen Mittag steuerte der Schiffer den Kahn an Land und gönnte sich und den Reisenden eine kurze Pause. Johannes nutzte die Zeit, um etwas auf und ab zu gehen und die Verspannungen in den Beinen zu lösen. Dann ging die Reise weiter.

Martin, der Kaufmannsgehilfe, erwies sich als anregender Gesprächspartner. So erfuhr Johannes, dass die heutige Fahrt nichts Ungewöhnliches war. Regelmäßig brachten Binnenschiffe Waren flussab- und flussaufwärts. Ein Dutzend von ihnen erreichte täglich die Stadt Minden. Meist wurde Getreide, Wein, Salz und Tuch transportiert. Ein Lastkahn konnte etwa die Ladung eines Ochsenwagens aufnehmen. Von Minden nach Bremen fuhr das Schiff einen Tag, zurück brauchte es mit Hilfe der Segel bei günstigem Wind die dreifache Zeit.

Die Fahrt wurde bald unruhiger. Ein kleiner Fluss mündete in die Weser und sorgte für gefährliche Strudel. Mehrmals behinderten Pfeiler längst verfallener Brücken die Fahrt. Hin und wieder konnte Johannes Fischer bei ihrer Arbeit beobachten.

Am späten Nachmittag schien es, als würde ihr Ziel bald näher kommen. Zunächst konnte man von fern Kirchturmspitzen erkennen, und bald bemerkte Johannes Wehrtürme und Dächer höherer Gebäude.

«Das ist Bremen», sagte Martin. «Nun dauert es nicht mehr lange.»

Diese Nachricht nahm Johannes dankbar auf, denn er würde den Kahn verlassen und sich endlich wieder frei bewegen können.

Etwas später waren auf der rechten Weserseite die Ausläufer der Stadtmauer zu erkennen. Wie in Minden war sie von breiten Wassergräben umzogen und durch Wehrtürme verstärkt. Während sich der Kahn näherte, sah Johannes immer deutlicher, welche Ausmaße diese Stadt hatte. Allein sieben Kirchen konnte er auf den ersten Blick erkennen. Die Zahl der Häuser überstieg die der Stadt Minden deutlich. Selbst auf der linken, ungeschützten Seite der Weser befand sich eine Siedlung. Eine Brücke über den Fluss verband sie mit dem Kern der Stadt. Entlang des Ufers lagen Lastkähne, die an Holzpfählen und Flechtwerk gesichert waren.

«Wir nähern uns der Schlagde», rief Martin. «Schaut dort!»

Martin zeigte flussabwärts zur unteren Hälfte des Hafens. Johannes erblickte dort ähnlich wie in Minden einen großen freien Platz unmittelbar am Ufer der Weser. Hier hatte eine große Zahl von Lastkähnen angelegt. Hunderte von Menschen waren eifrig damit beschäftigt, Leinensäcke von Bord zu holen und auf Fuhrwerke zu verladen. Andere Arbeiter brachten neue Ladung heran. Doch viel mehr als das beeindruckten Johannes drei große Schiffe, jedes wohl so lang wie acht Weserkähne und so hoch, dass ihre Aufbauten die Stadtmauer überragten. Sie besaßen mehrere kräftige Segelmasten.

«So etwas habe ich noch nie gesehen», sagte Johannes erstaunt.

«Das wundert mich nicht», antwortete Martin. «Diese Schiffe sind zu groß, um flussaufwärts zu fahren. Sie sind für die hohe See gebaut und können große Lasten über das Meer tragen.»

Johannes sagte nichts, so gebannt war er von dem Eindruck. Übermenschlich ragten diese Schiffe aus dem Wasser, machtvoll wie Leviathan, der Meeresdrache, der den Urkampf der Schöpfung bestritten hatte. Und doch wirkten sie auch gezähmt und befriedet, denn die Strömung des Flusses bewegte sie kaum. Ja, solche Schiffe konnten das Meer bezwingen, da war Johannes sicher.

«Wartet es ab», sagte Martin, der bemerkt hatte, wie sehr der junge Mönch von diesem Anblick in Bann gezogen wurde. «Eines dieser Schiffe wird Euch ans Ziel bringen.»

Martin hatte dem jungen Mönch erklärt, dass es einen Tag dauern würde, um die nötigen Papiere zu erhalten. Deshalb sollte er in der Klosterkirche im Schnoor nach einem Quartier fragen. Johannes warf sich den Mantel über, versteckte das Schwert darunter, hängte sich die beiden Wasserflaschen und die Tasche um, setzte den Hut auf, ergriff seinen Wanderstab und folgte der erstbesten Gasse, um das Kloster zu suchen. Mehrfach musste er nachfragen, bis er das Schnoorviertel erreicht und die Kirche gefunden hatte. Auf dem Weg dorthin begegneten ihm, wie schon zwei Tage zuvor in Minden, viele Menschen, die rastlos unterwegs waren und Johannes kaum wahrnahmen, weil für sie der Anblick eines fremden Reisenden wohl nicht ungewöhnlich war.

Im Johanniskloster wurde er freundlich aufgenommen und erhielt eine Schlafstätte in einem einfachen Lehmhaus gegenüber der Kirche zugewiesen, das als Spital genutzt wurde. Man erlaubte ihm, gemeinsam mit den Franziskanermönchen die Stundengebete zu besuchen und den Mahlzeiten beizuwohnen. Der Abt des Klosters stellte keine Ansprüche an seinen Gast. Johannes musste sich also nicht an den täglich anfallenden Arbeiten beteiligen. So nutzte er die Zeit und besuchte den Markt, wo er viele Steinhäuser und nur gelegentlich Fachwerk erblickte. Inmitten des lauten, geschäftigen Treibens überfiel ihn eine unerklärliche innere Unruhe. So begab er sich auf jenen Weg, den er bereits am Nachmittag gegangen war, und nach einiger Zeit erreichte er das Ufer der Weser. An einem Steg, der etwas abseits gelegen war und nicht von Lastkähnen genutzt wurde, setzte er sich und blickte auf das dahinströmende Wasser, in dem sich Licht in vielfältiger Weise spiegelte. Dort ließ er seinen Gedanken freien Lauf, bis jene innere Stille einkehrte, die er in den Stunden der Kontemplation in Loccum so oft erlangt hatte.

Am nächsten Morgen wurde Johannes von Martin geweckt. Gemeinsam gingen sie zum Hafen und nahmen in einem Gasthaus ein einfaches Mahl ein, das aus einer Käsesuppe mit Zwiebeln, Brot aus Roggenmehl und Wein bestand.

«Ich habe alle Papiere beisammen», erläuterte Martin. «Der Eigner des Schiffes, das ich ausgesucht habe, wird Euch nach Brügge bringen und dort Eure weitere Passage aushandeln. Der Mann hat schon oft für uns gearbeitet und ist daran interessiert, auch künftig mit uns Geschäfte zu machen. Deshalb halte ich ihn für vertrauenswürdig. Haltet aber dennoch die Augen offen.»

«Was könnte Schlimmes geschehen?», fragte Johannes.
«Der Schiffseigner kann Euch unterwegs aussetzen. Oder er hält sich nicht an unsere Abmachung und lässt Euch in Brügge allein. Aber gehen wir nicht davon aus. Ich bin zuversichtlich. Wer dauerhaft Handel treiben will, muss verlässlich sein.»
«Habt Ihr noch weitere Vereinbarungen getroffen?»
«Der Eigner ist dafür verantwortlich, dass Ihr genügend zu essen und zu trinken habt und unversehrt nach Brügge gelangt. Ich habe ihm zur Auflage gemacht, uns einen Brief zurückzubringen, den Ihr in Brügge schreiben werdet, ein Nachweis, dass Ihr gut angekommen seid. Ihr solltet diesen Brief möglichst in lateinischer Sprache verfassen. Die Schiffseigner können wohl lesen, aber sie beherrschen nur unsere Landessprache.»
Johannes nickte.
«Ihr seid ein kluger Mann.»
Martin lächelte.
«Als Kaufmann sollte man das sein. Und nun kommt.»
Die beiden Männer gingen die Schlagde entlang und blieben vor dem ersten der drei großen Schiffe stehen. Dort sahen sie, wie gut ein Dutzend Seeleute damit beschäftigt war, schwere Säcke an Bord zu tragen. Martin wandte sich an einen besser gekleideten Mann, der offensichtlich die Arbeiten überwachte. Sie wechselten ein paar Worte. Dann ging der Mann auf Johannes zu und begrüßte ihn mit Handschlag.
«Johannes, Mönch aus Loccum. Willkommen an Bord.»

Beim Abschied hatte Johannes von Martin nicht nur die herzlichsten Wünsche für eine gute Reise erhalten, sondern auch den Rat, sich möglichst in der Mitte des Oberdecks aufzuhalten. Zunächst konnte er sich nicht recht vorstellen, was damit gemeint war. Aber nachdem das Schiff aus der Wesermündung auf die offene See gefahren war und Wind aufkam, verstand er schnell, was es damit auf sich hatte. Im Hafen und noch auf dem Fluss glitt das Schiff ruhig und geradezu sanft über das Wasser. Doch mit wachsender Entfernung vom Festland wuchsen auch die Kräfte des Meeres, und obwohl der Wind verhalten wehte, schwankte das Boot ununterbrochen auf nie ganz vorhersehbare Weise mal nach rechts und mal nach links. Dieses Schwanken war geringfügig, aber nach einiger Zeit spürte Johannes ein Unwohlsein. Die Seeleute waren diesen Zustand offenbar gewohnt. Aber bei den übrigen Mitreisenden, die sich an der Reling aufhielten, blieb diese beständige Unruhe des Schiffes nicht ohne Wirkung. Sie wurden blass im Gesicht und mussten sich übergeben. Johannes hatte sich der Reling ferngehalten, als er bemerkte, dass die Bewegung des Schiffes in der Mitte des Oberdecks nicht so deutlich spürbar war. So blieb ihm die unangenehme Erfahrung erspart. Nach einigen Stunden hatte er sich an die Bewegungen gewöhnt.

Nachdem das Schiff die hohe See erreicht hatte, hielt der Navigator westlichen Kurs und blieb dabei immer in Sichtweite der Inseln, die dem Festland unmittelbar vorgelagert waren. Die Reisenden an Deck hatten die Wahl, entweder zur Rechten das weite Meer zu betrachten oder zur Linken den langsamen Wandel der Küstenlandschaft zu beobachten. Johannes konnte beidem nicht viel abgewinnen, und so erkundete er etwas näher das Schiff, das mit vollen Segeln eine große Geschwindigkeit entwickelte. Der Eigner hatte ihm kurz erläutert, dass Schiffe dieser Größe und Gestalt Kogge genannt wurden. Johannes durfte sich im Laufe der Reise davon überzeugen, dass eine Kogge große Lasten transportieren konnte. Unter dem Hauptdeck besaß das Schiff mehrere hohe Lagerräume, die mit Getreidesäcken prall gefüllt waren. Der Transport unter Deck schützte vor Wasser und stellte sicher, dass das Getreide auch am Ende der Reise weitgehend trocken geblieben war. Die Mitreisenden konnten sich ebenfalls unter Deck aufhalten und dort auch schlafen. An Bug und Heck besaß die Kogge Halbdecks, die von der Mannschaft und vom Eigner und Navigator genutzt wurden.

Am ersten Tag gab es eine warme Mahlzeit auf dem Hauptdeck. Das dazu gereichte Wasser schmeckte frisch. Während die Stunden vergingen, passierte die Kogge Insel um Insel. Johannes ließ sich ihre Namen nennen, vergaß sie aber bald wieder, denn eine folgte der anderen, und aus der Ferne betrachtet unterschieden sie sich kaum.

In der Nacht hatte Johannes Schwierigkeiten einzuschlafen. Es war nicht so sehr das Schaukeln, das ihn beunruhigte, obwohl die See unruhiger geworden war. Ungewohnt war ihm das ununterbrochene Knarren und Ächzen des Holzes, das Klatschen und Krachen der Wellen gegen den Rumpf des Schiffes. Und das Geraschel hier und dort kam nicht von den Mitreisenden, sondern offensichtlich von Ratten. Tatsächlich war am nächsten Morgen unter Deck der Gestank von Rattenurin bemerkbar. Das Wasser, das gegen Mittag ausgegeben wurde, schmeckte faulig. Gegen Nachmittag kam Sturm auf, der das Schiff so stark bewegte, dass man von nun an immer festen Halt suchen musste, wenn man sich an Deck befand.

Am dritten Tag folgte die Kogge unmittelbar dem Verlauf des Festlands. Hatten die vorgelagerten Inseln dem Betrachter mitunter eine Abwechslung geboten, so blieb die Küste ein gleichmäßiger Streifen. Von nun an trank Johannes aus seiner eigenen Flasche, weil er dem inzwischen mit Wein gestreckten Wasser aus der Bootstonne nicht mehr trauen wollte. Einige von denen, die davon tranken, vertrugen es nicht, und so kam es am Bug, wo zu beiden Seiten des Schiffsschnabels Abtritte eingerichtet waren, zu bösen Auseinandersetzungen, weil diese Latrine nun fast ständig benutzt wurde. Gegen Abend beruhigte sich der Sturm. Johannes gelang es zum ersten Mal auf dieser Fahrt Schlaf zu finden.

Am Mittag des sechsten Tages näherte sich die Kogge dem Festland. Johannes beobachtete, dass der Navigator eine Flussmündung ansteuerte. Am Nachmittag bewegte sich das Schiff mit fast vollständig gerefften Segeln bei ruhiger Fahrt auf einem Fluss mit dem Namen Reve. Der Schiffseigner hatte erzählt, dass vor vielen Jahrzehnten eine Sturmflut die Meeresbucht so aufgerissen hätte, dass eine Fahrrinne für größere Schiffe entstanden sei.

Am Abend erreichten sie Brügge. In der Dunkelheit konnte Johannes die Mauer mit den Wehrtürmen und die dahinter liegenden Häuser und Kirchen mehr erahnen als sehen. Einzig am Ufer, das sie nun erreichten, sorgten Leuchtfeuer für Orientierung, so dass der Navigator die Kogge sicher in den Hafen bringen konnte. Dort lagen bereits neun weitere große Schiffe vor Anker.

Endlich konnte Johannes wieder festen Boden betreten. Zwar war er noch nie in so kurzer Zeit so weit gereist, aber die Fahrt war alles andere als angenehm gewesen. Der Schiffseigner hatte ihm den Rat gegeben, das Hospital im Süden von Brügge aufzusuchen und sich am nächsten Tag im Hansekontor zu melden. Er wies einen seiner Bootsmänner an, dem jungen Mönch den Weg dorthin zu zeigen. So gelangte Johannes kreuz und quer durch die dunklen, um diese Zeit nahezu unbelebten Gassen zum Hospital der Benediktiner.

Die Mönche dort nahmen ihn freundlich auf, gaben ihm zu essen und zu trinken, gestatteten ihm, sich am Hospitalsbrunnen zu waschen, und wiesen ihm ein Bett im Schlafsaal zu. Er stellte dort seine Habe unter und begab sich zur Liebfrauenkirche auf der gegenüberliegenden Seite der Reve. Trotz der Dunkelheit blieb ihm nicht verborgen, dass dieses mächtige Bauwerk neue und alte Architektur in sich vereinte. Hier nahm er an der Abendmesse der Mönche teil, zu erschöpft, der Liturgie wirklich zu folgen oder den Raum und die Menschen um ihn herum bewusst wahrzunehmen. Als er zum Hospital zurückgekehrt war, suchte er sein Bett auf, ein Bett, das nicht hin und her schwankte, und schlief sofort ein.

In der Frühe wurde Johannes von jenem Bootsmann geweckt, der ihn schon gestern begleitet hatte. Wenige Minuten später schritten sie bereits durch die Gassen Brügges, die noch immer im Dunkeln lagen. Bald erreichten sie ein großes Steingebäude und betraten es.

Der Schiffseigner aus Bremen erwartete ihn. Er erwies sich als zuverlässig, hatte für Johannes ein Schiff aufgetan, das noch an diesem Morgen in See stechen, Tuch von Brügge nach La Rochelle bringen und mit Salz und Wein von dort zurückkehren sollte. Allerdings würde dieses Schiff nicht die Seine hinauffahren. Man könnte Johannes lediglich an der Küste von Fécamp an Land bringen. Anderenfalls müsste er mehrere Wochen warten, bis wieder eine Kogge diese Richtung nähme.

Johannes zögerte nicht lange, bat den Mann, alles Nötige zu regeln, und gab ihm einen Brief, mit der Bitte, ihn in Bremen an Martin auszuhändigen. Zwei Stunden später, nach einem gemeinsamen Mahl mit dem Schiffseigner, befand sich der junge Mönch wieder auf einem Schiff, das in mäßiger Geschwindigkeit auf der Reve flussabwärts fuhr.

Die Reise auf der neuen Kogge gestaltete sich ähnlich, wie Johannes es bereits auf der Fahrt nach Brügge erlebt hatte. Da das Schiff nicht Getreide beförderte, sondern Tuch, schienen sich die Ratten fernzuhalten.

Viele der Mitreisenden sprachen fränkisch. Das gab Johannes die Gelegenheit, sich in diese Sprache einzuhören. Zunächst verständigte er sich mit Zeichen, dann gelang es ihm nach und nach die Bedeutung vieler Worte zu verstehen und sie nachzusprechen. So wurde es auf der Fahrt nicht langweilig.

War das Leben an Deck tagsüber oft interessant, wurde es nachts unter Deck oft unerträglich. Der Eigner des Schiffes hatte jedem Mitreisenden ein Tongefäß gegeben, das er in der Nacht gebrauchen sollte, wenn es dringend nötig wäre, um es später über die Reling auszuleeren. Aufgrund der Enge und Dunkelheit unter Deck kam es allzu oft vor, dass irgendein Tölpel auf dem Weg nach oben mehrere dieser Gefäße umwarf. Bald stank es dort nach Urin und Erbrochenem. Viele Reisende zogen es deshalb vor, auf Deck zu schlafen. Doch das machte die Situation an Bord nicht besser. Wer des Nachts den Weg zu den Latrinen am Bug suchte, lief nun Gefahr, auf einen der Schlafenden zu treten oder über ihn zu stolpern. Einige Mutige hangelten sich deshalb an der Außenwand des Schiffes von Tau zu Tau. Richtig schwierig wurde es, als schlechtes Wetter aufkam. Wer die Latrinen aufsuchte, musste damit rechnen, von Kopf bis Fuß durchnässt zurückzukehren. Einige zogen deshalb schon vorher ihre Kleider aus und gingen nackt zum Bug. Wieder andere, die sich schämten, nackt zu gehen, hockten sich an irgendeine Stelle. Aus Wut über dieses Vorgehen kam es am vierten Tag der Reise zu einer handfesten Schlägerei. Einen Tag später war das Trinkwasser verdorben, und im Proviant, der in Brügge eingelagert worden waren, fanden sich Maden. Der nun ersatzweise ausgeteilte Schiffszwieback roch verdächtig nach Rattenurin. Johannes wünschte sich sehnsüchtig das Ende dieser Fahrt herbei, auch weil an Bord gestohlen wurde und er Sorge um die wenigen Dinge hatte, die er mit sich führte. Für die weitere Reise waren sie unverzichtbar.

Am siebten Tag erreichte das Schiff die Höhe von Fécamp. Die See war unruhig, aber der Navigator beschloss dennoch, Johannes an Land zu bringen. Wild schaukelte das Beiboot hin und her, als es zu Wasser gelassen wurde. Augenblicke später ruderten es vier Seemänner auf die Küste zu, während Johannes sich so gut wie möglich an einem schmalen Mast festhielt. Salzwasser klatschte ihm ins Gesicht und lief ins Boot. Verzweifelt versuchte er, seinen Mantel trocken zu halten, in den er all seine Habe eingerollt hatte. Als eine größere Welle das Boot fast umwarf, fiel der Wanderstab über Bord.

Endlich schabte der Rumpf auf sandigem Grund. Zwei der Männer halfen Johannes, das Boot zu verlassen, und reichten ihm den Mantel und die Wasserflaschen. Nach einigen Schritten hatte er trockenen Boden unter den Füßen. Erschöpft und glücklich zugleich ließ er sich fallen, blieb auf dem Rücken liegen, spürte die Wärme der Sonnenstrahlen und atmete klare Luft, um wieder zu Kräften zu kommen. Erst eine ganze Weile später richtete er sich auf und blickt um sich.

Hier, wo er an Land gegangen war, gab es ganz offensichtlich keinerlei Siedlung. Auch schien es keine Möglichkeit zu geben, den Strand zu verlassen. Schon von der Kogge aus hatte Johannes bemerkt, dass unweit vom Wasser Felswände emporragten, die etwa zweimal so hoch zu sein schienen wie die Klosterkirche von Loccum. Diese Felswände hatte Johannes nun vor sich. Ratlos sah er hinauf. Zu seiner Überraschung erblickte er oben am Rand des Felsmassivs einen Reiter, der sein Pferd kaum einen Schritt vom Abgrund entfernt gezügelt hatte. Doch nicht allein dies verwunderte ihn. Dieser Reiter hoch über ihm trug einen weißen Umhang, auf dem deutlich das rote Tatzenkreuz zu erkennen war. Als nächstes erkannte Johannes das Schwert, das der Reiter am Gürtel trug. Mit einer schnellen Bewegung zog er es heraus und ließ es in der Sonne erstrahlen.

Johannes blickte gebannt zu dem Reiter hoch oben auf der Felsformation. Der war vom Pferd gestiegen, hatte Schwert und Bogen abgelegt und sich rückwärts kriechend zum Abhang bewegt. Mit großer Umsicht begann er den Abstieg, setzte prüfend Fuß um Fuß, Hand um Hand, fand Halt, suchte gezielt Unebenheiten und kleine Vorsprünge im Fels, um etwas tiefer neuen Halt zu finden, und bewegte sich auf diese Weise in solch gleichförmiger Schnelligkeit abwärts, dass Johannes meinte, alle Griffe, alles Vorantasten wären Teil einer einzigen, lang andauernden Bewegung. Bereits nach einigen Minuten hatte der Mann eine Höhe erreicht, die es ihm erlaubte zu springen. Es mochten noch immer zehn Armlängen sein, doch der Mann fing den Sturz mit einer Abrollbewegung auf, die ihn zum Liegen brachte. Dann erhob er sich und ging auf Johannes zu. Sein Umhang hatte bei all dem keinen Schaden genommen. Nicht einmal Schmutz war auf dem weißen Stoff zu sehen. Erst jetzt im Näherkommen erkannte Johannes, wer dieser Mann war, der ihn nun mit seinen hellen graublauen Augen musterte.

«Du bist erwachsen geworden, Johannes von Loccum», sagte er. «Ich freue mich, dich wiederzusehen.»

Johannes war zu verblüfft von dem, was er gerade eben beobachtet hatte.

«Woher wusstet Ihr...?», stotterte er.

«Der Orden des Tempels erhält seine Nachrichten notfalls durch den Wind», antwortete der Mann ruhig. «Wir wussten, dass man dich an der Küste um Fécamp aussetzen würde. Ich folge deiner Kogge seit einigen Stunden. Was hast du auf deiner Reise erlebt?»

Johannes war noch immer so verblüfft, dass er zunächst keine Worte fand. Es gelang ihm nur, in aller Kürze von den Erfahrungen der letzten Tage zu erzählen. Der Mann schmunzelte, während er dem Bericht aufmerksam folgte.

«Da hast du einiges erlebt», sagte er kurz. «Komm, wir müssen gehen.»

Er drehte sich um und schritt auf die Felsformation zu. Johannes blickte ihm ungläubig nach.

«Was habt Ihr vor?», rief er dem Mann nach.

Der blieb stehen, drehte sich um und winkte Johannes zu sich.

«Gib mir dein Schwert, den Hut und die Trinkflaschen. Wenn du magst, kannst du mir auch den Mantel geben. Vielleicht ist er dir beim Klettern hinderlich.»
Johannes ging auf den Mann zu.
«Ich soll da hinaufklettern?»
«Es wird dir nichts anderes übrigbleiben.»
Der junge Mönch blickte zu dem Felsvorsprung hoch über ihnen, dorthin, wo das Pferd wartete.
«Ich kann das nicht.»
«Gib mir dein Schwert und alles, was dich beim Klettern hindert.»
Ungläubig gab er dem Mann Hut, Trinkflasche und Mantel. Der befestigte alles am Gürtel.
Dann zog Johannes sein Schwert aus dem Umhang. Während der Reise hatte er es immer verborgen gehalten, um nicht aufzufallen. Nun zögerte er, hielt es dem Mann dann aber doch mit der Griffseite entgegen. Der nahm es an sich, steckte es ebenfalls durch den Gürtel, drehte sich um, ging zum Absatz der Felsformation und begann den Aufstieg.
Erneut setzte er Hände und Füße geschwind mit großer Sicherheit. Johannes blickte ihm gebannt nach, so lange, bis der Mann den Gipfel erreichte und wenig später die Gegenstände, die Johannes ihm anvertraut hatte, am Sattel des Pferdes befestigte und sich an den Abhang setzte, wohl um auf Johannes zu warten.
Der bereute, nicht rechtzeitig widersprochen zu haben. Aber alles war in kürzester Zeit und mit absoluter Selbstverständlichkeit geschehen.
Johannes stand nun unmittelbar am Fels und blickte hinauf. Gradlinig zog sich die Wand in eine Höhe, bei deren Anblick dem jungen Mönch schon jetzt die Angst in die Adern schoss. Er zögerte, überlegte. Da oben saß jener Mann, der ihn vor Jahren mitgenommen und den Zisterziensern übergeben hatte. Es

gab keinen Zweifel, dass dieser Mann nun von ihm erwartete, diesen Fels zu erklettern. Johannes war durch die halbe Welt gereist, um hierher zu gelangen. Keinesfalls konnte er hier am Strand bleiben und auf ein Wunder hoffen. Auch wenn der Fels so hoch war wie zwei Kirchtürme.

Er schluckte. Dann bewegte etwas in ihm seine Hand, führte sie an die Felswand. Die zweite Hand griff zu, zog den Körper nach, als der erste Fuß Halt gefunden hatte. Nun war die Aufmerksamkeit einzig und allein darauf gerichtet, Halt zu finden und immer aufs Neue Halt zu finden. Johannes suchte konzentriert Stein um Stein, Absatz um Absatz, und zu seiner Verwunderung gelang es ihm tatsächlich, Zug um Zug aufzusteigen, nicht so schnell wie der Reiter, der oben auf ihn wartete, aber doch gleichmäßig und geradezu sicher.

Erst nach einigen Minuten bemerkte er die Belastung, spürte die Muskeln in Beinen und Armen, spürte, dass die Sehnen bis aufs Äußerste gespannt waren, die Haut an den Fingern mehr und mehr einriss, fühlte den Schweiß an sich herablaufen.

Er blickte hinauf, um sich zu vergewissern, dass er seinem Ziel näher gekommen war. Und genauso blickte er hinab. Es überraschte ihn, dass er etwa die Hälfte der Höhe hinter sich gebracht hatte. Ein Gefühl von Stolz kam in ihm auf. Doch der Blick nach unten verdeutlichte ihm auch, dass es jetzt kein Zurück mehr gab, dass ein Sturz aus dieser Höhe tödlich sein musste. Schlagartig verlor er all seine Selbstsicherheit. Gleichzeitig rutschte er mit der rechten Hand ab, griff blitzartig nach, noch einmal, bis er glücklich neuen Halt fand.

Johannes fühlte, wie Blut den Arm hinablief. Er war nun unfähig, sich zu bewegen. Jede Sehne, jeder Muskel, jeder Finger schmerzte ihn. Er ertappte sich dabei, über das nachzudenken, was geschehen würde, wenn er sich jetzt nicht mehr halten konnte. Ein Schwindelgefühl erfasste ihn, und erst im letzten Moment gelang es ihm, dagegen anzukämpfen.

Plötzlich war es wieder da, das gedankenlose Zugreifen, Hand um Hand. Plötzlich bewegten sich die Zehen erneut, so, als wären sie es, die den Weg kannten. Nun war nur noch Hand und Stein und Fuß und Stein. Da war kein Schmerz mehr, kein Nachsinnen, nur eine beständige, ungebrochene Aufmerksamkeit...

Als Johannes wieder zu sich kam, dauerte es einige Zeit, bis er sich bewusst wurde, was geschehen war. Nachdem er den letzten Felsvorsprung hinter sich gelassen und ebene Erde erreicht hatte, war ihm längst jegliches Schmerzgefühl verloren gegangen. Es war ihm nicht möglich gewesen, Erleichterung oder Freude zu empfinden. Das Abfallen der Anspannung hatte ihn offenbar in Ohnmacht fallen lassen.

Nun meinte er, Schmerzen in allen Muskeln zu spüren, vor allem aber in den Fingern, die er sich an den Steinen aufgerissen hatte. Er blickte sich um und bemerkte den Mann, der neben ihm saß und ihn freundlich anblickte.

«Wach auf, Johannes. Du hast lange geschlafen.»

Johannes rappelte sich auf und kam über die Seite zum Sitzen.

«Du hast deine erste Prüfung bestanden.»

Johannes blickte auf.

«Prüfung?», fragte er verwirrt.

«Ich habe die Aufgabe, dich zum Krieger auszubilden», sagte der Mann. Er hatte vor sich ein Tuch ausgebreitet und Weizenbrot und Käse darauf gelegt.

«Nimm dir etwas zu essen. Das gibt dir wieder Kraft.»

Johannes griff dankbar nach dem Brot und nahm einen großen Schluck aus der Wasserflasche. Die Ängste, die er ausgestanden hatte, kamen ihm wieder in Erinnerung.

«Warum habt Ihr mich so in Gefahr gebracht?», fragte er barsch.

«Ich verstehe, dass du mir jetzt Vorwürfe machst. Aber das ist ein Teil deiner Ausbildung.»

«Ich hätte tot sein können!»

«Nein», antwortete der Mann kurz.

«Nein? Es hätte mich erschlagen, wenn ich abgestürzt wäre.»

«Du wärst nicht abgestürzt», war erneut die kurze Antwort. «Du besitzt einen großen Willen und die Fähigkeit, dich ganz auf diese Herausforderung einzulassen. Das ist die Kunst des Kriegers.»

«Ich bin ein Mönch! Kein Krieger!»

Johannes erinnerte sich an Jordanus. Auch er hatte davon gesprochen, ein Krieger zu sein. Er hatte kein Schwert getragen.

«Es geht nicht darum, dass du in den Krieg ziehst», fuhr der Mann fort. «Es geht darum, dass du dein Leben in vollem Bewusstsein lebst. Das ist die Haltung des Kriegers. Du nimmst die Welt ernst.»

Johannes sah ihn fragend an.

«Diese erste Lektion habe nicht ich dir erteilt, sondern der Tod. Du wirst ihn achten lernen.»

«Warum sollte ich ihn achten?»

«Weil er zu dem Wenigen gehört, was gewiss ist. Es kommt darauf an, was der Tod für dich ist. Du wirst ihn nicht besiegen können, aber du kannst ihn nutzen, um Kraft aus ihm zu ziehen, immer wenn du in Gefahr bist, oder auch dann, wenn du dich selbst überwinden musst. Niemand kann sicher sein, dass der Tod ihn nicht im nächsten Moment ereilt. Aber alle leben so, als würde es ihn nicht geben.»

Johannes blickte zu Boden.

«Ist es dann nötig, sich in Gefahr zu begeben?»

«Manchmal wohl. Als du die Wand erklettert hast, sind dir Zweifel gekommen. Kann ein Mensch solch eine Wand erklettern? Du bist in Angst verfallen, als du wahrgenommen hast, dass der Sturz von der Felswand tödlich sein würde. Aber diese Angst hat dir nichts anhaben können. Der Tod hat dich gelehrt weiterzuklettern. Du wurdest selbst zum Fels und hast deine Zweifel überwunden. Der Krieger kennt keine Zweifel, er gerät nicht in Panik. Und wenn ihm dies dennoch widerfährt, weiß er diese zermürbende Kraft in eine neue Kraft umzuwandeln, die ihn eine Tat vollbringen lässt, die übermenschlich zu sein scheint.»

Der Mann hielt kurz inne.

«Du hast als Krieger gehandelt.»

Johannes schwieg. Dann nahm er ein weiteres Stück Brot und auch Käse, denn er spürte großen Hunger.

Sein Gegenüber lächelte.

«Es geht nicht darum, was du tust. Es geht darum, mit welchem Bewusstsein du es tust.»

Auch er nahm Brot und Käse.

Eine Weile schwiegen beide. Johannes blickte über den Abgrund hinab zum Strand, wo das Meer in ruhigen, gleichförmigen Wellen auslief.

Er war noch immer ratlos.

Am Nachmittag beschlossen sie loszureiten. Der Mann legte den weißen Umhang ab und tauschte ihn gegen den einfachen Mantel des Pilgers. Dann befestigte er Waffen, Proviant und Kleidung am Sattel seines Pferdes.

«Warum habt Ihr Euren Umhang gewechselt?», wollte Johannes wissen.

«Du bist ein genauer Beobachter, Johannes», sagte der Mann lächelnd. «Auch das ist ein Merkmal des Kriegers.»

Wieder hielt er kurz inne.

«Die nächsten Tage werden wir gemeinsam verbringen. Es wird Zeit, dass du meinen Namen erfährst. Ich heiße Jacques.»

«Es freut mich, dass Ihr es seid, der mich an mein Ziel führt, Jacques», sagte Johannes. «Ich bin sicher, viel bei Euch lernen zu können.»

Jacques war mit dem Sattel beschäftigt gewesen. Erst jetzt wandte er sich wieder dem jungen Mönch zu und blickte ihn freundlich an.

«Auch ich freue mich, denn ich bin sicher, in dir einen guten Novizen begleiten zu dürfen.»

«Bin ich ein Novize?»

«Ja. Deine Lehrzeit hat schon begonnen. Sie wird andauern, bis wir Cîteaux erreicht haben.»

Er schwang sich auf das Pferd.

«Steig auf. Heute müssen wir uns ein Pferd teilen.»

Als die beiden bald darauf die Felsen verlassen hatten und ein Waldgebiet erreichten, erinnerte sich Johannes an ihre erste Begegnung vor vielen Jahren. Und ähnlich wie damals war ihm auch jetzt völlig unklar, was geschehen würde.

Sie erreichten einen breiten Weg, der in den Wald führte. Immer wieder erkannte Johannes die Spuren von Pferdewagen. Manchmal versperrten umgestürzte Bäume den Weg, so dass sie gezwungen waren abzusteigen. Manchmal kamen Rehe aus dem Wald hervorgesprungen, und Jacques musste sehr aufmerksam sein. Gegen Abend hatten sie den Wald hinter sich gelassen. Bald entdeckte Johannes einen Hof, der von Feldern umgeben auf einer Anhöhe lag. Jacques trieb das Pferd dorthin. Der Pächter des Hofes hatte sie kommen sehen und erwartete sie an der Pforte des Hauptgebäudes.

Jacques stieg vom Pferd und begrüßte den Bauern in einer für Johannes unbekannten Sprache. Beide unterhielten sich kurz, dann winkte der Bauer den jungen Mönch zu sich. Auch Johannes stieg vom Pferd und ging auf den Bauern zu, der ihm entgegenkam und ihn zur Begrüßung umarmte.

«Wir werden die Nacht hier verbringen», sagte Jacques. «Pierre bringt uns Fleisch und Linsen. Wir können Heu für das Pferd bekommen und in der Scheune schlafen. Und hinter dem Hof ist ein Brunnen. Den wirst du jetzt nötig haben.»

Der Bauer sah Johannes an und nickte ihm freundlich zu. Dann ging er zurück ins Haus.

Während Jacques mit dem Pferd beschäftigt war, trug Johannes die wenigen Dinge, die sie bei sich führten, in die Scheune. Dabei achtete er darauf, die Schwerter in den Umhängen zu verhüllen. Nur der Bogen, den Jacques mitführte, war so groß, dass man ihn nicht vor fremden Augen verstecken konnte. Dann suchte er den Brunnen auf. Endlich, nach all den Tagen auf See, hatte er wieder die Möglichkeit, sich zu waschen.

Später rief Jacques den jungen Mönch zu sich und bat ihn, sich neben ihn auf den Boden zu setzen. Er blickte hinauf zum Himmel.

«Es wird dir gut tun, hier zur Ruhe zu kommen. Es war ein erfüllter Tag.»

«Kennt Ihr den Bauern?», wollte Johannes wissen.

«Ich war bereits vor zwei Tagen hier und habe die Nacht in der Scheune verbracht. Der Bauer ist kein reicher Mann, aber er ist ein guter Mensch, der die Gastfreundschaft pflegt, wie unser Herr Jesus Christus es wünscht.»

Jacques hatte etwas entdeckt, auf das er Johannes aufmerksam machte.

«Schau! Da oben!»

Johannes sah, wie ein Greifvogel über den Feldern kreiste. Das tat er eine geraume Zeit, bis er abrupt in den Steilflug wechselte, auf das Feld hinabstürzte und mit einem kleinen Tier im Schnabel davonflog.

«Was meinst du?», fragte Jacques. «Warum hat dieser Vogel seine Beute reißen können?»

«Er ist schnell», antwortete Johannes. «Er hat ein gutes Auge und beherrscht die Kunst des Fliegens.»

«Nun, das allein würde ihm die Beute nicht in die Krallen bringen.»

«Was sonst?»

«Die Gewohnheit.»

Johannes blickte fragend auf.

«Natürlich beherrscht dieser Vogel die Kunst des Fliegens», fuhr Jacques fort. «Welcher Vogel tut das nicht. Der eine mehr, der andere weniger. Aber dieser Greifvogel siegt, weil er die Gewohnheit seiner Beutetiere kennt. Er weiß instinktiv, wie sie sich verhalten. Und sie tun ihm den Gefallen und erfüllen seine Erwartung. Das bringt ihnen den Tod.»

Johannes nickte.

«Du hast mich gefragt, warum ich den Umhang des Ordens gegen den Pilgermantel getauscht habe, bevor wir losgeritten sind. Wenn du den Greifvogel beobachtet hast, kennst du die Antwort.»

«Das müsst Ihr näher erklären.»

«Der Greifvogel beherrscht die Kunst des Kriegers. Er nutzt die Gewohnheiten seiner Beute. Die Maus, die dem Vogel zum Opfer gefallen ist, hat sich so verhalten wie immer. Genau dies aber wurde ihr zum Verhängnis. Und das würde auch einem Krieger zum Verhängnis. Du musst lernen, deine wahren Absichten zu verbergen.»

«Aber ich kann doch nicht dauerhaft ein anderer sein.»

«Wir Menschen bilden uns viel ein auf unsere Persönlichkeit. Aber was ist das, unsere Persönlichkeit? Ist sie nicht zusammengesetzt aus unendlich vielen Flicken? Ist sie nicht auch das Ergebnis der Begegnung und des Zusammenlebens mit all den anderen Menschen? Ich sage nicht, dass du deine Persönlichkeit aufgeben sollst. Aber wenn du erfahren hast, dass du nicht nur du bist, wird es für dich nicht mehr so schwer sein, deine Persönlichkeit einzusetzen wie einen Tarnmantel. Es gibt Tiere, die sich schwer jagen lassen. Wir sagen dann, sie haben eine ganz eigene Persönlichkeit, einen eigenen Charakter. Aber genau genommen sind sie deshalb schwer zu jagen, weil sie nicht dem Charakter entsprechen, den wir ihnen zugesprochen haben. Diese Tiere sind nicht begreifbar und deshalb nicht greifbar. Sie sind magisch.»

«Und was bedeutet das für uns Menschen?»

«Wenn ein Mensch beginnt, ein Krieger zu werden, dann beginnt er magisch zu werden. Bislang hatte er seine Gewohnheiten. Natürlich hat Routine ihr Gutes. Wir beide würden in der Klostergemeinschaft nicht auf den Rhythmus der Stundengebete verzichten wollen. Sie prägen uns täglich zum Guten. Der Krieger hat gelernt, Gewohnheiten aufzulösen, um unangreifbar zu werden. Stell dir vor, die Maus auf unserem Feld hätte sich nicht so verhalten, wie es eine Maus gewöhnlich tut.»

«Sie würde jetzt noch leben.»

«Sehr wahrscheinlich würde sie das. Der Krieger ist nicht ein Mensch, der Gewalt ausübt um ihrer selbst willen. Er ist vielmehr ein Mensch, der aus der Welt verschwindet, so wie es ja auch die Mönche in Loccum tun, da sie die Worte des heiligen Bernhard ernst nehmen. Der Krieger geht so weit, dass er selbst seine Vergangenheit auflöst. Er ist nie gewesen, und er gibt somit seinen Gegnern keine Anhaltspunkte. Das beste Mittel, seine eigene Geschichte auszulöschen, besteht darin, sie nicht mehr zu erzählen, einen Nebel um die eigene Vergangenheit zu breiten. Der Krieger plaudert nicht.»

Jacques begann über seine eigenen Worte zu lachen.

«Es sei denn, er hat einen Novizen in Ausbildung», ergänzte er.

Auch Johannes musste lachen.

Gemeinsam blickten sie schweigend über das weite Feld, hinter dem die Sonne ihre letzten Strahlen aussandte.

Am nächsten Tag verließen sie den Hof in der Frühe. Der Bauer hatte ihnen genügend Brot und Wasser mitgegeben, dass sie gut zwei Tage davon leben konnten.

Sie ritten weiter auf dem Weg, dem sie von der Küste aus gefolgt waren. Er führte sie vorbei an Feldern und durch langgezogene Waldgebiete. Gegen Mittag machten sie auf einer Lichtung halt und stärkten sich.

Jacques blickte sich um und stellte fest, dass dies ein guter Ort sei, um sich im Schwertkampf zu üben.

Zum ersten Mal seit langer Zeit nahm Johannes sein Schwert wieder bewusst in die Hand. Auch Jacques griff zur Waffe und forderte den jungen Mönch auf, ihn anzugreifen und dabei keine Rücksicht zu nehmen.

Johannes versuchte mit langen, kraftvollen Schlägen, die Deckung seines Gegners zu durchdringen. Aber der parierte diese Angriffe gelassen. Nachdem er eine Weile vergeblich versucht hatte, von der Seite zu treffen, versuchte er, die Abwehr seines Gegenübers durch die Mitte zu überwinden, aber der reagierte so schnell und wirkungsvoll, bis Johannes das Schwert aus der Hand glitt und durch die Luft flog. Er hob es wieder auf, versuchte einen erneuten Angriff mit seitlichen Schlägen, doch Jacques parierte, ohne dabei irgendeine Spur von Anstrengung zu zeigen. Schließlich ging der selbst zum Angriff über, verwirrte Johannes mit schnellen, unerwarteten Hieben und hatte nach wenigen Augenblicken die Spitze seines Schwertes auf die Brust des Gegners gedrückt und es dann langsam sinken lassen.

«Kein Grund zu verzweifeln», sagte er. «Du stehst erst am Anfang deiner Ausbildung. Deine Reaktionen sind zu langsam. Auch fehlt dir noch die Kraft. Und die Selbstvergessenheit.»

«Die Selbstvergessenheit?», wiederholte Johannes fragend, nachdem er sich wieder aufgerichtet und das Schwert beiseite gelegt hatte.

«Sie ist das, was dich von anderen Kämpfern unterscheiden wird. Es ist nicht schwer, die nötige Kraft und Ausdauer zu entwickeln, auch nicht die Technik des Schwertkampfes. Das wirst du in einigen Monaten gelernt haben. Etwas anderes ist es, eins mit deinem Schwert zu sein. Als Schwertkämpfer musst du dich selbst beherrschen, du musst dein Selbst aber auch vergessen, denn es ist das Schwert, das für dich kämpft.»

Johannes nahm seine Waffe erneut auf und hielt sie so in die Sonne, dass sich das Licht darauf spiegelte.

«Ich bin der, der das Schwert führt», sagte er.

«Du hast Unrecht», antwortete Jacques. «Dein Schwert lässt sich führen oder aber auch nicht führen. Du wirst deinen Gegner nur besiegen können, wenn du die nötige Selbstvergessenheit beweist. Erinnere dich, wie du an der Küste den Fels erklommen hast.»

«Was meint Ihr?»

«Es gab einen Zeitpunkt, da hast nicht du den Fels erklettert, sondern du warst so eins mit dem Fels, dass der Fels es zuließ, dass du ihn erklimmen konntest. Er hat zugelassen, dass du am Leben bleibst. Du solltest ihm dankbar sein.»

Johannes sah seinen Lehrer ungläubig an.

«Deshalb bin ich sicher, dass es dir auch gelingen wird, eine Waffe zugleich mit Selbstbeherrschung und Selbstvergessenheit zu führen. Vielleicht wird es letztlich nicht das Schwert sein, aber du wirst deine Waffe finden. Wir haben Zeit.»

Jacques ging zum Pferd und verstaute die Schwerter am Sattel. Er nahm eine der Wasserflaschen und reichte sie Johannes.

«Seid mir nicht böse», sagte der. «Aber ich verstehe nicht, was Ihr sagt. Die Dinge sind doch klar. Dort ist das Schwert, und hier bin ich.»

«Nun übst du dich schon viele Jahre in der Meditation», sagte Jacques. «Aber es scheint mir, als hättest du wenig über dich gelernt. Für dich sind die Dinge noch immer die Dinge. Das, was du sieht, ist das, was du glaubst.»

«Ist es nicht so? Ist dieses Schwert nicht die Waffe, die ich führe?»

Jacques überlegte kurz. Dann griff er in seinen Umhang und holte ein kleines Gefäß hervor.

«Glaubst du an Wunder, an Magie?», fragte er.

Johannes zuckte mit den Schultern.

«Ich habe nie Wunder erlebt. In vielen Büchern, die ich in Loccum studiert habe, wurden Wunder geschildert, aber ich konnte mir diese Dinge nicht erklären.»

«Und die Wunder Jesu? Meinst du, dass unser Herr nicht über das Wasser gegangen ist?»

«Das würde ich nie behaupten. Aber wir einfachen Menschen werden es wohl nicht können. Es widerspricht allem, was ich gesehen habe.»

«Und wenn Gott dir hilft, ein Wunder zu vollbringen?»

Johannes schwieg.

«In der Meditation übst du, dich ganz leer werden zu lassen, um dich zu öffnen für das, was du nicht beschreiben kannst. Auch das ist Selbstvergessenheit.»

«Was Ihr sagt, ist wahr, aber ich kann mir nicht vorstellen, wie mir das mit einem Schwert gelingen soll.»

Jacques öffnete die kleine Dose, die er in der Hand hielt.

«Setz dich einmal ganz entspannt auf den Boden.»

Johannes breitete seinen Mantel aus und nahm darauf Platz. Er blickte zum Wald.

«Was immer du gleich erleben wirst, du kannst mir vertrauen», sagte Jacques.

«Was habt Ihr vor?»

«Ich werde dich in einen Traum versetzen. Was immer geschieht, du musst keine Furcht haben. Du wirst zurückkehren. Ich werde neben dir wachen und nicht von deiner Seite gehen.»

«Ihr habt mich schon einmal an den Rand des Todes gebracht.»

«Das werde ich nicht tun. Ich werde dich nur träumen lassen.»

«Gut», sagte Johannes, der noch immer etwas zweifelte. «Ihr könnt beginnen.»

«Schau ab jetzt nicht direkt in die Sonne.»

Johannes bemerkte, wie Jacques ihm eine Salbe auf die rechte und linke Schläfe auftrug, gut verrieb und sich schließlich etwas entfernt neben ihn ins Gras setzte.

Dann schwiegen beide.

Zunächst war Johannes verwundert darüber, dass nichts geschah. Er begann sich zu langweilen, wurde ungeduldig. Doch bald meinte er eine Veränderung seiner Umgebung wahrzunehmen. Beim Blick auf das Grün des Waldes war dieser Eindruck zunächst nicht besonders stark, aber das Gelb und Rot der Feldblumen intensivierte sich, als würden die Pflanzen aus sich heraus strahlen. Mit der Zeit wurde auch das Grün intensiver. Aber noch mehr überraschte Johannes, dass der Boden sich ganz allmählich zu wölben begann. Zunächst nur ganz leicht, dann stärker. Schließlich schien der ganze Horizont nach unten zu kippen. Johannes blickte hinab zum Boden. Der Mantel unter ihm schien plötzlich die einzig ebene Fläche zu sein. Aber auch der wölbte sich am Rande hinab. Johannes hatte keinen Zweifel mehr: Er begann zu fliegen. Diese Einsicht stürzte ihn in Panik. Er bewegte den Körper nach vorn und nach hinten, versuchte seinen Mantel über die Ebene hinweg zu lenken. Das gelang. Mal stürzte er hinab, mal bewegte er sich dem Himmel entgegen. Dann blickte er zur Seite, um Jacques zu suchen. Zu seinem Entsetzen befand sich der in unerreichbarer Tiefe. Die Farben hatten inzwischen so an Kraft gewonnen, dass es Johannes nicht mehr möglich war, sie zu ertragen. Er schloss die Augen in dem sicheren Gefühl, schon Stunden geflogen zu sein, kämpfte verzweifelt gegen eine ganz plötzlich aufkommende Müdigkeit und fiel kraftlos in Ohnmacht.

Als er wieder zu sich kam, saß Jacques neben ihm und kühlte ihm mit Wasser die Stirn. Johannes hatte etwas Kopfschmerzen und verspürte großen Durst. Er richtete sich vorsichtig auf. Jacques gab ihm zu trinken.

«Du hast einige Zeit geschlafen», sagte er. «Es ist bereits Nachmittag.»

«Was ist mit mir geschehen?», fragte Johannes.

«Nichts Schlimmes. Du hast geträumt.»

«Ich bin geflogen.»

«Bist du sicher?»

«Ja.»

«Es ist schon erstaunlich, wie sicher du immer bist. Erst glaubst du nur, was du sehen kannst. Dann willst du mir erzählen, dass du geflogen bist. Schau nach oben.»

Über ihnen kreiste ein Greifvogel.

«Du willst mir doch nicht erzählen, dass du geflogen bist wie er?»

Johannes war noch immer verwirrt.

«Was habt Ihr mit mir gemacht?»

«Ich habe dich träumen lassen», war die nüchterne Antwort.

Wenig später ritten sie weiter und durchquerten mehrere kleine Waldgebiete. Einmal stieg Jacques vom Pferd, um Spuren zu betrachten.

«Wölfe», sagte er kurz, ohne seinen Befund näher zu erläutern.

Sie erreichten eine Scheune, die sich etwas erhöht inmitten von Feldern befand und offenbar ungenutzt war.

Hier machten sie Halt. Jacques versorgte das Pferd und brachte es in die Scheune. Dann kam er mit Brot, Käse und Wasser zurück. Johannes hatte sich ins Gras gesetzt, und Jacques tat es ihm nach.

«Wie fühlst du dich?», fragte er den jungen Mönch.
«Die Kopfschmerzen haben aufgehört.»
«Das ist gut. Hier, trink etwas.»
Johannes nahm einen kräftigen Schluck aus der Wasserflasche.
«Was war das, das Ihr mir auf die Schläfen gerieben habt?»
«Eine Salbe. Sie wird aus verschiedenen Essenzen hergestellt. Auch Schierling ist darunter.»
«Schierling ist giftig.»
Jacques lachte.
«Ja, du hast recht. Schierling ist allerdings nur gefährlich, wenn du ihn isst.»
«Was hat diese Salbe mit mir gemacht? Bin ich wirklich geflogen?»
«Willst du die Wahrheit wissen?»
«Ja!»
«Du hast dich nicht eine Armlänge weit bewegt. Zum Schluss bist du allerdings bewusstlos geworden.»
Johannes schwieg betroffen.
«Du musst dir keine Vorwürfe machen. Gewöhnlich reagiert man so auf die Salbe. Auch die Kopfschmerzen gehören dazu. Aber du sagtest eben, du wärst geflogen. Bist du jetzt noch immer der Meinung?»
«Die Salbe hat mir wohl etwas vorgegaukelt. Aber in der Zeit, als die Salbe wirkte, war ich völlig davon überzeugt, dass ich fliege und dass sich alle Farben verändert haben.»
«Und nun? Ist jetzt wieder alles in Ordnung?»
«Sicherlich.»
«Aber es ist doch noch der gleiche Verstand, der dir das sagt. Oder nicht?»
«Allerdings. Ihr meint, mein Verstand könnte mir auch jetzt etwas vorgaukeln?»
Jacques dachte einen Moment nach.

«Wir dürfen wohl nicht davon ausgehen, dass alles, was wir sehen und erklären können, auch wirklich so ist, wie wir es sehen und erklären können.»

«Und Ihr meint, Jesus ist wirklich über das Wasser gegangen?»

«Warum nicht?», fragte Jacques zurück. «Und als Krieger musst du dir dieser Zusammenhänge bewusst sein. War es nicht ein Wunder, dass du eine Felswand erklommen hast, die so hoch ist wie zwei Kirchtürme? Als Krieger weißt du, dass es nichts Unmögliches gibt, wenn du Selbstbeherrschung und Selbstvergessenheit zugleich besitzt. Du musst dich zusammennehmen und kontrollieren, und zugleich musst du dich gehen lassen und dich dem Geschehen öffnen. Das ist die Makellosigkeit des Kriegers. Das ist vollendete Aufmerksamkeit.»

Nachdem sie schweigend ihr Mahl beendet hatten, erhielt Johannes die Aufgabe, sich in der Nähe der Scheune einen Ort zu suchen, an dem er sich besonders wohl fühle. Jacques forderte ihn auf, sich unbedingt Zeit zu lassen, denn die Wahl des Ortes sei sehr wichtig.

Johannes nahm diese Aufgabe ernst. Tatsächlich machte er zunächst mehrfach die Erfahrung, dass ein unbestimmtes Gefühl ihn immer wieder davon abhielt, an den ausgewählten Stellen zu verweilen. Es war schon dunkel geworden, als er einen Platz gefunden hatte, an dem er sich wirklich wohlfühlte. Nun saß er etwa 20 Schritte vor der Scheune im Gras.

Jacques kam zu ihm herüber.

«Du hast gut gewählt», sagte er. «Ich werde dich jetzt allein lassen, bis es dunkel geworden ist. Ich werde mich in der Umgebung umsehen und bald zurückkehren. Bis dahin bleib auf deinem Platz. Komm in eine aufrechte Körperhaltung. Entwickle Aufmerksamkeit für dein Aus- und Einatmen. Sprich innerlich ein Wort, das dir sehr wichtig ist. Verbinde den Rhythmus des

Wortes mit deinem Aus- und Einatmen. Wenn du abgelenkt bist, bringe dich zurück in deine Ausgangshaltung. Lasse Raum in dir und sei achtsam.»

Johannes hörte nun, wie Jacques sich entfernte. Er blickte ihm nicht nach, sondern begann, sich in die Meditation zu versenken.

Als er ein Geräusch hinter sich vernahm und die Augen öffnete, war es völlig dunkel geworden. So wie es ihm gelungen war, seine Achtsamkeit über eine lange Zeit auf den Atem zu bündeln und sich zu öffnen, gelang es ihm nun, unmittelbar zurückzukehren. Er hörte Jacques hinter sich flüstern.

«Bleib unbedingt in der Achtsamkeit. Schließ die Augen. Höre. Bleib weiterhin völlig frei von verwirrenden Gefühlen. Ich lege dein Schwert rechts neben dich. Bleib ruhig. Wir werden angegriffen. Bleib ruhig. Ich werde neben dir kämpfen. Höre.»

Johannes gelang es, achtsam zu bleiben und seinen Geist leer zu halten. So empfand er die Nachricht eines Angriffs nicht als aufwühlend. Stattdessen lauschte er, die Augen wieder geschlossen, auf das, was da drohte. Es kam von vorn, aber auch von rechts und von links. Es war wie das Vorrücken vieler Krieger, die sich so lautlos vorwärts bewegten, als hätten sie kein Gewicht. Näher und näher hörte Johannes diese Geräusche. Als die Angreifer bis auf wenige Schritte herangekommen waren, trat absolute Stille ein. Er öffnete die Augen und erblickte glühende Lichtpunkte vor sich, zur Rechten und zur Linken.

Wölfe, durchfuhr es ihn. Und zugleich konnte er es nicht verhindern, dass die Angst in ihm aufstieg.

In diesem Moment hörte er das Fletschen und Zischen des Leitwolfs, das von den übrigen Tieren aufgenommen wurde. Johannes spürte, wie sich sein Nacken zusammenzog und die Angst begann, ihn klein werden zu lassen.

«Halt ein», flüsterte es von der Seite. «Fang dich auf. Komm

zurück. Kontrolliere deinen Atem. Atme gleichmäßig. Ein. Aus. Ein. Richte deinen Körper auf.»
Jacques' Worte fingen die Gefühle des Jungen auf. Johannes hatte gerade zuvor eine lange Zeit völlige Wachsamkeit geübt, und so gelang es ihm, in diesen Zustand zurückzukehren. Bewusst hielt er den leuchtenden Blicken seiner Angreifer stand, wich nicht aus, sondern griff stattdessen zu Boden und nahm das Schwert fest in die Hand. Das Fletschen der Wölfe brach ab. Völlige Stille trat ein. Johannes spürte, dass nun alles in der Schwebe lag. Er führte das Schwert nach vorn und richtete es auf den Leitwolf, bereit zum Kampf.
Johannes wartete, wartete einige Augenblicke. Doch nichts geschah. Dann hörte er erneut vorsichtige, leichte Schritte, die das Gras und den Boden kaum zu berühren schienen. Der Leitwolf bewegte sich erst einige Schritte rückwärts. Als er sicher sein konnte, dass sein Gegner ihn nicht erreichen würde, blieb er stehen, schaute noch einmal zu den beiden Männern, drehte sich um und zog sich lautlos zurück. Das Rudel folgte ihm. Augenblicke später saßen Jacques und Johannes allein vor der Scheune. Sie blieben noch eine ganze Weile in kampfbereiter Aufmerksamkeit.
«Du kannst das Schwert senken», sagte Jacques schließlich.

Sie hatten an diesem Abend nicht mehr gesprochen. Johannes war so erschöpft gewesen, dass er sofort einschlief, nachdem er sich in der Scheune auf seinen Mantel gelegt hatte.
Am Morgen stellte Jacques Brot, Käse und Wasser bereit. Johannes nahm es dankbar an und setzte sich neben seinen Lehrer.
«Habe ich das geträumt?», fragte er.
«Nein, das hast du nicht geträumt. Es war nicht die Salbe.»
«Wusstet Ihr von den Wölfen?»
«Als ich dich an der Scheune zurückließ, habe ich die Um-

gebung erkundet, aber weder Spuren gesehen noch das Heulen von Wölfen wahrgenommen. Der Angriff geschah völlig lautlos und ohne irgendein Zeichen der Vorwarnung. Wölfe sind gute Krieger.»

«Warum sind sie abgezogen?»

«Du fragst? Es war deine Entschlossenheit. Wölfe spüren die Schwäche ihrer Gegner. Sie haben einen guten Geruchssinn. Für einige Augenblicke haben sie deine Angst gespürt. Aber deine Entschlossenheit hat dich gerettet. Wölfe sind sehr klug. So klug, dass sie einen Kampf auf Leben und Tod nicht suchen. Sie sind geschickt und gefährlich, aber weise genug, sich nicht ohne Grund in Gefahr zu begeben. Sie kennen keinen Stolz, was diese Dinge angeht. Deshalb sind sie den Menschen gewöhnlich überlegen.»

«Ihr habt neben mir gesessen, aber ich habe nicht bemerkt, was Ihr getan habt.»

«Ich tat genau das, was du getan hast», antwortete Jacques. «Wenn zwei Krieger in gleicher Weise Entschlossenheit zeigen, ist das eine große Geste, die jeden Angreifer beeindruckt. Zwar hast du dich einige Augenblicke von Gefühlen bedrängen lassen, aber dann bist du zu deiner Makellosigkeit zurückgekehrt. Das war gut so. Wir hätten sonst keine Chance gehabt. Die Wölfe wären stärker gewesen.»

«Stärker als unsere Schwerter?»

«Ja.»

Schweigend aßen die Männer Brot und Käse. Johannes dachte über Jacques' Worte nach. Hatte er sein Schwert bislang als eine Auszeichnung betrachtet, wusste er nun, was es bedeuten würde, dieses Schwert zu führen. Es waren Worte, die man ihm zu diesem Schwert mitgegeben hatte. Aber es galt zu handeln. Und das geschah jetzt. Jetzt erst, seit er die Küste erreicht hatte.

«Wir reiten weiter», unterbrach Jacques die Gedanken des Jungen.

Wenig später folgten sie dem Weg, der sie nicht mehr durch Wälder führte, sondern an weit ausgedehnten Feldern entlang. Immer öfter sahen sie Scheunen, hin und wieder auch einen Hof.

Gegen Mittag gönnten sie sich und dem Pferd nur eine kurze Rast. Jacques meinte, er wolle heute keine Zeit verlieren.

Am Nachmittag sahen sie in der Ferne die Spitze eines mächtigen Kirchturms in den Himmel ragen.

«Das ist Rouen», sagte Jacques. «Aber wir haben ein anderes Ziel.»

Dann gelangten sie an einen breiten Fluss.

Terz

Johannes hat die letzten Stunden im beheizten Scriptorium verbracht. In der Nähe der Bücher fühlte er sich schon während der Novizenzeit am wohlsten. Hier gibt es Welten zu entdecken. Natürlich weiß er, dass diese Welten Gedankenwelten sind, selbst wenn die Bücher von Erfahrungen ihrer Urheber berichten. Doch er weiß auch um die Kraft der Inspiration, die von den Buchstaben ausgeht.

Die Glocke unterbricht seine Gedanken. Sie ruft zur Terz. Nur kurz wird diese Unterbrechung sein. Die Terz gehört zu den kleinen Horen. Aber dennoch ist sie wichtig. Eben als kurzes Innehalten, Bewusstwerden.

Augenblicke später sitzt Johannes im Chor der Klosterkirche und stimmt in den Gesang der Mönche ein. Nach dem Ingressus intonieren sie gemeinsam den Hymnus der Geistausgießung. Er erinnert daran, wachsam zu bleiben, die eigene Lebendigkeit als Lodern der Flamme des Heiligen Geistes in die Welt hinauszutragen. Es ist Zeit, das Leben zu feiern, sich erneut bewusst zu machen, dass irdische Lebendigkeit und göttliches Leben in uns wirken. Wir alle sind wie jener erste Mensch, dem Gott den Lebensodem eingehaucht hat.

Wenn die Mönche sich zurückziehen und in der Einsamkeit ihren stillen Weg zu Gott suchen, wenn auch das innere Gespräch zum Schweigen kommt, erleben sie das, was bleibt: den Atem, das rhythmische Ein und Aus. In der Einsamkeit der Kontemplation begegnet der Mönch dem Ursprünglichen. Dabei öffnet er sich für Gott, wohlwissend, dass dieses stille Gebet nicht Gott verändern kann, wohl aber den, der sich geöffnet hat, um das Unsagbare einzulassen.

Die Terz ist ein Innehalten, eine kurze Erinnerung an den Weg des Geistes, der erfrischend in die Arbeit der Mönche eingehen will.

Nach dem Kyrie und dem Vaterunser erteilt Johannes den Segen. Die Mönche verlassen die Kirche. Johannes bleibt für einen Moment, um die Stille aufzunehmen, die im Chorraum verblieben ist. Dann tritt er hinaus in den Kreuzgang, blickt in den unbewölkten, klaren Dezemberhimmel, um sich kurz darauf wieder den Büchern zuzuwenden, die seine Freunde geworden sind, besonders jenes Buch, das bald seine eigene letzte Lebensspur sein wird...

4. Kapitel

Sie waren den Fluss Seine entlang nach Norden geritten und seinem Lauf auch dann noch gefolgt, als er einen weiten Bogen machte und schließlich in südliche Richtung dahinfloss. Rouen hatten sie längst aus den Augen verloren. Johannes war aufgefallen, dass Jacques größere Orte offenbar mied. Aber auch das konnte durchaus Teil der Kunst des Kriegers sein, und so hatte er ihn nicht danach gefragt.

Am frühen Abend verließen sie den Fluss, durchquerten in westlicher Richtung dichten Wald, bis sich überraschend eine Lichtung auftat und zwei gigantische Türme vor ihnen in den Himmel ragten. Johannes hätte hier mitten im Wald mit vielem gerechnet, nicht aber mit solch atemberaubenden Bauten. Diese Türme waren offensichtlich Teil der Fassade einer Kirche, die alles, was Johannes bislang gesehen hatte, an Höhe übertraf.

Mehr konnte er zunächst nicht wahrnehmen, denn schon hatten sie eine hohe Mauer erreicht. Ein Mönch am Tor gewährte Einlass, nachdem er Jacques erkannt hatte. Die beiden Reiter stiegen ab, durchquerten die Pforte, übergaben dem Mönch das Pferd, nicht ohne zuvor die Dinge, die sie in den letzten Tagen mit sich geführt hatten, vom Sattel zu nehmen.

Jetzt erst hatte Johannes die Möglichkeit, sich umzuschauen. Auf eine Entfernung von wenigen Schritten wirkte die Westfassade der Abteikirche noch beeindruckender. Sie mochte wohl doppelt so hoch sein wie die des Doms zu Minden. Der Eingang maß etwa die Höhe dreier erwachsener Männer und war so breit, dass jedes Pferdefuhrwerk ohne Schwierigkeiten hätte hindurchfahren können. Etwa zehn Schritt über der Pforte erblickte Johannes eine Reihe von schmalen Rundbogenfenstern, die sich fünf Schritte höher wiederholte, bevor die Westfassade nach oben spitz zulief. Die beiden viereckigen Türme rechts und links bestanden wie die Fassade aus schlichtem, unverziertem Sandstein. Erst im oberen Drittel erkannte der Junge Arkaden aus schmalen Rundbogenfenstern. Auf den letzten Metern war der Baumeister vom quadratischen zum achteckigen Grundriss übergegangen, was den aufstrebenden Charakter der Türme noch verstärkte.

Zur Rechten grenzte an die Kirche ein langgestreckter Gebäudekomplex. Johannes ahnte, was sich dahinter verbarg. Die beiden Männer betraten das Gebäude durch eine kleine Pforte, durchquerten es und gelangten auf der anderen Seite in den Kreuzgang. Johannes blickte auf eine streng geometrisch geordnete Rasenfläche, die die quadratische Anlage des Kreuzgangs noch deutlicher werden ließ und in der Diagonale wohl 50 Schritte maß. Lediglich ein Brunnenhaus an der Nordwestseite schien das Ebenmaß zu stören, doch bei genauem Hinsehen war auch dies in die Geometrie integriert.

Von dort kam ein Mönch in weißer Kutte langsam auf sie zu. Er ging gebeugt und benutzte einen Gehstock. Jacques begrüßte ihn, nannte ihn bei seinem Namen und sprach in freundlichen Worten, die Johannes nicht verstand, die aber vokalreich und wohlwollend klangen. Dann kam der Mönch auf Johannes zu, umarmte ihn ebenfalls und begrüßte ihn in fließendem Latein.

«Willkommen, junger Freund aus dem fernen Land der Sachsen. Mein Name ist Columbanus. Ich bin der Abt dieses Klosters. Ihr habt eine lange Reise hinter Euch. Fühlt Euch bei uns heimisch. Hier sollt Ihr eine Zeitlang bleiben und die

Gastfreundschaft der Brüder von Jumièges genießen. Seid willkommen.»

Johannes kniete nieder und küsste den Ring des Abtes.

«Erhebt Euch und folgt mir.»

Gemeinsam gingen die drei Männer zunächst durch den westlichen Kreuzgang. Der Abt zeigte seinen beiden Gästen die Sakristei, dann den Kapitelsaal und schließlich den Eingang zu einer Kapelle, die dem heiligen Petrus geweiht war. Nach links ging es in den südlichen Kreuzgang. Hier betraten sie einen großen Saal. Johannes erblickte etwa dreißig Mönche, die Bücher studierten oder abschrieben. An den Wänden des Raumes bemerkte Johannes Regale, in denen Buchbände und gerollte Manuskripte sorgfältig abgelegt waren. Der Abt wandte sich erneut Johannes zu.

«Jacques sagte mir, dass Ihr ein Freund der Bücher seid. Unsere Bibliothek wird Euch sicher interessieren. Es ist die weitaus größte in der Normandie.»

Er winkte einen der Mönche heran, einen schlanken, hochgewachsenen Mann mit fast weißem Haar, der, als er herüberkam, das rechte Bein etwas nachzog.

«Das ist Thomas. Er beaufsichtigt die Bibliothek und kann Euch einen Überblick verschaffen.»

Johannes verbeugte sich vor dem Magister. Der tat es ihm nach und sprach ihn in jener fremden, aber melodischen Sprache an, die schon der Abt verwendet hatte. Als er bemerkte, dass der Junge nicht reagierte, wechselte er ins Lateinische.

«Ihr kennt unsere Sprache nicht. Aber das soll Euch nicht verunsichern. Ihr werdet die Bedeutungen schnell heraushören. Und bis dahin hilft Euch das Lateinische. Es ist die Sprache der Gebete und der Bücher.»

«So ist es», antwortete Johannes ebenfalls in fließendem Latein. «Es würde mich sehr freuen, wenn Ihr mir einen Einblick in Eure Schriften gewährt.»

«Es wird sicher noch viel Zeit sein, deine Studien zu vertiefen», unterbrach Jacques. «Lasst uns weitergehen.»

Sie verließen die Bibliothek. Der Abt führte seine Gäste den Kreuzgang entlang zum Refectorium, zur Wärmestube und in die Schlafräume im Obergeschoss, wo er Johannes ein Bett zuwies.

«Ihr werdet einige Wochen unser Gast sein, Johannes. In dieser Zeit solltet Ihr wie alle Mönche an den Stundengebeten und den Essenszeiten teilnehmen. Es sei denn, Euer Meister hat anderes mit Euch vor.»

Er blickte lächelnd zu Jacques.

«Sicherlich werden wir manchmal nicht zugegen sein», sagte der. «Aber wann immer es möglich ist, wird es uns eine Ehre sein, mit Euch zu beten, ehrwürdiger Columbanus. Einige Tage muss ich in Rouen verbringen, und so freut es mich umso mehr, wenn Ihr Johannes Zugang zu der in aller Welt gelobten Bibliothek von Jumièges gewährt.»

«Wir freuen uns immer, wenn ein wahrhafter Freund der Bücher unsere Schätze zu würdigen weiß», entgegnete der Abt. «Lasst uns nun zur Stille finden. Euer Ritt wird anstrengend gewesen sein.»

Die beiden Männer ließen Johannes allein. Er legte die wenigen Dinge, die er bei sich trug, hinter dem Kopfende des Bettes ab und gönnte sich etwas Ruhe. Es war ihm noch immer unklar, warum Jacques ausgerechnet diesen entlegenen Ort gewählt hatte. Und er konnte sich ebensowenig vorstellen, was in den nächsten Wochen geschehen würde. Doch zugleich verspürte er in diesem Kloster ein Stück Heimat. Vieles kam ihm sofort vertraut vor. Und er war zufrieden bei dem Gedanken, dass er nach den Strapazen der Reise nun einige Tage in den ruhigen, überschaubaren Bahnen eines Klosters leben durfte.

Als Johannes die Glocke hörte, begab er sich in den Kreuzgang. Er blickte zum Dach der Klosterkirche hinauf und bemerkte erst jetzt, dass sich über der Vierung ein weiterer Turm erhob, der denen der Westfassade an Höhe in nichts nachstand. Von dort oben rief eine tiefe, mächtige Glocke die Mönche zum Gebet.

Johannes betrat die Kirche. Von den Emporen des Langhauses drang aus schwindelerregender Höhe das letzte Licht des Tages in den Raum. Er bemerkte an der Decke ein Blendgewölbe aus Holz. Dann wandte er den Blick zur Rechten und zur Linken. Quadratische Pfeiler und runde Säulen wurden durch Rundbögen zu einer Reihe verbunden und trennten das Mittelschiff von den beiden Seitenschiffen. Johannes betrat den Chor, in dem sich die Mönche zum Gebet versammelt hatten. Dieser Chorraum besaß einen Umgang und war im Gegensatz zu allem, was er in diesem Kloster gesehen hatte, im neuen Stil errichtet. Der Gesang setzte ein. An der Form des Ingressus erkannte Johannes, dass nun die Stunde der Vesper gekommen war. Psalmgesänge, Antiphone, Responsorien und Hymnus unterschieden sich kaum von dem, was ihm seit vielen Jahren vertraut war. Und so hörte er auch das Magnificat, das im Chorraum leise nachhallte: Großes hat mir der Mächtige getan und heilig ist sein Name und seine Barmherzigkeit währet von Geschlecht zu Geschlecht.

Der erste Tag in der Abtei Jumièges verlief für Johannes erholsam. Während der Stundengebete und Mahlzeiten begegnete er Jacques, doch der sprach nur wenig mit ihm. So blieb viel Zeit, um Schlaf nachzuholen. Während der Mußestunden erinnerte sich Johannes der verschiedenen Etappen seiner Reise, der Begegnungen mit Menschen, die ihm wohlgesinnt gewesen waren: der Bischof von Minden, Martin, der Gehilfe des Kaufmanns, der Kapitän der Kogge, der ihn nach Brügge gebracht und die Passage nach Westen vorbereitet hatte. All diesen Menschen war er zunächst mit Vorsicht und Bedenken begegnet, um dann die Erfahrung zu machen, dass er ihnen vertrauen konnte. Doch Jacques? Hier war es anders. In den letzten Tagen hatte Johannes mehrfach erlebt, dass ihn sein neuer Meister äußerster Gefahr aussetzte. Trotz des gemeinsamen Ritts hatte Jacques Distanz zu seinem Schüler bewahrt und war in seinen Erklärungen eher wortkarg geblieben. Noch immer wusste Johannes nicht, was er von diesem Mann halten sollte.

Am darauffolgenden Tag forderte Jacques seinen Schüler auf, nach der Stunde der Prim in den Klostergarten zu kommen und das Schwert mitzubringen. Der Garten befand sich hinter den Gebäuden des östlichen Kreuzgangs. Johannes war dort zunächst allein und betrachtete aufmerksam die Beete, in denen Heilkräuter gezogen wurden. Obgleich er auf dem Hof der Eltern viele Pflanzen kennen gelernt hatte, waren ihm die meisten der hier wachsenden Kräuter unbekannt. Er nahm sich vor, sie näher zu studieren, wenn es die Zeit zulassen würde. Dann bemerkte er neben sich seinen Meister, der sich lautlos genähert hatte.

Zunächst verbrachten sie wie an den vergangenen Tagen einige Zeit damit, grundlegende Bewegungen des Schwertkampfes einzuüben. Doch schließlich schien Jacques unzufrieden zu sein. Er brach den Unterricht ab, nahm das Schwert seines Schülers in die Hand, ließ es in der Sonne aufblinken, bewegte es mehrmals mit kunstvoll elegantem Schwung, um es schließlich wieder beiseite zu legen. Dann beschloss er, dass sie sich am Nachmittag nach der Non wiedertreffen sollten, ohne Schwert.

Das Verhalten des Meisters konnte Johannes nicht so recht deuten, gelang es ihm doch mittlerweile, das Schwert kraftvoll zu führen und schnell auf den gegnerischen Angriff zu reagieren.

Am Nachmittag hatte Jacques zur Überraschung seines Schülers einen Bogen mitgebracht.

«Ich glaube, der Bogen wird dir den Weg leichter machen», sagte er ohne Umschweife. «Es geht nicht darum, allein die Technik zu erlernen. Auch nicht allein darum, das Schwert zu schwingen, um den Gegner zu besiegen. Vielleicht wird aus dir nie ein großer Schwertkämpfer. Aber das ist auch nicht nötig. So versuche denn, ein Meister des Bogens zu werden.»

Jacques zeigte Johannes zunächst den Bogen, der aus einem Stück gearbeitet war und eine solche Länge besaß, dass er, am Boden aufgestellt, den Schützen an Höhe fast erreichte.

Jacques nahm einen Pfeil aus seinem Köcher, legte ihn auf, spannte die Sehne des Bogens so weit, dass Johannes für einen Moment befürchtete, das Holz könne aufgrund der Zugkraft brechen, und ließ dann die Sehne aus der Hand gleiten. All dies geschah scheinbar ohne jede Mühe in einer einzigen kontinuierlichen Bewegung. Johannes sah, wie der Pfeil etwa sechzig Schritte entfernt einen Strohballen traf.

Darauf zeigte Jacques seinem Schüler in verlangsamter Form den Bewegungsablauf des Spannens und forderte ihn auf, es ihm nachzutun. Schon beim ersten Versuch musste Johannes bemerken, dass eine erhebliche Körperkraft dazu nötig war. Zunächst wollte es gar nicht gelingen. Nach einer Stunde des Übens war Johannes zwar in der Lage, den Bogen mit äußerster Mühe zu spannen, doch der Kraftaufwand war so groß, dass ihm schon nach Sekunden die Hände zitterten. Hin und wieder korrigierte Jacques die Haltung seines Schülers, doch schließlich brach er die Übungen ab, und Johannes befürchtete, dass es ihm mit dem Bogen ebenso ergehen würde wie mit dem Schwert. Offenbar schien er nicht sonderlich begabt zu sein. Zu seiner Überraschung meinte Jacques, dass es fürs Erste gut sei und sie am Abend weiterüben würden.

Im Anschluss an das Stundengebet zur Non trafen sich die beiden Männer erneut im Klostergarten. Johannes hatte sich etwas erholt und war zuversichtlich, mit neuer Kraft erfolgreicher zu sein als beim ersten Mal. Doch es erging ihm wie schon am Nachmittag. Kaum war der Bogen auch nur annähernd gespannt, zitterten die Hände. Jacques beobachtete genau die Haltung seines Schülers, verbesserte sie mehrmals, doch nach zwei Stunden härtester Arbeit war das Ergebnis erbärmlich, und Johannes konnte nicht verheimlichen, dass er schon jetzt die Geduld verloren hatte.

«Du bist zu sehr in deinen Gedanken», sagte Jacques schließlich. «Du bist nicht unmittelbar bei dem, was du tust. Stattdessen denkst du nach, was du tun wirst, was geschehen wird. Wenn du den Bogen spannen willst, denkst du über das Spannen des Bogens nach, statt den Bogen zu spannen. Erinnere dich an unsere Begegnung mit den Wölfen. Jene Gegenwärtigkeit, die du damals im Augenblick der Gefahr gezeigt hast, benötigst du jetzt, um die Kunst des Bogenschießens zu erlernen.»

Johannes sah seinen Meister erst ratlos an und äußerte dann seine Vermutung, dass es wohl irgendeine Technik oder ein einfaches Rezept geben müsse, um die Kraft zu entwickeln, den Bogen zu spannen.

Doch Jacques schüttelte den Kopf. Er nahm den Bogen und forderte seinen Schüler auf, ihm während des nun folgenden Schusses mit der Hand den Oberarm zu umfassen. Während Jacques in eleganten Bewegungsabläufen den Bogen spannte und den Pfeil davonschnellen ließ, bemerkte Johannes, dass die Muskulatur des Meisters bei all dieser Bewegung so spannungsarm war, als würde ihm all das nicht die geringste Mühe bereiten.

Am frühen Morgen des folgenden Tages setzten sie die Übungen mit dem Bogen fort. Auch heute endeten die ersten Versuche kläglich. Johannes war verzweifelt. Wie sollte er die Kunst des Bogenschießens erlernen, wenn es ihm nicht einmal gelang, den Bogen zu spannen? Wäre es nicht besser gewesen, beim Schwert zu bleiben?

Jacques war der Unmut seines Schülers nicht verborgen geblieben.

«Hab Geduld», sagte er. «Du musst einfach den Gedanken fallen lassen, dass man das Bogenschießen in wenigen Tagen erlernen kann. Es wird lange dauern, bis du dich einen Meister nennen kannst. Das ist so. Sei also unbesorgt.»

Der Meister nahm den Bogen wieder zur Hand.

«Ich glaube, du tust dich deshalb so schwer, weil du falsch atmest. Für das Bogenschießen ist es wichtig, dass du langsam und gleichmäßig ein- und ausatmest. Verbinde deine Atmung mit den Bewegungen des Bogenschießens.»

Jacques nahm einen Pfeil auf, legte ihn auf, hob den Bogen an, spannte ihn und verweilte, um schließlich den Pfeil zu lösen. Nun, da ihm dies bewusst war, sah Johannes, dass der Meister jeden dieser Bewegungsabschnitte durch Einatmen einleitete, durch das Anhalten des Atems kurzzeitig in der Schwebe hielt und mit dem Ausatmen abschloss.

Den gesamten Tag verbrachte Johannes damit, Atem und Bewegung in ein Gleichmaß zu bringen. Die Gebetsstunden waren ihm nun eine angenehme Pause. Am Nachmittag machte er während der Gebete zur Non die Beobachtung, dass sich die Schulung des Atems unwillkürlich auch auf seinen Gesang während des Gottesdienstes auswirkte. Schlagartig wurde ihm bewusst, wie aus dem Atem Gesang entstand, jener Gesang, der den Menschen mit Gott verbindet. Hatte Gott dem ersten Menschen nicht den Atem eingehaucht und ihn damit zum Leben erweckt? Der Gedanke, dass der Atem ihn auf den Ursprung seines Daseins zurückführte, stimmte ihn froh. Und er ahnte, dass sein Meister ihm mehr beibrachte als die Kunst des Bogenschießens.

Am folgenden Tag setzte Johannes seine Bogenübungen gut gelaunt fort, war sehr geduldig und guten Willens. Doch auch der beste Wille vermochte nichts auszurichten gegen Verspannungen der Schultern und Versteifung der Muskulatur in den Oberschenkeln. Jacques korrigierte mehrfach die Haltung seines Schülers. So vergingen Tage. Johannes hatte bald jedes Zeitgefühl verloren. Lediglich die Stundengebete gaben dem Leben eine Struktur.

Dann geschah es. Am späten Nachmittag hatte Johannes wie hunderte Male zuvor den Bogen gespannt und den Schuss gelöst. Doch das Spannen der Sehne war ihm diesmal mit einer Leichtigkeit geglückt, die ihm selbst unerklärlich blieb. Er hatte während dieser Bewegung eine tiefe Selbstgelöstheit gespürt. Dem Meister war all das sofort aufgefallen. Er kam auf Johannes zu und beglückwünschte ihn.

«Du hast es geschafft. Für einen Moment warst du ganz Bogen, ganz Sehne.»

Johannes war überglücklich, so dass er kein Wort von sich geben konnte. Jacques brach die Übung ab und bat seinen Schüler, die Atemübungen fortzusetzen.

In den folgenden Tagen gelang es Johannes zunächst nur selten, den Bogen in dieser Weise zu spannen, aber er wurde darin immer gelöster, und die gelungenen Versuche mehrten sich. Ganz offensichtlich war der Atem die Brücke dieser Einheit von Schütze und Bogen.

Als das Spannen des Bogens immer besser gelang, begann Jacques die Aufmerksamkeit seines Schülers auf das Lösen des Schusses zu lenken. Johannes hatte die Sehne bislang immer dann gelöst, wenn der Druck unerträglich geworden war. Gegen die Schmerzen in den Fingern hatte er von seinem Meister einen Lederhandschuh erhalten. Aber auch das änderte nichts daran, dass er letztlich der Spannung der Sehne und damit seiner eigenen Kraftlosigkeit nachgab.

Nun machte ihm der Meister klar, dass er bislang nur auf die Spannung geachtet, die Loslösung der Sehne aus den Fingern bislang aber völlig vernachlässigt hatte. Jacques nahm den Bogen und forderte seinen Schüler auf, bewusst auf den Vorgang des Lösens zu achten.

Johannes beobachtete, wie er den Bogen spannte und schoss. Es entging ihm nicht, dass Jacques die rechte Hand öffnete, dass diese Hand, plötzlich vom Zug befreit, zurückschnellte, doch er bemerkte ebenso, dass der Körper des Schützen dabei nicht im geringsten erschüttert wurde. Stattdessen führte Jacques den Schussarm langsam zur Seite und streckte ihn aus. Hätte man den Pfeil nicht fliegen und mit dumpfem Schlag auf dem Strohballen auftreffen gesehen, hätte man die Bewegungen des Schützen für eine Art Tanz halten können.

Von nun an versuchte Johannes, die kunstvollen Bewegungsabläufe des Meisters nachzuahmen. Doch die Aufgabe schien unmöglich. Während der nächsten Tage kam es Johannes oft so vor, als schieße er dilettantischer als zu Beginn seiner Ausbildung. Auch das innerlich gelöste Spannen des Bogens wollte nicht mehr gelingen. Schließlich nahm Jacques ihn zur Seite und sprach ihm Mut zu.

«Überlege nicht, was du zu tun hast. Und denke keinesfalls daran, dass du etwas erreichen willst. Dein Wille hindert dich. Sei ohne jede Absicht. Öffne dich und spüre. Dann wird es wie von selbst geschehen, dass sich die Sehne löst, fast so, als würde sie einfach durch deine Finger hindurchgehen. Wenn ein kleines Kind nach deiner Hand greift, hält es diese so fest geschlossen, dass du dich über seine Kraft wunderst. Aber wenn es sich wieder abwendet und die Hand loslässt, geschieht dies fast unmerklich. So ist es auch mit dem Bogenschießen.»

Nach und nach gewann Johannes die innere Ruhe zurück. Dass es ihm bald wieder gelang, den Bogen kunstvoll zu spannen, lag auch daran, dass er die täglichen Übungen gelassener nahm. Der Meister lobte ihn oft und machte ihm zugleich deutlich, dass die misslungenen Versuche ebenso wichtig seien wie die gelungenen.

Nachdem sie etwa zwei Wochen geübt hatten, sagte Jacques, dass er für einige Tage nach Rouen reisen müsse. Johannes solle die Atemübungen fortsetzen und die Zeit nutzen, um die Bibliothek kennenzulernen. Eine Unterbrechung der Schulung im Bogenschießen sei durchaus sinnvoll, weil man danach gelöst und erholt einen neuen Anlauf nehmen könne.

«Zur Kunst des Bogenschießens gehört auch das rechte Warten.» Mit diesen Worten hatte sich Jacques von seinem Schüler verabschiedet. Johannes war im Zweifel. Vielleicht würde er in dieser Zeit manches verlernen. Immerhin hatte er nun Gelegenheit, die Bibliothek aufzusuchen. Nachdem der Meister morgens nach Rouen aufgebrochen war, nahm Johannes zunächst wie gewohnt am Gebet zur Terz teil. Dann durchschritt er den Kreuzgang und betrat den Lesesaal.

Es war beeindruckend, wie viele Mönche hier tätig waren. An den Pulten mochten wohl an die dreißig mit dem Lesen oder Kopieren von Schriften beschäftigt sein. Ein erster flüchtiger Blick bestätigte Johannes die Kunstfertigkeit der Schreiber. Weit mehr als die Zisterziensermönche versahen sie ihre Bücher mit kunstvollen Ornamenten und Abbildungen. Die Anwesenheit des fremden Mönchs schien niemanden zu verwundern. Manch einer blickte auf, nickte Johannes grüßend zu, doch die meisten blieben konzentriert bei ihrer Arbeit. Thomas, der Magister, hatte den Gast bemerkt, kam auf ihn zu und begrüßte ihn freundlich.

«Johannes, habt Ihr doch den Weg in unsere Bibliothek gefunden? Das freut mich.»

«Auch ich bin froh, einmal die Gelegenheit zu haben», antwortete Johannes. «Die Ausbildung hat mir bislang keine Zeit gelassen.»

«Ich hörte davon. Ihr Templer tut seltsame Dinge. – Aber offensichtlich wollt Ihr die Bücher nicht vernachlässigen. Und

dabei helfe ich Euch gern. Welche Schriften konntet Ihr in Eurem Kloster studieren?»
«Das waren Evangeliare, Predigtsammlungen, Traktate der Kirchenväter, die Carta Caritatis der Zisterzienser.»
«Habt Ihr auch Neueres lesen können?»
«Wie meint Ihr?»
«Es gibt Magister, die die heiligen Schriften und die Werke der Kirchenväter nicht nur studiert haben, sondern auch deuten. Sie versuchen, aus all diesen Schriften eine Art Grundlage des rechten Glaubens und Wissens zu schaffen, freilich mit recht unterschiedlichen Ergebnissen.»
Johannes überlegte einen Moment, bis ihm klar wurde, was Thomas meinte.
«Ist das nicht etwas, das jeder Gläubige und jeder Mönch für sich tun muss?»
«Sicherlich. Aber es gibt Magister, die dies in besonders vorbildlicher Weise getan und aufgeschrieben haben, so dass sie unser eigenes Denken, unseren eigenen Glauben bereichern und auf den rechten Weg bringen können.»
«Aber letztlich bleibt das doch alles Menschenwerk.»
Thomas blickte erstaunt auf.
«Ihr mögt recht haben. Doch müsst Ihr diese Gelehrten zunächst zu Euch sprechen lassen, bevor Ihr sie tadelt.»
Johannes nickte.
Der Magister ging mit Johannes zu einem großen Regal und zog zwei Bände heraus.
«An diesem Ort», sagte er, «findet Ihr die Schriften der großen Gelehrten, die der nahen Vergangenheit und die der fernen Zeit, da unser Heiland noch nicht auf Erden weilte. Ich habe Euch Schriften des heiligen Bernhard ausgewählt. Er ist der Gründer des Ordens der Zisterzienser und der Templer. Er wird Euch vielleicht besonders interessieren.»
Thomas führte seinen Gast zu einem freien Pult.

«Dieses Pult steht Euch von nun an zur Verfügung. Fragt mich, wann immer Ihr etwas benötigt. Je tiefer Ihr in die Schriften eintaucht, desto mehr ist es mir eine Freude, Euch hilfreich zu sein.»
Johannes dankte dem Magister, der ihn nun am Pult allein ließ. Er betrachtete die beiden Schriften, die vor ihm lagen, und blätterte beide auf, um sich eine Übersicht zu verschaffen. Der erste Band, «De contempto mundi», schien das Problem des Wissens zu behandeln, der zweite, «De gradibus humilitatis», die Wege der Auffahrt der Seele zu Gott. Johannes begann mit der ersten Schrift. Anfangs fiel es ihm etwas schwer, sich in das Lateinische einzulesen, aber die Schwierigkeiten waren bald überwunden.

So erfuhr er, dass Bernhard vom bloßen Wissen nicht viel hielt. Im Gegenteil. Ein religiöses Gemüt brauche Leidenschaft. Glühen sei mehr als Wissen. Der Weg zu Gott führe über die Intuition, nicht über logische Spielereien oder rhetorische Spitzfindigkeiten. Auf die innere Einstellung komme es an. Gott werde nur insoweit innerlich erkannt, als er geliebt würde. Bernhard bezeichnete das Wissen um des Wissens willen als heidnisch. Stattdessen seien innere Versenkung und Meditation notwendig, um die höchste Stufe der Liebe zu erreichen, die wahre Gottesliebe, in der der Mensch auch sich selbst nur noch um Gottes willen liebt.

Beim Lesen der Schriften Bernhards verspürte Johannes bald ein gewisses Misstrauen. Zwar konnte er Bernhards Appell an die Intuition nachvollziehen. Schließlich war es ja die Intuition, genauer das Loslassen allen Denkens und Wissens, das man auf dem Weg zur Kunst des Bogenschießens einübte. Auch war es genau dies, was ihm in den gefährlichen Situationen seiner Reise allein weitergeholfen hatte. Aber sollte man deshalb das Denken und das Wissen in Frage stellen? Hatte Gott dem Menschen nicht auch den Verstand gegeben? Doch wohl nicht nur, um, wie Bernhard meinte, den Menschen in Versuchung zu führen!

Bald bemerkte Johannes, dass es dunkel wurde. Er gab Thomas die beiden Bände zurück und teilte ihm seine Gedanken mit. Thomas war verwundert. Von einem Mitglied des Ordens des heiligen Bernhard hatte er dies nicht erwartet. Er versprach Johannes für den folgenden Tag weitere anregende Lektüre.

In der Nacht, zwischen den Stunden der Komplet und der Vigil, konnte Johannes nicht schlafen. Im Dormitorium herrschte Stille. Vereinzelt drangen Geräusche von außen in den Raum. Wind war aufgekommen. Regen schlug an die Außenwände.

Seine Gedanken wanderten zurück zum elterlichen Hof, zum Kloster in Loccum. Für einen Augenblick waren seine Erinnerungen völlig klar: Er meinte den Wind zu spüren, der über den heimischen Feldern wehte, das Knirschen unter seinen Füßen wahrzunehmen, wenn er bei eisiger Kälte über die Steinplatten des Kreuzgangs schritt, den Regen an die Holzwand der elterlichen Scheune schlagen zu hören. Wie lange war er schon fort? Er hatte versäumt, die Tage zu zählen, und nun konnte er sich nur noch an den Jahreszeiten orientieren. Bei dem Gedanken an die Menschen, die er zurückgelassen hatte, wurde ihm eng ums Herz. Würde er seine Eltern wiedersehen? Würde er überhaupt zurückkehren? Und als wer würde er zurückkehren? Würde man ihn noch als den Johannes erkennen, der damals gegangen war? Würde alles noch so sein, wie er es verlassen hatte?

Die Glocke zur Vigil unterbrach seine Gedanken.

Am nächsten Morgen fand er sich wieder in der Bibliothek ein. Thomas hatte ihm zwei Werke des Anselmus, eines ehemaligen Abtes von Canterbury, ausgewählt, «De veritate» und «Monologion». Im ersten Buch entdeckte Johannes ein ihm bislang unbekanntes Thema. Es wurde die Frage aufgeworfen, ob die Gattungsbegriffe, die Universalia, also etwa der Tisch oder das Rind, nur in den Gedanken des Menschen vorhanden seien oder ob sie unabhängig vom Bewusstsein des Menschen existierten. Platon habe gelehrt, dass angesichts der Vergänglichkeit der Dinge die Allgemeinbegriffe dauerhafter und wirklicher seien als die realen. Das Schöne an sich sei also dauerhafter und wirklicher als ein realer schöner Mensch.

Johannes fand diese Fragestellung allein deshalb interessant, weil ihn der Gedankengang Platons verblüffte. So hatte er die Dinge noch nie gesehen. Er las weiter: Anselmus versuchte Platons Vorstellung aufzunehmen und mit dem Glauben zu verbinden. Alles Leben sei nur dadurch wahr, dass es in der höchsten Wahrheit gründe, in Gott. Gott, die Wahrheit des Seins, sei die Bedingung der Wahrheit der Erkenntnis. Glaube müsse also der Erkenntnis vorausgehen.

Als er das Buch geschlossen hatte, war sich Johannes nicht sicher, was er von dieser Argumentation halten sollte. Sie war in sich stimmig. Aber traf sie auch auf die Wirklichkeit zu? In seinen täglichen Übungen hatte er gelernt, den Bogen absichtslos zu spannen. Doch war es der Bogen an sich, den er spannte? Oder jener ganz konkrete Bogen, der hier und jetzt darauf wartete, gespannt zu werden? Die Erfahrung der letzten Tage lehrten ihn, dass Anselmus von Canterbury Unrecht hatte. Den konkreten Bogen galt es zu spannen. Johannes war sicher, dass jeder andere Bogen auf jeweils ganz eigene Weise reagieren würde.

Johannes schlug das Buch zu. Dieser Anselmus war offensichtlich beseelt vom Vertrauen in die Vernunft, die solche Schlussfolgerungen ziehen konnte. Er verstand nun den Unwillen des heiligen Bernhard gegenüber manchen Spitzfindigkeiten der Vernunft etwas besser. Zwar dachte Anselmus in sich schlüssig, fraglich blieb nur, ob das Instrument, das er anwandte, die Vernunft, in der Lage war, die Wirklichkeit adäquat in sich abzubilden.

Er verließ die Bibliothek mit dem Vorsatz, den Rest des Tages kein Buch mehr aufzuschlagen und sich ganz den Stundengebeten und der bewussten Atmung zu widmen.

Am folgenden Tag ertappte sich Johannes kurz bei dem Gedanken, ohne Jacques das Bogenschießen zu üben. Doch dann gab er diese Überlegung wieder auf, wurde ihm doch klar, wie wichtig die Hilfestellungen und die Anleitung des Meisters waren. So verbrachte er die Zeit zwischen den Stundengebeten erneut in der Bibliothek. Er hatte Thomas seine Leseerfahrungen des letzten Tages geschildert. Dieser meinte, es gäbe wohl schwerlich einen Magister, der zwischen den Gedanken des heiligen Bernhard und des Anselmus vermitteln könne. Zu deutlich seien die grundlegenden Unterschiede. So wählte er für seinen Gast Bücher des Pierre Abaelard aus, nicht ohne darauf hinzuweisen, dass Abaelard und Bernhard zu Lebzeiten Feinde gewesen seien. Dieser Abaelard sei ein großer Rhetoriker gewesen und habe als Lehrer in verschiedenen Kathedralschulen viele Anhänger gefunden. Außerdem sei er damals eine Liebesaffäre mit einer Schülerin eingegangen, die viel Aufsehen erregt hätte. Bernhard habe gegen ihn ein Inquisitionsverfahren eingeleitet, weil seine Deutungen des christlichen Glaubens der Lehre der heiligen Kirche widersprachen.

All diese Informationen machten Johannes neugierig auf Abaelard. In einem Buch mit dem Titel «Dialog» konfrontierte der Autor den Leser nicht nur mit der Forderung, dass alles Nachdenken über Gott einer sprachlichen und methodischen Kritik unterzogen werden solle, sondern dass die Kirche für den Suchenden allenfalls eine vorläufige Autorität sein könne. Nicht Bibelsprüche und Wunder sollten den Gläubigen leiten, sondern seine Vernunft.

Johannes war schlagartig klar, warum die Kirche auf Abaelard reagieren musste. Aber auch unabhängig davon erschien ihm die Betonung der Vernunft als einzig möglicher Weg zu Gott einseitig. Hier zeigte sich offenbar der Stolz eines Mannes, der sich seiner eigenen Fähigkeiten bewusst war.

Etwas skeptisch nahm sich Johannes den zweiten Band, den Thomas ihm auf das Pult gelegt hatte. «Ethica» hieß diese Schrift. Abaelard schrieb darin, das Gute liege nicht in den Handlungen der Menschen, sondern in ihren Absichten. Die Vorstellung einer Erbsünde, wie sie die Kirche vertrete, lehnte er ab. Auch war er der Meinung, dass die Lehre Christi schon von Sokrates und Platon vorweggenommen sei. Überhaupt hätten alle Religionen eine gemeinsame Grundlage und mündeten in gleichen ethischen Vorstellungen, etwa in der Aufforderung, seinen Nächsten zu lieben. Am Ende des Buches machte Abaelard eine Wendung, die Johannes ihm nicht zugetraut hätte. Offen gestand er ein, dass alle Wahrheit bei Gott liege, nicht mit der menschlichen Vernunft zu erfassen sei und dass es deshalb der Offenbarung bedürfe.

Am Ende der Lektüre war die Position Abaelards für Johannes gar nicht mehr so abwegig. Wenn man davon ausging, dass der gläubige Mensch die Wahrheit Gottes letztlich durch Offenbarung erhalte, dann bestünde die Bedeutung der Kirche lediglich darin, ihn dorthin zu leiten. Sie selbst wäre aber nicht die Autorität, die im Besitz der alleinigen Wahrheit sein könne.

Plötzlich kam Johannes der Gedanke, Jacques auf diese Dinge anzusprechen. Zwar war der bislang ein sehr wortkarger Lehrer gewesen, doch müsste er eine Meinung zu all dem haben. Und auch die Templer als christlicher Orden würden sich in irgendeiner Weise dazu verhalten. Johannes brachte die beiden Bände an ihren Platz zurück und verließ den Lesesaal.

Am Abend war Jacques zurückgekehrt. Er teilte seinem Schüler mit, dass sie noch morgen weiterreiten würden. Johannes nahm diese Nachricht mit gemischten Gefühlen auf. Das Kloster war ihm in den letzten Wochen ein Ort der Sammlung gewesen, der ihm nach den Aufregungen der Reise wohlgetan hatte. Was nun auf ihn zukam, blieb völlig offen. Gleichzeitig war Johannes klar, dass es keinen Stillstand geben konnte. Seine Reise hatte noch kein Ende gefunden, vielleicht gerade erst begonnen. Immerhin blieb Zeit, sich von Thomas zu verabschieden. Er dankte dem Magister für die Möglichkeit, den eigenen Geist reisen zu lassen, in Regionen, die ihm bislang völlig fremd gewesen waren. Obwohl die Lektüre der vergangenen Tage mehr Fragen als Klarheit hervorgebracht hatte, sah Johannes deutlich, dass es hier noch viel zu entdecken gab.

Die letzten gemeinsamen Stundengebete mit den Mönchen bekamen eine besondere Bedeutung, boten sie doch noch einmal die Möglichkeit, die Geborgenheit des Klosters zu spüren.

In der Nacht träumte Johannes von dieser Geborgenheit, wobei die Menschen und die Gebäude von Jumièges und Loccum ineinander überzugehen schienen. Thomas der Magister verwandelte sich in Jordanus den Bibliothekar, der Abt Columbanus in den Loccumer Abt Lefhart. Die Bibliothek von Jumièges schien mit der Loccums zu verschmelzen, und alle Traumräume besaßen die gleiche vertraute Atmosphäre.

Nach einem letzten Mahl im Refectorium verließen Jacques und Johannes am Morgen das Kloster, nicht ohne dem Abt für seine Gastfreundschaft gedankt zu haben. Sie erhielten Proviant für mehrere Tage und zwei frische Pferde. Nach einem kurzen Ritt erreichten sie den Fluss und bald darauf eine Fähre, mit der sie auf die andere Seite gelangen konnten. Dann ging es durch dichten Wald in südliche Richtung. Da beide Reiter nun ein eigenes Pferd besaßen, kamen sie schnell voran, zumal der Weg, den sie gewählt hatten, zwar schmal, aber frei von Hindernissen war. Gegen Mittag gelangten sie erneut an einen Fluss und machten Halt. Nachdem sie sich gestärkt hatten, nahm Jacques den Bogen, der am Sattel befestigt war, und forderte seinen Schüler auf, einige Schüsse zu versuchen.

Johannes hielt den Bogen zunächst etwas unsicher, so als würde er ihn zum ersten Mal in der Hand halten. Er begann seinen Atem zu kontrollieren. Er legte den Pfeil auf und spannte den Bogen ohne große Anstrengung. Dann hielt er die gewonnene Spannung, ließ den Atem die folgenden Bewegungen unterstützen, doch schließlich löste sich der Schuss zu früh, und der Pfeil sauste ungezielt durch die Luft.

Jacques zeigte sich trotzdem sehr zufrieden. Er lobte die körperliche Gelassenheit, die mit dem Spannen des Bogens einhergegangen war, und machte seinem Schüler Mut, nicht daran zu verzagen, den rechten Moment des Loslassens zu finden. Während der nachfolgenden Schüsse bemerkte Johannes, wie sehr die Konzentration auf den Atem die äußeren Reize zurückdrängte. Das Rauschen des Flusses und der leichte Wind, der durch die Bäume fuhr, verblassten so weit, dass er sie kaum mehr wahrnahm. Bald empfand er die Atmung als eine Hülle, die ihn vor allem Ablenkenden schützte. Jacques versicherte ihm, dass sich diese Erfahrung mit zunehmender Übung immer schneller einstellen würde. Er verglich es mit jener Praxis, die Johannes bereits aus der Kontemplation kannte. Die Konzentration auf den Atem half, Gefühle, Stimmungen, Wünsche, Sorgen, selbst hartnäckige Gedankenzüge loszulassen.

Johannes dachte über dieses Bild nach.

«Aber der Schütze hat doch eine Absicht», entgegnete er.

«Als Krieger muss er in bestimmten Situationen reagieren. Und nicht nur das. Er handelt bewusst. Aber es wird dennoch eine Handlung der Absichtslosigkeit sein.»

«Ist das nicht ein Widerspruch?», fragte Johannes.

Jacques lächelte.

«Für dein Denken und deine Sprache ist es ein Widerspruch», antwortete er kurz. «Alles andere lässt sich nur erspüren.»

«Dann ist es so, wie Abaelard sagt? Dass wir die Wahrheit nur als Offenbarung erfahren?»

Jacques blickte erstaunt auf.

«Nun, wenn du ihn gelesen hast, weißt du auch, dass er sehr viel von unserem Verstand hielt, nicht aber von der Mystik.»

«Und er war ein Feind Bernhards.»

«Richtig. Aber das ist lange her. Seitdem ist vieles anders geworden.»

«Wie meint Ihr das?»

«Die Krieger des Ordens der Templer haben seitdem die gesamte bekannte Welt bereist. Das blieb nicht ohne Folgen. So wie auch deine Reise nicht ohne Folgen bleiben kann. Vieles hat sich geändert.»

«Ihr sprecht in Rätseln.»

«Ja, es wird Zeit, dass ich dir endlich etwas über die Templer erzähle. Aber lass uns erst weiterreiten. Wir haben unser Ziel bald erreicht.»

Bevor sie ihre Pferde bestiegen, tauschte Jacques die Kutte des Mönchs gegen den weißen Mantel der Templer. Dann setzten sie ihren Ritt fort.

Entlang des Flusses kamen sie nun durch kleinere Ortschaften. Die Menschen, denen sie begegneten, zeigten ihren Respekt, indem sie auf dem Boden knieten und sich verbeugten. Johannes waren diese Ehrbezeugungen unangenehm, und er war froh, wenn sie das jeweilige Dorf wieder verlassen hatten. Auf dem Wasser konnte man immer wieder Boote beobachten, die flussabwärts unterwegs waren oder gegen den Strom segelten. Vieles erinnerte an die Weser. Selbst die Pflanzen- und Tierwelt ließ ihn an die Heimat denken. Er beobachtete Hasen und Kaninchen, sah Schafe und Rinder auf der Weide, erkannte Greifvögel, die hoch oben in der Luft ihre Kreise zogen, und auch die weitläufigen Weizen- und Roggenfelder waren ihm vertraut.

Bislang hatten sie sich in westlicher, dann in südlicher Richtung bewegt. Nun machte der Fluss einen deutlichen Bogen, der nach Nordosten führte. Am Nachmittag bemerkte Johannes in der Ferne einen Gebirgszug, auf dem sich offenbar eine mächtige Verteidigungsanlage erhob. Das war ein ungewöhnlicher Anblick, denn er hatte weder auf der Reise vom Meer nach Jumièges noch am heutigen Tag nennenswerte Anhöhen bemerkt. Auch solch gewaltige Burgmauern waren ihm unbekannt.

«Das ist unser Ziel», sagte Jacques. «Château Gaillard.»

«Was haben wir dort zu tun?», fragte Johannes.

«Wir werden dort das Bogenschießen üben...»

Jacques blickte seinen Schüler an und musste lachen.

«... aber du wirst natürlich fragen, warum wir das gerade dort tun wollen. Viele hochrangige Templer kommen in diesen Tagen nach Château Gaillard zu einem Konvent. Wundere dich also nicht, wenn du von nun an von weißen Mänteln und roten Tatzenkreuzen umgeben bist. Aber wir werden auch genug Zeit haben, das Bogenschießen zu üben.»

«Um was geht es auf diesem Konvent?»

«Es ist mir nicht erlaubt, einem Uneingeweihten alles zu erzählen. Nur so viel: Der Orden ist in den letzten Jahren in Konflikt mit dem französischen König geraten. Es geht um Macht und um Reichtum. Die Templer haben Philipp große Summen geliehen. Nun weigert er sich, seine Schulden zu begleichen. Im Gegenteil. Er geht gegen den Orden vor. Streut Gerüchte aus und interveniert beim Heiligen Vater in Rom.»

«Und deshalb treffen sich die Templer auf einer Burg?»

Wieder musste Jacques lachen.

«Nun, eine Burg wie diese kann vor bösen Überraschungen schützen. Château Gaillard ist vor etwa hundert Jahren von Richard Löwenherz erbaut worden, um die Normandie gegen den französischen König Philipp II. zu verteidigen, mit dem er immerhin gemeinsam einen Kreuzzug angeführt hatte. Doch aus Freunden wurden erbitterte Feinde. Und Richard verlor diesen Krieg. Château Gaillard fiel in die Hände der Eroberer. Das ist lange her. Heute ist es ein Stützpunkt der Templer. Und wie es das Schicksal will, haben auch wir Ärger mit dem französischen König. Es gibt wohl keinen Ort, der die augenblickliche Situation besser symbolisiert als dieser. Und auch der gegenwärtige König von Frankreich heißt Philipp.»

«Das hört sich an, als würde es Krieg geben.»

«Noch ist es nicht so weit. Die Templer haben im Heiligen Land und entlang des Mittelmeers viele Kriege führen müssen. Und sie haben vielerorts Frieden geschaffen. Auch hier heißt es, den rechten Atem zu haben und die Kunst des Kriegers zu beherrschen.»

Plötzlich lag eine kleine Stadt vor ihnen. Sie bestand einzig aus kleinen, einfachen Lehmhäusern. Eine Schutzmauer oder Wehrtürme suchte man vergebens. In ihrer Mitte erhob sich eine Kirche, die wohl noch nicht ganz fertiggestellt war, denn an ihrer Nordseite erkannte Johannes ein Holzgerüst. Ihr Weg führte sie, dem Ufer folgend, an der kleinen Stadt vorbei. Château Gaillard lag nun vor ihnen, etwa hundert Schritt hoch über dem Fluss. Johannes erblickte eine massive Mauer, die von mehreren Türmen gesichert wurde. Vom Fluss aus ritten sie zunächst unterhalb der Nordostflanke der Burg entlang, um auf der dem Gebirge zugewandten Längsseite einen steilen Weg zu finden, der zur Befestigungsanlage hinaufführte. Wachen ließen sie passieren. Als sie ein riesiges, massives Tor durchquert hatten, erblickte Johannes weitere Befestigungsmauern. Im Inneren der großflächig angelegten Vorburg befand sich eine weitere Ringmauer, die von einem Wassergraben umgeben war und nur über eine Zugbrücke erreicht werden konnte. Innerhalb dieses Festungskerns erhob sich ein gewaltiger Turm. Sie ritten weiter in die Vorburg hinein, wo Johannes eine Vielzahl von Gebäuden entdeckte, deren Funktion er nicht erahnen konnte.

Zwei Wachen nahmen den beiden Neuankömmlingen die Pferde ab, führten sie zu einem der Wohngebäude und wiesen jedem von ihnen einen Raum zu, der mit Tisch, Stuhl und Bett ausgestattet war. Johannes legte dort all das ab, was er auf dem Pferd mitgeführt hatte, und begab sich wieder nach draußen, wo er wenig später auch Jacques traf. Der führte seinen Schüler durch die verschiedenen Gebäude der Vorburg. Ähnlich wie in einem Kloster gab es hier Wirtschaftsräume, eine Schmiede, einen Speiseraum und sogar eine kleine Kapelle. Nur leisteten hier nicht Laienmönche die Arbeiten, sondern Knechte oder Leibeigene. Von den vielen Männern im weißen Templermantel, die Jacques erwähnt hatte, war nichts zu sehen.

Nachdem sie ihr Quartier bezogen hatten, holte Jacques Bogen und Pfeile und führte seinen Schüler hinaus auf einen offenen Platz außerhalb der Befestigungsanlage. Von hier konnten sie weit über das Land blicken. Johannes sah den Weg, der am Fluss entlang Richtung Norden verlief, und entdeckte die Wälder, die sie am Morgen durchquert hatten. Zum Süden hin schlängelte sich der Fluss in weiten Bögen an Feldern und kleinen Wäldchen entlang, bis er sich am Horizont aufzulösen schien.

Jacques lenkte die Aufmerksamkeit seines Schülers auf einige Strohballen, die wenige Schritte von der äußeren Burgmauer entfernt am Boden lagen, und forderte ihn auf, sie sich zum Ziel zu machen.

«Deine Körperhaltung ist fehlerlos», sagte er, als Johannes nach einem Dutzend Versuchen den Bogen senkte. «Wie du bemerkt hast, habe ich nichts korrigiert. Es ist einzig eine Sache der Gelöstheit. Du verweilst in der höchsten Spannung, bis der Schuss fällt. Er muss von dir abfallen wie ein Tautropfen von einem Blatt. Noch ehe du es gedacht hast.»

Als sie vom Bogenschießen zurückgekehrt waren, erblickte Johannes in der Vorburg etwa vierzig Ritter im weißen Mantel und wohl ebenso viele Knappen. Pferdegewieher hallte über den Platz, und die Burgknechte hatten alle Hände voll zu tun, die Tiere unterzubringen und die gerade Eingetroffenen auf die Quartiere zu verteilen.

Jacques nahm seinen Schüler beiseite und führte ihn zum Eingang des Südostturms. Solange es noch hell war, wolle er ihm die Festungsanlagen zeigen.

Über eine Wendeltreppe erreichten sie die oberste Plattform des Turms. Von hier oben sah man nicht nur den Verlauf des Flusses, sondern auch Wälder, die sich bis weit in die Ferne nach Osten erstreckten. Zugleich konnte man die Festung sehr gut überblicken. Unmittelbar in südöstlicher Richtung erkannte Johannes eine vorgelagerte, dreieckige Bastion. Von fünf Rundtürmen flankiert, richtete sie ihre Spitze gegen einen möglichen Feind aus dem Landesinneren. Riesige Gräben umzogen diese Anlage, auch nordwestlich, so dass sie von der eigentlichen Burganlage getrennt war. Château Gaillard bestand also genau genommen aus zwei Verteidigungsanlagen. Johannes wandte sich nach Norden und blickte auf jene Burg, deren Inneres er bereits kennengelernt hatte. Die äußere Mauer bildete annähernd ein Fünfeck, das im Nordwesten spitz zulief. Auch sie war von tiefen Gräben umgeben oder grenzte direkt an den steilen Abhang. Die innere Mauer der Kernburg wurde durch einen Wassergraben geschützt. Jacques wies seinen Schüler darauf hin, dass sie ebenso wie der mächtige Burgfried elliptische Form besaß, um Angreifern keinen Schutz im toten Winkel zu gewähren. Bei genauerem Hinsehen könne man erkennen, dass diese innere Mauer keine glatte Fläche bot, sondern wie aus aneinandergereihten Türmen gebaut zu sein schien. Den möglichen Angreifer erwartete eine gewellte Mauer, die den Einsatz von Leitern oder fahrbaren hölzernen Belagerungstürmen nahezu unmöglich machte. Auch wies Jacques auf Schießscharten und Pechnasen hin, die sich an der inneren Mauer und am Burgfried befanden.

Johannes wollte wissen, wie es möglich war, solch eine Festung zu ersinnen. Jacques erläuterte ihm, dass Richard auf seinem Kreuzzug umfangreiche Kenntnisse in Verteidigungsarchitektur, Geometrie und Ballistik erworben habe.

Am Abend verließ Jacques seinen Schüler und begab sich in die Kernburg, die offenbar nur den Rittern selbst zugänglich war. Johannes nahm gemeinsam mit den Knappen am Abendessen teil. Im Speisesaal herrschte ein großes Sprachgewirr. Viele der Knappen schienen einander zu kennen, und so hatte dieses gemeinsame Essen nichts von der gelassenen Ruhe, die er aus den Refektorien der Klöster gewöhnt war. In diesem Durcheinander der Worte hörte er weder seine Heimatsprache noch das Lateinische, wohl aber jene Sprache, die auch in Jumièges gesprochen worden war, die Johannes aber noch nicht ausreichend beherrschte. So begab er sich recht bald in sein Zimmer und legte sich schlafen.

Am folgenden Morgen wiederholte sich die Erfahrung vom Abend nun beim Frühstück. Einige der Knappen versuchten, mit Johannes zu sprechen, doch da der ihre Sprache nicht beherrschte, sie wiederum nicht das Lateinische, blieb es bei freundlichen und zugleich neugierigen Blicken, denn die Knappen sahen wohl, dass ein Mönch in ihren Reihen etwas Ungewöhnliches darstellte.

Bald traf Johannes auch auf seinen Meister. Der ging mit keinem Wort auf den Konvent des vorangegangenen Abends ein und bat ihn stattdessen, mit dem Bogen zu folgen.

Außerhalb der Mauern fand Johannes bald zu innerer Gelassenheit. Das Spannen des Bogens gelang ihm mühelos, unmittelbar vor dem Lösen jedoch drangen Gedanken und Gefühle aus der Tiefe, ohne aufgehalten werden zu können. Oft war es sogar die plötzlich aufwallende innere Angst davor, die störenden Gedanken auch diesmal nicht besiegen zu können.

Johannes hatte schon einige Schüsse getan, als sich die Sehne seltsam plötzlich und unerwartet löste und der Pfeil mit einem kurzen Zischen davonflog. Jacques trat an ihn heran und umarmte ihn.

«Das ist es», sagte er freudestrahlend.

Johannes blickte seinen Lehrer fassungslos an. Und als er endlich verstand, was Jacques meinte, konnte er die jäh aufbrechende Freude und die Tränen nicht unterdrücken.

Nur einmal noch gelang ihm an diesem Tag ein solcher Schuss. Es war am Nachmittag. Johannes spürte sofort, dass er in vorbildlicher Weise geschossen hatte. Es gab eindeutige Zeichen. Er selbst hatte ja bei seinem Meister sehen können, wie die Hand unmittelbar nach dem Loslassen der Sehne wie durch einen Zauber abgefangen wurde und keinerlei Erschütterung des Körpers hervorrief. Nun erlebte er es selbst, dass die Hand nach dem Schuss in mühelosem Gleiten entlassen wurde. Der Atem war ohne Hast, das Herz schlug gleichmäßig fort, und die ungestörte Konzentration erlaubte einen fließenden Übergang zum nächsten Schuss. Johannes selbst fühlte sich danach, als habe der Tag erst jetzt begonnen.

Jacques bestätigte, dass es ihm in solchen Momenten ebenso gehe, gab seinem Schüler aber den Rat, diesen Zustand des Glücks so anzunehmen, als besäße er ihn gar nicht.

Am Abend fragte Johannes, ob er nun die wesentlichen Fertigkeiten des Bogenschießens beherrsche. Jacques lächelte. Es sei wie bei einem Läufer, meinte er, der eine große Strecke zu bewältigen habe. Die letzte Etappe komme ihm am längsten vor. Und das, was Johannes nun zu erlernen habe, den Schuss auf das Ziel, erfordere die Fähigkeit zur völligen Auflösung des Selbst.

Gegen Nachmittag waren die Ritter in der Kernburg erneut zusammengekommen. Am Abend sah Johannes seinen Meister wieder. Auch diesmal ließ der nichts von dem verlauten, was hinter den Mauern besprochen worden war. Doch intuitiv meinte Johannes zu erspüren, dass es um ungewöhnlich ernste Dinge ging.

Jacques führte seinen Schüler aus der Burg hinaus zu einem Vorsprung, von dem aus man freie Sicht auf den Fluss hatte. Die letzten Strahlen der untergehenden Sonne legten sich wie ein goldener Schimmer über das Wasser. Einige Bäume säumten das linke Ufer. Dahinter erstreckten sich Getreidefelder, die ebenfalls das Gold der Sonne aufsogen. Am gegenüberliegenden Ufer erkannte Johannes den schmalen Weg, auf dem sie von Norden kommend Château Gaillard erreicht hatten. Hier erhoben sich mächtige Steilfelsen, die, von Bäumen umgeben, den Flussbogen begleiteten und zugleich eine unüberwindbare Barriere bildeten. Inmitten des Flusses bemerkte Johannes drei Inseln, von denen eine besiedelt war. Unmittelbar zur Rechten lag tief unter ihnen die kleine Stadt.

Jacques forderte seinen Schüler auf, neben ihm Platz zu nehmen.

«Du hast mich zu Recht des Öfteren nach den Templern gefragt», begann er. «Bislang weißt du nur, dass wir ähnliche Rituale und Gepflogenheiten haben wie die Zisterzienser. Doch über unsere Geschichte, über die Organisation und das Streben unseres Ordens hat man dir bislang nichts mitgeteilt. Das muss sich nun ändern, denn du bist inzwischen auf dem Weg, jene Einweihungen zu erhalten, die dich selbst zum Templer machen werden.»

Jacques schwieg einen Moment, blickte ihn an, überzeugte sich von der ungeteilten Aufmerksamkeit seines Schülers, wandte seinen Blick dann erneut zum Tal und schien für einen Augenblick dem Lauf des Flusses zu folgen. Dann begann er zu erzählen.

«Unser Orden wurde vor etwa 200 Jahren gegründet. Man weiß nicht genau, wann das geschah, aber die meisten sprechen davon, dass im Jahre des Herrn 1118 Hugo de Payens, ein Ritter aus der Champagne, Männer um sich sammelte, die wie er am Kreuzzug teilgenommen hatten und seither im Heiligen Land lebten. Gemeinsam legten sie vor Garimond, dem Patriarchen von Jerusalem, einen Schwur ab, von nun an nur noch Gott dienen und die Pilger vor Feinden schützen zu wollen. Balduin II., König von Jerusalem, war vom Ernst ihres Anliegens überzeugt, nahm ihre Dienste dankbar an und überließ ihnen in unmittelbarer Nähe des Tempels von Jerusalem ein Ordenshaus. Dieser Tempel befindet sich genau an jenem Ort, an dem der Tempel Salomos einst gestanden hat. Und so gab sich der Orden den Namen Pauperes commilitones Christi templique Salomonici Hierosalemitani.

Der neue Orden sollte eine klare Aufgabe haben: den Schutz der Pilger. Und er sollte Männer vereinen, die einzig von der Liebe zu Gott getragen wurden. Sie sollten Ritter und zugleich Mönche sein. Mönchsritter – das hatte es bis dahin nicht gegeben.

Papst Honorius sandte seinen Legaten, Kardinal Matthias von Albano, nach Troyes, wo ein Konzil ausgerichtet wurde, an dem viele einflussreiche weltliche und geistliche Würdenträger teilnahmen, so auch Stefan Harding, Abt von Cîteaux, Bernhard, Abt von Clairvaux, und Hugo von Mâcon, Abt von Pontigny – also die führenden Männer des jüngst gegründeten Ordens der Zisterzienser. In Troyes erhielten die Templer ihre Ordensregeln und wurden von Matthias von Albano kraft der ihm verliehenen Vollmachten anerkannt. Dieser Status bedeutete auch die Freiheit von Steuern und kirchlicher Vormundschaft. Hugo de Payens reiste daraufhin durch das Land der Franken und überquerte auch das Meer und besuchte England und Schottland. Viele Männer schlossen sich ihm an.»

Jacques hielt inne und versicherte sich, dass sein Schüler aufmerksam zugehört hatte.

«Diese Geschichte hört sich an wie eine Sage», meinte Johannes. «In Jumièges fand ich ein Buch, das von einem König erzählt, der Ritter um sich sammelte, um eine heilige Burg zu verteidigen.»

Jacques blickte erstaunt auf.

«Es gibt viele Rittersagen», fuhr er fort. «Doch diese Geschichte hat wirklich stattgefunden. Ich werde dir die lateinischen Templerregeln bringen lassen. Du musst sie studieren, musst sie genau kennen, wenn du dem Orden beitreten wirst. In der Vorrede findest du all jene Namen wieder, die ich genannt habe, und noch viele andere. Die Regeln geben unserem Orden nicht nur eine Grundlage, sie verdeutlichen auch, was Hugo de Payens und seine Mitstreiter dazu bewog, das Leben eines Mönchsritters zu führen. Ich lasse dir auch die ‹Retrais› und das ‹Livre d'Egards› bringen. Sie sind später entstanden und enthalten Kommentare und Auslegungen zur Templerregel.»

«Hat Hugo de Payens sein Ziel erreicht?», wollte Johannes wissen.

«Was meinst du?»

«Die Sicherheit der Pilger.»

«Nie für lange. Immer mussten die christlichen Ritter auf der Hut sein. Und die Templer waren es, die Wege zu Land und zu Wasser sicherten, Feldzüge mit ihrem Wissen unterstützten und die Versorgung christlicher Heere organisierten.»

Jacques sah ihn an.

«Lies zunächst die Regeln. Vieles wird dir dadurch klarer werden. Aber wir dürfen das Bogenschießen nicht vergessen. Morgen früh machen wir weiter.»

Jacques blickte nach Westen. Von dort hatte sich ein rötlicher Schimmer über das Tal gelegt. Das Abendlicht verlieh allen

Dingen noch einmal so deutliche Umrisse, wie man sie tagsüber nicht beobachten konnte. Bald würde es völlig dunkel sein.

Nach dem gemeinsamen Abendessen mit den Knechten begab sich Johannes in die kleine Abtei der Burg. Dort war er ganz allein. Die Ritter hatten sich erneut zur Beratung in die Kernburg zurückgezogen, und ihre Knechte waren offensichtlich nicht an die Stundengebete gebunden. So hatte Johannes keine Möglichkeit, an einer Hora teilzunehmen.

In der kleinen Kapelle erwartete ihn absolute Stille. Der einfache, im alten Stil erbaute Raum war völlig schmucklos. Einige Bänke standen rechts und links an der Wand, ein Altar fehlte, aber im Chorraum hing ein schlichtes hölzernes Kreuz von der Decke herab. Da er allein die Gesänge zur Vesper nicht anstimmen konnte, kniete Johannes nieder, schloss die Augen und betete ein stilles Kyrie. Er verband die Worte mit dem Ein und Aus seines Atems und begann die Gedanken loszulassen, aufzulösen. Wenn die Eindrücke eines Tages vielfältig waren, tat er sich damit nicht leicht, aber heute gelang es ihm, ganz in die Stille einzutauchen, innerlich ganz leer zu werden.

Der Klang der Glocke holte ihn in die Außenwelt zurück. Er verließ die Kapelle, trat hinaus in den Burghof, hörte nur noch vereinzelt Geräusche, die ihm anzeigten, dass die meisten Knechte zu Bett gegangen waren, und begab sich zum Quartier. Er fand seinen Raum von Kerzen erleuchtet, die jemand auf den Tisch gestellt und angezündet hatte. Auch lagen dort mehrere Bände, die nun seine volle Aufmerksamkeit fanden.

Zunächst verschaffte er sich einen Überblick. In zwei Büchern war die Templerregel niedergeschrieben, in Latein und in fränkischer Übersetzung. Die Kommentare fand er ebenfalls in dieser ihm unzugänglichen Sprache vor, aber es gab darüber hinaus noch einen lateinischen Band, der eine Art Zusammenfassung der Kommentare enthielt. Johannes nahm sich die lateinischen Templerregeln und begann zu lesen.

Die Vorrede war offensichtlich von Hugo de Payens verfasst. Er forderte den Leser auf, denen zu folgen, welche Gott aus der Masse der Verdammten gewählt und durch seine Gnade zur Verteidigung der heiligen Kirche berufen hatte, denn viele seien berufen, aber nur wenige auserwählt. Dann folgten 72 Artikel, in denen das Zusammenleben des neuen Ordens geregelt wurde. Gleich zu Beginn erinnerten die Aufforderung ‹ora et labora› und das Gelübde, sich Armut, Gehorsam und Keuschheit zu verpflichten, an die Grundsätze der Benediktiner und vieler anderer Mönchsorden. Die Templer sollten, solange sie nicht kämpfen mussten, die Stundengebete einhalten. Die Kleidung wurde festgelegt: weiß für die Ritter, schwarz für die Sergeanten. Die Haare seien kurz zu scheren, Bärte aber erlaubt. Der Orden war streng hierarchisch in drei Stände gegliedert: Kämpfer, Betende und Arbeiter. Adlige Ritter durften drei Pferde haben. Jedem Ritter unterstanden bis zu zehn Knappen, die nicht adliger Herkunft waren. Bewaffnung, Kriegspflichten und das Verfahren bei Verletzung und Tod waren genauestens beschrieben. Andere Vorschriften, die nicht den Kampf, sondern den Gottesdienst, die Mahlzeiten, die Kleidung und die Disziplin betrafen, waren Johannes aus der Zisterzienserregel bekannt.

Es war Mitternacht geworden, als Johannes seine Lektüre beendet hatte und das Licht löschte.

In der Nacht fand er sich wieder in einem Traum ... Er erhob sich von seinem Lager und griff sich den Mantel, da es sehr kalt war. Um sich erblickte er die schlafenden Brüder, die sich wie er nach der Komplet zur Ruhe gelegt hatten. Etwas trieb ihn voran, ließ ihn die Stufen hinabgehen, leitete ihn in den Kreuzgang. Der Klosterhof war in Mondlicht getaucht. Johannes vernahm kein Geräusch, mit Ausnahme des

Knirschens unter seinen Sohlen. Trotz der klirrenden Kälte durchfuhr ihn ein Gefühl tiefen Gelöstseins und großer Dankbarkeit. Er betrat den Kapitelsaal, in dem eine einzelne Kerze brannte. Johannes kniete zu Boden und betete, der Kälte zum Trotz, eine Zeitlang das Kyrie. Dann stand er auf, bekreuzigte sich und verließ den Raum, erreichte kurz darauf die Klosterkirche, die durch einige Kerzen im Chorraum erhellt war, um die Vierung zu durchqueren und auf der gegenüberliegenden Seite durch jenes kleine Tor das Kloster zu verlassen, durch das die Toten zum Friedhof getragen werden. Er schritt ins Freie und empfand auch hier die klirrende Kälte als erfrischend und befreiend, spürte, wie der kalte Atem in ihn eindrang und ihn ganz erfüllte. Dann sah er, wie ein Rabe vor ihm niederging und sich auf eines der Holzkreuze setzte. Der Rabe neigte seinen Kopf zur Seite, als warte er auf etwas, das nur von Johannes ausgehen konnte. Und tatsächlich, als Johannes seinen Arm hob, wie es die Falkner tun, schwang sich der Rabe mit wenigen Schlägen herüber, krallte sich gewichtslos in den braunen Ärmel und blickte Johannes für einen Moment an. Wieder legte er seinen Kopf zur Seite, verharrte einen kurzen Augenblick und erhob sich dann in die Lüfte, um über die hohen Bäume des Friedhofs ins Nichts zu verschwinden. Etwas zog Johannes' Blick zur Klostermauer hin. In der geöffneten Pforte stand sein Vater und winkte ihm zu. Johannes bemerkte für einen Moment die eigene Bewegungsunfähigkeit. Beim zweiten Blick zur Mauer war die Pforte geschlossen, niemand mehr zu sehen. Etwas ließ ihn weitergehen, den Friedhof entlang zu den Stallungen und Wirtschaftsgebäuden. Eis knirschte unter seinen Sohlen. Der vom Vollmond erleuchtete Raureif in den Bäumen schimmerte und geleitete ihn als schwache, unwirkliche Beleuchtung, als würde er sich auf den Weg machen in ein unbekanntes feingewebtes Feenreich. Er betrat eine Schmiede, in der das Feuer noch brannte. Wärme erfüllte den Raum. Johannes zog ein rotglühendes Schwert aus den Flammen und gab ihm auf dem Amboss mit schweren Schlägen eine grobe Struktur. Dann wurden die Schläge schwächer, gezielter. Noch einmal hielt er das Schwert ins Feuer, um es danach mit ungeteilter Sorgfalt in seine endgültige Form zu bringen. Als er sein Werk in die Höhe hielt, um es im Schein des Feuers zu betrachten, spürte er, dass jemand in den Raum gekommen war. Nur langsam konnte er sich umwenden. Er sah dort eine junge Frau stehen, die ihn – so war er sicher – schon eine Weile beobachtet hatte. Das Feuer hüllte ihr langes weißes Gewand und ihre ebenmäßigen Gesichtszüge in rotgoldenen Schein. Für einen Moment hielt sie seinem Blick stand, dann wandte sie sich ab und lief eilig davon. Johannes sah nur mehr ihr schulterlanges schwarzes Haar dahinwehen. Schnell folgte er ihr, doch draußen vor der Schmiede sah er nichts als eine hellschimmernde Allee. Auf einem der Bäume bemerkte er den Raben, der sich bei seinem Anblick in die Luft erhob.

Johannes erwachte, als Jacques ihn wachrüttelte. Es dauerte eine Weile, bis ihm klar geworden war, dass er sich nicht in Loccum befand, sondern auf Château Gaillard. Er nahm die Wärme wahr, die von außen in das kleine Zimmer drang, blickte auf und sah, dass Jacques über die Bücher auf dem kleinen Tisch gebeugt war.

«Hast du in der Nacht gelesen?», fragte er.

Johannes richtete sich auf und setzte sich auf die Bettkante.

«Die Regeln habe ich gelesen, aber zu den Kommentaren bin ich nicht mehr gekommen.»

«Das ist vielleicht auch gar nicht nötig. Ich kann dir alles Wichtige auch unterwegs erläutern.»

«Unterwegs?», fragte Johannes ungläubig.

«Ja. Wir reisen heute ab», sagte Jacques geradezu beiläufig.

«In den Kommentaren steht Genaueres zum Aufbau des Ordens, zur Verwaltung des Vermögens, zu den Komtureien und Templerwegen. Also Wissen, das nur für Templer bestimmt ist. Ich werde es dir unterwegs mitteilen.»

Jacques blickte ihn an.

«Aber es ist noch etwas Zeit. Wir sollten sie nutzen.»

Nachdem sie sich mit Haferbrei und klarem, kühlem Wasser gestärkt hatten, gingen sie zu ihrem Schießplatz. Dort stand nun in etwa dreißig Schritten Abstand eine runde, aus Stroh geflochtene Scheibe, die wohl einen Durchmesser von drei Armlängen hatte. Johannes sah, dass die Mitte der Scheibe schwarz gefärbt worden war.

Jacques nahm zwei Pfeile, vollzog in vollendeter Weise das Spannen und Loslassen und traf zweimal direkt ins schwarze Feld der Scheibe. Dann forderte er Johannes auf, es ihm nachzutun, sich ganz wie gewohnt zu bewegen und sich nicht auf die Scheibe zu konzentrieren.

Obwohl er anfangs mit etwas Zweifel an die Sache ging, gelangen ihm doch einige in jeder Hinsicht gelungene Schüsse. Er spannte den Bogen ohne jede Anstrengung und ließ die Sehne los, als würde sie sich von selbst aus seinen Fingern lösen. Auch traf er oft die Scheibe, ein wirklicher Treffer gelang ihm jedoch nicht. Dabei hatte er durchaus sein Ziel genau anvisiert und versucht, sich innerlich mit ihm zu verbinden. Jacques hatte dies bemerkt und forderte seinen Schüler auf, ihn noch einmal genau zu beobachten, vor allem in der Phase des Loslösens.

Er nahm den Bogen auf, und Johannes konnte verfolgen, wie er den Schuss mit nahezu geschlossenen Augen löste. Fast war es, als habe er die Scheibe gar nicht anvisiert.

Johannes übte weiter, nun bewusst ohne Blick auf das Ziel, doch Treffer gelangen ihm nicht. Da die Schüsse selbst sehr gelungen waren, betrübte Johannes das nicht, aber er hatte doch mehr und mehr Zweifel daran, ob es möglich sei, das Ziel zu treffen, ohne es ins Auge zu fassen.

«Ein Schuss kann auch meisterlich sein, wenn er nicht trifft», beruhigte Jacques seinen Schüler. «Der Treffer auf die Scheibe ist nur eine äußere Bestätigung. Es ist eine weitere Kunst, die du noch lernen wirst. Es besteht kein Grund zum Zweifel.»

«Aber was nützt der beste Schuss, wenn er nicht trifft?», fragte Johannes zögernd.

«Das Treffen ist nicht schwierig», erwiderte Jacques. «Wahrscheinlich würde dir das sehr viel schneller gelingen, wenn du das Bogenschießen auf herkömmliche Weise erlerntest. Es geht eben nicht darum, dass du triffst, sondern dass du selbstvergessen handelst. Erst wenn dir dies glückt, bist du ein vortrefflicher Krieger, der nahezu unverletzlich und unangreifbar geworden ist.»

«Dann müsstest du das Ziel mit verbundenen Augen treffen können», folgerte Johannes, und zugleich tat es ihm leid, diesen Satz gesagt zu haben, war er doch eine ungehörige Provokation, die er gar nicht beabsichtigt hatte.

Jacques blieb einen Moment still, doch er zeigte sich nicht verärgert.

«Der selbstvergessene Krieger trifft das Ziel mit verbundenen Augen. Weil er keine Augen nötig hat», antwortete er dann. «Für einen Menschen, der so viel Ungewöhnliches erlebt hat, bist du noch immer sehr ungläubig.»

Am Vormittag hatten sich die Templer noch einmal zur Beratung versammelt. Johannes nutzte die Zeit und begab sich zu jenem Vorsprung, von dem aus man auf den Flussbogen und das mächtige Gebirge blicken konnte. Die Sonnenstrahlen wurden vom Wasser reflektiert und blendeten die Augen. In hellem Weiß erhoben sich die Felsen gen Himmel, umgeben vom Grün der Bäume und Sträucher, ganz so, als wollten sie einem möglichen Angreifer deutlich machen, was ihn auf der anderen Seite des Flusses erwartete, als würden sie gemeinsam mit der gewaltigen Burganlage einen unüberwindbaren Wall bilden.

Inmitten des Flusses erblickte Johannes erneut die drei kleinen Inseln, die, umgeben von Felsen und Burg, zart und zerbrechlich wirkten.

Kurze Zeit später schritt Johannes den Weg hinab, auf dem sie vor einigen Tagen die Burg erreicht hatten. So gelangte er nach kurzer Zeit in die kleine Stadt, die von keiner Mauer umgeben war, aber sonst durchaus jenen Städten ähnelte, die er auf seiner Reise kennengelernt hatte. Er kam auf den Markt, wo er nun am Vormittag geschäftiges Treiben beobachten konnte, und bemerkte an einigen Ständen unbekannte Obst- und Gemüsesorten, die offenbar auf den Höfen der Umgebung angebaut wurden. Einer der Stände fand seine besondere Aufmerksamkeit. Hier wurde mit Gewürzen und Kräutern gehandelt. Johannes hielt sich lange dort auf, betrachtete aufmerksam jede Pflanze, nahm die ihm teilweise gänzlich unvertrauten Düfte wahr und wurde bald vom Gewürzhändler angesprochen, doch das Gespräch in fränkischer Sprache konnte nicht über das hinausgehen, was man auch mit Händen und Füßen hätte mitteilen können. Da Johannes kein Geld besaß und auch sonst nichts eintauschen konnte, musste er schließlich davongehen, ohne einige dieser fremden Kräuter mitnehmen zu können.

Unweit des Marktes gelangte er zur Kirche, die bei weitem nicht die Ausmaße von Jumièges besaß, aber offensichtlich ganz im neuen Stil errichtet worden war. Von außen wirkte dieses Gebäude wie eine einzige, Stein gewordene Bewegung in den Himmel, denn alle tragenden Elemente, alle Ornamente und Verzierungen schienen sich in dieser Ausrichtung zu vereinen. Nachdem Johannes die Kirche betreten hatte, bemerkte er, dass die Innenräume nicht von ungewöhnlicher Höhe waren, wohl aber aufstrebend wirkten, da der Umfang der tragenden Säulen auf ein Weniges beschränkt worden war und – wo immer nur möglich – in den Fassaden der Innen- und Seitenschiffe vielfarbige Glasfenster das Sonnenlicht hereinließen. All dies ließ Johannes glauben, dass das Deckengewölbe nahezu über den Säulen schwebte, sie geradezu emporzog. Gleichzeitig brach sich das Sonnenlicht des Mittags in vielfältiger Farbigkeit in den Fenstern, so dass das Innere der Kirche geheimnisvoll erstrahlte. Johannes hatte die Vierung erreicht und blickte zur Decke empor, wo sich die tragenden Rippen des Gewölbes auf eine strengen Gesetzmäßigkeiten folgende Weise kreuzten und in genau berechnetem Schwunge das Gewicht des Daches auf die schmalen Säulen und die Mauern der Seitenschiffe verlagerten. Doch die Wirkung war dem entgegengesetzt, so als würden die Säulen der Decke Schwerelosigkeit gewähren und die Kraft geradezu aufsteigen lassen. Die Naturgesetze schienen aufgehoben. Wie in jenem Traum, dachte Johannes, der ihn in der Nacht überwältigt hatte. Wie in der meisterlich ausgeführten Kunst des Bogenschießens.

Auf dem Rückweg zur Burg dachte Johannes vergeblich über den Sinn seines letzten Traumes nach. Doch er war sich sicher, dass gute Mächte ihn hatten träumen lassen, denn er hatte Loccum wiedergesehen, so klar, als wäre es mit der Hand zu greifen. Und auch jetzt, in der Zeit des höchsten Sonnenstandes und der mittäglichen Hitze, meinte er die Kälte des Winters in Loccum aus der Vergangenheit heraus erspüren zu können. Diese Kälte hatte nichts Feindliches in sich gehabt, sondern im Gegenteil den Charakter einer heimatlichen Erinnerung – und diese Empfindung war verbunden mit einer Sehnsucht, die ihn an die Menschen denken ließ, die er so liebte.

Gegen Mittag verließen sie Château Gaillard mit frischen Pferden und ausreichend Proviant für mehrere Tage. Sie folgten nicht mehr dem Fluss, sondern wandten sich nach Westen und legten auf einem guten, etwa sechs Schritt breiten Weg mitten durch dichten Wald bis zum Abend eine große Strecke zurück. Mehrmals kamen sie an kleinere Flüsse, die aber allesamt nur geringe Strömung hatten, so dass man Furten nutzen konnte. Am Abend tauchte ganz plötzlich vor ihnen zur Rechten des Weges eine Lichtung auf. Johannes erkannte mehrere Häuser, die von einer rechteckigen Steinmauer umgeben waren. An den vier Ecken dieser Mauer erhoben sich kleine Türme, die aber wohl nicht zu Verteidigungszwecken errichtet worden waren, denn sie hatten keine Zinnen und bestanden wie die Mauer aus kleinen Bruchsteinen und Lehm. Fast sah es so aus, als sollten sie das Mauerwerk stützen. Dies war keine Verteidigungsanlage, ging es Johannes durch den Kopf, eher ein großer Bauernhof. Andererseits war die Mauer von einem Wassergraben umgeben, der in einen unmittelbar angrenzenden Weiher mündete. Der Blick auf die Gebäude selbst verwirrte ebenso: Auffällig war ein großes zweistöckiges Steinhaus, das den Mittelpunkt der Anlage zu bilden schien. Kleinere, ebenerdige Gebäude aus Stein und Lehm gruppierten sich entlang der Mauerinnenseiten. Johannes erkannte eine Scheune. Der Eingang zu dieser Anlage befand sich neben einem der Türme. Ein Mann am Tor hatte ihr Kommen beobachtet, öffnete die Pforte, grüßte Jacques, den er zu kennen schien, und ließ sie ins Innere vor. Nun konnte Johannes die Gebäude genauer betrachten, und mit jedem neuen Eindruck gelangte er zu der Überzeugung, dass es sich hier um eine, wenn auch sehr kleine, Klosteranlage handelte. Neben dem ebenerdigen Steinhaus, auf das sie nun zuritten und das wohl das Gästehaus oder Spital sein musste, erkannte er die Schmiede, das Backhaus, einen Speicher und einfache Wohnhäuser aus Lehm für die Handwerker. Etwa die Hälfte der gesamten Fläche war noch einmal durch eine Mauer abgegrenzt.

Vor dem Gästehaus stiegen sie vom Pferd, gaben die Tiere in die Obhut zweier Bauern, die sofort herbeigeeilt waren, und betraten das Gebäude. Im Inneren des Steinhauses war es angenehm kühl. Jacques wies seinem Schüler ein Zimmer zu und verschwand, um seine eigenen Habseligkeiten abzulegen. Gemeinsam gingen sie kurze Zeit später zur inneren Mauer, durchquerten eine weitere Pforte und betraten jenen Bereich der Anlage, in dem sich das große Haus, die Brunnenanlage und ein nur durch Grünflächen angedeuteter Kreuzgang befanden. Die Glocke am Giebel des Hauses ertönte, aber nicht, um die Neuankömmlinge zu begrüßen, sondern um zum Stundengebet zu rufen, denn einige Ritter, die sich am Brunnen aufgehalten hatten, kamen nun zum Haus zurück, begrüßten Jacques und seinen Schüler herzlich und begleiteten sie ins Innere des Gebäudes, in dem sich eine kleine Kapelle befand, die von einem einzelnen Fenster spärlich erleuchtet wurde. Nacheinander traten die Ritter herein, sammelten sich zunächst in einem stillen Gebet, um dann gemeinsam die Gesänge der Non anzustimmen, die Johannes gut bekannt waren. Hymnus, Antiphon, Responsorium – sie ließen ihn in ihrem ununterbrochenen rhythmischen und melodischen Wechsel einmal mehr die Zeitlosigkeit erfahren. Zum Ende der Hora baten die Mönche um die Aussendung des Lichts und der Kraft für die nun folgenden Stunden der Dunkelheit. Dann gingen sie hinaus, um zu schweigen, jene innere Musik zu hören, die niemals vergeht, die Musik der Stille. Sie gingen hinaus, um allein zu sein und sich inmitten der Vergänglichkeit dem Einen zu öffnen. Wieder im Freien, schloss Johannes die Augen und horchte.

Eine Stunde später stand er mit Jacques auf der Lichtung außerhalb der Mauern. Die Sonne war bereits untergegangen, warf ein letztes, bald vergangenes Licht auf das Grün, so dass man die Dinge nur mehr in vagen Umrissen erkennen konnte. Jacques bat seinen Schüler, auf einen Baum am Waldrand zu achten, dessen Rinde zum Teil abgeschabt worden war. Johannes konnte einen solchen Baum nicht erkennen und musste bis zum Ende der Lichtung gehen, um sich davon zu überzeugen, dass es diesen Baum tatsächlich gab. Jacques forderte ihn nun auf, ihm mit einem Tuch die Augen zu verbinden und die folgende Übung genau zu beobachten. Johannes stellte sicher, dass sein Meister nichts mehr sehen konnte, und folgte dann gebannt seinen Bewegungen, was aufgrund der anwachsenden Dunkelheit nur bedingt möglich war. Dennoch bemerkte er sofort, mit welcher Kunstfertigkeit Jacques den Bogen spannte und die Sehne löste. Das Geräusch des einschlagenden Pfeils war eindeutig; er hatte sich ins Holz gebohrt. Dann nahm er die Binde ab und forderte seinen Schüler auf, den Pfeil zurückzuholen. Johannes ging zum Waldrand und entdeckte ihn in jenem Baum, den er zuvor schon näher betrachtet hatte. Der Pfeil hatte auf Schulterhöhe die Mitte des Stammes getroffen. Es war Johannes nicht möglich, ihn herauszuziehen, ohne ihn abzubrechen.

Der Pfeil hatte auch ihn getroffen. Als sie am nächsten Morgen weitergeritten waren und gegen Mittag eine Rast einlegten, bat Johannes darum, die Übungen wieder aufnehmen zu dürfen. Dabei gelang es ihm fast ebenso kunstvoll wie seinem Meister, den Bogen zu spannen und die Sehne selbstlos aus den Fingern gleiten zu lassen, doch nach wie vor wollte sich keine Treffsicherheit einstellen. Dennoch verzichtete Johannes von nun an darauf, irgendwelche Gedanken auf das Ziel zu verwenden, denn sein Meister hatte ihm eindrucksvoll demonstriert, dass bewusstes Sehen hier keine Rolle spielte. Mehr und mehr sagte ihm aber seine Intuition, wie wichtig es war, dass er mit dem Bogen seines Meisters schoss, denn er meinte, die führende Kraft dieses Bogens zu spüren, so als ob sich alle Kunstfertigkeit, die Jacques in diesen Bogen gelegt hatte, nun Stück für Stück auf ihn übertragen würde. Dies war eigentlich eine ganz ungewöhnliche Vorstellung, doch Johannes hatte in den letzten Wochen oft genug erlebt, dass es klug war, der eigenen Intuition zu folgen.

Auch an diesem Tag gelang ihm nicht der meisterliche Schuss. Doch das beunruhigte ihn nun nicht mehr. Stattdessen bat er seinen Meister, ihm all das über die Templer zu berichten, was er auf Château Gaillard nicht mehr in den Kommentaren hatte lesen können.

«Ich muss dir wohl zunächst etwas über den Ort sagen, an dem wir uns gestern aufgehalten haben», begann Jacques.

«Die Templer besitzen überall entlang der nördlichen Mittelmeerküste, also auch in Frankreich und selbst in Schottland Ordenshäuser, die mal groß und wehrhaft sind, so wie Château Gaillard, die aber auch ganz klein sein können, etwa wie der Hof, auf dem wir Rast machten, als wir von der Küste in Richtung Rouen ritten. Gestern haben wir eine Komturei besucht, wie du sie auf unserem Weg häufig finden wirst. Sie ist der Mittelpunkt für eine Ansammlung von Ländereien, die den Templern irgendwann einmal übereignet wurden.»

«Gestern hatte ich oft den Eindruck, als wäre alles so wie in Loccum, nur kleiner und einfacher», warf Johannes ein.

«Du hast völlig recht. Die Klöster der Zisterzienser und die Komtureien der Templer haben große Ähnlichkeit. Das ist kein Zufall. Aber die Templer sind ein Ritterorden, und sie sichern überall rund um das Mittelmeer und im Reich der Franken die Wege der Pilger. Diese Wege sorgen auch dafür, dass die Komtureien in enger Verbindung zueinander stehen.»

Jacques hielt kurz inne.

«Lass uns die Reise fortsetzen! Hier sind wir auf sicherem Boden. Auch dies ist ein Templerweg.»

Augenblicke später waren sie wieder auf ihren Pferden und ritten durch dichten Wald. Johannes nutzte die langen Stunden im Sattel, um auch hier jene gelöste Aufmerksamkeit zu üben, die er beim Bogenschießen gelernt hatte. Und tatsächlich bemerkte er nach einiger Zeit, dass auch beim Reiten eine bewusste Anspannung unnötig war. Sein Pferd folgte dem Weg ganz intuitiv, schreckte nicht, wenn andere Tiere den Weg kreuzten, sondern verlangsamte seinen Lauf so, wie es der plötzlichen Veränderung angemessen war, um anschließend in den gewohnten Tritt zurückzufinden. Ebenso nahm es jegliche Unebenheit des Weges als gegeben an, ohne den Weg aus dem Sinn zu verlieren. Johannes spürte bald, dass ihn seine eigene Gelöstheit ganz ähnlich reagieren ließ, wie es das Tier tat, so dass sich geradezu eine vertraute Einheit einstellte und er nicht hätte sagen können, von wem die Impulse der Bewegungen ausgingen.

An den folgenden Tagen ritten sie ohne große Unterbrechungen. Jacques hatte die Route so gewählt, dass sie jeweils am Abend eine Komturei der Templer erreichten, wo sie die Nacht verbringen konnten. Diese Anwesen waren von unterschiedlicher Größe, doch immer war sichergestellt, dass es neben dem allgemeinen Bereich ein Haus und eine Kapelle für die Ritter gab, die dort dem Rhythmus der Stundengebete folgten. Einmal geschah es, dass sie auf einem einfachen Hof in der Scheune übernachteten, auch dies ein Anwesen des Ordens. Da es keine Gelegenheit zum gemeinsamen Stundengebet gab, nutzte Johannes die Stunde der Dämmerung für eine stille Andacht. Am dritten Tag erblickten sie in der Ferne eine größere Stadt, die von Mauern umgeben war und offenbar zwei größere Kirchen besaß, von denen eine im neuen Stil erbaut worden war. Doch Jacques wählte einen Weg südlich davon. Er sagte, er wolle keine Zeit verlieren. So ritten sie weiter in östlicher

Richtung, von Komturei zu Komturei, unterbrachen tagsüber ihre Reise nur, um eine kurze Pause einzulegen, etwas zu essen und um mit dem Bogen zu üben.

Am fünften Tag brannte die Sonne mittags besonders stark, so dass Jacques entschied, eine längere Rast zu machen, die er auch nutzte, um Johannes den Aufbau des Ordens genauer zu erläutern. Am Abend erreichten sie eine der größeren Komtureien. Jacques ließ seinem Schüler Papier und Schreibmaterial bringen und forderte ihn auf, das Gehörte aufzuzeichnen, indem er die wesentlichen Begriffe auf ein Blatt schrieb und zuordnete.

Johannes war diese Art der Aufzeichnung völlig unbekannt. Er rief sich die wesentlichen Zusammenhänge, die ihm Jacques am Mittag geschildert hatte, noch einmal in Erinnerung: An der Spitze des Gesamtordens stand der Großmeister, der auf Lebenszeit gewählt wurde und den Orden führte, in der Hierarchie unter ihm der Marschall, dem die Verantwortung für die Disziplin der Ritter, die Aufteilung der Pflichten sowie für den Zustand von Rüstung und Pferden zufiel. Außerdem führte er im Kampf den Angriff, obwohl grundsätzlich der Großmeister den Oberbefehl behielt. Der Commandeur du Royaume, der Schatzmeister, war auch für die Einweisung der neu aus dem Westen eintreffenden Ritter zuständig. Das in den europäischen Komtureien nicht benötigte Geld musste dem Commandeur du Royaume zur Verfügung gestellt werden, um den im Orient stationierten Teil des Ordens zu unterstützen. Den Oberbefehl über die Flotte teilten sich der Commandeur de la Voute d'Acre und der Commandeur de la Terre de Jérusalem. Europa und der Orient waren in verschiedene Provinzen eingeteilt. In jeder Provinz gab es einen eigenen Meister, der zusammen mit dem Kapitel weitestgehend selbständig handeln durfte. Jede Provinz war wiederum in Unterprovinzen eingeteilt. Die Art der Verwaltung gestaltete sich in den einzelnen Ländern unterschiedlich. Alles, was die Komtureien zum täglichen Leben benötigen, wurde von ihnen selbst hergestellt oder von den Bauern, die unter ihrem Schutz standen, geliefert.

Johannes hatte sich schwer getan, aber schließlich war es ihm doch gelungen, das komplizierte Geflecht der Begriffe auf zwei Blättern niederzulegen und einzelne Begriffe nach ihrem Zusammenhang mit Linien zu verbinden oder hierarchisch zuzuordnen. Kurz vor Beginn der Vesper kam Jacques in den Raum und betrachtete die Aufzeichnungen.

«Das ist ganz ausgezeichnet geworden», sagte er, nachdem er die Blätter genau studiert hatte. Schließlich gab er sie an Johannes zurück. «Und nun verbrenne sie!»

Am zehnten Tag hatten sie einmal mehr zur Mittagszeit Rast gemacht. Im Anschluss an die Mahlzeit wählte Jacques einen Baum als Ziel für die Bogenübungen aus. Seit einiger Zeit hatten sich Meister und Schüler im Schießen abgewechselt, und auch wenn Johannes noch immer das Ziel verfehlte, meinte er doch zu erspüren, dass sich die Gelassenheit und Sicherheit, die vom Meister in den Bogen überging, auch auf ihn übertrug. Nach dem dritten Schuss kam Jacques mit leuchtenden Augen auf ihn zu und umarmte ihn.

«Es ist da», sagte er nur, und Johannes wusste nicht, wie ihm geschah, denn der Pfeil hatte den Baum lediglich am Rand getroffen. Das war noch immer weit entfernt von der Präzision, die er von Jacques gewohnt war. Der schien die Gedanken seines Schülers zu erahnen.

«Dies war ein rechter Schuss. Egal, wie genau du ihn platziert hast. So muss es anfangen.»

«Anfangen?», fragte Johannes verwundert.

«Genug für heute», antwortete Jacques. «Sonst gibst du dir beim nächsten Schuss besondere Mühe und verdirbst ihn.»

Er nahm den Bogen an sich.

«Du hast gelernt, dich über schlechte Schüsse nicht zu ärgern. Nun musst du lernen, dich über gute Schüsse nicht zu freuen. Verstehst du jetzt, was es heißt, selbstvergessen zu schießen?»

Johannes sah ihn verwirrt an.

«Ehrlich gesagt», begann er, «verwirrt mich das alles. Manchmal könnte ich nicht sagen, ob ich es bin, der den Bogen spannt, oder ob es der Bogen ist, der mich in die Spannung zieht. Geschieht das durch meine Hand, meinen Arm, durch die Kraft meiner Schulter? Ist es mein Auge, das den Weg des Pfeils bestimmt? Der Bogen, der Pfeil, das Ziel, ich selbst: Alles ist so verschlungen. Doch wenn ich den Bogen ergreife und schieße, scheint es möglich zu sein, alles abfallen zu lassen.»

Jacques lachte.

«Soeben ist der Bogen mitten durch dich hindurchgegangen.»

Am Abend erreichten sie eine Komturei, von der aus man in der Ferne die Kirchtürme einer großen Stadt erblicken konnte. Doch auch diesmal kündigte Jacques an, dass sie am nächsten Morgen südlich davon weiterreiten würden. Nach dem Stundengebet der Vesper auf dem Weg zum Gästehaus sprach Johannes seinen Meister darauf an, doch der wollte sich nicht äußern.

«Aber es wäre doch sehr interessant, die Stadt zu besuchen», beharrte Johannes.

«Sicherlich», meinte Jacques. «Aber das würde uns zu viel Zeit kosten. Nur Geduld. In drei Tagen werden wir eine Stadt erreichen. Dort gibt es eine Komturei, und du wirst dort viel Zeit haben, dich umzuschauen.»

«Aber warum diese Eile?»

«Ich werde von dort aufbrechen müssen, um einige Dinge des Ordens zu regeln, die keinerlei Aufschub zulassen.»

«Hat es mit den Gesprächen auf Château Gaillard zu tun?»

Jacques blickte erstaunt auf.

«Ja. Das hat es. In den letzten Jahren sind viele Gebiete des

Orients verlorengegangen. Der Orden versucht, Verbündete zu finden, um sie zurückzuerobern. Aber die Verhandlungen erweisen sich als schwierig. Bislang hatte der Orden seine Aufgaben im Orient zu erfüllen. Nun scheint sich alles zu ändern. Vieles muss neu überdacht werden.»

«Ich habe damals auf Château Gaillard die Templerregeln aufmerksam studiert», sagte Johannes. «Darin ist vieles sehr genau geregelt. Aber eines fehlt völlig: Nirgends findet man ein Wort über die Aufgabe des Ordens.»

«Er schützt die Pilger.»

«Aber davon steht in den Regeln kein Wort...»

Jacques blickte Johannes an und lächelte.

«Gut beobachtet», sagte er kurz.

Zwei Tage später erreichten sie am späten Abend eine Lichtung, auf der sich ein einzelner Hof befand.

«Unsere letzte Station», sagte Jacques, als sie vom Pferd stiegen. «Diesmal keine Komturei. Wir werden in der Scheune schlafen.»

Ein Bauer kam aus dem Haus, begrüßte die beiden Reiter und nahm ihre Pferde entgegen. Jacques unterhielt sich kurz mit dem Mann, doch die Sprache war Johannes noch immer zu fremd, als dass er den Inhalt des Gespräches hätte verstehen können. Der Bauer ging davon und kam nach kurzer Zeit mit Wasser, Brot und Käse zurück.

Als es dunkel geworden war, forderte Jacques seinen Schüler auf, den Bogen zu ergreifen, die Mitte der Lichtung aufzusuchen und dort auf ihn zu warten.

Johannes nahm diese Aufgabe sehr ernst und setzte sich erst zu Boden, als er meinte, wirklich die Mitte gefunden zu haben, obwohl man das in der Dunkelheit eigentlich nicht recht beurteilen konnte. An der gewählten Stelle befand sich ein breiter Baumstumpf, wie geschaffen, um sich darauf niederzulassen.

Johannes legte den Bogen und die drei Pfeile ins Gras und wartete.

Der Gedanke daran, dass dies die letzte Rast war und sie morgen ihr Ziel erreichen würden, stimmte ihn froh, obwohl er nicht recht wusste, was er dort erwarten konnte. In den letzten Tagen hatten sie die Pferde nicht geschont und eine Strecke zurückgelegt, die etwa dreimal so lang gewesen sein musste wie die von der Küste nach Rouen. Mehr und mehr kam ihm das alles wie eine Flucht vor.

Johannes blickte hinauf zum Himmel. In der Bibliothek des Klosters von Jumièges hatte er Karten gesehen, mit deren Hilfe man in der Nacht am Firmament bestimmte Sternkonstellationen auffinden konnte. Thomas hatte davon gesprochen, dass man sich mit Hilfe solcher Karten und einiger anderer Hilfsmittel auf der Reise orientieren könne, auch wenn es in der Umgebung keine weiteren Anhaltspunkte gäbe. Er sprach davon, dass die Schiffsführer solche Karten auf hoher See bei sich hätten, und nun kam Johannes der Gedanke, dass dies auch in dichtem Wald von großem Nutzen sein könnte. Erneut blickte er hinauf in die sternerleuchtete Finsternis und fühlte sich hilflos und ohnmächtig angesichts der gewaltigen Räume, die sich dort über ihm auftaten, Räume, deren Ausmaße er nie würde absehen können, deren Bedeutung er nie würde verstehen können.

Plötzlich hörte er rechts vor sich ein Rascheln. Etwas schien aus den Büschen hervorgesprungen zu sein und preschte mit unfassbar leichtfüßiger Schnelligkeit auf ihn zu. Johannes erstarrte für den Bruchteil eines Augenblicks, griff Pfeil und Bogen, richtete sich auf, blickte in die völlige Dunkelheit, dorthin, wo er dieses Etwas heranrasen hörte.

Dann schien alles stillzustehen. Ohne jegliche Empfindung bemerkte er, wie seine Hand den Pfeil auflegte. Sehne und Zugfinger nahmen Spannung auf. Bogen und Körper verharrten für den Bruchteil eines Augenblicks wie in völliger Zeitlosigkeit, bis der Pfeil sich löste und mit kaum wahrnehmbarem Zischen den Bogen verließ.

Johannes warf sich zu Boden, und er hörte, wie dieses Etwas zähnefletschend sprang und gleichzeitig entsetzlich aufschrie, wie es über ihn hinwegflog und etwa zehn Fuß entfernt zu Boden stürzte.

Dann war es still.

Sext

Gegen Mittag sitzen die Mönche gemeinsam im Refectorium und nehmen schweigend ihre Mahlzeit ein. Zuvor haben sie sich im Brunnenhaus gewaschen, in der Klosterkirche das Benedictus, das Gloria, das Kyrie gesungen, das Pater Noster gebetet, sind, den 51. Psalm intonierend, durch den Kreuzgang gezogen, um schließlich im Speisesaal ein Dankgebet anzustimmen. Auch die Sext gehört zu den kleinen Horen. Dennoch ist sie von besonderer Bedeutung. Sie leitet das gemeinsame Mahl der Mönche ein. Während sie Haferbrei, Gemüse und Brot essen und Wein mit Wasser dazu trinken, hören die Mönche dem Vorleser zu. Auch jetzt soll die Gegenwart Gottes bewusst sein. Johannes sitzt mitten unter ihnen. Auch wenn er der Abt ist, bleibt er doch ein einfacher Mönch, der zusammen mit seinen Brüdern die Communio bildet, zugleich die Gemeinschaft mit allen Kreaturen, die gelebt haben und gestorben sind, die Gemeinschaft aller, die auf und von dieser Erde leben. Die Communio ist die symbolische Teilnahme am Hochzeitsmahl der Schöpfung, ein Hochzeitsmahl der Ewigkeit. So speisen die Mönche in großer Demut und Wachsamkeit.

All dies geht Johannes während des Essens durch den Kopf. Doch ihm ist auch bewusst, dass die Sext, die Mittagsstunde, den Moment der Herausforderung symbolisiert. Mitte des Tages. Mitte des Lebens. Es ist die Zeit, innezuhalten und über das eigene Tun nachzudenken. Die Sonne hat den Zenit erreicht. Selbst die Vögel schweigen. An diesem Wendepunkt der Zeit entscheiden wir über das Schicksal unseres Tages. Auch das Leben kennt diesen Wendepunkt. Die Mitte des Lebens birgt noch einmal alle Möglichkeiten. War der bisherige Weg der richtige? Gibt es etwas zu bereuen, besser zu machen, wiedergutzumachen? Kann es wirklich so weitergehen? Ist nicht doch ein ganz anderer Weg der richtige? Eröffnet das Leben nicht auch bislang ganz ungenutzte, vielleicht immer schon erwünschte Facetten? Johannes denkt zurück an die Mitte seines Lebens. Damals hatten sich ihm diese Fragen gestellt, und plötzlich waren alle Gewissheiten dahin. Nun galt es, ehrlich zu sein. Ehrlich gegenüber sich selbst und menschlich gegenüber denen, die ihm viel bedeuteten. Jede Krise ist ein Trennen, ein Aussieben. Was tot ist, muss zurückgelassen werden. Eine Läuterung muss stattfinden. Es muss etwas abgeworfen werden, wenn das Leben weitergehen soll. Doch wer kann Rat geben? Wer kann hier ein guter Führer sein?

Johannes erinnert sich an den klösterlichen Gehorsam, das Hören, das Gegenwärtig-Sein. Doch die Wachsamkeit allein ist nicht genug. Geduld muss hinzukommen, Bereitschaft, die Dinge in der Schwebe zu halten, sich im Wendepunkt zu sammeln, Vertrauen zu haben. Manchmal ist es ein Zufall, ein überraschendes Erlebnis, die Begegnung mit einem Menschen – und plötzlich ist alles neu.

Die Mönche haben das Mahl beendet. Johannes erhebt sich und erteilt ihnen den Segen, der ihnen Mut machen soll, von neuem aufzubrechen.

5. Kapitel

Als Johannes aus seiner Ohnmacht erwachte und langsam die Augen aufschlug, sah er, wie Jacques sich über ihn beugte und seine Stirn mit Wasser kühlte. Es war bereits Tag geworden.

Nur langsam kam Johannes zu sich, und erst allmählich kehrte die Erinnerung an das, was in der Nacht geschehen war, zurück. Er richtete sich auf, doch vergebens suchte er nach einem Tier, das am Boden lag.

«Alles ist gut», sagte Jacques.

«Was ist geschehen?», fragte Johannes benommen.

Jacques antwortete nicht. Stattdessen gab er ihm zu trinken und half ihm, sich aufzurichten. Gemeinsam gingen sie über die Lichtung zum Hof, wo der Bauer Hirsebrei und Wasser bereitgestellt hatte. Schweigend nahmen sie ihr Mahl ein.

Johannes wurde sich erst jetzt bewusst, in welch großer Gefahr er sich befunden hatte. Er schaute hinüber zu Jacques, der den Blick des Jungen nicht erwiderte, aber dessen Unruhe wohl bemerkte.

«Was, glaubst du», fragte er, «hat dich gestern angegriffen?»

«Ich konnte nichts erkennen. Es mag nicht ganz so groß gewesen sein wie ein Wolf. Aber es war schneller, geschmeidiger und gefährlicher.»

Johannes überlegte.

«Der Angriff kam überraschend und konzentriert. Was immer es gewesen ist, es war so, wie ein gelungener Schuss mit dem Bogen sein sollte.»

Jacques nickte, sagte aber nichts.

«Dieses Tier? Was könnte es gewesen sein?», fragte Johannes.

Jacques blickte auf.

«Ich habe es nicht gesehen.»

«Aber Ihr kennt Euch in dieser Gegend aus. Was könnte es gewesen sein?»

«Kennst du ein solches Tier?», fragte Jacques zurück.

Johannes schüttelte den Kopf.

«Auf unserem Hof und in den Wäldern habe ich vieles kennengelernt, aber kein Tier, das zu einem solchen Angriff in der Lage gewesen wäre.»

Jacques nahm den Brotlaib und brach ein Stück heraus.

«Dann war es ein Tier, das du nicht kennst, oder ...»

Er lächelte.

«Oder?», fragte Johannes.

«Oder es war kein Tier», ergänzte Jacques seinen Satz.

Johannes blickte ihn überrascht an.

«Du weißt, dass wir auch in der Kunst des Bogenschießens unsere Einbildungskraft nutzbar machen», fuhr Jacques fort. «Wenn du den Bogen spannst, bist du der Bogen. Wenn du den Pfeil ausrichtest und loslässt, bist du der Pfeil.»

«Ich verstehe dich nicht», entgegnete Johannes.

«Du verstehst mich sehr gut. Dein Verstand versteht mich nicht. Das ist etwas anderes. Es war auch nicht dein Verstand, der dich gerettet hat. Aber dein Schuss war meisterlich.»

Während ihres Rittes durch dichten Wald dachte Johannes immer wieder über die wenigen Sekunden nach, die ihm in der letzten Nacht fast das Leben gekostet hatten. Wie konnte Jacques das zulassen? War er doch für gewöhnlich umsichtig und erkannte die Gefahr sofort.

Dann musste Johannes an die Begegnung mit den Wölfen denken. Hatte er nicht auch damals die Vermutung gehabt, Jacques wäre bewusst ein Risiko eingegangen, um ihn einer besonderen Herausforderung auszusetzen? Damals waren es Wölfe gewesen. Diesmal schien es Johannes, als habe er einem Wesen gegenübergestanden, das nicht von dieser Welt war. Gegen die Wölfe hatte er sich behauptet, weil er innere Kraft und Entschlossenheit gezeigt hatte. Das Wesen, dem er gestern begegnet war, hatte sich durch nichts, aber auch gar nichts beeindrucken lassen. Mit völliger Anspannung und unbeirrbarer Entschlossenheit war der Angriff erfolgt. Ein Verteidiger, der nicht die gleichen Eigenschaften besessen hätte, wäre verloren gewesen.

Gegen Mittag hatten sie den Wald verlassen. Vor ihnen lag eine weite Ebene. Felder rechts und links des Weges, soweit das Auge reichte. Jacques ließ das Pferd anhalten. Johannes tat es ihm nach und beobachtete, wie sein Lehrer den Bogen vom Sattel löste. Doch anstatt seinen Schüler aufzufordern, die Übungen fortzusetzen, nahm Jacques sogleich auch die Satteltasche mit der Verpflegung vom Pferd.

Wenig später saßen sie schweigend am Boden und teilten sich Brot und Wasser. Johannes blickte zurück zum Waldrand, und erneut musste er an den unbekannten Gegner der vergangenen Nacht denken.

«Wir erreichen heute Abend unser Ziel, die Bischofsstadt Laon», sagte Jacques. «Dort erwartet dich etwas sehr Wichtiges. Du wirst morgen in den Orden aufgenommen.»

Johannes blickte auf.

«Jetzt schon?», fragte er überrascht.

«Ja, es ist Zeit», antwortete Jacques. «In diesen Tagen geschieht vieles, das mir nicht erlaubt, weiter bei dir zu sein. Aber das ist auch nicht mehr nötig. Was ich dir beibringen konnte, hast du gelernt.»

Johannes blickte seinen Lehrer ungläubig an.

«In der letzten Nacht», fuhr Jacques fort, «hast du gezeigt, dass du die Kunst des Bogenschießens meisterlich beherrscht. Dein Verhalten war vortrefflich, ohne den geringsten Makel. Von nun an kann ich dich nichts mehr lehren.»

«Aber es war doch nur ein einziger Schuss», entgegnete Johannes.

«Es war der eine Schuss, der nötig ist, damit auch alle künftigen vortrefflich sein werden. Ein vollendeter Schuss. Alles, was nun zu lernen ist, wirst du selbst erlernen können. Das musst du sogar, denn du wirst von nun an deinen eigenen Bogen führen.»

Jacques stand auf, nahm den Bogen, den er neben sich abgelegt hatte, und reichte ihn Johannes.

«Dieser Bogen gehört nun dir. Zwei Jahre habe ich mit ihm geschossen. Er wird seine Kraft auf dich übertragen. Und mit der Zeit wird er mehr und mehr zu deinem Bogen werden. Das ist wichtig. So, wie du nun deine ganz eigene Kunst des Bogenschießens entwickeln wirst.»

Auch Johannes war aufgestanden.

«Ich bin unsicher, ob ich Eure Erwartungen erfüllen kann», sagte er zögernd.

«Du wirst sie erfüllen, das weiß ich. Von nun an müssen wir den Weg nicht mehr gemeinsam gehen. Selbst wenn Meere zwischen uns liegen, wirst du mich bei dir wissen, wenn du den Bogen spannst. Nun brauche ich dich nicht mehr aufzufordern, das Bogenschießen weiterhin zu üben, weil es zutiefst in deinem Inneren lebt. Nimm den Bogen. Und gib ihn niemandem, der seiner nicht würdig ist.»

Zaghaft nahm Johannes den Bogen in die Hand. Dann kamen ihm die Tränen, und sein Lehrer umarmte ihn.

«Ich habe noch etwas für dich», sagte Jacques schließlich, hob etwas vom Boden und hielt es dem Jungen entgegen. Es war ein

Pfeil. Johannes erkannte sofort, dass es jener Pfeil war, den er in der Nacht dem unsichtbaren Angreifer entgegengeschossen hatte. Er nahm ihn in die Hand und bemerkte, dass kein Blut daran war, keine Hautfetzen, keine aufgewühlte Erde. Es war ganz so, als hätte dieser Pfeil seinen Bogen nie verlassen.

Noch einmal trafen sie auf einen Fluss. Bei der Durchquerung der Furt bewegten sich die Pferde drei Ellen tief im Wasser und mussten sich gegen die Strömung stemmen. Dann führte der Weg weiter entlang der Felder in Richtung Osten.

Am Nachmittag sahen sie in der Ferne eine Anhöhe, die Johannes sehr an Château Gaillard erinnerte. Je näher sie kamen, desto deutlicher erkannte er, dass es sich hier wohl nicht um eine Burg handeln konnte, denn auf diesem Berg, der sich vor ihnen über die Ebene erhob, erblickte er nicht nur eine Verteidigungsmauer, sondern die Türme einer großen Kirche, die hoch zum Himmel aufstrebten, als wollten sie bis in die Wolken wachsen.

«Das ist Laon», sagte Jacques, ließ sein Pferd anhalten und blickte voraus. «Uneinnehmbar. Ein Ort des Glaubens. Der gekrönte Berg. Dort erwartet man uns.»

Etwa eine Stunde später begann Johannes zu verstehen, was Jacques meinte. Ihr Weg hatte sie in einiger Entfernung am Berg entlanggeführt und machte nun einen Bogen direkt auf ihn zu. Bislang war ihnen nur seine schmale Seite sichtbar gewesen, doch nun konnten sie erkennen, dass er sich viele hundert Meter parallel zur Bahn der Sonne erstreckte. Dort oben, höher als sie es in Château Gaillard erlebt hatten, musste sich hinter den mächtigen Verteidigungsmauern eine ganze Stadt befinden. Nun erkannte Johannes deutlich die hoch aufragende Kathedrale mit ihren fünf Türmen sowie weitere, kleinere Kirchen.

Bald schlängelte sich der Weg aufwärts. Je mehr sie sich näherten, desto beschwerlicher wurde der Ritt. Bald konnten sie auf die Ebene hinabblicken. Johannes entdeckte in der Ferne den Fluss, den sie vor Stunden durchquert hatten. Einige hundert Meter vor dem Stadttor wurde es so steil, dass sie vom Pferd steigen und zu Fuß weitergehen mussten. Rechts des Weges erreichten sie ein kleines, verfallenes Häuschen. Jacques ließ sein Pferd stehen und winkte seinem Schüler, ihm zu folgen. Nachdem sie die Pforte durchschritten hatten, erwartete sie Schatten und ein großer Brunnen, in den aus einer Öffnung im Felsen Wasser floss. Jacques tauchte seinen Kopf in das kühlende Nass, reinigte Hände, Arme und Füße. Johannes tat es ihm nach.

«Das tut gut», sagte er.

Jacques musste lachen.

«Wenn du wüsstest.»

Johannes blickte ihn fragend an.

«Auf dem Berg hat sich vor vielen hundert Jahren ein Heiligtum befunden, das dem Lichtgott Lug geweiht war. Wer den Berg betreten wollte, musste sich zuvor waschen. In diesem Haus.»

«Ein Lichtgott? Von solch einer Religion hörte ich noch nie.»

«Es ist so lange her, dass niemand mehr Genaues weiß. Ich hörte von einer Sage, die an den Lichtgott erinnert. Und es mag etwas dran sein, an der Geschichte. Schließlich verläuft der Bergrücken entlang der Sonnenbahn. Und man ist dem Licht hoch oben näher als in der Ebene, die wir hinter uns gelassen haben. Man steigt auf zum Licht.»

Jacques lachte und schüttelte sich das Wasser von den Armen.

Sie verließen das Brunnenhaus und gingen weiter auf dem Weg, der sie bald an ein großes Stadttor führte, das von zwei Rundtürmen und einem Quergang gebildet wurde. Durch eine hohe Pforte, die nach oben in einem Spitzbogen endete, gewährten ihnen die Wächter Einlass.

Unmittelbar hinter der Pforte bemerkte Johannes, dass man

zur Linken über die Stadtmauer blicken konnte. In der Ferne sah er die Ausläufer des Waldes, durch den sie geritten waren. Der Weg verlief weiter aufwärts und führte sie auf einen von Steinhäusern umgebenen Platz. Hier erblickte Johannes eine Kirche, deren Westfront teilweise im neuen Stil erbaut worden war. Zwei schmale Türme ragten in die Höhe. Über den drei Portalen, durch die man in das Innere der Kirche gelangte, befand sich ein großes, kunstvoll gestaltetes Spitzbogenfenster. Fünf senkrecht angeordnete Glasfenster bildeten die Basis für einen farbenprächtigen Stern, der rechts und links je von einem rosettenförmigen Fenster eingefasst wurde. Auf einer weiteren Ebene darüber befand sich ein Giebelrelief, in dem ein Mann zu Pferd und ein Engel abbildetet waren.

Jacques hatte bemerkt, dass sein Schüler all dies aufmerksam beobachtete.

«Diese Kirche ist dem heiligen Martin geweiht», erklärte er. «Es ist die Kirche des Ordens der Prämonstratenser. Ihr Kloster befindet sich nicht hier in Laon, sondern im Wald von Prémontré, gut eine Stunde von hier.»

Johannes war verblüfft.

«Warum hat der Orden dann hier eine Kirche?»,

«Manchmal ist Laon ein Zufluchtsort. Wenn Krieg ausgebrochen ist oder räuberische Banden das Land verwüsten, suchen die Menschen auf dem Berg Schutz. Das gilt auch für viele Mönchsorden, die ihre Klöster in der Nähe haben. Sie alle flüchten bei Gefahr hierher. Und alle besitzen ein Haus, in dem sie unterkommen können. Die Prämonstratenser haben Laon aus Dankbarkeit eine Kirche geschenkt. Und da sind sie nicht die einzigen.»

«Die große Kathedrale, ist sie auch so entstanden?»

«Nein. Viele haben sich daran beteiligt. Es wäre sicherlich nicht gut, wenn ein solch eindrucksvoller Bau einem einzelnen Orden gehören würde.»

Sie verließen den Platz und folgten weiter der Gasse, die, sehr zu Johannes' Verwunderung, gepflastert war. Rechts und links davon reihte sich nun Haus an Haus. Die meisten dieser Gebäude waren aus Stein errichtet. Je weiter sie ins Innere der Stadt kamen, desto belebter wurde die Gasse. Männer und Frauen gingen ihren Geschäften nach. Kinder spielten auf der Straße. Hühner liefen kreuz und quer. Und manchmal waren Ziegen und Schweine vor einem der Häuser angebunden. Bald wurde es schwer, mit den Pferden vorwärtszukommen.

Sie erreichten einen weiteren Platz, auf dem Händler Obst, Gemüse und Fleisch verkauften. Johannes erblickte über die Häuser hinweg die Türme der großen Kathedrale. Doch schon verschwand Jacques in der nächsten Gasse.

So folgte er ihm und bemerkte auf dem Weg, wie farbenfroh die Menschen gekleidet waren. In den Klöstern kannte man nur einfaches Tuch, und die Bauern, die ihm auf der Reise begegnet waren, hatten ebenfalls nur grobe, meist erdfarbene Kleidung getragen. Hier war es ganz anders. Johannes fiel auf, dass die Frauen in Laon ihr Haar entweder offen trugen oder in kunstvoll geknoteten Tüchern verbargen, nicht ohne einzelne Locken hervorblicken zu lassen.

Noch einmal überquerten sie einen Platz. Johannes hatte Jacques wieder eingeholt.

«Wir haben die Gasse der Ordenshäuser erreicht», sagte der.

Johannes schien es nicht so, als würden sich die Steinhäuser zur Rechten und zur Linken von denen, die er bislang gesehen hatte, unterscheiden. Als er im Vorübergehen einen Blick in eine der Seitengassen warf, hatte er für einen Moment lang freie Sicht auf den Vierungsturm der großen Kathedrale. Doch Jacques ging unbeirrt weiter und machte seinen Schüler auf eines der Häuser aufmerksam.

«Das ist die 28. Hier hat der Orden der Zisterzienser seine

Unterkunft. Du wirst sie bald besuchen können. So erhältst du auch Kontakt zu den Augustinern, die im Haus 44 eine Schule eingerichtet haben. Das interessiert dich sicherlich. Schon der große Abaelard hat hier gelehrt und seine Schriften gegen Anselm von Canterbury verfasst.»
«Wo ist die 44?»
«Hab einen Moment Geduld. Hier siehst du zunächst die 36 und 38, ‹Le Petit Cuissy›, der Sitz der Prämonstratenser. Daneben das Haus 40 gehört den Kartäusern. Sie nennen es ‹Le Petit Val-Saint-Pierre›. Und dann folgt die 42. Der Bettlerorden des Franz von Paula hat darin seine Unterkunft.»
«Warum befinden sich diese Häuser alle auf der rechten Seite der Gasse?», wollte Johannes wissen.
«Hinter diesen Gebäuden sind meist Gärten angelegt, die sich bis zum Abhang des Berges erstrecken. Von dort kann man weit in die Ebene nach Süden blicken. Das ist ein wunderbarer Ausblick.»
Jacques führte seinen Schüler weiter durch die Gasse. Schon erreichten sie den Ordenssitz der Augustiner. Doch Jacques machte seinen Schüler auf das gegenüberliegende Haus aufmerksam, über dessen Eingangspforte ein kleines Relief zu erkennen war: Es zeigte das Lamm mit dem Kreuz.
«Wir sind angekommen», sagte Jacques.

Das Haus der Templer besaß im Erdgeschoss einen großen Speisesaal. Gegen Abend trafen sich dort die Ordensritter zur Vesper. Sie hatten das Stundengebet gesprochen und waren dann hierher gekommen, um schweigend ihr Mahl einzunehmen. Nur der Vorbeter war zu vernehmen. Er trug in gleichmäßigem Gesang einen Psalm vor, während die Brüder Lammfleisch, Weißkraut und helles Brot aßen und dazu Rotwein tranken, der mit Wasser verdünnt war. Jacques und Johannes hatten zuvor ihre Zimmer bezogen. Dem Jüngeren war ein kleiner, einfacher

Raum zugewiesen worden, in dem sich Bett, Tisch, Stuhl und ein Lesepult befanden. Ein Fenster erfüllte den Raum mit Licht. Von hier aus konnte man auf die Gasse hinabschauen.

Nun nahmen sie teil am gemeinsamen Essen der Ordensbrüder, die die Anwesenheit der Neuankömmlinge offenbar nicht als ungewöhnlich empfanden.

Nach dem Essen teilte Jacques seinem Schüler mit, dass sie die Stundengebete heute nicht mehr besuchen würden. Johannes nahm diese Nachricht dankbar auf, denn der Ritt war anstrengend gewesen. Über die schmale Treppe begab er sich in sein Zimmer, legte sich auf das Bett und war sofort eingeschlafen.

In der Nacht wurde er geweckt. Jacques rüttelte ihn wach.

«Es ist soweit», sagte er. «Ein neuer Tag. Die Vigil rückt näher.»

Er reichte dem Jungen einen schwarzen Umhang.

«Zieh das an. Wir werden gehen.»

Schlaftrunken folgte Johannes seinem Lehrer die Treppe hinab. Durch eine kleine Pforte verließen sie das Haus auf der Rückseite und gelangten in einen Garten. Etwas entfernt erhob sich die Silhouette der Kathedrale in die dunkle Nacht. Johannes war von diesem Anblick so überwältigt, dass er stehen blieb und gebannt den Weg der aufstrebenden Türme in den Himmel verfolgte. Es war ihm, als würde er dort ganz oben in schwindelerregender Höhe Rinder erkennen. Doch diese Vorstellung erschien ihm so unglaublich, dass er seinen Blick abwandte und Jacques suchte, der bereits den Garten betreten hatte.

Bald standen sie vor einer kleinen Kapelle, deren Gestalt sehr ungewöhnlich war. Johannes erblickte einen schmalen Vorbau, etwa so hoch wie eines der Steinhäuser. Ein Rundbau schloss sich daran an. Er sah hinauf zum Dach und meinte dort spielende Katzen zu erkennen. Für einen Augenblick kam ihm der Gedanke, dies alles nur zu träumen. Doch Jacques griff ihn am Arm und zog ihn weiter.

Durch einen kleinen Vorraum gelangten sie in das von Kerzen erleuchtete Innere der Kapelle. Dort standen die Ordensbrüder entlang der runden Mauer im Kreis, gekleidet mit dem weißen Mantel der Templer, und ließen das Invitatorium erklingen, das Johannes gut kannte: Ein großer Gott ist unser Herr, ein großer König über alle Götter. In seiner Hand sind die Tiefen der Erde, sein auch die Gipfel der Berge. Sein ist das Meer – er hat es gemacht, sein auch das Festland – seine Hand hat es gebildet. Ziehet ein! Denn er ist unser Gott, und wir das Volk seiner Weide und die Schafe in seiner Hand.

Johannes erinnerte sich: Die Vigil war das Symbol des Erwachens. Aus der Welt des Schlafes, des Traums führte sie in eine neue Wirklichkeit. Weil so viel Verwirrung und Ruhelosigkeit im Menschen ist, mahnte die Vigil zuzuhören. Die Mönche würden heute erfahren, was allen gläubigen Mensch verkündet war: «Siehe, ich mache alles neu.» So sagt Johannes in der Offenbarung.

Johannes hörte in sich den eigenen Namen. Das ließ ihn aufmerken. Dann erfüllte der Gesang den kleinen Raum der Kapelle. Hymnus, Psalm und Lesung folgten aufeinander.

Wie viel Vertrauen in diesem Stundengebet ist, dachte Johannes. Kann man einem Neuanfang so sehr vertrauen? Gehört zum Neuanfang nicht immer auch die Angst? Der Zweifel? Aber was bleibt uns, wenn nicht das Hoffen?

Dann verstummte der Gesang. Gemeinsam mit Jacques trat einer der Brüder auf Johannes zu und führte ihn in den inneren Kreis, der aus acht Säulen gebildet wurde. Man forderte ihn auf, sich niederzuknien. Eine Stimme erklang.

«Johannes von Loccum, begehrt Ihr die Gemeinschaft des Templerordens und wollt Ihr an seinen geistlichen und weltlichen Werken teilhaben?»

Überrascht, seinen Namen an diesem Ort zu hören, hielt Johannes einen Augenblick inne, bevor er die Frage des Ordensmeisters bejahte.

Einer der Brüder, die im äußeren Kreis standen, sprach stellvertretend für alle:

«Ihr strebt nach Großem. Von unserem Orden seht Ihr nur den äußeren Glanz. Ihr seht unsere schönen Pferde, schönen Rüstungen. Ihr seht, wie gut wir essen und trinken. Ihr seht unsere schönen Gewänder und glaubt vielleicht, Ihr hättet ein gemütliches Leben bei uns. Denn die strengen Regeln, die für den Orden gelten, seht Ihr nicht. Es ist ein großer Schritt, den Ihr zu tun begehrt. Ihr, der Ihr Euer eigener Herr seid, macht Euch zum Diener eines anderen. Denn Ihr werdet nur selten das tun dürfen, was Ihr begehrt. Wollt Ihr im Abendland weilen, schickt man Euch ins Heilige Land. Wollt Ihr nach Akkon, schickt man Euch nach Tripolis. Wollt Ihr schlafen, werden wir Euch befehlen zu wachen, und manchmal, wenn Ihr wachen wollt, werden wir Euch zu Bett schicken. All dies müsst Ihr erdulden zu Eurer Ehre, Eurer Rettung und Eurem Seelenheil. Möchtet Ihr dies wirklich tun?»

Johannes hatte die Worte gebannt verfolgt und bejahte sie. Dann hörte er Jacques sprechen.

«Der Novize wurde nach angemessener Zeit in den Orden der Zisterzienser aufgenommen. Er ist durch die Welt gereist, um sich auch als Novize des Ordens der Tempelritter würdig zu erweisen. Er hat die Schriften der Väter mit ganzem Herzen studiert. Er hat die Vortrefflichkeit des Kriegers erlangt. Er ist nicht verlobt, verheiratet, verschuldet, exkommuniziert, nicht Mitglied eines fremden Ordens. Er ist von kraftvollem Geist und ebensolchem Körper. Er folgt in seinem Denken und Tun der heiligen Kirche und lehnt den ketzerischen Glauben ab.»

Im Anschluss an diese Worte wurden Johannes die Augen verbunden. Einer der Brüder führte ihn durch die Vorhalle hinaus in die Kühle der Nacht. Hier forderte er ihn auf, sich auf den Boden zu setzen und zu warten.

Der Mann kehrte zurück in die Kapelle und ließ Johannes

allein. Aufmerksam hörte er auf die Stimmen der Vögel, die die Stille der Nacht fühlbar machten, bemerkte, dass sich für kurze Zeit etwas unmittelbar vor ihm bewegte, so als ob es ihn mustern wollte. Dann meinte er, Geräusche zu hören, die von weit her an sein Ohr drangen. Fast war es wie ein Flüstern, das er zu sinnvollen Lauten hätte zusammensetzen können, doch schien es ihm wie eine fremde Sprache.

Nach einer Zeit, die er nicht ermessen konnte, spürte er eine Hand auf seiner Schulter, und jemand forderte ihn auf, sich zu erheben.

Wieder betrat er den Vorraum der Kapelle, wurde in den inneren Kreis geführt und von seiner Augenbinde befreit. Der Ordensmeister trat zu ihm, gab ihm ein kunstvoll ausgeschmücktes Pergament und forderte ihn auf vorzulesen.

«Herr», begann Johannes zu sprechen, «ich bin vor Euch und vor die Brüder getreten, die mit Euch sind, um die Aufnahme in die Gemeinschaft des Ordens zu erbitten.»

Noch zweimal musste Johannes diese Formel wiederholen. Dann kam einer der Brüder auf ihn zu, öffnete vor seinen Augen das Buch der Bücher, aufgeschlagen dort, wo das Evangelium des heiligen Johannes beginnt, wies ihn an, die rechte Hand auf diese Seite zu legen und die folgenden Worte zu hören.

«Ihr müsst bei Gott geloben, dass Ihr dem Meister des Tempels stets gehorchen werdet, dass Ihr die Keuschheit, die guten Sitten und die Gebräuche des Ordens einhalten werdet, dass Ihr besitzlos leben werdet und nur das behaltet, was Euch Euer Oberer gibt, dass Ihr alles Euch Mögliche tun werdet, das zu bewahren, was im Königreich Jerusalem erworben wurde, dass Ihr Euch niemals dort aufhaltet, wo man Christen unrechtmäßig tötet, ausraubt und um ihr Erbe bringt. Wenn Euch Güter des Tempels anvertraut werden, so schwört, gut über sie zu wachen. Und gelobt, niemals und unter keinen Umständen den Orden ohne den Segen Eurer Vorgesetzten zu verlassen.»

«Ich gelobe», sagte Johannes mit fester Stimme.
Der Ordensmeister kam auf ihn zu, befahl ihm, sich aufzurichten, und umarmte ihn.
«Wir nehmen Euch auf bis zum Ende Eurer Tage», sagte er.
Nacheinander traten die Brüder zu Johannes, und auch sie umarmten ihn. Schließlich war es Jacques, der seinen Schüler als letzter beglückwünschte.
«Gehe hin», sagte er, «Gott wird dich besser machen.»
Gemeinsam stimmten die Brüder das Responsorium an. Dann sprach der Ordensmeister das Benedicamus und schloss damit das Stundengebet.
Einige Augenblicke später war die Kapelle verlassen. Johannes stand nun allein im Raum, bis Jacques zurückkam und ihn leise ansprach, mit ihm zu kommen.

Zur Prim wurden die Mönchsritter im Ordenshaus der Templer von einer Glocke geweckt. Sie begaben sich erneut zur Kapelle, um das Stundengebet zu verrichten. Johannes war nun unter ihnen. Er trug nicht mehr den schwarzen Umhang, sondern den weißen Mantel mit dem roten Tatzenkreuz. Das Gebetsritual verlief auch zu dieser Stunde so, wie er es von Loccum und Jumièges her kannte. Johannes richtete einen Teil seiner Aufmerksamkeit auf die Besonderheiten der von Kerzen erleuchteten Kapelle. Im Dunkeln hatte es den Anschein gehabt, als befände er sich in einem völlig runden Raum. Acht Säulen trugen die kleine Kuppel der Kapelle. Von jeder dieser Säulen führte ein Deckenbogen unmittelbar auf kurzem Wege zur Außenwand, zwei weitere Bögen streckten sich in größerer Länge jeweils nach rechts und links, kreuzten sich mit den entsprechenden Bögen der angrenzenden Säulen und bildeten zwischen Säulenkreis und Außenwand Kreuzjoche, insgesamt acht an der Zahl. Von jeder Säule führte zudem ein Bogen zur Mitte der Kuppel. Dort, wo sie zusammenliefen, befanden sich Schlusssteine, und genau im Zentrum sah er eine Reliefabbildung des Lamms mit dem Kreuz. Direkt gegenüber dem Eingang der Vorhalle bemerkte Johannes nun eine weitere Öffnung, die zu einem kleinen Chorraum führen musste, der jedoch nicht erleuchtet war.

Nachdem der Ordensmeister den Segen erteilt hatte, verließen die Männer die Kapelle, gingen schweigend zurück zum Ordenshaus und versammelten sich im Refectorium. Dort stellten sich die älteren Brüder an der rechten, die jüngeren an der linken Wand des Raumes auf. Erst als der Meister am vorderen Ende des Tisches ein kurzes Gebet gesprochen und sich bekreuzigt hatte, nahmen sie Platz. Johannes fand vor sich einen Teller und einen Löffel aus Holz sowie zwei Humpen, von denen der eine mit Wasser gefüllt war. Als die Brüder Platz genommen hatten, betraten Laienmönche den Saal, trugen große Holzschalen mit gesottenem Fisch, Bohnen und Weizenbrezel herein und füllten die Teller. Während des Essens herrschte absolutes Schweigen. Nur die Stimme des Vorlesers erfüllte den Raum.

Nachdem der Meister sich erhoben und die Segensworte gesprochen hatte, verließen die Brüder das Refectorium. Jacques machte Johannes ein Zeichen zu warten. Schließlich blieben sie allein in dem großen Raum zurück.

«Ich werde dich jetzt verlassen», begann Jacques. «Wichtige Dinge müssen vorbereitet werden. Aber ich weiß, dass du hier gut aufgehoben bist.»

Er zögerte kurz.

«Laon ist der Verwaltungssitz der Picardie, eines von fünf Departements der Templer in Frankreich. Der Bischof von Laon gehörte einst zu den Gründungsmitgliedern des Ordens, und so ist die Picardie heute noch ebenso angesehen wie Burgund. Der abendländische Zweig des Ordens hat hier einen wesentlichen Teil seiner Verwaltung, weil Laon fernab von jeder Gefahr gelegen ist und aufgrund seiner Höhenlage wohl kaum von feindlichen Heeren eingenommen werden kann.»

«Aber das bedeutet doch auch», wandte Johannes ein, «dass ein Tempelritter hier wohl kaum kämpfen muss.»

Jacques nickte.

«Heute in der Frühe hat man dir die Wahrheiten des Templerlebens verkündet. Du wirst dort deine Aufgabe haben, wo die Meister und Großmeister des Tempels es gutheißen.»

«Aber ich bin zum Krieger ausgebildet worden», entgegnete Johannes.

«Du hast recht. Und ich bin stolz auf dich, denn du hast deine Kunst zur Vortrefflichkeit entwickelt. Täglich wird es deine Aufgabe sein, dein Talent weiter zu pflegen. Doch du hast auch andere Dinge gelernt. Hier in Laon fehlt es an sprachkundigen Brüdern. Du bist im Lateinischen und Griechischen bewandert. Das sind jene Sprachen, die vom Orient bis zum Okzident von den Weisen gesprochen werden. Latein ist zugleich die Sprache der Verträge und der Wechsel. Hier wirst du deinem Orden helfen können.»

Johannes blickte ihn erstaunt an.

«Bislang habe ich theologische Texte gelesen.»

«Du wirst sicherlich auch weiterhin die Gelegenheit haben, dies zu tun», sagte Jacques. «Deine Liebe zu den Büchern ist mir nicht unbemerkt geblieben. Doch die Kunst der Sprache dient auch dem Orden. Du wirst schnell lernen, diese Dinge zu verstehen. Der Ordensmeister wird dich persönlich darin einführen und absolute Verschwiegenheit von dir erwarten, denn deine Aufgabe ist wichtig und verlangt Vertrauenswürdigkeit.»

Jacques lächelte.

«Aber vergiss den Bogen nicht.»

Johannes verstand und musste ebenfalls lächeln.

«Nun ist es Zeit», sagte Jacques. «Ich kann nicht sagen, wann ich wieder in Laon sein werde. Doch meine Gedanken sind bei dir.»

Einige Zeit später standen sie vor dem Ordenshaus in der Gasse. Alle Brüder waren zugegen und verabschiedeten sich nacheinander von Jacques. Johannes durfte als letzter seinen Lehrer umarmen.

«Möge Gott mit dir sein», sagte der.

«Möge Gott mit Euch sein», erwiderte Johannes.

Jacques nahm die Zügel seines Pferdes und führte es die Gasse hinab. Noch einmal drehte er sich um und grüßte. Johannes sah ihm nach. Er war wieder allein.

Zur Terz hatten sich die Brüder ein drittes Mal an diesem Tag in der Kapelle versammelt. Johannes war während der Gesänge abgelenkt gewesen. Eine innere Unruhe hatte seine Gedanken immer wieder in die Vergangenheit wandern lassen: Abschied von den Eltern. Abschied vom Kloster. Abschied von seinem Lehrer. Sollte sein Leben eine Kette von Abschieden werden? Die Terz ist die Stunde der Geistausgießung. Doch heute hatte diese Stunde ihren Zauber nicht bewirkt.

Nach dem Gebet erwartete Johannes, dass der Ordensmeister ihn anspräche, aber das geschah nicht, und so kehrte er mit den Brüdern durch den Garten ins Ordenshaus zurück, ging auf sein Zimmer und wartete, ohne zu wissen worauf.

Nach einer Weile griff er sich den Bogen und die Pfeile, ging hinab in die Gasse und lief den Weg entlang, den sie gestern gekommen waren. Bald war er von vielen Menschen umgeben, doch er nahm sie kaum wahr, bemerkte nur, dass sie diesem Mönch verwundert nachblickten, der kein Schwert, sondern einen Langbogen mit sich trug.

Johannes passierte das große Tor und erreichte das Brunnenhaus. Dort kühlte er die Arme und sein Gesicht. Dann schritt er weiter hinab, dorthin, wo er gestern eine große ebene Fläche erblickt hatte. Links vom Weg betrat er den sandigen Platz und bemerkte erst jetzt, dass sich in einiger Entfernung eine Klosterkirche befand. Nach wenigen Schritten eröffnete sich ihm ein weiter Blick hinauf zur Stadtmauer. Auf den Hängen waren Rebstöcke dicht an dicht gepflanzt. Da, wo der Sandplatz an die Weinberge grenzte, entdeckte Johannes einen großen Baum, den er sich als Ziel auswählte. Etwa fünfzig Schritte entfernt nahm er einen Pfeil auf und spannte den Bogen. Einen Augenblick lang hielt er die Spannung, sammelte all seinen Schmerz und seine Verzweiflung und ließ sie, als er die Sehne kaum mehr halten konnte, mit dem Pfeil davonschnellen. Dann legte er den Bogen ab und setzte sich in den Sand. Er musste nicht zum Baum blicken, um zu wissen, dass er sein Ziel getroffen hatte. Jacques hatte recht behalten: Er war bei ihm geblieben.

Als Johannes nach einiger Zeit den Weg hinaufstieg und das große Tor passierte, bemerkte er, dass die Wachen ihn aufmerksam musterten. Allein der weiße Mantel mit dem roten Tatzenkreuz schien ihnen Grund zu sein, den fremden Bogenschützen einzulassen.

Nach der Sext versammelten sich die Brüder im Refectorium. Fleisch und Gemüse wurden hereingebracht, dazu Wasser und Wein.

Im Anschluss an die Mahlzeit bat der Ordensmeister den neu aufgenommenen Bruder zu bleiben. Als alle übrigen gegangen waren, setzte er sich neben Johannes auf die Bank.

«Johannes von Loccum», begann er, «ich habe wohl bemerkt, was in Euch vorgeht. Seid aber gewiss, dass Ihr hier in Laon Brüder gefunden habt, die Eures Geistes sind. Ihr kommt von weit her, so dass ich mir kaum vorstellen kann, wie Euer Land aussehen mag, wie die Menschen dort leben mögen. Jacques sagte mir aber auch, dass Ihr auf Eurer kurzen Reise durch die Welt viele Wandlungen und Gefahren durchlebt habt. So seid

Ihr starken Geistes. Hier in Laon werdet Ihr eine neue Heimat finden. Vieles von dem, was Ihr erlernt habt, ist für den Orden von großem Nutzen. Und Ihr werdet hier viel Neues entdecken können.»
Der Ordensmeister hielt kurz inne.
«Mein Name ist Anselmus. Ich werde Euch in allen Fragen zur Verfügung stehen und, so Ihr wollt, Eure Sorgen mit Euch teilen.»
Johannes blickte auf.
«Ich danke Euch», sagte er. «Das ist gut zu wissen.»
«In den nächsten Tagen werde ich Euch einige der Brüder an die Seite stellen, damit sie Euch in die neuen Aufgaben einweisen.»
«Ist es möglich, die Schule der Augustiner aufzusuchen?», fragte Johannes.
«Jacques hat mir von Eurer Leidenschaft für die Theologie berichtet. Sicherlich könnt Ihr dort Eure Studien fortsetzen. Doch solltet Ihr den Augustinern zuvor erklären, warum Ihr ausgerechnet vor ihrem Kloster das Bogenschießen übt.»
Johannes blickte erstaunt auf und sah, dass Anselmus lächelte.

Am nächsten Tag erhielt Johannes vom Ordensmeister die Weisung, sich im Anschluss an die Terz im Scriptorium einzufinden. Nach dem Stundengebet wurde er von einem der Brüder aufgefordert, ihm zu folgen. Dieser Mann war gut einen Kopf kleiner als er und hatte einen sehr lebendigen Blick. Gemeinsam betraten sie einen Raum, der dem Refectorium gegenüber gelegen war und vom Licht mehrerer Fenster hell erleuchtet wurde. Johannes erblickte in der Mitte des Raumes mehrere Stehpulte. An der Wand standen hohe Schränke, die mit Büchern gefüllt waren.
Der Bruder, der Johannes das Scriptorium geöffnet hatte, be-

obachtete aufmerksam, wie dieser auf eines der Stehpulte zuging, das Holz betastete, als wolle er seine Güte prüfen, und dann weiter zur Wand ging, um einen genaueren Blick auf die Buchbände zu werfen.

«Schaut Euch ein wenig um, Johannes», sagte er. «In der nächsten Zeit wird dies die Stätte Eurer Arbeit sein. Mein Name ist Alanus. Ich bin für die Verträge und Wechsel verantwortlich, die hier gelagert werden. Das meiste, was Ihr hier seht, ist in Latein abgefasst. Nur wenige Brüder beherrschen diese Sprache so gut, dass sie mit diesen Texten umgehen können. Deshalb bin ich froh, nun einen kundigen Mann zur Seite zu haben.»

Johannes betrachtete einen Band, der geöffnet auf dem Pult lag, und erblickte neben lateinischen Schriftzeichen viele Zahlen und Symbole.

«Bislang habe ich theologische Bücher gelesen», sagte er. «Ich zweifle, ob meine Fähigkeiten ausreichen, um mit solchen Dokumenten umgehen zu können.»

«Lasst Euch von den Zahlen und den mathematischen Zeichen nicht beeindrucken. Das habt Ihr schnell gelernt.»

Johannes blickte noch immer gebannt auf die geöffneten Seiten.

«Welchen Zweck haben all diese Aufzeichnungen?»

«Es sind Verträge», sagte Alanus. «Oder Schenkungsurkunden. Viele Menschen haben dem Orden Ländereien vermacht. Sie taten es aus Selbstlosigkeit, um die Templer in ihren Aufgaben zu unterstützen. So ist es möglich, dass der Orden im Orient und im Okzident eine große Zahl von Komtureien unterhalten kann, dass die Pilger auf ihrem Weg geschützt werden können und dass Jerusalem und das Heilige Land den Heiden nicht schutzlos ausgeliefert sind.»

Johannes blickte auf.

«Aber Jerusalem ist gefallen», warf er ein.

«Das mag sein, aber es wird nicht immer so bleiben», entgegnete Alanus. Er wandte sich wieder dem Pult zu, dann fuhr er fort.

«Hier in diesem Raum findet Ihr alle Schenkungsurkunden aus dem Departement Picardie. Ihre Kenntnis ist notwendig, um die Abgaben der Bauern gerecht zu bemessen. Doch es gibt noch eine zweite Art Dokumente. Reisende auf dem Weg nach Jerusalem oder nach Zypern oder nach Aragon können hier in Laon Geld hinterlegen und erhalten dafür eine Gutschrift, die es ihnen ermöglicht, sich ihre Habe irgendwo auf der Welt in einem Ordenshaus der Templer wieder auszahlen zu lassen. So können sie sichergehen, dass sie nicht das Opfer von Räubern werden.»

«Aber man kann doch auch eine Urkunde stehlen», entgegnete Johannes.

«Ihr versteht schnell», sagte Alanus. «In diesem Fall arbeitet man mit Geheimwörtern oder Zahlen, die nur dem rechtmäßigen Besitzer der Urkunde und wenigen Brüdern eines Ordenshauses bekannt sind. Auch Ihr werdet bald zu diesen Wissenden gehören.»

«Und theologische Schriften gibt es hier nicht?»

Alanus musste lachen.

«Ich verstehe Euch nur zu gut. Schließlich haben wir die Sprache nicht gelernt, um Urkunden zu lesen. Es gibt eine gute Bibliothek im Haus der Augustiner. Dort bin ich oft und werde Euch gern einführen. Doch nun lasst uns einen Blick auf diese Bücher werfen.»

Gemeinsam gingen sie zu den großen, ausladenden Schränken, und Alanus erläuterte Johannes zunächst, nach welchem System die Bücher geordnet waren und wie man vorgehen musste, um eine bestimmte Urkunde oder einen Wechsel aufzufinden. Dann machte er ihn darauf aufmerksam, dass diese Schriftstücke nach einem immer gleichen Muster abgefasst waren. Doch die Glocke zur Sext hinderte Alanus daran fortzufahren. Auf dem Weg zur Kapelle bot er Johannes an, ihn in den folgenden Tagen durch Laon zu führen und ihm manch Wichtiges zu zeigen. Johannes war sehr erfreut darüber und nahm das Angebot gern an.

Am Nachmittag machte er sich auf die Suche nach einem Platz, auf dem er mit dem Bogen üben konnte. Alanus hatte ihm geraten, sich auf dem Gelände hinter dem Bischofspalast umzusehen. Er begab sich hinaus auf die Gasse, ging den Weg zurück, den er Tage zuvor mit Jacques gekommen war, wandte sich aber bald nach rechts, irrte ein wenig hin und her, bis er plötzlich vor sich die Ostfassade der Kathedrale und die schmale Seite eines prächtigen Gebäudes erblickte, das offensichtlich der Bischofspalast sein musste.

Nun hatte Johannes auch freien Blick auf die Türme der Kathedrale und bemerkte, dass er sich in der ersten Nacht nicht getäuscht hatte. Hoch oben auf der letzten Ebene der mächtigen Westtürme standen Rinder – genauer: Skulpturen, die ohne Zweifel Rinder darstellten. In jede der vier Himmelsrichtungen blickten zwei der Tiere hinab auf die Stadt. Johannes konnte sich beim besten Willen nicht vorstellen, welche Bedeutung dies haben konnte. Überall inmitten des seitlichen Strebewerks sah er weitere Skulpturen, wie er sie schon an anderen Kirchen kennengelernt hatte. Sie sollten böse Geister vom Gotteshaus fernhalten und jedem deutlich vor Augen stellen, dass jenseits der Kirchentore Dämonen ihr Unwesen trieben.

Johannes ließ die Gasse, auf der er gekommen war, hinter sich und betrat einen Platz, an den sowohl die Ostseite der Kathedrale als auch der Bischofspalast angrenzten. Die Ostfassade wirkte aufstrebend und zugleich zerbrechlich. Sie bestand zu großen Teilen aus Glas. Oberhalb einer Basis aus Stein wuchsen drei Fenster schlank aufwärts und liefen in Spitzbögen aus. Darüber befand sich eine Fensterrose, deren Durchmesser wohl zehn Schritt maß. Den Abschluss bildete eine Galerie, die rechts und links von schmalen Türmen gesäumt wurde. Alle Elemente bewirkten gemeinsam, dass der Blick des Betrachters auf magische Weise nach oben gezogen wurde. Auf halber Höhe blickten sieben Wasserspeier, dämonische Wesen, auf den Betrachter hinab und zugleich hinüber zum gegenüberliegenden Bischofspalast, den Johannes nun ebenfalls näher betrachtete. Auch hier wuchsen Türme in die Höhe, reihten sich schmale, im Spitzbogen auslaufende Fenster, die die Architektur der Kathedrale widerzuspiegeln schienen.

Alanus hatte geraten, den Platz zu überqueren und jenen Weg zu gehen, der nördlich hinter dem Palast begann und an der Stadtmauer entlang führte. So fand Johannes nach kurzer Zeit einen großen Sandplatz, der zum Hang hin durch die Mauer begrenzt war. Von hier aus hatte man freien Blick auf das weite Land in der Ebene. Einige Bäume standen am Rande, und Johannes erkannte sogleich, dass sich dieser Platz aufgrund seiner Größe und Abgeschiedenheit tatsächlich gut zum Bogenschießen eignete.

Auf dem gleichen Weg kehrte er zurück, erreichte bald wieder den Platz des Bischofspalastes und ging weiter an der Nordseite der Kathedrale entlang. Zwar hatte Alanus angeboten, ihn zu führen und ihm all sein Wissen über dieses Bauwerk mitzuteilen, aber es konnte nicht schlecht sein, einen ersten Eindruck zu gewinnen. So erreichte er die Westfassade.

Deutlich waren hier die verschiedenen Höhenebenen unterscheidbar. Johannes sah sich drei Portaltoren gegenüber, die in steinerne Spitzbögen gefasst waren und von denen das mittlere die beiden zur Rechten und zur Linken an Umfang übertraf. Den größten Teil der Fläche darüber nahm eine Fensterrose ein. So wie an der Ostfassade bildete eine Galerie die oberste Ebene, die nur von den beiden mächtigen Türmen rechts und links überragt wurde. Johannes ging auf das mittlere Portal zu, über dem sich ein Relief befand, das einen König und eine Königin zeigte, denen von der Seite Kelche und Schalen zugetragen wurden. Diese Szene wurde eingerahmt von aufwärts zulaufenden Bögen, von denen ihm gut drei Dutzend Fabelwesen entgegenblickten. Johannes konnte all dies nicht deuten, doch etwas anderes verwunderte ihn weitaus mehr: Über der Pforte hing ein gut zehn Ellen langer Knochen herab, und der war eindeutig nicht aus Stein. Johannes wusste sicher, dass dies weder ein Bein- noch ein Rippenknochen sein konnte. Doch was war es dann? Und welches Tier war so groß?

Noch immer verblüfft durch dieses seltsame Gebilde, trat er durch die Pforte und blickte nun in einen langen, hoch aufstrebenden Raum, der von allen Seiten hell erleuchtet war. Lichtstrahlen fielen rechts und links des Hauptschiffes herab, trafen sich mit den Farben, die das große Rosenfenster der Westfassade herabwarf. Johannes ließ diesen Zauber auf sich wirken und wagte nicht weiterzugehen. Eine ganze Weile blieb er gebannt im Eingang stehen. Dann sprach ihn jemand an, und erst jetzt bemerkte er, wie sehr dieser Anblick seine Sinne fesselte. Zugleich wurde ihm bewusst, dass in der Kapelle der Templer bald das Stundengebet beginnen würde.

Von nun an verbrachte Johannes seine Vor- und Nachmittage im Scriptorium. Die Arbeit an den Manuskripten wurde lediglich durch die Stundengebete und das gemeinsame Mittagsmahl der Mönche unterbrochen. Hier lernte er Franziskus und Markus kennen, die ebenfalls die Aufgabe hatten, die Dokumente des Ordens zu bearbeiten. Wie Alanus vorausgesagt hatte, bemerkte Johannes bald, dass all diese Schriftstücke auf ähnliche Weise abgefasst waren. Im Wesentlichen ließen sie sich in zwei Gruppen einteilen: die Wechsel, die nach einer vorgegebenen Ordnung archiviert und verzeichnet werden mussten, und die

Kontrakte oder Lehnsurkunden, die auf ihre Fälligkeit und Einhaltung zu prüfen waren. Diese Tätigkeit hatte Johannes recht bald erlernt, weil sie sich ständig wiederholte. Weniger leicht fiel es ihm, mit den Zahlensymbolen umzugehen. In den Dokumenten des Scriptoriums wurden zudem sehr häufig Ziffern verwendet, die er nicht kannte. Markus erzählte ihm, dass die Templer Zahlen benutzten, die sie im Orient kennengelernt hätten. Damit ließe sich besser und schneller arbeiten. Die ersten zehn hatte Johannes schnell verstanden, doch die Notierung der Zahlen jenseits davon war für ihn sehr verwirrend. Und dann gab es eine Zahl, die keinerlei Wert hatte, aber dennoch von besonderer Wichtigkeit war. Im Wechsel versuchten Alanus, Markus und Franziskus dem Neuen den Umgang mit diesen Ziffern, vor allem auch das Zusammenfassen und Abziehen zu verdeutlichen. Besonders schwer wurde es für Johannes, die Kunst zu erlernen, mehrere Ziffern gleichen Wertes in einem Gedankenschritt miteinander zu verbinden.

So verblüffend die Kunst der Zahlen auch sein mochte, Johannes fragte sich doch bald, ob all dies über die Dokumente des Scriptoriums hinaus auch nur die geringste Bedeutung habe. Mehr und mehr schien ihm diese Kunst als ein Spiel, das zwar einen gewissen Nutzen hatte, ihn aber nach und nach von dem abbrachte, was bislang das Ziel all seiner Erfahrungen und Studien gewesen war. Nachdem er etwa drei Wochen eifrig all die neuen Dinge erlernt hatte, sprach er Alanus darauf an. Dabei gelang es ihm nicht so recht, seine Gedanken klar zu benennen, wohl weil ja auch der Weg, den er bisher gegangen war, keinem eindeutigen Ziel zuzulaufen schien. So erzählte er Alanus von dem, was er bisher erlebt hatte, von der Ahnung, dass dort in ferner Zukunft etwas sein würde, auf das sein Leben zulaufe, und dass er gerade jetzt nicht sicher sei, noch immer auf dem richtigen Weg zu sein, da er Dinge tue, die ihn nicht in die Weite führten, sondern in den engen Kerker der Ziffern, die von Menschen erdacht worden waren, ohne Sinn für die Weite der geistigen Welt.

Alanus hörte aufmerksam zu, und nachdem Johannes all die scheinbar ungeordneten Gedanken vorgetragen hatte, schwieg er zunächst einen Moment, ging zum Fenster, dachte nach, zögerte und machte dann einen Vorschlag, der Johannes überraschte.

Am folgenden Tag gingen Alanus und Johannes nach der Terz nicht wie gewohnt zurück zum Ordenshaus, sondern begaben sich zur Kathedrale. Auch heute sah Johannes wie gebannt hinauf zu den Türmen der Westfront, dorthin, wo aus schwindelerregender Höhe Rinder auf die weite Ebene des Landes hinabblickten.

Alanus hatte das bemerkt.

«Dieser Anblick wird dir wohl sonst nirgendwo auf der Welt geboten», sagte er.

«Das glaube ich gern», erwiderte Johannes. «Als ich die Rinder dort oben zum ersten Mal gesehen habe, wollte ich meinen Augen nicht trauen. Was hat es damit auf sich?»

«Es gibt leider keine Aufzeichnungen, nur eine Sage, die hier in Laon erzählt wird: Beim Transport der riesigen Dachbalken der Kathedrale sollen zwei Ochsen eines Gespannes vor Erschöpfung zusammengebrochen sein. Wie durch ein Wunder seien zwei frische Ochsen erschienen, die sich freiwillig unter das Joch gezwängt und die Arbeit vollendet hätten. Danach wären sie ebenso plötzlich verschwunden, wie sie gekommen seien. Aus Dankbarkeit hätten die Bürger von Laon diese Ochsen in Stein gemeißelt und ihnen einen Ehrenplatz zugewiesen, hoch oben in luftiger Höhe.»

«Glaubst du diese Legende?»

«Sie klingt sehr wundersam. Aber hättest du eine bessere Erklärung?»

Während Johannes über diese Frage nachdachte, erreichten sie die Portale der Westfront. Dort erblickte er erneut den riesigen Knochen, der auf Höhe des Giebelreliefs über der mittleren Pforte herabhing.

«Was ist das?», fragte er Alanus.

«Der Kieferknochen eines Fisches», antwortete der kurz.

«Das kann ich nicht glauben», entgegnete Johannes. «Wie groß muss dann der Fisch sein?»

«Der Knochen wurde an der Küste gefunden. Die Menschen dort sind Fischer. Sie kennen sich in diesen Dingen aus, und sie sagen, dass es ein Kieferknochen sei.»

Alanus betrat den Innenraum der Kathedrale. Johannes folgte ihm, und von einem Moment auf den anderen war es, als würden ihm mächtige Säulen aus Licht entgegenscheinen.

Es dauerte einen Moment, bis die Sinne der Farbenflut standhalten konnten. Am Vormittag befand sich die Sonne noch im Osten, so dass vor allem der Chorraum und die Vierung hell erleuchtet waren. Die Erbauer der Kathedrale hatten, wo immer es möglich war, auf Mauerwerk verzichtet und große Glasflächen geschaffen. Je nach Stand der Sonne fielen ganze Lichtbündel aus der Höhe in den Raum hinab und durchfluteten große Teile der Kathedrale mit einem flimmernden, sich kontinuierlich wandelnden Gemisch aller Farben.

Auch Alanus war stehen geblieben.

«Was siehst du?», fragte er.

«Ich sehe Licht», antwortete Johannes etwas überrascht von dieser Frage. «Tausende von Farben, die sich stets wandeln.»

«Du siehst mehr als das Licht», sagte Alanus. «Wenn die Strahlen der Sonne mit ihrem Glanz das bunte Glas durchdringen, wem würdest du dann die Farbigkeit der Wand und des Bodens zuschreiben, auf dem du jetzt stehst?»

Johannes bemerkte, dass tatsächlich bunte Lichtfinger unmittelbar vor seinen Füßen zu unerklärlichen Mustern zusammenliefen und sich bald wieder auflösten, um neue Formen zu bilden.

«Es ist die Kraft der Sonne, die all dies schafft», antwortete er. «Aber ohne das Glas der Kathedrale würde die Vielfalt der Farben nicht entstehen.»

Alanus nickte.

«Das Glas ist die Kunstfertigkeit der Menschen. Sie macht das Licht in seiner Vielfalt erfahrbar. Und sie beweist dessen Bedeutung, denn in völliger Dunkelheit würde alles Menschenwerk nichtig sein. Das Licht ist die Kraft, die den Farben erst ihren Charakter verleiht. Die Farben veranschaulichen den Sieg des Lichts über die Finsternis. Und dieses Licht ist Gott.»

Johannes wusste nicht zu antworten, denn das, was Alanus sagte, erschien ihm beeindruckend und wahr zugleich. Er blickte hinauf zur obersten Galerie mit all ihrem farbigen Glas.

«Nimm das Licht fort, und alle Dinge werden unerkannt in der Finsternis bleiben», sagte Alanus. «So erscheinen auch die Sterne unserem Blick sehr schön, obwohl sie doch keine Schönheit aus sich heraus haben. Ohne Licht, ohne Gott, gibt es kein Leben. Am Morgen leuchtet das Licht vom Osten her, über dem Altar, dem Throne Christi, am Tage durchstreift es die Kathedrale, erleuchtet sie. Am Abend geht es im Westen unter, verlöscht, beginnt am Morgen von neuem und zeigt das Leben des Menschen an: Geburt, Leben im Lichte Gottes, Sterben, Erlösung und Auferstehung.»

Johannes ging einige Schritte weiter und beobachtete, wie sich das Spiel der Farben dadurch wandelte.

«Aber es erscheint, als ob wir Menschen wählen können, wie wir zum Licht stehen, eben durch unser Hin- und Hergehen.»

«Das ist richtig.» Alanus nickte. «Je nachdem, wo du stehst und wohin du gehst, ändert sich für dich das Licht. Das Licht selbst bleibt davon jedoch unbeeindruckt. Du kannst es nicht dazu bewegen, etwas zu tun. Du kannst nur annehmen, was es dir schenkt.

Und dankbar sein, dass es da ist. Und wenn du weitergehst, weiter zur Vierung und zum Chor, wirst du dem Licht näher kommen, es deutlicher erkennen. Denn dort ist das Licht auch intensiver. Nach und nach musst du lernen, in das Licht zu blicken.»

Johannes wollte weitergehen, doch Alanus hielt ihn auf.

«Halt, warte», sagte er. «Wir sind doch eigentlich wegen der Zahlen hier. Dreh dich noch einmal um.»

Sie wandten sich zur Pforte, durch die sie die Kathedrale soeben betreten hatten.

«Wieviele Eingänge hat die Kathedrale?»

«Drei», antwortete Johannes kurz.

«Richtig. Drei Zugänge stehen uns Menschen offen: der Weg des Vaters, der Weg des Sohnes und der Weg des Heiligen Geistes.»

Johannes schüttelte den Kopf.

«Diese Kathedrale hat drei Eingänge. Das ist offenkundig. Aber was du sagst, ist eine recht abenteuerliche Spekulation.»

«Es ist keine Spekulation. So wie nichts in dieser Kirche zufällig geschaffen wurde. Wende dich wieder um und zähle die Säulen, sowohl die auf der rechten wie die auf der linken Seite. Die mächtigen Säulen des Übergangs zur Vierung musst du mitzählen.»

Johannes ging weiter dem Licht entgegen und zählte zwölf Säulen zur Rechten und zur Linken, die das Mittelschiff von den beiden Seitenschiffen abgrenzten.

«Auch diese Zahl hat Bedeutung. Die Säulen zur Rechten symbolisieren die zwölf Apostel und zugleich die zwölf Stämme Israels, die Säulen zur Linken die großen Heiligen. Jede dieser Säulen hat einen Namen. Auch dein Name findet sich darunter. Und dort, wo Mittelschiff, Chor und Querschiffe zusammengeführt werden, im Mittelpunkt der Kathedrale, hängt das Kreuz vom Vierungsturm herab. Jesus selbst verbindet die Apostel, die Heiligen und alle anderen Menschen mit dem Göttlichen, das du im Chorraum findest.»

Sie gingen weiter, vorbei am Altar, der sich unter dem Kreuz befand, das wohl fünf Ellen darüber schwebte, und betraten den Chorraum. Dieser war vom Licht hell erleuchtet, das durch die große Fensterrose einfiel.

«Wie viele Säulen siehst du hier?», fragte Alanus.

«Wenn ich die massiven Säulen mitzähle, die Vierung und Chor verbinden, wie ich es auch im Mittelschiff getan habe, so sind es sieben auf jeder Seite.»

«Stimmt», sagte Alanus. «Sieben. Die Zahl der Schöpfung. Die göttliche Zahl. Die Zahl der Vollkommenheit. Die Zahl des neuen Jerusalem, das dereinst erstehen wird. Hier an diesem Ort ist das neue Jerusalem bereits gegenwärtig.»

Alanus blickte Johannes an.

«Verstehst du nun den Sinn der Zahlen?», fragte er.

«Ja. Für den, der sie wirklich versteht, sind sie wie Symbole, wie das Kreuz, die Rose oder der Adler. Aber ... was sind dann wir?»

Alanus musste einen Moment überlegen, um zu verstehen, was Johannes meinte.

«Wir sind die, aus denen die große Kathedrale, das ewige Jerusalem gebaut wird», sagte er. «Wir sind die Steine.»

«Die Kathedrale birgt das Geheimnis der Templer.»

Mit diesem Satz hatte Alanus seinen Schützling allein gelassen, als sie von ihrem Ausflug zum Ordenshaus zurückgekehrt waren.

Johannes war sich nicht sicher, wie ernst er diesen Satz nehmen sollte, aber nach dem, was er an diesem Morgen erfahren hatte, gab es für ihn keinen Zweifel, dass die große Kathedrale nicht nur aus Stein, sondern auch aus Zahlen erbaut worden war. Diese Zahlen waren Symbole, aber in Verbindung zueinander gestellt, ergaben sie die Gesetze der Welt.

Die folgenden Tage waren wieder ganz von jenem Rhythmus

geprägt, den der Wechsel von Gebet und Arbeit dem Mönch auferlegte. Seit dem Besuch der Kathedrale schienen Johannes die Gesänge und die Kontemplation während der Stundengebete wirkmächtiger geworden zu sein. Die Arbeit im Scriptorium blieb nach wie vor eine wenig erbauliche Tätigkeit, aber er nahm sie als seine Pflicht an, getreu dem Eid, den er abgelegt hatte. An Tagen wie diesen, an denen die Hitze des Hochsommers erbarmungslos auf Tiere und Menschen niederging und selbst die Steine der Gasse nahezu unbegehbar heiß werden ließ, war der Aufenthalt im kühlen Raum zudem sehr angenehm. Dennoch wurde Johannes mit jedem Schriftstück an die geheime Welt der Zahlen erinnert. Das Wissen darum, dass es hier etwas zu entdecken gab, das vielleicht alle Fragen und alle Geheimnisse auflösen konnte, faszinierte ihn zutiefst und ließ ihm keine Ruhe mehr.

Eine Woche nach dem Besuch der Kathedrale trat der Ordensmeister nach der Vesper auf Johannes zu und bat ihn zu bleiben. Der war überrascht und zugleich beunruhigt, denn es geschah nicht oft, dass der Rhythmus des Tages für Gespräche unterbrochen wurde. Gemeinsam warteten sie, bis die Brüder den Speisesaal verlassen hatten.

«Ich habe von deinem Interesse für die Zahlen gehört», begann Anselmus. «Eigentlich solltest du etwas später mit deren Studium beginnen, aber Alanus sagte mir, dass es dich nach dem Wissen verlangt, und so soll es dir nicht vorenthalten werden.»

Johannes hatte überrascht aufgeblickt.

«Von morgen an sollst du für jeweils zwei Stunden das Ordenshaus der Augustiner besuchen», fuhr Anselmus fort. «Zwischen Terz und Sext wird man dich dort erwarten und die Fächer des Quadriviums, Musik, Astronomie, Arithmetik und Geometrie, lehren. Dort findest du auch eine Bibliothek, in der du deine Studien vertiefen kannst.»

Johannes nickte.

«Aber nutze die Zeit gut. Nur wenige unseres Ordens dürfen diesen Weg gehen.»

Johannes kniete vor dem Ordensmeister nieder und küsste den Ring, wie es die Regel des Ordens als Ehrenbezeugung vorsah.

Anselmus hieß den jungen Mönch aufstehen und hatte sich schon zur Tür gewandt, als Johannes langsam zu sprechen begann.

«Meister», sagte er, «werde ich in den Zahlen die großen Wahrheiten finden?»

Anselmus blickte ihn erstaunt an. Er überlegte einen Augenblick, bevor er antwortete.

«Es wird der Tag kommen», sagte er, «an dem ich dich frage, ob du die großen Wahrheiten gefunden hast.»

Wohlwollend blickte er Johannes an. Dann wandte er sich zur Tür.

Am folgenden Tag machte sich Johannes sehr früh mit seinem Bogen auf den Weg zum großen freien Platz hinter dem Bischofspalast. Als er die äußere Mauer der Stadt erreicht hatte, blickte er von dort hinab auf das weite Tal. Die Sonne stand noch sehr tief, so dass sich ein zerbrechliches Orangerot über das Land gelegt hatte, das alles Leben in einen versöhnlichen Gleichklang tauchte und zugleich alle Kontraste eindrücklich hervorscheinen ließ. Die Sicht war so klar, dass Johannes über die Stadtmauer hinweg in weiter Ferne die Ausläufer eines Waldes erkennen konnte.

Er erreichte den Sandplatz, wählte einen der Bäume als Ziel und begann seine Übung. Zunächst setzte er sich auf den Boden und versuchte, alle Gedanken und Empfindungen, alle Erinnerungen und inneren Stimmen zum Schweigen zu bringen. Nach einer Weile erhob er sich und ergriff den Bogen.

Der Bewegungsablauf des Spannens, die willenlose Konzentration und das selbstvergessene Lösen der Sehne gelangen auch an diesem Tag. Dabei wäre es ihm nicht wichtig gewesen, das Ziel genau zu treffen, doch war dies ein Beweis dafür, dass jene neuen Dinge, die seinen Geist einnahmen, die erworbene Kunstfertigkeit nicht minderten.

Auf dem Weg zurück dachte Johannes über die Kunst der Zahlen nach, die mit der Kunst des Bogenschießens so gar nichts gemeinsam zu haben schien. Im Gegensatz zum Loslassen ging es hier ja gerade um die bewusste, zielgerichtete Inbesitznahme durch den Verstand. Doch war es nicht auch eben jene Kunst des Verstandes gewesen, die er beim Studium der Schriften immer wieder geübt hatte? Auch dort folgte oftmals das eine aus dem anderen, und es gab eine letzte Ebene, die nur mit der Intuition zu erfassen war. So schien es auch mit den Zahlen und ihrer Symbolik zu sein. Je mehr Johannes über all das nachdachte, desto erwartungsvoller sah er dem Vormittag entgegen.

Nach der Terz gingen Johannes und Alanus die wenigen Schritte zum Haus 44, das sich direkt gegenüber dem Ordensgebäude der Templer befand. Ein Mönch in weißer Kutte begrüßte die beiden. Sein Name war Benedictus, und bald stellte sich heraus, dass er Abt eben jenes Klosters war, vor dessen Mauern Johannes am Tag nach seiner Ankunft das Bogenschießen geübt hatte.

«Wir haben Eure Kunst mit großem Interesse beobachtet. Ihr seid ein Meister des Bogens», sagte Benedictus zu Johannes. «Nur war das Interesse meiner Mönche so groß, dass ich etwas Schwierigkeiten hatte, sie wieder zu Stille und Kontemplation zu führen.»

Johannes entschuldigte sich für den Vorfall, doch Benediktus bat ihn, die Sache nicht weiter wichtig zu nehmen.

«Umso mehr freut es mich, Euch helfen zu können, Bögen des Geistes zu spannen», sagte er. «Bruder Anselmus hat mir von Eurem Interesse berichtet. Gern dürft Ihr unsere Bibliothek benutzen. Folgt mir!»

Benedictus führte die beiden Templer in einen großen Raum, in dem viele hundert Bücher gesammelt waren. Regale befanden sich nicht nur an den Wänden, sondern auch inmitten des Raumes, so dass sich die wenigen Lesepulte dem Blick nahezu entzogen. Über eines dieser Pulte war ein Mönch gebeugt, der sich nun den Eintretenden zuwandte und sie begrüßte. Er hieß Jorge und war für die Bibliothek verantwortlich. Benedictus wies ihn an, Johannes künftig bei seinen Studien zu unterstützen und ihn in die Systematik der Bibliothek einzuführen.

Von nun an verbrachte Johannes fast jeden Tag einige Zeit bei den Augustinern. Jorge erwies sich als sehr belesener Mann, der die Bücher ebenso wertschätzte wie der junge Templer, und so kam es, dass er Johannes nicht nur Zugang zu den Schriften verschaffte, sondern gemeinsam mit ihm den Besonderheiten der Symbolik und der Architektur nachging.

Zum großen Erstaunen Jorges fanden sie keinerlei Unterlagen über den Bau der großen Kathedrale von Laon, wohl aber einen Bericht des Abtes Suger, der einst für den Bau der Abteikirche von Saint-Denis verantwortlich gewesen war. Suger sprach von seiner Kirche als dem geistigen Bauwerk, das von den lebendigen Steinen, den Gläubigen, erbaut worden sei. Als eine Steigerung des Bundeszeltes Moses' und des Salomonischen Tempels sollte Saint-Denis auf das Himmlische Jerusalem verweisen und den Seelen für den Aufstieg aus der materiellen Welt in die geistige Welt eine angemessene Stätte der Übung geben. Erst wenn der Mensch sich Gott zuwende, bekomme sein eigener Name Bedeutung. Und so würde die Kathedrale zum irdischen Abbild des Himmlischen Jerusalem. «Wer du auch bist, der du die Herrlichkeit dieses Gebäudes rühmen willst», las Johannes bei Suger, «nicht das Gold und die Kosten bewundere, sondern die Leistung dieses Werkes! Edel erstrahlt das Werk, doch das Werk, das edel erstrahlt, soll die Herzen erhellen, so dass sie durch wahre Lichter zu dem wahren Licht gelangen, wo Christus die wahre Tür ist. Der schwerfällige Geist erhebt sich mit Hilfe des Materiellen zum Wahren, und obwohl er zuvor niedergesunken war, ersteht er neu, wenn er dieses Licht erblickt hat.»

Fast schien es Johannes, als habe er in diesen Sätzen das Geheimnis der Kathedrale bereits gefunden. Ihre Bedeutung war von Suger sehr treffend beschrieben worden. Allerdings ging er mit keinem Wort auf architektonische Besonderheiten, versteckte Symbolik und die Harmonie der Zahlen ein. Mehrere Tage suchte Johannes gemeinsam mit Jorge nach einer Schrift, die hier Aufschluss hätte geben können, doch erfolglos. Immerhin fiel ihnen ein Musterbuch in die Hände, das von einem Werkmeister mit Namen Villard de Honnecourt verfasst worden war. Er schien verschiedene Kathedralen genau gekannt zu haben und hatte alle wichtigen Bauformen abgezeichnet und gesammelt. Mehrere Tage studierten die beiden Mönche aufmerksam die vielen hundert Skizzen Villards. Am Ende war ihnen klar, welche Kunstfertigkeit, welch immenses handwerkliches Können nötig war, um all dies zu schaffen. Hinweise auf Berechnungen der Bauwerke fanden sich aber auch hier nicht.

Eines Tages sprach Johannes Alanus auf diese Beobachtung an. Der nickte nur.

«Kein Baumeister verrät die innersten Geheimnisse seiner Kunst. Dieses Wissen wird von Generation zu Generation unmittelbar weitergegeben. Du wirst es in keinem Buch finden. Vieles beruht dabei auf Erfahrung und lässt sich nicht mit geometrischen Formen oder mit Zahlenreihen darstellen.»

«Aber es muss doch möglich sein, diesem Wissen nachzuforschen», entgegnete Johannes.

Alanus überlegte.

«Ich habe dich in die Kunst der Arithmetik eingeführt. Es ist wohl an der Zeit, dich auch die Grundlagen der Geometrie, Musik und Astronomie zu lehren. Das könnte dich ein wenig weiterbringen.»

«Geometrie und Musik? Sind das nicht ganz unterschiedliche Dinge?», entgegnete Johannes nachdenklich.

«In Wahrheit nicht. Immer geht es um Harmonie. Du musst allerdings Geduld haben.» Alanus lächelte.

«Die Dinge sind sehr verwickelt.»

In den folgenden Tagen studierte Johannes im Scriptorium der Augustiner vor allem jene Künste, die Alanus ihm empfohlen hatte. Gemeinsam mit Jorge suchte er zunächst nach Schriften zur Geometrie, die zugleich einen Bezug zum Kathedralbau hatten. Doch die schien es nicht zu geben.

Jorge erinnerte sich, in Platons Dialog «Timaios» über die Bedeutung der Formen gelesen zu haben. Tatsächlich wurden sie hier fündig. Platon behauptete in dieser Schrift, dass alles, was entstehe, einen rechtmäßigen Grund und ein Prinzip habe. So seien die Zahlen und die Geometrie zugleich Ordnungsstrukturen und Entstehungsmuster. Aus ihnen konzipiere ein Baumeister sein Werk, bevor es dauerhaft umgesetzt würde.

Ebenso interessant wie Platons Worte waren die Illustrationen in diesem Band. Eine zeigte Gott als Baumeister, wie er mit dem Zirkel einen Kreis schlägt, innerhalb dessen sich Land, Wasser, Kosmos und Gestirne befanden. Jorge fühlte sich dadurch an einen Satz aus Salomos Buch der Weisheit erinnert: «Gott hat alles nach Maß, Zahl und Gewicht geordnet.»

Auch bei Augustinus fand Jorge diesen Gedanken wieder, doch handelte es sich hier wohl mehr um eine Lobpreisung. Johannes las: «Wenn jemand aus allen Künsten die Rechenkunst und die Messkunst und die Waagekunst ausscheidet, so ist es, geradeheraus gesagt, nur etwas Geringfügiges, was von einer jeden dann noch übrig bleibt. Als Schönheit von Gestalt will ich nicht das bezeichnen, was wohl die meisten glauben möchten, wie etwa die Schönheit lebender Körper oder gewisser Gemälde. Als schön bezeichne ich vielmehr etwas Gerades und

Kreisförmiges und aus diesen wiederum die Flächen und Körper, die gedreht oder durch Richtscheit und Winkelmaß bestimmt werden, denn diese sind immer und an sich schön und haben eigentümliche Lust.» Augustinus fuhr fort, indem er das gleichseitige Dreieck als schöner bezeichnete als das ungleichseitige, weil mehr Gleichheit in ihm sei. Schöner noch sei das Quadrat, in dem gleiche Winkel und gleiche Seiten gegenüberstehen. Am schönsten aber sei der Kreis, bei dem kein Winkel die kontinuierliche Gleichheit des Umrisses unterbricht.

In einem Werk des Isidor von Sevilla entdeckten Jorge und Johannes ähnliche Gedanken: Man nehme die Zahl aus allen Dingen, und alles gehe unter. Arithmetik, Musik, Geometrie und Astronomie seien Methoden, von denen Gebrauch gemacht werden solle, um das vollkommene Ebenmaß des Schöpfers in allen Dingen sichtbar werden zu lassen. In den Zahlen zeige sich der Bauplan des Universums.

All diese Schriften verwiesen auf eine Ordnung, die es zu verstehen galt, aber sie drangen nicht wirklich in diese Weisheit ein. Auch Jorge war bald der Meinung, dass nur im forschenden Umgang mit den Künsten mehr Einsicht zu erwarten sei.

Und so legte Johannes die Bücher beiseite.

Während der Stunden des Bogenschießens beobachtete er all die Besonderheiten, die ihm die Natur darbrachte, und es war ihm, als bemerke er dabei eine andere Schönheit als die, von der Platon und Augustinus sprachen. Gerade die Erfahrung, dass kein Baum wie der andere ist, schien ihm wesentlich. Das Außergewöhnliche, das Einzigartige verlieh allem Lebenden Schönheit und Sein. Dies erlebte er auch, wenn er mit dem Bogen unterwegs war: Jeder Schuss, so sehr er sich auch nach der immer gleichen Ordnung vollzog, war etwas, das so nicht ein zweites Mal geschehen würde. Dennoch konnte man jeden Schuss eines Meisters als vollkommen und schön bezeichnen. Johannes beschloss, künftig weniger in den Büchern zu suchen und stattdessen die Dinge eigenständig zu betrachten und zu erkunden.

So nahm er sich vor, von nun an jede Gelegenheiten zu nutzen, das Scriptorium zu verlassen, um die Natur zu beobachten, in aller Ruhe die Kathedrale zu erforschen oder einfach in die Stadt hinauszugehen, um das Leben der Menschen näher kennenzulernen.

Tatsächlich gab es vieles, was außerhalb des Ordenshauses besorgt werden musste. Es war Johannes schon seit einiger Zeit aufgefallen, dass seine Schuhe nur noch notdürftig zusammenhielten. Dies kam ihm nun sehr gelegen.

So machte er sich nach dem Stundengebet der Terz auf den Weg zum Markt. Als er auf die Gasse hinaustrat, traf ihn das grelle Licht der Sonne. Es gab keinen Schatten, denn der Weg führte geradewegs Richtung Westen. Erst als er den Markt erreichte, konnte Johannes Schutz suchen. Bislang hatte er keine Veranlassung gehabt, länger an diesem Ort zu verweilen. Das sollte heute anders sein.

Der Marktplatz war von zweistöckigen Steinhäusern gesäumt, die offenbar wohlhabenden Händlern und Handwerken gehörten. Auf dem Platz hatte man Stände aufgebaut, die mit Zeltdächern vor Sonne und Regen geschützt wurden. Die Menschen, die zum Handeln oder einfach nur zum Schauen hierher gekommen waren, drängten sich von Stand zu Stand vorwärts. Johannes meinte, noch nie so viele Menschen auf so engem Raum gesehen zu haben. Mitunter blieb es nicht aus, dass der eine den anderen anrempelte, doch schien das niemanden ernstlich zu stören. Johannes erlebte, dass es gar nicht so einfach war, vor einem der Stände Halt zu machen, denn wer nicht hartnäckig blieb, wurde unweigerlich von der Menge weitergeschoben. Auch auf Mönche nahm man dabei keinerlei Rücksicht.

Johannes erkannte bald, dass die Handwerker nicht nur auf dem Marktplatz zu finden waren, sondern auch in den unmittelbar angrenzenden Gassen. In eine solche wurde er abgedrängt und fand dort mehrere Werkstätten, die unterschiedlichste Töpfe, Teller und Krüge anboten. Hier wurde Johannes von einem der Händler angesprochen, dem die Aufmerksamkeit des jungen Templers nicht entgangen war, dem aber auch bald klar wurde, dass er an diesem Kunden nichts verdienen konnte. Hinzu kam, dass sich Johannes mit der ihm fremden Sprache immer noch schwer tat. Er lobte die Vielfalt und Güte der Töpferwaren und war ein guter Zuhörer, als der Händler über das Geschäft, den Markt und die täglichen Sorgen erzählte. Nebenbei erfuhr er, dass sich auch die Zunft der Schuhmacher in einer der Seitengassen befand. Er verabschiedete sich höflich und begab sich wieder zum Markt.

Nach einigem Gedränge und manchem Umweg fand er die Gasse der Schuhmacher. Doch war er sich nun ganz unschlüssig, was zu tun sei, denn unter den vielen Handwerkern dieser Zunft kannte er niemanden. Zwar hatte er Alanus gefragt, aber auch der war um Rat verlegen, hatte nicht einmal gewusst, wo man Schuster finden könnte. Rechts und links der Gasse bemerkte Johannes kleine, einfache Lehmhäuser mit Fenstern, die als Verkaufstresen genutzt wurden. Hier sah er neue Schuhe, aber auch ältere, die wohl noch repariert werden mussten. Die Schuster hatten ihre Werkstätten offenbar im Innern der Häuser, denn von dort war immer wieder Hämmern zu hören.

Etwas ließ Johannes zur Seite blicken. Er bemerkte eine junge Frau, die ihn aufmerksam beobachtete. Das hatte sie wohl schon eine Weile getan, denn sie lächelte ihn auf eine Weise an, wie es Kinder tun, die bei etwas Unerlaubtem entdeckt werden. Johannes blieb gar nichts übrig, als ebenfalls zu lächeln, denn er fühlte sich in seiner Unbeholfenheit erkannt. Die junge Frau, die ihn über die Brüstung ihres Ladens gelehnt beobachtete, mochte etwa in seinem Alter sein. Sie trug ein dunkelrotes Kleid, hatte ihr schwarzes Haar kunstvoll in einem Tuch zusammengebunden, aus dem einzelne Strähnen und Locken herabfielen. Fast war es ihm, als wäre sie ihm schon einmal begegnet. Johannes erinnerte sich an das Bildnis der Maria Magdalena, das er im Dom zu Minden gesehen hatte.

«Was sucht Ihr hier, junger Mönch?», fragte die Frau.

Johannes bemerkte ihre hellblauen, äußerst lebendigen Augen und ihre ebenmäßigen Gesichtszüge. Sie hatte nicht die geringste Scheu, ihn von oben bis unten genauestens zu mustern, tat dies aber auf eine Weise, die nicht verletzend war, sondern eher von einer fast kindlichen Neugier geleitet schien.

«Diese Schuhe», begann Johannes zögernd, «sie fallen fast auseinander. Könnt Ihr sie reparieren?»

Die junge Frau nahm sie entgegen, legte sie auf den Tresen, drehte sie hin und her, betrachtete die Sohle, blickte Johannes an, wandte sich wieder ab, prüfte die Festigkeit des Leders und sah erneut auf.

«Ihr beherrscht unsere Sprache schon ganz gut», sagte sie. «Aber Ihr müsst von sehr weit her gekommen sein.»

Erneut blickte sie prüfend auf die Schuhe vor sich.

«Eigentlich solltet Ihr neue kaufen», fuhr sie fort, überlegte kurz, schien dann aber doch ihre Meinung zu ändern.

«Gebt mir zwei Tage. Dann habe ich sie wohl fertig.»

«Das ist gut», sagte Johannes. Er blieb zunächst stehen, sah sie an und wusste in seiner Unbeholfenheit nichts anderes, als ihr zuzunicken und dann davonzugehen.

Nach wenigen Metern wandte er sich um.

«Werdet Ihr in zwei Tagen hier sein?», fragte er.

Die junge Frau betrachtete ihn noch immer neugierig und amüsiert zugleich.

«Aber ja», sagte sie und strich sich eine der Strähnen zur Seite, die ihr über die Augen gefallen war.

«Sollte ich nicht im Haus sein, fragt nach mir. Mein Name ist Marie.»

Non

Johannes sitzt im Kreuzgang, dort, wo er gewöhnlich Platz findet, wenn er Stille sucht, unterhalb des steingewordenen Adlers, der ein Junges in seinen Klauen führt. Die Kopfschmerzen und das Fieber sind wieder stärker geworden. Deshalb hat er den Prior gebeten, auch in dieser Stunde die Gesänge und Gebete zu leiten. Ein Blick zum Innenhof macht ihm bewusst, dass die Sonne nun am späten Nachmittag wieder tiefer steht. Die Schatten werden länger. Das Licht nimmt ab. Der Tag wird vergehen.

Und so gedenken die Mönche in dieser Stunde des Todes Jesu und des eigenen Todes. Die Frühe des Tages war geprägt von der Kraft des Aufbruchs. Nun begegnen die Mönche der Einsicht, dass nichts im Menschenleben ewig währt. Der Tag neigt sich dem Ende zu, heißt es im Hymnus zur Stunde der Non. Die Zeit schwindet dahin. Alles vergeht. Die Botschaft der Non ist, dass Tod und Vergänglichkeit untrennbar mit dem Leben verbunden sind. Nach dem Gottesdienst werden die Mönche ebenfalls in den Kreuzgang kommen, ihren Platz aufsuchen und in schweigendem Gebet versinken. Sie werden allein sein.

Johannes erinnert sich, dass er vor einigen Jahren eine Sprachwendung entdeckt hat. In der Kontemplation ist der Mönch allein, er ist All-ein. In der Einsamkeit vergegenwärtigt sich der Mönch das Alleinsein mit dem Tod, er ist konfrontiert mit dem All-Einen. In dieser Stunde bittet er um ein friedvolles, gesegnetes, würdevolles Sterben. Er wünscht sich, dass der Tod das Leben ganz macht, das Erlebte abrundet und schließt, mehr als bloße Auflösung sein wird. Vor vielen Jahren, am Beginn seiner Einweihungen, hat Jacques ihm nahegelegt, sich den Tod zum Berater zu machen. Dankbar erinnert sich Johannes daran zurück, auch und gerade in diesem Augenblick, wo die Schatten länger werden. Er hat gelernt, sich dem Augenblick hinzugeben, immer mehr, immer bewusster – vielleicht die einzige Weise, dankbar und umsichtig mit dem Leben umzugehen. Mit dem Tod Aug in Aug zu leben bedeutet, sich dem Leben zu öffnen. Je wacher und intensiver wir leben, desto leichter fällt es uns, loszulassen. Unsere Angst vor dem Tod ist dann am größten, wenn wir nicht im Augenblick leben. Davon ist Johannes überzeugt.

Die Mönche kommen nacheinander in den Kreuzgang zurück, unterbrechen seine Erinnerung. In der Klosterkirche haben sie zu Gott gebetet, er möge sein Licht und seine Kraft auch in die Stunden des Schattens aussenden. Ihre Gesänge – Hymnus, Antiphon, Responsorium – haben in ununterbrochenem rhythmischem und melodischem Wechsel die Zeitlosigkeit hörbar werden lassen. Nun gehen die Mönche hinaus, um zu schweigen, jene innere Stille zu hören, deren Klang niemals aufhört. Sie gehen hinaus, um allein zu sein, sich dem All-Einen zu öffnen, sich der Vergänglichkeit ihres Daseins zu stellen. Johannes schließt die Augen und horcht...

6. Kapitel

Unsanft wurde Johannes die Decke weggezogen. Er öffnete mühsam die Augen. Dabei war ihm, als habe er sich gerade erst zur Ruhe gelegt. Die Stunde der Vigil konnte noch nicht gekommen sein.

Er blickte den Mönch an, der ihn soeben aus dem Schlaf geholt hatte. Der drängte erneut zur Eile. Johannes erhob sich langsam, blieb einen Moment auf der Bettkante sitzen, um halbwegs zu sich zu kommen, und folgte dann seinem Begleiter die Treppenstufen hinab in den Eingangsflur des Hauses und in den Speisesaal.

Dort sollte er bleiben und warten.

Johannes war noch zu benommen, um über den Grund der nächtlichen Störung nachdenken zu können. All das schien ihm aber nicht beunruhigend zu sein. Erinnerungen taten sich auf: kurze Momente auf der Reise mit Jacques, als er im Zustand zwischen Schlafen und Wachen unmittelbar erspürt hatte, wenn er sich in einer gefährlichen Situation befand. Das Wissen um diese Gabe vermochte Johannes Vertrauen und Geduld zu verleihen. Auch jetzt, im Speisesaal des Ordenshauses, inmitten der Nacht, spürte er, dass es keinen Grund zur Sorge gab.

Bald wurden zwei Mönche hereingeführt, die sich schweigend neben ihn setzten. Johannes spürte ihre Unruhe.

Dann betrat der Abt den Raum.

«Heute ist eine besondere Nacht», begann er, nachdem er ebenfalls am Tisch Platz genommen hatte. «Ihr seid auserwählt, eine weitere Einweihung zu erfahren.» Er hielt kurz inne. «Nur zu besonderen Anlässen feiern wir die Stunde der Vigil. Sie ist das erste Stundengebet des neuen Tages. Es ist die Zeit des Nachthimmels und der Dunkelheit. Die Nacht ist ein unergründliches Mysterium, in das wir alle eingebunden sind, das göttliche Rätsel. Es ist die Zeit der Einweihung.»
Der Abt erhob sich.
«Folgt mir!»
Gemeinsam verließen sie den Speisesaal und traten hinaus in den Garten. Der Himmel war sternenklar und die Luft kurz nach Mitternacht angenehm kühl. Als sie die Kapelle der Templer erreicht hatten, blieb Johannes vor dem Eingang stehen und schaute hinauf zum Giebel, auf dem die beiden steinernen Katzen verspielt Wache hielten. Dann blickte er zu den Gestirnen, fand am Südhimmel den Mars, verlor sich einen Moment im Anblick dieser unbegreiflichen Unendlichkeit, bis der Abt ihn unterbrach und zum Weitergehen aufforderte.

Die Kapelle war schwach erleuchtet. Sieben Mönche standen zwischen den Säulen und bildeten einen Kreis, durch den Johannes und seine beiden Begleiter geführt wurden, bevor der Abt sie aufforderte, niederzuknien und sich auf den Boden zu legen. Er selbst trat unmittelbar vor den Chorraum und begann zu sprechen.

«Brüder des inneren Kreises. Die Dunkelheit hüllt uns ein. Dämonen lauern uns auf. Dürfen wir hoffen? Bleibt mehr von uns als das Nichts? Ist dieser neue Tag geheiligt? Der Nachtwind ist die Stimme der Vigil. Er fordert uns auf, neu anzufangen. Die Vigil ist das Symbol des Erwachens. Aus der Welt des Schlafes, des Traumes führt sie in eine neue Wirklichkeit. Es gibt noch einen Neuanfang, einen neuen Tag.»

Die Mönche intonierten das große Kyrie. Am Boden liegend, unfähig, um sich zu blicken, nahm Johannes nichts als den Klang dieser Worte wahr, die die Kapelle erfüllten und von ihr in vielfältiger Weise zurückgeworfen wurden.

Nachdem das Kyrie verklungen war, begann der Abt erneut zu sprechen:

«Die Vigil ist Zeitlosigkeit. Weil so viel Verwirrung und Ruhelosigkeit in uns ist, mahnt sie zum Zuhören. Der Nachtwind ist Musik, der Klang der Welt. Die Vigil setzt einen Neubeginn, so wie Johannes es in der Offenbarung schreibt: ‹Siehe, ich mache alles neu.›»

Johannes hörte den eigenen Namen. Das ließ ihn aufmerken.

Dann erfüllte erneut der Gesang die Stille der Kirche.

Johannes konnte nicht sagen, wie oft er die Vigil gefeiert hatte, Tag für Tag, Jahr um Jahr. Wieviel Vertrauen in diesem Stundengebet lag. Konnte man einem Neuanfang so sehr vertrauen? Gehörte zum Neuanfang nicht immer auch der Schmerz? Die Angst? Der Zweifel? Aber was würde bleiben, wenn nicht das Hoffen?

Nachdem die letzten Worte der Lesung verklungen waren, forderte der Abt die drei Brüder auf, sich vom Boden zu erheben und ihm in den Chorraum zu folgen.

Johannes bemerkte erst jetzt, dass auch hier Kerzen aufgestellt worden waren. Zum ersten Mal sah er den Altar, der sich an der östlichen Wand des kleinen, rechteckigen Raumes befand. Der Abt blieb zwei Schritte davor stehen, drehte sich um und forderte die drei erneut auf niederzuknien.

«Wenn wir zusammenkommen», sprach er, «um zu Gott zu beten, muss uns deutlich sein, dass wir die Mauern unserer Kirche haben, um an ihnen zu wachsen. Die Mauern unserer Kirche haben als Fundament Christus. Auf diesem Fundament sind fest gefügt die Apostel und all jene, die durch sie geglaubt haben sowie glauben werden. Wir fügen am heutigen Tage diese Mauern zusammen, die immer weiter gebaut werden bis an das Ende der Welt. Ein jeder der Heiligen, der von Gott für ein ewiges Leben bestimmt wurde, ist ein Stein dieser Mauer. Ein Stein wird auf den Stein gelegt, wenn die Lehrer des Ordens Jüngere zu eigenem Studium heranziehen, zum Lehren, zum Verbessern und zum Festigen der heiligen Kirche. Ein jeder hat unter sich einen Stein, der eine brüderliche Last trägt. Die größeren Steine, sowohl die geglätteten wie die Quader, die als Außenschale auf beiden Seiten vorgesetzt werden, sind die vollkommenen Männer, die die schwächeren Brüder durch ihre Ermahnungen und Gebete bewahren. Die Festigkeit der Mauer kann ohne Mörtel nicht sein. Mörtel besteht aus Kalk, Sand und Wasser. Der siedende Kalk ist die Liebe, die sich mit dem Sand verbindet. Damit aber Kalk und Sand tauglich für den Bau der Mauer sind, werden sie durch die Beimengung von Wasser verbunden. Das Wasser ist der Heilige Geist. Denn so, wie ohne Mörtel die Steine der Mauer nicht fest miteinander verbunden werden können, so können wir Menschen nicht zum Gebäude des himmlischen Jerusalem verbunden werden ohne Liebe, die der Heilige Geist erwirkt.»

Der Abt schwieg für einen Augenblick.

«Es ist an euch, das letzte Geheimnis zu finden. Gehet als Suchende in die große Kathedrale und verlasst sie als Wissende. Alles was ihr je gesucht habt und je wissen könnt, findet ihr dort.»

Der Abt forderte die drei Mönche auf, sich zu erheben.

«Stehet auf und macht euch ein letztes Mal auf die Suche!»

Gemeinsam verließen sie den Chorraum. Die Brüder des inneren Kreises ließen das Benedicamus erklingen. Der Abt wartete, bis die Mönche den Gesang beendet hatten, hob seine Arme, öffnete sie gen Himmel und erteilte den Segen.

Johannes spürte, dass er zu lange geschlafen hatte. Zugleich wirkte in ihm die Erinnerung an einen Traum dieser Nacht: Ziellos war er über den Markt gegangen, unwissend, was er hier tun sollte. Dann hatte er an einem der Stände Marie bemerkt. Sie lächelte ihm freundlich zu. Eine ganze Weile war er von ihrem Anblick gefesselt gewesen, von der Leichtigkeit und Natürlichkeit ihrer Gesten und Bewegungen, von der selbstverständlichen Freundlichkeit, mit der sie den Kunden begegnete und dennoch immer wieder zu ihm hinübersah, so als sei ihre ganze Aufmerksamkeit und Zuneigung doch nur ihm gewidmet. Plötzlich hatte er etwas hinter sich verspürt, das bedrohlich sein musste. Doch er war unfähig gewesen, sich umzudrehen und sich diesem Bedrohlichen Auge in Auge zu stellen.

Es war Alanus, der ihn vorsichtig weckte.

«Zur Laudes und zur Prim haben wir dich schlafen lassen», sagte er vorsichtig. «Aber jetzt solltest du aufstehen. Ich brauche dich im Scriptorium.»

Alanus wartete, bis Johannes zu sich gekommen war. Dann gingen beide hinab in den Speisesaal, wo die Brüder Essen zurückgestellt hatten. Heute war es ein einfacher Hirsebrei. Alanus goss Johannes Wasser in den Tonbecher und leistete ihm während der Mahlzeit schweigend Gesellschaft. Erst im Scriptorium sprach er ihn wieder an.

«Hast du schlecht geschlafen?», wollte er wissen.

«Nur ein Traum», antwortete Johannes.

Alanus schwieg einen Moment.

«Hatte es etwas mit der Einweihung zu tun?», fragte er.

Johannes schüttelte den Kopf.

«Die Einweihungszeremonien unseres Ordens erfassen den Menschen in seinem ganzen Wesen», sagte Alanus. «Sie sind machtvoll und bewirken, dass alles, was ungelöst in uns geblieben ist, hervortreten kann.»

«Hast du diese letzte Einweihung auch erhalten?»
«Ja. Das war vor zwei Jahren.»
«Und? Hast du sie verstanden?»
Alanus lächelte.
«Du möchtest wissen, ob ich das Geheimnis der Templer entdeckt habe?»
Johannes nickte.
«Dieses Geheimnis erfährt jeder von uns auf ganz eigene Weise. Selbst wenn es mir bekannt wäre, könnte ich es dir nicht mitteilen.»
«Warum?»
«Es ist eine Sache des eigenen Erfahrens, der eigenen Einsicht», fuhr Alanus fort. «Du musst dieses Geheimnis im Innersten erspüren. Der Abt hat dich gestern erneut ausgesandt. Er hat dich in deiner Suche bestätigt und dir einige wenige Hinweise gegeben, die dir auf deiner letzten Etappe hilfreich sein können. Nun wirst du dich auf den Weg machen. Es ist der Weg zum letzten Geheimnis, jenem Geheimnis, das nur wir Templer bewahren. Du bist längst auf diesem Weg gegangen. Jetzt beginnt die letzte Einweihung. Und niemand kann dir sagen, wie lange sie dauern wird und ob du jemals ankommst. Es liegt an dir, aber es liegt nicht nur an dir. Es ist wie das Geheimnis des Lebens. Etwas, das du erreichen musst. Du bist der Pfeil, der den Bogen verlassen hat, um sein Ziel zu finden. Unser ganzes Leben lang sind wir dieser Pfeil.»
Er blickte ihn an.
«Nur du selbst kannst das Rätsel lösen. Sicher wird der Abt dir weiterhin zur Seite stehen. Aber auch er kann dich nur immer wieder auf deinen Weg zurückführen, dich bestärken. Deine Fragen wird er nicht beantworten können.»
«Und wenn ich das Geheimnis gefunden habe, wenn ich es ihm mitteile, wie wird er dann reagieren?»
«Er wird sofort bemerken, dass es geschehen ist.»

Alanus überlegte einen Augenblick.
«Vielleicht wird er lächeln», sagte er und lächelte.

Johannes hatte an diesem Tag im Scriptorium gearbeitet. Die Zahl der Kontrakte schien nie kleiner zu werden. Da boten die Stundengebete eine willkommene Unterbrechung. Sie gaben die Möglichkeit, den Geist und die Sinne zu sammeln.
Nach der Sext hatte Johannes etwas Zeit, und er beschloss, den Bogen zu nehmen und auf dem Platz hinter dem Bischofspalast seine Übungen fortzusetzen. Gerade wollte er das kleine Zimmer verlassen, da fiel sein Blick auf das Schwert, das ihn auf seiner langen Reise immer begleitet hatte und nun eingehüllt in einer Decke neben dem Bett lag. Wie ungewöhnlich war es doch, gerade den Weg des Bogens zu gehen. In Loccum hatte er ein Schwert erhalten, und er war in die Welt gezogen, erfüllt von dem Gedanken, sich dieses kostbaren Geschenks würdig zu erweisen. Doch alles war anders gekommen. Das Kriegshandwerk der Schwertführung hatte er nicht erlernt. Stattdessen eine Kunst, die in seiner Heimat nahezu unbekannt war und die dort wohl niemand meisterlich beherrsche. Überhaupt schienen die Erfahrungen der letzten Monate darauf hinzudeuten, dass alles Üben und alle Vorbereitung auf seltsame Weise das verfehlten, was die Zukunft forderte. Immer dann, wenn er sich erwartungsvoll auf den Weg begeben hatte, war es anders gekommen, als er es sich vorgestellt hatte. Es erschien ihm nun geradezu, als wäre jede Vorbereitung, jedes vorausblickende Sinnen, notwendig falsch gewesen oder doch zumindest voreilig. Dieser seltsame Gedanke beschäftigte ihn noch, als er sich längst auf den Gassen Laons befand. Es beruhigte ihn allerdings die Erfahrung, dass all die unerwarteten Wendungen ihn doch so weit gebracht hatten, dass er sich offenbar auf der letzten Etappe seiner Suche und seiner Ausbildung befand. Zugleich schien es ihm wahrscheinlich, dass er sich auf dieser

letzten Etappe noch einmal verwandeln musste. Es gab nichts Festes, keine Heimat.

Die Schüsse mit dem Bogen gelangen vorzüglich. Wenn nichts sicher ist, dachte er, als er sich auf dem Rückweg befand, bleibt dieses Sich-Sammeln des Bogenschützen auf eine einfache, gleichmäßige Bewegung und auf die Welt.

Johannes erreichte die Kathedrale und beschloss, dort einen Augenblick zu verweilen. Er bemerkte die verwunderten Blicke der Menschen nicht, die einen Mönchsritter in Bewaffnung die Kathedrale betreten sahen.

Am späten Nachmittag stand die Sonne weit im Westen. Die Kathedrale war vom Eingang her erleuchtet, und so erblickte Johannes Vierung und Chorraum in klaren Umrissen. Dies kam ihm sehr entgegen, denn er wollte sich heute nicht der Faszination des Lichtes hingeben, sondern die Steine sehen, von denen der Abt gesprochen hatte. Nicht im Licht, sondern in den Steinen sollte das Geheimnis zu finden sein. Johannes war sich noch immer völlig unschlüssig, wo er die Suche beginnen konnte. Er wusste durch Alanus von der Bedeutung der Zahlen, die überall in der Kathedrale auffindbar waren und diesen Ort bedeutungsvoll machten. Doch schien das bloße Wissen um deren Bedeutung nicht auszureichen, um zu verstehen. Johannes spürte, dass er etwas übersehen oder noch nicht gesehen hatte, etwas, das nicht sofort zu erkennen war, aber doch so erkennbar in diesem Raum vorhanden sein musste, dass es sich dem wissenden Blick offenbaren konnte.

Er schritt langsam durch das Hauptschiff, betrachtete die Säulen, die Fassaden, die sich rechts und links erhoben, und ließ für einen Moment den Gedanken in sich wirken, dass jeder Stein ein Teil dieses mächtigen Bauwerkes war, dass jeder Stein nötig war, um das Gebäude aufrecht erstehen zu lassen. Vielleicht lag hier der Schlüssel zum Geheimnis. Johannes nahm sich vor, von nun an die Steine zu betrachten.

Als sich die Mönche am späten Abend zur Komplet versammelt hatten, wandte Johannes seine Aufmerksamkeit von den Gebeten und Gesängen ab und richtete sie ganz auf die äußerliche Beschaffenheit der kleinen Kapelle. Auch hier waren es die Steine, die das Gebäude trugen. Auch hier waren es die Säulen, die in ihrer Zahl auf die Vollkommenheit der Schöpfung deuteten. Auch hier gab es den Chorraum, der für das künftige Jerusalem stand, an dem sie alle bauten, dessen Steine sie waren. Und dennoch hatte der Abt nicht von diesem Raum gesprochen, sondern ausdrücklich von der Kathedrale. Vielleicht hatte er damit nicht nur die Kathedrale von Laon gemeint. Vielleicht war dieses Geheimnis in jeder Kathedrale zu finden. Aber nicht in dieser kleinen Kapelle, die allein dem Orden gehörte. Die Templer versteckten ihr Geheimnis so, dass es bei ihnen selbst niemand entdecken konnte. Das erschien auf den ersten Blick seltsam, bei näherem Nachdenken aber sehr klug.

Johannes hörte wieder auf die Gesänge der Komplet. Diese Stunde symbolisierte den Übergang von der Nachtwache in den Schlaf. Sie verband das Ende des Tages mit dem Ende des Lebens. Die Komplet machte deutlich, dass das Leben und der einzelne Tag einen verwandten Rhythmus hatten. Zugleich wusste Johannes, dass die Komplet für die Mönche mit dem endgültigen Übergang in die Dunkelheit verbunden war. Er kannte dieses Gefühl der Unsicherheit und Angst seit seiner Kindheit. Eine Angst, die bis in die entferntesten Winkel der Seele gelangte. So baten die Mönche zu dieser Stunde in ihren Gesängen und Gebeten um Vergebung. Sie baten Gott um Schutz und Geborgenheit, darum, dass er sie nicht ins Chaos, nicht ins Nichts fallen lassen werde. Der Ungewissheit der Nacht, der Ungewissheit angesichts des unausweichlichen Todes stellten sie ihr Vertrauen entgegen. Die Hymne der Komplet brachte beides zum Ausdruck: Angst und Vertrauen. Am Ende des Gottesdienstes sangen die Mönche gemeinsam das Salve Regina. Sie erbaten einen ruhigen Schlaf und gute Träume, wohlwissend, dass vieles davon abhängen würde, wie sie einschliefen, und sie hatten sich den ganzen Tag auf diesen Übergang vorbereitet, hatten alles getan, um reinen, kindlichen Geistes zu sein.

Dann war Schweigen. Doch die Worte, die Klänge des Tages reichten in die Dunkelheit und das Schweigen hinein. Die Stille ließ den Raum hörbar werden.

Am nächsten Morgen machte sich Johannes auf den Weg zum Markt. Wie schon zwei Tage zuvor tauchte er ein in das Gedränge der vielen hundert Menschen. Heute waren Gaukler gekommen, die einen großen Braunbären mitgebracht hatten. Gebannt beobachteten die Menschen das Tier, das sie wohl nur aus abenteuerlichen Erzählungen kannten und heute vielleicht zum ersten Mal mit eigenen Augen erblickten. Johannes ließ sich nicht lange davon gefangen nehmen. Diesmal kannte er sein Ziel und fand die Gasse der Schuhmacher schnell wieder. Auch hier herrschte geschäftiges Treiben. An den Tresen der verschiedenen Werkstätten unterhielten sich Menschen, prüften die Ware, feilschten um den Preis oder standen einfach nur herum. Johannes erblickte Marie, die ebenfalls in ein Gespräch vertieft war. Er blieb stehen und wartete, bis die Unterhaltung beendet war. Marie hatte ihn schon entdeckt und winkte ihm zu. Auch heute trug sie das rote Kleid und ein schwarzes Tuch, das ihr Haar bedeckte.

«Guten Morgen, junger Mönch», begrüßte sie ihn. «Ihr kommt sehr früh.»

Sie blickte nach hinten in ihre Werkstatt.

«Aber es sieht gut aus.»

Für einen Moment verschwand sie, um kurze Zeit später mit den Schuhen in der Hand zurückzukehren.

«Schaut her, ob er Euch gefällt.»

Sie klappte einen Teil des Tresens zur Seite, trat heraus und hielt ihm einen Schuh entgegen, damit er ihre Arbeit prüfen konnte. Johannes erkannte ihn wieder und bemerkte sogleich, dass die alte, völlig verschlissene Ledersohle durch eine neue ersetzt worden war. Er bog die Sohle ein wenig hin und her und konnte sich davon überzeugen, dass das neue Material kräftig und zugleich sehr biegsam war.

«Was ist das?», fragte er.

«Ein Geheimnis», antwortete Marie und lächelte.

Johannes blickte sie überrascht an.

«Wenn wir die kleinen Geheimnisse unserer Kunst verraten würden», sagte sie, «dann könnte bald jeder in der Stadt solche Schuhe herstellen. Es ist ein besonderes Leder, das wir auf eine Weise behandeln, die von Generation zu Generation weitergegeben wird.»

«Ihr vermögt kleine Wunder zu vollbringen», sagte Johannes, der sich die Nähte betrachtete und nicht so recht verstehen konnte, warum sie oberhalb der Sohle sichtbar waren, unterhalb jedoch nicht.

«Es freut mich, das von Euch zu hören. Schließlich kennt Ihr Euch als Mönch mit Wundern aus.»

Johannes blickte auf und wollte etwas entgegnen, aber Marie kam ihm zuvor.

«Wenn Ihr Euch für diese kleinen Wunder interessiert, dürft Ihr gern einmal in die Werkstatt schauen.»

«Das ist sehr freundlich von Euch. Aber ich störe dort sicher nur.»

«Nein. Kommt.»

Sie wandte sich um und verschwand hinter dem Tresen. Dann kam sie noch einmal zurück und winkte ihm. Johannes legte den Schuh beiseite und folgte ihr.

Er musste sich zunächst an die Dunkelheit in der Werkstatt gewöhnen. Zwar drang von draußen etwas Licht herein, aber die beiden jungen Männer, die um einen Tisch herum arbeiteten, hatten zweifellos gute Augen. Der eine war dabei, mit einem Rundmesser Leder zuzuschneiden. Der andere löste mit einem spitzen Gegenstand die Nähte eines Schuhes, der wohl repariert werden sollte. Die beiden sahen auf, als Johannes hereinkam. Er grüßte sie, indem er ihnen zunickte. Dann blickte er sich erneut um. Hinter dem Tisch befand sich ein Regal, auf dessen oberstem Brett Schuhe unterschiedlicher Form und Größe abgelegt waren. Darunter lagen Rollen aus Leder, große Bündel Schnüre, Fäden sowie verschiedene Werkzeuge, auch eine Art Beil mit runder, scharfer Klinge. Marie ging am Tisch vorbei zu einem Pult, auf dem ein Buch aufgeschlagen lag. Johannes erblickte Zahlen und Schriftzeichen.

«Ihr könnt schreiben?», fragte er.

«Wie sollte ich sonst eine Werkstatt führen?»

Johannes sah sie überrascht an. Marie schien zu ahnen, was er fragen würde.

«Als mein Vater starb, war ich sechzehn. Nach überlieferter Ordnung musste mir die Zunft einen Vormund geben. Sie zwangen mich, einen Schuhmacher aus der Stadt zu heiraten. Aber ich wollte nicht.»

«Und damit war die Zunft einverstanden?»

«Der Mann, der mich heiraten wollte, war ein Dummkopf. Er hat sich so ungeschickt verhalten, dass es den Zunftoberen schließlich unangenehm wurde. Sie ließen mich in Ruhe. Und das tun sie bis heute, denn sie wissen, dass ich mit meinen Gesellen gute Arbeit leiste.»

Johannes warf einen genaueren Blick in das Buch. Sorgfältig waren hier Zahlen geordnet. Das erinnerte ihn an die Kontrakte, die er täglich zu bearbeiten hatte. Nur dass diese Ziffern mit besonders schöner Handschrift aufgeschrieben worden waren.

«Seid Ihr über den Markt gekommen?», wollte Marie wissen.

«Ja», antwortete Johannes beiläufig. «Gaukler waren da, mit einem Bären.»

«Der Bär?», rief Marie. «Der Bär ist da? Habt Ihr ihn gesehen?»

«Ja, aber ... », Johannes blickte auf, doch schon hatte Marie ihn vor Freude umarmt.

«Der Bär ist da», rief sie aufgeregt. «Los, junger Mönch. Was wartet Ihr noch? Wir müssen gehen.»

Ehe er sich versah, zog ihn Marie hinaus auf die Straße und lief in Richtung Markt. Johannes hatte Schwierigkeiten, ihr zu folgen, holte sie aber wieder ein, als die ersten Stände erreicht waren. Marie wandte sich dorthin, wo die Menschen einen dichten Kreis um die Gaukler gebildet hatten. Sie fasste Johannes bei der Hand, zog ihn weiter durch die Menge, und bald standen sie eng an eng mit den anderen Menschen zusammen und erblickten den braunen Bären. Nun konnten sie sehen, wie sich das Tier, von den beiden Gauklern geleitet, zu voller Größe aufrichtete, sich wieder auf alle vier Tatzen herabfallen ließ, sich schließlich auf den Boden rollte und auf die Seite legte. Marie verfolgte all dies mit größter Aufmerksamkeit und war wie gebannt von dem, was der Bär tat. Zugleich schien sie eine gewisse Scheu vor dem Tier zu haben, das, wenn es sich aufrichtete, größer als jeder der Zuschauer war und furchterregend mit den Zähnen fletschte. Johannes erkannte, dass der Bär einen Maulkorb trug und an Zügeln gehalten wurde. Immer wieder zwangen ihn die Gaukler, sich zu bewegen.

Dann spürte Johannes die Mittagshitze, blickte hinauf zur Sonne und erkannte an ihrem Stand, dass er nur noch wenig Zeit bis zum nächsten Stundengebet hatte.

«Ich muss gehen!», rief er Marie zu.

«Nicht jetzt», rief sie zurück und hielt ihn fest. «Der Bär ist jedes Jahr nur einmal hier! Ihr müsst bleiben!»

«Ich muss rechtzeitig zum Gebet in der Kapelle sein!»

«Und Eure Schuhe?»
«Ich komme wieder!»
«Ja, macht das, junger Mönch! Ich möchte Euch wiedersehen!»

Marie umarmte ihn kurz, bevor er über den Marktplatz davoneilte. Als sich Johannes noch einmal umwandte, bemerkte er, dass sie ihm noch immer nachblickte.

Am späten Nachmittag kam Alanus ins Scriptorium und sah sich die Manuskripte an, die Johannes an diesem Tag fertiggestellt hatte.

«Irgendwie bist du heute nicht bei der Sache», sagte er.
«Was meinst du?»
«Deine Schrift ist sonst gleichmäßiger.»
Alanus blätterte Seite für Seite durch.
«Wie war es auf dem Markt?»
«Es gab dort eine Vorführung», antwortete Johannes. «Ein Bär war dort.»
«Ach ja», Alanus wandte sich vom Pult ab. «Die Gaukler sind wieder in der Stadt. Eine traurige Sache, das mit dem Bären.»
«Den Menschen schien es zu gefallen.»
«Mag sein. Aber für den Bären ist es eine Schinderei. Die Männer zwingen ihn, Dinge zu tun, für die sein Körper nicht gemacht ist. Und? Warst du noch einmal in der Kathedrale?»
«Ja, gestern», antwortete Johannes. «Ich werde in den nächsten Tagen noch öfters dort sein. Die Beschäftigung mit den Symbolen hat mich nicht klüger gemacht. Es muss in dieser Kathedrale etwas geben, das man nur erkennt, wenn man sich Zeit lässt.»
«Dann wartest du auf eine Eingebung?»
«Vielleicht auch das. Aber zunächst werde ich messen.»
Alanus blickte ihn überrascht an.

«Ich habe Pläne von anderen Bauwerke gesehen», fuhr Johannes fort.

«Du meinst Abbildungen?»

«Nein. Pläne, die den Verlauf der Grundmauern eines Bauwerkes darstellen, manchmal auch die Höhenverhältnisse.»

«Meinst du solche Pläne wie im Musterbuch des Villard de Honnecourt?»

«Ja. Nur habe ich derartiges für die Kathedrale von Laon nicht gefunden, und auch Jorge, der in diesen Dingen sehr bewandert ist, behauptet, dass es dergleichen nicht gibt.»

«Und nun willst du messen.» Alanus nickte. «Ein außergewöhnlicher Gedanke. Und selbst wenn du auf diesem Wege nichts finden würdest, hätte es doch immerhin den Vorteil, dass du gezwungen wärest, ganz genau hinzusehen. Ich bin sehr gespannt.»

Alanus blickte nachdenklich zum Fenster, so, als würde er dort draußen eine Antwort suchen. Dann drehte er sich um.

«Doch jetzt komm», sagte er. «Es ist Zeit für die Hora. Ich wollte dich abholen.»

Sie verließen das Scriptorium und traten gemeinsam mit den anderen Brüdern in den Garten hinaus.

Auf dem Weg dachte Johannes daran, noch einmal den Rat des Abtes einzuholen. Anselmus würde ihn sicher nicht ohne eine Antwort lassen.

Als sie die Kapelle erreichten, waren seine Gedanken bei Marie. Deutlich erinnerte er sich, wie sie ihm nachgeblickt hatte, bis er sie im Menschengetümmel des Marktes aus den Augen verlor. Dieses Bild der Erinnerung nahm seine Sinne noch gefangen, als der Gesang der Brüder längst die Kapelle mit Klang erfüllte.

Anselmus hatte sich nur sehr verhalten geäußert. Die Kathedrale vermessen, ja, das sei ein interessanter Weg. Doch es komme immer darauf an, wie man das, was man dabei wahrnimmt, deutet. Mehr war dem Abt nicht zu entlocken gewesen. Doch Johannes genügte das, denn es bestätigte ihm, dass er seinen Weg vielleicht schon gefunden hatte.

Am Vormittag stand Johannes erneut in der Kathedrale. Diesmal hatte er nicht seinen Bogen mitgenommen, sondern Schreibmaterial. In den Grundrisszeichnungen, die er von anderen Bauten gesehen hatte, gab es keine Maßeinheiten für Länge, Breite und Höhe. Es war allenfalls möglich, die aufgezeichneten Linien in ein Verhältnis zueinander zu bringen. Johannes entschied sich dafür, die Länge eines Schrittes zur Grundlage seiner Messungen zu machen. Dieses Verfahren erwies sich als einfach und brauchbar. Zwar waren seine Schritte nicht immer völlig gleich, aber wenn er eine Entfernung mehrfach abschritt und dann den Mittelwert der Messungen bildete, erhielt er aufschlussreiche Ergebnisse. Zudem ging er davon aus, dass auch die Maurer nicht völlig präzise gearbeitet hatten.

Von Mal zu Mal wurden seine Schritte gleichmäßiger. Dies erleichterte das Messen. Dafür hatte er nun Probleme bei der Aufzeichnung. Nachdem er die Grundrissmaße des Mittelschiffs festgehalten hatte, zeigte sich, dass die ermittelten Verhältnisse der Seitenschiffe nicht mehr im gewählten Maßstab auf das Papier passten. Johannes blieb nichts anderes übrig, als zunächst alle Messungen in Zahlen festzuhalten, um später eine neue Zeichnung anzufertigen.

Er war so sehr in die Dinge vertieft, dass er sich erst an die Gebetsstunde der Sext erinnerte, als er alle Messungen an Mittel- und Seitenschiffen notiert hatte. Eilig verließ er die Kathedrale.

Statt zum Ordenshaus zurückzukehren, begab er sich auf direktem Wege zur Kapelle. Dort angekommen hörte er, dass die Brüder den Gottesdienst bereits begonnen hatten. So lautlos wie möglich trat er hinzu, suchte seinen Platz auf und stimmte ebenfalls in den Gesang ein.

Auf dem Rückweg zum Ordenshaus nahm ihn der Abt kurz zur Seite und ermahnte ihn, trotz des verständlichen und lobenswerten Eifers die Pflichten nicht zu vernachlässigen. Johannes versprach, künftig aufmerksamer zu sein.

Am Abend übertrug er alle Zahlen in eine neue Zeichnung. Künftig würde er mehrere Blätter aneinander legen müssen, um im gewählten Maßstab die gesamte Kathedrale erfassen zu können. Aber so war gewährleistet, dass der Plan sehr genau sein würde.

In der Nacht zog ein Gewitter über Laon. Es deutete sich von Ferne mit Donner an und entlud sich in großen Regenmengen über der Stadt. Die kleinen Gassen wurden für kurze Zeit zu Sturzbächen.

Gegen Mitternacht war Stille eingekehrt, aber Johannes schlief unruhig. Im Traum fand er sich auf dem großen Platz hinter dem Bischofspalast wieder und war erneut eins mit seinem Bogen und dem Ziel, das der Pfeil in fünfzig Schritt Entfernung treffen würde. Spannen, Zielen und Loslassen waren eine einzige, fließende Bewegung, die von Schütze und Bogen zugleich bewirkt zu werden schienen. Als die Sehne sich gelöst hatte, überzeugte sich Johannes davon, dass der Schuss gelungen war. Er senkte den Bogen, ging zum Baum, in dem der Pfeil steckte, zog ihn heraus und kletterte dann auf die Mauer, die sich unmittelbar dahinter erhob. Die Sonne stand direkt über ihm und so konnte er den steilen Berg hinab und weit hinaus ins Tal blicken. Dort irgendwo im Osten musste seine Heimat sein. Wäre er ein Adler, könnte er sich von der Mauer in die Lüfte erheben und davonfliegen. Er könnte zurückkehren zu den Menschen, die er verlassen hatte und die noch immer in seinem Herzen wohnten. Plötzlich verspürte er etwas hinter sich, das er intuitiv als äußerst bedrohlich empfand. Er wollte sich umwenden, um sich dieser Bedrohung zu stellen, doch etwas wirkte auf ihn ein und machte ihn unfähig, sich zu bewegen. Das Bedrohliche kam näher. Es berührte ihn fast. Dann gelang es Johannes doch, sich von der fremden Macht zu lösen und loszulassen. Er ließ seinen Bogen fallen, stürzte sich von der Mauer hinab und begann zu fliegen. Dann erwachte er.

Am nächsten Morgen nach dem gemeinsamen Mahl der Mönche bat der Abt Johannes zu sich.

«Ich nehme an, du wirst in den nächsten Tagen die Kathedrale vermessen», stellte er fest.

Johannes nickte.

«Da ich deinen Eifer kenne und vermute, dass du von nun an ohnehin von diesem Vorhaben nicht abzubringen sein wirst, habe ich beschlossen, dich für zwei Tage von den Stundengebeten zu befreien, mit Ausnahme der Vesper und der Komplet.»

Johannes blickte überrascht auf.

«Nutze diese zwei Tage intensiv. Es sollte möglich sein, in dieser Zeit alle Messungen durchzuführen und die entsprechenden Maße zu notieren. Ich habe den Bischof über dein Vorhaben in Kenntnis gesetzt. Es wird dich niemand stören. Aber lass den Bogen in der Kammer.»

«Danke», antwortete Johannes kurz. «Ich werde schnell an die Arbeit gehen.»

«Halt!»,

Anselmus zog Johannes, der schon aufgesprungen war, auf die Bank zurück.

«Danach gilt für dich wieder der gewöhnliche Tagesablauf. Die genauen Grundrisszeichnungen kannst du später anfertigen. Ich möchte, dass du die anderen Brüder nicht mit deinem Vorhaben behelligst. Auch deine Zeichnungen darfst du zunächst nicht veröffentlichen. Sie dienen deiner Einweihung.»

Johannes nickte.

«Ich danke Euch», sagte er, küsste den Ring des Abtes und erhob sich. Dann begab er sich ins Scriptorium, um alle notwendigen Dinge zusammenzustellen.

Wenig später stand er erneut in der großen Kathedrale. Er begann seine Messungen in der Vierung und ging von da aus ins südliche Querschiff. Der Wunsch des Abtes, sich das Zeichnen zunächst zu ersparen, erwies sich bald als nicht durchführbar. Johannes musste zumindest grob die Zahl der Säulen und den Verlauf der Kirchenschiffe skizzieren, um später die Fülle der Zahlen überhaupt zuordnen zu können. Schwierig wurde es bei der Bestimmung der Turmgrundrisse, weil dort den Wänden Altäre vorgebaut waren, so dass Johannes sie mit gewisser Distanz abschreiten musste.

Während der Messungen am nördlichen Querschiff bestätigte sich etwas, das Johannes schon mit bloßem Auge bemerkt hatte. Die Baumeister hatten eine Spiegelbildlichkeit beider Querschiffe angestrebt. Doch musste man wohl aus verschiedenen praktischen Gründen kleinere Abweichungen zugelassen haben. Dem Gleichmaß des Gebäudes tat dies keinen Abbruch.

Im Chor bemerkte er, dass der Raum offenbar nachträglich um zwei vollständige Vierungen verlängert worden war. Er vermaß alles sorgfältig, konnte sich aber beim besten Willen keinen Reim darauf machen.

Gegen Mittag brach Johannes seine Arbeiten ab. Er beschloss Marie aufzusuchen und seine Schuhe abzuholen. Als er aus der Kathedrale trat, schlug ihm große Hitze entgegen. Er begab sich zunächst zum Markt. Die Sonne brannte unerbittlich.

Zur Mittagszeit schien die Gasse der Schuhmacher wie ausgestorben. Die Fensterläden der Werkstätten standen offen, aber es war still und niemand zu sehen. Johannes wollte schon gehen. Dann läutete er doch die Glocke. Eine Weile geschah nichts. Schließlich hörte er Geräusche in der Werkstatt. Augenblicke später erschien Marie am Tresen.

«Guten Tag, junger Mönch!», begrüßte sie Johannes. «Habt Ihr doch den Weg hierher gefunden.»

Marie blickte ihn erfreut an. Sie war nicht dazu gekommen, ihr Haar in einem Tuch zu verbergen, und so fiel es in langen schwarzen Locken auf ihre Schultern herab. Einige Strähnen hingen ihr über die Augen.

«Ich fürchte, ich komme zur falschen Zeit», sagte Johannes.

«Bleibt. Es ist schon gut. Zu dieser Stunde schließen alle Handwerker ihre Läden, weil die Hitze unerträglich wird. Kommt ins Haus. Sonst verbrennt Ihr draußen.»

Marie klappte einen Teil des Tresens hoch und ließ Johannes herein.

Sie durchquerten die Werkstatt, in der zu dieser Stunde niemand arbeitete, und gelangten in einen Raum, den Johannes bislang nicht wahrgenommen hatte. Dort erblickte er einen großen Tisch, zwei Stühle, ein Regal, in dem sich Töpfe und Teller befanden, einen kleineren Tisch, auf dem Gewürze zusammengestellt waren, und an der Wand ein Bett, auf dem eine einfache Decke und ein Kissen lagen.

«Nehmt Platz», sagte Marie und zeigte auf einen der Stühle. Dann griff sie zwei Becher und ein großes Tongefäß aus dem Regal und stellte alles auf den Tisch. Sie setzte sich Johannes gegenüber und füllte die beiden Becher mit kühlem Wasser.

«Trinkt», sagte sie. «Ihr werdet durstig sein.»

Sie nahm ihren Becher in die Hand und beobachtete Johannes, wie er einen großen Schluck nahm und dann aufblickte.

«Danke. Ihr seid sehr freundlich», sagte er. «Ich konnte den gesamten Vormittag nichts trinken.»

«Was habt Ihr heute getan?», wollte Marie wissen.

«Ich habe die Kathedrale vermessen.»

«Was habt Ihr getan?», fragte Marie ungläubig und strich sich mit der Hand die schwarzen Locken aus dem Gesicht.

«Ich vermesse die Kathedrale und lege eine Zeichnung an», antwortete Johannes.

«Warum tut Ihr das?»

«Wenn man die Form der Kathedrale aufzeichnet, kann man vielleicht erkennen, welche Absichten die Bauherren damals verfolgten.»

«Und bekommt Ihr dann auch heraus, warum die Rinder auf den Türmen stehen?»

«Ja, vielleicht auch das», antwortete Johannes.

«Wisst Ihr, dass ich Euch jetzt zum ersten Mal lächeln sehe?», sagte sie, trank einen Schluck Wasser und betrachtete dann aufmerksam seine Hände.

«Ihr seid wirklich ein seltsamer Mönch. Ihr vermesst Kirchen. Ihr schießt mit dem Bogen. Und Ihr tragt Schuhe, mit denen Ihr wohl Monate unterwegs gewesen sein müsst.»

Johannes blickte überrascht auf.

«Woher wisst Ihr, dass ich mit dem Bogen schieße?»

Marie drehte ihren Kopf etwas zur Seite, so dass die Locken ihr Gesicht teilweise verdeckten.

«Seid mir nicht böse. Vor einigen Tagen habe ich Euch nahe der Kathedrale gesehen. Und da bin ich gefolgt und habe Euch beim Schießen beobachtet.»

«Seltsam», sagte Johannes nachdenklich, «ich hätte Euch bemerken müssen.»

«Ich blieb mit etwas Abstand zurück. Und Ihr habt Euch tatsächlich einmal umgedreht, wohl weil Ihr etwas gespürt habt. Doch da hatte ich schon Schutz hinter einem Baum gefunden.»

Sie hielt kurz inne und vergewisserte sich, dass Johannes ihre Neugier nicht übel nahm.

«Ich habe noch nie solch ausgewogene Bewegungen gesehen. Es muss schwer sein, den Bogen zu spannen, aber Ihr tatet alles mit großer Leichtigkeit und ohne jede Hast.»

Für einen Augenblick schwiegen beide.

«Warum seid Ihr mir gefolgt?», fragte Johannes.

«Ihr seid ein seltsamer Mönch», sagte sie leise. Dann nahm

sie seine Hand, führte sie zu ihren Lippen und küsste seine Finger.

Gerade rechtzeitig zur Vesper erreichte Johannes die Kapelle der Templer. Doch er nahm die Gesänge und Gebete dieser Stunde kaum wahr. Er stand in der Reihe der Brüder und wusste, dass er nicht bereit war für das, was hier geschah. Auch während des Abendmahls fühlte er sich unter den Mönchen wie ein Fremder. Deshalb war er froh, als er sich ins Scriptorium zurückziehen konnte.

Mit allen Gedanken und allen Sinnen war er bei Marie, konnte den Duft ihrer Haut noch immer deutlich wahrnehmen, noch immer ihre verzaubernde Stimme hören: «Ihr seid ein seltsamer Mönch», hatte sie gesagt. Und etwas später mit einem Lächeln halb fragend hinzugefügt: «Seid Ihr überhaupt ein Mönch?» Er hatte nicht zu antworten gewusst.

Auch jetzt kannte er keine Antwort darauf, und in seiner Hilflosigkeit begann er, die Messungen, die er an diesem Tag durchgeführt hatte, zusammenzustellen und einen Grundriss der östlichen Hälfte der Kathedrale zu zeichnen. Während er das tat, fragte er sich zugleich nach dem Sinn seines Tuns. Es wollten ihm auch dazu keine Antworten einfallen, und er wusste, dass er heute ohnehin keine Antworten finden würde. Aber er konnte auch nicht bei Marie sein, und so tat er, was zu tun war: Er zeichnete. Das tat er auch noch kurz vor Mitternacht, bis die Glocke ihn an die letzte Gebetsstunde erinnerte.

Als er am nächsten Morgen aufwachte, war er sich nicht sicher, ob er in der Nacht tatsächlich geschlafen hatte. Es war ein seltsamer Zustand von Unruhe und Müdigkeit gewesen, der ihn jedes Gefühl für Zeit hatte vergessen lassen. Nun blickte er aus dem Fenster und sah, dass es hell geworden war. Er würde Marie erst am Mittag aufsuchen können. So entschloss er sich, noch einmal in die Kathedrale zu gehen, um die letzten Messungen durchzuführen.

Wenig später trat er wieder durch die große Pforte und blickte in den langen, hoch aufstrebenden Raum, der von allen Seiten hell erleuchtet war. Lichtsäulen fielen durch das Rosenfenster des Chores herab, warfen die Farben dieser Welt auf die Steine zu seinen Füßen. Johannes ließ diesen Zauber auf sich wirken und wagte nicht weiterzugehen. Eine ganze Weile blieb er gebannt im Eingang stehen, bis zwei Männer die Kathedrale betraten, an ihm vorbei zum Altar gingen, dort niederknieten und beteten.

Johannes begann mit der Arbeit. Die meisten Messungen für die Westhälfte hatte er schon durchgeführt. Nun begab er sich zunächst in den Eingangsbereich und dann in ein kleines Querschiff, das südwestlich an das Hauptschiff angrenzte. Er konnte nicht recht nachvollziehen, was es damit auf sich hatte. Zwar befand sich hier ein kleiner Altar, doch den hätte man auch an anderer Stelle errichten können. Schon auf der groben Skizze, die er angefertigt hatte, konnte Johannes erkennen, dass die Symmetrie der Kirche an dieser Stelle deutlich gestört war. Wenn die Bauherren vorgehabt hatten, den streng kreuzförmigen Grundriss einzuhalten, dann war dies ein offensichtlicher Verstoß.

In diesem Augenblick kam jemand lautstark durch die Pforte hereingelaufen. Johannes blickte auf und erkannte Alanus. «Johannes!», rief er. «Du musst kommen! Schnell! Eile ist geboten!»

Alanus war außer Atem. Er blickte auf die Papiere, die Johannes um sich verteilt hatte.

«Sammle das alles ein und komm mit! Wir dürfen keine Zeit verlieren!»

Johannes fragte nicht, was geschehen war, sondern ergriff eilig seine Aufzeichnungen. So schnell sie konnten liefen beide aus der Kathedrale ins Freie, dann weiter durch die Gassen Laons, bis sie das Ordenshaus erreicht hatten. Alanus betrat den Flur und Johannes folgte ihm in den Speisesaal. Dort blieb er überrascht stehen.

Erst erblickte er Anselmus, den Abt, der auf einer der Bänke saß. Dann Jacques, der aufgestanden war, als sein Schüler den Raum betreten hatte.

«Johannes!», rief er, trat auf ihn zu und umarmte ihn herzlich.

«Meister!», brachte Johannes hervor, der nicht fassen konnte, dass Jacques zurückgekehrt war.

«Setzt Euch», sagte Jacques, nachdem sich alle begrüßt hatten.

Johannes nahm neben Alanus Platz.

«Es tut mir leid, dass wir uns nun unter Bedingungen wiedersehen, die ich nicht gewollt habe, aber auch nicht aufzuhalten in der Lage bin», begann Jacques und wandte sich an den Abt. «Die übrigen Brüder dieses Hauses habe ich heute Morgen schon angetroffen. Sie sind bereits im Bilde.»

Er zögerte einen Augenblick, bevor er weitersprach.

«Wir alle sind in Gefahr. In Paris wurden die Brüder unseres Ordens in der Nacht von Soldaten des Königs gefangen genommen. Nur wenigen gelang die Flucht. Es ist nur eine Frage von Stunden, dann werden die Schergen Philipps auch Laon erreicht haben.»

Für einen Augenblick blieb es still im Speisesaal.

«Warum tut der König das?», fragte Alanus.

«Philipp ist ein machtbesessener Mensch», sagte Jacques. «Und er ist bei den Templern hoch verschuldet. Aber die Gründe liegen noch tiefer. Philipp ist es gelungen, den Papst zu seiner Marionette zu machen. Es begann vor einigen Jahren: Papst Bonifaz VIII. erließ damals die Bulle Unam Sanctam, in der festgeschrieben wurde, dass es kein Heil außerhalb der Kirche gebe. Einziges Haupt dieser Kirche sei Christus, der durch seinen Stellvertreter Petrus und dessen Nachfolger wirke. Beide Schwerter, das geistliche und das weltliche, seien der Kirche vorbehalten. Der Papst machte sehr schnell Ernst mit dieser Bulle. Als König Philipp von Frankreich eigenwillig den Bischof von Pamiers wegen Hochverrats verurteilte, drohte Bonifaz damit, den König zu exkommunizieren. Doch Philipp kam ihm zuvor. Er ließ den Papst ein Jahr später bei Anagni überfallen und gefangen nehmen. Gleichzeitig setzte er sich dafür ein, dass Bertrand de Got zum Papst gewählt wurde. Als Clemens V. residiert der nun in Avignon und ist bis heute ein gefügiges Werkzeug Philipps.»

«Bonifaz wurde meines Wissens inzwischen sogar auf Geheiß Philipps wegen Ketzerei angeklagt», sagte Anselmus.

«Das ist richtig», bestätigte Jacques. «Der neue Papst Clemens befürchtete jedoch, dass eine Verurteilung seines Vorgängers die Position des Oberhauptes der Kirche dauerhaft schädigen könnte. Deshalb bat er Philipp um Nachsicht. Wir wissen, dass er in dieser Sache inzwischen eine wohlwollende Zusage erhalten hat. Allerdings nicht ohne Gegenleistung.»

«Und die Gegenleistung ist ...», begann Anselmus.

«... die Preisgabe des Templerordens», brachte Jacques den Satz zu Ende. «Der Orden soll zerschlagen werden. Philipp erhofft sich großen Reichtum. Der Kirche ist der Orden seit Jahrzehnten zu groß und zu unabhängig geworden. Außerdem fürchten die Päpste seit jeher das Wissen der Templer, das einige grundsätzliche Dogmen der Kirche in Frage stellt. Also: Die Zeit ist reif.»

Wieder herrschte Stille.

«Aber wenn Ihr all das gewusst habt», wandte Johannes ein, «warum konnten die Templer dann in Paris von Philipps Soldaten überrascht werden?»

«Sie wurden nicht überrascht», sagte Jacques.

Johannes und Alanus sahen sich an und blickten dann zu Anselmus.

«Wir waren genauestens informiert», fuhr Jacques fort. «Alle Wertgegenstände wurden eine Woche vorher unter äußerster Geheimhaltung aus dem Tempel von Paris abtransportiert. Philipp wird nichts vorfinden.»

«Aber die Brüder», warf Johannes ein. «Sie hätten kämpfen können.»

«Richtig, aber das war nicht vorgesehen. Sie sollten gefangen genommen werden.»

Selbst Abt Anselmus blickte Jacques nun fragend an.

«Die Brüder haben keinen Widerstand geleistet», fuhr der fort. «Im Gegenteil. Sie taten überrascht und ließen sich abführen. Sie werden in den nächsten Wochen angeklagt. Die Beschuldigungen sind haarsträubend: Verleugnung Christi, Abhalten heimlicher Versammlungen, Missachtung der Sakramente, obszöne Praktiken, Laienabsolution und Habgier.»

«Aber das ist doch alles völliger Unfug», warf Anselmus ein. «Und noch dazu wäre das ein Fall für die Inquisition.»

«Philipp behauptet, im Namen der Inquisition zu handeln», sagte Jacques. «Aber gerade das macht die Sache einfach. Die Brüder werden einen dieser Vorwürfe akzeptieren. Nach geltendem Inquisitionsrecht wird man ihnen nach dem Geständnis Absolution erteilen müssen und sie in ein Kloster versetzen. Diese Klöster werden sicherlich weit weg sein von Paris, denn Philipp fürchtet noch immer die militärische Macht der Templer.»

«Aber das bedeutet doch nicht weniger als die Zerschlagung des Ordens», stellte der Abt fest.

«Ja und nein», entgegnete Jacques. «Im Frühjahr haben sich der Großmeister des Ordens, das Generalkapitel und die Meister der Provinzen auf Château Gaillard zusammengefunden. Du warst damals ebenfalls dort, Johannes. Allerdings konntest du nicht ahnen, um was es ging. Damals wurde über die Krise unseres Ordens gesprochen. Die Zeit der Kreuzzüge ist vorüber und die offizielle Aufgabe des Ordens somit entfallen. Der Umstand, dass der Orden noch nie so reich und mächtig war wie heute, ändert nichts daran, dass die Disziplin vieler Brüder nachgelassen hat, weil sie weder im Krieg noch bei der Betreuung von Pilgern benötigt werden. Es sind allzu oft nicht mehr die alten Templertugenden, die in den Komtureien gepflegt werden. Viele Unwürdige befinden sich inzwischen in unseren Reihen. Die Idee, den Orden zu reformieren, ist vor zwei Jahren von uns selbst an den Papst herangetragen worden. Doch es wurde schnell deutlich, dass Clemens an einer Erneuerung des Ordens kein Interesse hatte. Im Gegenteil. So mussten wir selbst einen Weg der Erneuerung finden. Der Orden wird durchs Feuer gehen. Er wird unsichtbar werden und sich neu formieren.»

«Unsichtbar? Was meint Ihr damit?», fragte Alanus.

«Der Orden wird offiziell aufgelöst, noch dazu von feindlicher Hand. Gibt es einen glaubwürdigeren Tod?»

«Das klingt sehr klug», warf Anselmus ein. «Doch wie sieht die Zukunft aus?»

«Überall auf der Welt werden wir auferstehen. Als Unsichtbare, die verbunden sind durch unser Wissen und unsere Symbole. Und durch unser Geheimnis.»

Einen Moment schwiegen die vier Männer.

«Was wird mit uns geschehen, die wir hier sitzen?», fragte Johannes schließlich.

«Zunächst werdet Ihr Laon verlassen. Jeder von Euch erfährt von mir das Ziel seiner Reise. An diesem neuen Ort werdet Ihr in Sicherheit sein.»

«Wieviel Zeit haben wir?», wollte Alanus wissen.

«Ihr habt keine Zeit. Ihr müsst Laon umgehend verlassen. Sofort.»

Johannes sah zu Alanus, dann zu Anselmus, dann zu Jacques. Es dauerte einige Sekunden, bis er wirklich verstanden hatte, dass er diese Männer vielleicht zum letzten Male sah.

Jacques erhob sich.

«Es bleibt keine Zeit. Wir müssen uns aufmachen. Verabschiedet Euch. Ich werde oben in der Kammer auf Euch warten, um jedem das Ziel seiner Reise mitzuteilen.»

Mit diesen Worten verließ Jacques den Raum. Die anderen saßen noch immer wie benommen am großen Tisch des Speisesaals.

Anselmus erhob sich, ging auf Alanus zu und umarmte ihn.

«Gottes Segen mit dir, Alanus», sagte er. «Du kennst alle Weisheit der Templer. Das wird dir auf dem Weg Stärke geben.»

Dann wandte er sich Johannes zu und umarmte auch ihn.

«Gottes Segen mit dir, Johannes. Du hast den längsten Weg, aber du bist jung. Du wirst dein Ziel erreichen.»

Schließlich nahmen auch Alanus und Johannes voneinander Abschied. Sie taten dies, ohne ein Wort zu sprechen.

Jacques stand am Fenster und blickte hinaus auf die Gasse. Als Johannes die Kammer betrat, drehte er sich um, kam auf ihn zu und umarmte ihn.

«Ich hätte mir gewünscht, dass die Zukunft für dich anders verlaufen würde», sagte er. «Aber die Dinge lassen sich nicht aufhalten.»

Beide nahmen an dem kleinen Tisch Platz.

«Du wirst eine lange Reise antreten. Diesmal ist es nicht möglich, den Weg zu planen. Du musst über Land reiten, ohne jemanden, der dich führt. Aber ich bin sicher, dass du den Weg findest. Du wirst gen Osten reiten, der Sonne entgegen. Ich habe eine Karte für dich, in der alle großen Orte verzeichnet sind, die du passieren musst. Und dein Bogen wird dich vor allen Gefahren schützen. Du bist als Krieger nahezu unbesiegbar geworden. Das ist jetzt von großem Nutzen.»

«Wohin werde ich gehen?», fragte Johannes.

«Nach Loccum», antwortete Jacques. «Dort am Ende der Welt bist du zu weit weg für die Schergen Philipps. Zudem wird niemand in einem Zisterzienserkloster nach dir suchen.»

«Seltsam», sagte Johannes.

«Was meinst du?»

«Es ist wie ein Kreis, der sich schließt.»

Jacques nickte.

«Du hast recht. Und fast scheint es, als wäre alles schon immer genau so vorherbestimmt gewesen. Wir wissen nicht, ob es gut oder schlecht ist. Du könntest dir ausmalen, wie dein Leben verlaufen wäre, wenn du nicht hättest fliehen müssen. Aber solche Gedanken helfen nicht. Denn du kannst nicht zurück, kannst es nicht ändern. Es gibt für uns immer nur den einen Weg, den wir tatsächlich gehen.»

«Und wenn ich bliebe?»

«Sie würden dich aufgreifen. Und dich in irgendein Kloster stecken, in dem du fernab bist von allem, was du liebgewonnen hast. Die Flucht nach Loccum ist allemal der bessere Weg.»

«Wieviel Zeit bleibt mir noch?»

«Du musst sofort aufbrechen.»

«Und wenn ich mich verabschieden möchte? Von jemandem in dieser Stadt?»

«Tu das nicht. Sie werden erfahren, wen du aufgesucht hast. Sie werden ihn ergreifen und foltern. Und sie werden ihn nicht schonen wie dich, der du als Mönch im Schutze der Kirche stehst. Da sie keinen Templer mehr finden können, werden sie all ihren Hass auf diesen Menschen ausschütten. Wer immer es ist, den du liebgewonnen hast, du darfst nicht mehr zu ihm, denn es wäre sein sicherer Tod.»

Lange saßen beide am Tisch, ohne ein weiteres Wort zu sprechen.

Dann war es Jacques, der sich von seinem Stuhl erhob.

«Du findest alles, was du brauchst, in deiner Kammer», sagte er. «Es sind auch einige Goldstücke dabei. Du wirst sie brauchen. Unten vor der Pforte steht ein Pferd. Das ist für dich.»
Auch Johannes war aufgestanden.
«Werden wir uns wiedersehen?»
«Ich kann es nicht sagen.»
Noch einmal umarmten sich die beiden Männer.
«Gottes Segen mit dir, Johannes», sagte Jacques.
«Gottes Segen mit Euch», antwortete Johannes.
Jacques ging zur Tür und wandte sich noch einmal um.
«Das Geheimnis, das du suchst», sagte er, «findest du nicht nur in der großen Kathedrale. Du wirst es auch in der Klosterkirche von Loccum entdecken. Vergleiche, und du wirst verstehen.»

Kurze Zeit später führte Johannes sein Pferd durch die Gassen von Laon. Als er zum Markt gekommen war, blieb er stehen, und für einen Moment schien es ihm nicht mehr möglich weiterzugehen. Er wusste, dass Marie am Mittag allein war.

Nachdem er die Häuser, die Kirche des heiligen Martin und das Stadttor hinter sich gelassen hatte, machte er ein letztes Mal am alten Brunnen Halt, um zu trinken. Das Wasser spiegelte sein Gesicht, doch er mochte nicht hinsehen.

Vesper

Kurz vor Sonnenuntergang hat Johannes den Klosterkomplex für einen kurzen Spaziergang verlassen. Die Luft ist kalt und klar. Eine Wohltat für die Lunge. Die Kopfschmerzen sind verflogen. Wenigstens für einige Zeit wird Johannes von der Krankheit befreit sein. Er ist zu den Fischweihern gegangen, um den Sonnenuntergang zu erleben. In diesen letzten Minuten des Tages ist die Welt von klarer Kontur. Die Wolken erglühen noch einmal rotstrahlend, bevor das Licht allmählich nachlässt.

Johannes stimmt sich auf die Stunde der Vesper ein. Seine Brüder haben nun ihre Arbeit niedergelegt. Sie waschen sich und legen wieder die Mönchskutte an. Nach dem Gottesdienst werden sie die Abendmahlzeit miteinander teilen.

Auf dem Rückweg bemerkt Johannes, wie sich das flüssige Gold der untergehenden Sonne im Fensterglas spiegelt. Er durchschreitet den Trakt der Laienmönche und begibt sich in den Kreuzgang. Dort erblickt er die Rasenfläche und die gepflegten Kräuterbeete am Brunnen. Auch hier lehrt die Natur über das Jahr den Kreislauf des Lebens.

Der Untergang der Sonne kann auch ein Segen sein, wenn der Tag erfüllt gewesen ist und die Anstrengung ruhen darf. Es ist Zeit, das Licht anzuzünden. Wieder schließt sich der Kreis. Welche Erfolge, welche Enttäuschungen wir auch erlebt haben, nun ist es Zeit, all die widersinnigen Teile eines Tages miteinander zu versöhnen, Vergebung zu erfahren, den Tag, so wie er gewesen ist, gehen zu lassen. Und so beginnt Johannes, sich auf den besonderen Charakter dieser Stunde einzulassen. Im Gebet und im Gesang zur Vesper wird er die Mönche der Versöhnung nahe bringen. Gemeinsam werden sie das Magnificat singen, den Kern dieses Stundengebets, die Worte, mit denen Maria

Elisabeth begrüßt: Meine Seele preist die Größe des Herrn, und mein Geist jubelt über Gott, meinen Retter. Es sind ähnliche Worte, wie die Mönche sie bereits in der Hymne zur Laudes bei Sonnenaufgang gesungen haben: Gepriesen sei der Herr, denn er hat sein Volk besucht und ihm Erlösung geschaffen. Diese beiden Gesänge sind die Pfeiler des Morgens und des Abends. Die Mönche feiern die Erlösung, die Auflösung allen Widersinns und aller Entfremdung. Johannes wird in diesem Gottesdienst eine Kerze anzünden, Symbol der Überwindung von Einsamkeit und Verzweiflung. Es ist besser ein Licht zu entzünden, als die Finsternis zu verfluchen, sagt Paulus.

Die Glocke ruft zur Vesper. Johannes betritt die Klosterkirche, bereit zum Lucenarium, dem Entzünden der Lichter...

7. Kapitel

DIE BÄUME STANDEN bald so dicht, dass er sich nur noch an der Sonne orientieren konnte. Sein Ziel lag im Osten, und der Weg schien ebenfalls dorthin zu führen. Aber nachdem die Sonne ihren Zenit überschritten hatte, war Johannes sicher, dass es ihn in südliche Richtung verschlagen hatte, so, als wäre er in einem großen Bogen geritten. Doch blieb ihm nichts übrig, als dem Weg weiter zu folgen, denn Rückkehr war nicht möglich.

So ritt er durch dichten Wald, den Blick auf den Boden vor ihm gerichtet, bereit, auf jede Unebenheit, jeden Stein, jeden größeren Ast zu reagieren. Immer wenn der Weg besonders gut zu überschauen war, ließ er das Pferd galoppieren. Doch meist war die Route gefährlich und erlaubte nur vorsichtiges Traben.

Gegen Abend kam Johannes an einen Fluss. Aufmerksam betrachtete er den Uferstreifen und entdeckte eine Untiefe, die als Furt dienen konnte. Die Strömung war nicht stark, und so beschloss er, noch vor Sonnenuntergang überzusetzen. In der Mitte des Flusses versanken Reiter und Pferd fast vollständig im Wasser, so dass Johannes kurz überlegte, ob es besser sei zu schwimmen. Doch das Flussbett stieg wieder an, und bald war die andere Seite erreicht.

Unmittelbar am Ufer entdeckte Johannes eine Lichtung. Dorthin führte er sein Pferd, nahm das Gepäck vom Sattel und breitete es auf dem Boden aus. An Weiterreiten war nicht mehr zu denken. Er musste die letzten Sonnenstrahlen nutzen, um seine Habseligkeiten zu trocknen. So rollte er den Mantel aus und entfaltete ihn auf einer Wiese. Gleiches tat er mit dem großen Leinensack, nachdem er zuvor allen Proviant, den Feuerstein, das Messer und die Wasserflasche daraus hervorgeholt hatte. Schließlich rollte er das Tuch aus, in dem sich das Schwert und die Pfeile befanden, und griff nach dem Bogen, den er am Sattel befestigt hatte, hielt ihn gegen das Sonnenlicht und vergewisserte sich, dass das Holz keine Feuchtigkeit gezogen hatte. Dann legte er sich ins Gras und blickte zum Himmel.

Er bemerkte, dass die Wolken nach Osten zogen, ganz so, als wollten sie ihn begleiten. Doch der Wind würde drehen, und dann würden sich die Himmel gegen ihn wenden. Mit Jacques als Begleiter war alles anders gewesen. Der kannte den Weg, wusste um mögliche Gefahren, fand Menschen, die sie freundlich aufgenommen hatten. Nun konnte Johannes nur auf sich selbst bauen und auf all das, was man ihn gelehrt hatte. Dieser Gedanke beunruhigte ihn nicht. Früher oder später hätte er seine Rückreise antreten müssen. Doch es war noch nicht die Zeit zurückzukehren. Was würde jetzt mit den anderen geschehen, mit Jacques, mit Alanus, mit all den Brüdern, die wie er nur die Hoffnung hatten, schneller zu sein als die Ritter des Königs? Und wann würde Marie bemerken, dass er nicht mehr in Laon war, geflohen ohne ein Wort des Abschieds, wie ein Tier, dass die Jäger aufgescheucht hatten?

Johannes erhob sich aus dem Gras, nahm die Flasche, trank einen Schluck, verstaute seinen Proviant im inzwischen wieder getrockneten Leinensack und befestigte ihn am Sattel. Dann nahm er das Schwert, setzte sich an das Flussufer und ließ die Klinge in den letzten Strahlen der untergehenden Sonne aufblitzen. Das rötliche Licht spiegelte sich auch auf dem Wasser, und für einen Augenblick war es ihm, als würde der Fluss die Farbe in sich aufnehmen und davontragen. Er legte das Schwert vor sich auf den Boden und sandte all sein Fühlen auf die sanften Wellen vor sich, damit der Fluss es ebenfalls davontrug wie das Rot der Sonne. Da war nur mehr dieser eine Augenblick. Johannes sah nicht mehr und hörte nicht mehr. Und es war nichts.

Als er aus der Kontemplation in die Welt zurückkehrte, hatte sich die Sonne über den Horizont gesenkt. Die Sichel des Mondes sandte Licht aus, zu wenig, um zu erkennen, doch genug, um zu erahnen. Ein Geräusch hatte Johannes aufmerken lassen. Da waren die bekannten Stimmen der Vögel gewesen, der leichte Hauch des Windes, der die Blätter bewegte, der Fluss vor ihm, der mit Tausenden von Stimmen flüsterte. Doch plötzlich war da etwas anderes, etwas, das in seinem Rücken jedes unnötige Geräusch vermied.

Johannes wagte nicht, sich umzudrehen. Längst war seine Wachsamkeit zurückgekehrt, längst hatte sich die Willenlosigkeit der Meditation in jene absichtslose Bereitschaft verwandelt, die nötig war, um einen todbringenden Pfeil auszusenden. Doch noch spürte er nicht die Notwendigkeit, den Kampf aufzunehmen. Was immer hinter ihm war, bewegte sich nun nicht mehr. Johannes versuchte zu erahnen, wie weit dieses Wesen noch entfernt war, doch bald gab er das auf. Es war nicht möglich, denn er hörte nichts mehr. Und doch wusste er, dass dort etwas war, das ihn genau beobachtete. Er war bereit. Das Schwert lag direkt vor ihm. Eine schnelle Bewegung war nötig. Zu schnell für das Wesen, das hinter ihm in der Dunkelheit lauerte. Johannes wartete.

Aber der Angriff blieb aus. Atemzug um Atemzug verging. Dann, ebenso plötzlich, wie die Stille eingetreten war, bewegte sich das Gras. Doch es waren nicht mehr die Geräusche eines Angreifers, der sich kaum hörbar näherte oder der plötzlich zum Sprung ansetzte. Ganz langsam schien sich dieses Wesen wieder zurückzuziehen. Johannes blieb in angespannter Bereitschaft, folgte jedem feinsten Geräusch, bis er nichts mehr hörte als ein kurzes Rascheln von Blättern, wie es geschah, wenn man sich durch Büsche bewegte, die er am Rande der Lichtung bemerkt hatte.

Es dauerte lange, bis Johannes bereit war, sich umzuwenden. Seine Augen hatten sich längst an die Dunkelheit gewöhnt, so dass ihm das schwache Mondlicht genug war, um die Lichtung wahrzunehmen. Doch da war nichts.

Für die Nacht hatte Johannes Schwert, Pfeile und Bogen neben sich gelegt. Er wurde oft wach, lag dann im Halbschlaf, immer bereit, auf ein ungewöhnliches Geräusch zu reagieren. Erst am frühen Morgen sank er in einen tiefen, traumlosen Schlaf, aus dem er erwachte, als die Sonne längst über dem Horizont erschienen war und ihre wärmenden Strahlen über das Land gelegt hatte.

Er nahm ein kurzes Bad im Fluss, aß Brot und Käse, sattelte das Pferd und machte sich auf den Weg. Wieder führte die Route nach Süden. Wieder ritt er durch dichten Wald, und als er am Mittag noch immer nicht auf eine Lichtung gestoßen war, kamen ihm Zweifel. Aber der Weg war breit genug, um ihn mit dem Pferdewagen befahren zu können. Gebrochene Zweige und Radspuren deuteten darauf hin, dass er regelmäßig genutzt wurde. Und so galt es wohl nur, Geduld zu bewahren und darauf zu vertrauen, dass dieser Wald nicht endlos war.

Als die Sonne ihren Zenit erreicht hatte, ließ er das Pferd an einer kleinen Quelle trinken, füllte die Wasserflasche und löschte seinen Durst. Am Nachmittag verengte sich der Weg, und so war es nur möglich, vorsichtig zu traben. Johannes blieb so sehr konzentriert, dass sein Gespür für Gefahr erst spät und sehr plötzlich wiedererwachte.

Er überlegte nicht lange. Auf dem engen Weg gab es kein Ausweichen, allenfalls Flucht. Abrupt griff er die Zügel, ließ das Pferd anhalten und wandte sich um. Dort, etwa fünfzig Fuß entfernt, bemerkte er ein Wesen, das ihn vielleicht schon eine ganze Weile verfolgt hatte und nun ebenfalls stehen geblieben war. Es blickte dem Reiter starr in die Augen und blieb so bewegungslos, als wäre kein Leben in ihm. Johannes erkannte, dass dieses Tier einem Wolf ähnlich sah. Doch es war kein Wolf. Und es war auch kein Hund. Kurz überlegte er, ob es sinnvoll sei, nach dem Bogen zu greifen, doch er war nicht sicher, ob es ihm gelingen würde, einem Angriff schnell genug zu begegnen. So tat er nichts, bemerkte nur, dass ihm dieses seltsame Wesen weiterhin entschlossen in die Augen sah, und erwiderte den Blick mit Wachsamkeit und Bereitschaft.

Einige Augenblicke vergingen, bis das Tier sich wieder bewegte. Es ließ den Kopf sinken, setzte langsam und geschmeidig Pfote vor Pfote, bis es den Wegrand erreicht hatte, blickte auf, sah den Reiter noch einmal an und verschwand dann zwischen den Bäumen. Johannes sprang vom Pferd und wartete eine Weile, doch das Tier kehrte nicht zurück.

Schließlich ritt er weiter, nun noch vorsichtiger als zuvor. Lange dachte er über dieses ungewöhnliche Wesen nach. Wölfe lebten in Rudeln, aber dieses Tier war auf sich gestellt, hatte offensichtlich keine Begleiter, aber es bewegte sich so, wie er es von Wölfen kannte. Und auch der Blick dieses Tieres glich dem eines Wolfs. In der Bibliothek der Augustiner in Laon war Johannes auf Bücher zur Naturgeschichte gestoßen, aber nirgends hatte er dort Beschreibungen oder Abbildungen einer Kreuzung aus Hund und Wolf gefunden. War es das Wesen, das ihn gestern auf der Lichtung überrascht hatte? Warum hatte es nicht angegriffen? Johannes war sicher, dass es ein für beide riskanter Kampf geworden wäre, und vielleicht wollte sich das Tier nicht auf einen gleichwertigen Gegner einlassen.

Der Weg wurde breiter, und plötzlich ritt Johannes auf freiem Feld. Zu seiner Überraschung erblickte er nicht weit entfernt eine Stadtmauer, Wehrtürme, dahinter Häuser, eine Kathedrale. Er hielt das Pferd an und ließ für einen Moment die Silhouette dieser Stadt auf sich wirken, die wie aus dem Nichts vor ihm erschienen war.

Johannes war abgestiegen und hatte das Pferd an den Zügeln geführt. Nun stand er vor einem Stadttor, so riesig, wie er es noch nie innerhalb einer Mauer gesehen hatte. Es mochte wohl vierzig Fuß hoch und gut doppelt so breit sein. Drei in Rundbögen mündende Pforten eröffneten den Zugang zur Stadt. Die mittlere diente Pferdewagen als Durchfahrt. Die beiden seitlichen, etwas schmaleren waren wohl einzelnen Reitern oder Fußgängern vorbehalten. Am Mauerwerk dazwischen strebten schlanke Säulen mit reich verzierten Kapitellen in die Höhe. Wachen betrachteten Johannes aufmerksam, hinderten ihn aber nicht daran, die Stadt zu betreten.

Eine breite, gepflasterte Straße führte weiter ins Zentrum. Zu beiden Seiten befanden sich die Häuser der Händler. Sie boten Tücher in allen Größen und Färbungen an. Dann folgten Werkstätten, die offenbar vor allem Wollwaren herstellten. Zu dieser späten Stunde war die Straße noch voller Leben. Zumeist waren es Männer, die an den Tresen die Ware begutachteten und mit den Handwerkern verhandelten.

Johannes führte sein Pferd weiter und gelangte zum Markt. Auch hier waren es vor allem Wollweber, die ihre Ware anboten. Zu ihnen gesellten sich Töpfer, Schuhmacher, Sattler und Händler, die Gewürze, Obst, Getreide und Fleisch verkauften. Einige hatten bereits damit begonnen, ihren Stand zu schließen. Zweistöckige Gebäude, meist aus Stein, umgaben den Markt. Johannes suchte hier vergeblich nach einer Herberge, und deshalb ging er weiter in Richtung der Kathedrale, deren Türme über die Giebel eines besonders prächtigen Patrizierhauses hinweg sichtbar waren. So fand er einen weiteren Markt, der ausschließlich den Tuchmachern vorbehalten schien. Von dort aus hatte er freien Blick auf die Chorseite der Kathedrale. Johannes erkannte sofort, dass diese Kirche der in Laon und Jumièges an Größe in nichts nachstand. Er überquerte den Platz und ging an der Nordfassade entlang. Hier befanden sich drei Portale im alten Baustil. Sie waren aufwendig verziert und zeigten in den auslaufenden Rundbögen Figurengruppen aus Stein. Johannes erkannte eine Darstellung des Jüngsten Gerichts. Doch es war jetzt keine Zeit, auf diese Dinge zu achten. So führte er sein Pferd weiter und entdeckte schließlich unmittelbar gegenüber des Westportals der Kathedrale ein Gebäude, das den Ordenshäusern ähnlich war, die er in Laon kennengelernt hatte. Auf einer Bank neben dem Eingang saß ein alter Mann, der den jungen Mönch und sein Pferd aufmerksam musterte. Johannes ging auf ihn zu.

«Guten Abend», begrüßte ihn der Alte.

«Gott zum Gruß», antwortete Johannes und ließ sein Pferd anhalten.

«Ich bin auf der Reise und suche ein Quartier. Könnt Ihr mir helfen?»

«Seid Ihr ein Pilger?», fragte der Alte.

«Was meint Ihr?»

«Ein Pilger des heiligen Jacobus?»

Johannes schüttelte den Kopf.

«Nein. Ich bin ein Mönch.»

Der alte Mann blickte verwundert.

«Ein Mönch zu Pferd? Das haben wir hier in Reims selten. Es gibt nur wenige Orden, deren Männer mit dem Pferd unterwegs sind.»

«Ich habe eine lange Reise vor mir», sagte Johannes bedächtig. «Mein Abt gab mir ein Pferd.»

«Ihr sprecht unsere Sprache auf seltsame Weise. Ihr seid nicht von hier. Doch der heilige Benedikt hat uns gelehrt, gottesfürchtige Menschen aufzunehmen, so wie Christus es getan hat. Ihr sollt willkommen sein. Auch wenn Ihr nicht die silberne Muschel tragt.»

«Die silberne Muschel?»

«Wahrlich, Ihr seid wirklich nicht von hier. Aber kommt. Es sind nur wenige Pilger im Haus. So will ich Euch aufnehmen. Aber da Ihr nicht auf dem Pilgerweg seid und auch kein Bettelmönch, solltet Ihr uns für Eure Bleibe und Euer Essen etwas geben.»

«So soll es sein.»

«Dann folgt mir.»

Johannes nahm die Zügel des Pferdes und folgte dem Alten durch eine schmale Gasse in einen Hinterhof. Hier befand sich ein kleiner Stall, der drei Pferden Platz bot. Während Johannes das Gepäck vom Sattel nahm, musterte ihn der Mann aufmerksam. Zwar waren Pfeile und Schwert in der Decke eingerollt, doch der Bogen ließ sich nicht verbergen. Aber der Alte schien nichts zu bemerken, brachte frisches Stroh und dann Wasser. Erst als das Pferd versorgt war, gingen sie die Gasse zurück und betraten die Herberge.

Das Zimmer im ersten Stock war sehr schlicht: an einer Seite Stroh, darauf ein einfaches Laken, gegenüber ein Tisch, auf dem man das Gepäck ablegen konnte. Johannes öffnete die Fensterläden und erblickte die Westfassade der Kathedrale. Rechts und links erhoben sich schlanke Türme in die Höhe. Über den drei Portalen, so groß und kunstvoll wie die in Laon, erblickte Johannes ein Rosenfenster, das im Durchmesser wohl vierzig Fuß maß. Er konnte nicht erkennen, was sich darüber befand. So blickte er noch einmal auf die spitz zulaufenden, reich verzierten Bögen über den drei Portalen. Einige Figurengruppen ließen sich leicht deuten: die Verkündigung der Maria, Jesus im Tempel von Jerusalem. Doch unmittelbar über diesen Darstellungen befanden sich bereits die Wasserspeier, finstere Dämonen, die drohend auf Johannes herabblickten.

«Ihr habt das Zimmer mit dem schönsten Ausblick», stellte der Alte fest. «Wenn Ihr Euch mit dem Essen beeilt, ist es in der Kathedrale noch hell genug für einen Besuch.»

Johannes nickte zustimmend. Sie gingen hinab und betraten einen kleinen Raum, in dem sich nur ein Tisch und Bänke befanden. Zwei Pilger hatten bereits daran Platz genommen, und Johannes setzte sich zu ihnen. Nach dem Gebet brachte der alte Mann Schalen mit einfachem Hirsebrei und eine große Karaffe Wein, der mit Wasser verdünnt war. Die beiden Pilger musterten den neuen Gast aufmerksam, sprachen ihn jedoch nicht an.

Nach dem Essen verließ Johannes die Herberge, ging die wenigen Schritte zum Westportal und betrat die Kathedrale. Durch die großen Fenster aus farbigem Glas fiel nur noch wenig Licht. Johannes erblickte schlanke, hoch aufstrebende Säulen. Das Mittelschiff war von beachtlicher Ausdehnung und die Höhe des Raumes vergleichbar mit der in Laon. Er ging weiter zur Vierung, sah, dass die Querschiffe nicht besonders ausgeprägt waren, der Grundriss der Kirche einer klaren Symmetrie folgte und die Anzahl der Säulen wohl keine symbolische Aussage verbarg. Als er die Kathedrale schon verlassen wollte, bemerkte er an der Westfassade zahlreiche Nischen, in denen Skulpturen aufgestellt worden waren. Dort befand sich auch ein Relief, auf dem ganz offensichtlich ein Tempelritter abgebildet war: Dieser Mann im Kettenhemd kniete vor einem Priester, der ihm Brot und Wein reichte. Johannes betrachtete diese Szene eine Weile. Dann verließ er die Kathedrale, suchte das Zimmer in der Herberge auf und legte sich auf das Stroh. Noch immer waren seine Gedanken bei dem ungewöhnlichen Relief. Die dargestellte Szene erinnerte an das Abendmahl. Doch hatte er selbst noch nie an einer Zeremonie teilgenommen, bei der ein Templer Brot und Wein von einem Priester erhielt, der dem Orden offensichtlich nicht angehörte. Rituale dieser Art wurden einzig von den Vorstehern der jeweiligen Komturei ausgeführt. Das Relief in der Kathedrale stellte die Dinge so dar, als unterständen die Tempelritter der Gnade eines Bischofs. Doch das war nicht der Fall, denn nach allem, was er gelesen hatte, war der Orden von jeglicher kirchlicher Inspektion befreit. Johannes konnte sich keinen Reim auf diese Sache machen.

Schließlich holte ihn die Müdigkeit ein. Jetzt erst spürte er die Strapazen der letzten Tage und fiel in einen tiefen Schlaf.

In der Nacht wurde er von Lärm geweckt. Draußen auf der Straße schrien Menschen durcheinander. Hufschläge auf dem Pflaster waren zu hören und das Geräusch von knarrenden Pferdewagen. Johannes rappelte sich auf, öffnete die Fensterläden und schaute hinab. Der Platz vor der Kathedrale war von Fackelschein schwach erleuchtet, so dass man die Dinge nur schemenhaft erkennen konnte. Viele Menschen waren herbeigelaufen, um zu sehen, was geschah: Bewaffnete Reiter bahnten sich einen Weg. Sie zogen Männer in Ketten hinter sich her, die sich mit aller Kraft sträubten und von Wächtern mit der Peitsche vorangetrieben wurden. Johannes sah, wie man andere auf Pferdewagen davonschaffte. Man hatte diesen Männern Leinensäcke über den Kopf gezogen und die Hände auf dem Rücken zusammengebunden. Als wäre diese Behandlung noch nicht genug, begann die Menschenmenge, wütend zu schreien und auf die Gefangenen zu spucken. Den Reitern fiel es schwer, sich gegenüber der Menge Respekt zu verschaffen, und so kam der Zug nur langsam voran.

Johannes drehte sich um, zog sein Schwert aus der Decke, lief zur Tür und dann die Treppe hinab. Doch bevor er die Pforte des Hauses erreichen konnte, wurde er festgehalten.

«Haltet ein», hörte er einen Mann hinter sich rufen.
Erschrocken drehte er sich um. Der Alte stand neben ihm und sah mit ängstlichem Blick auf das Schwert.
«Haltet ein», sagte er noch einmal etwas leiser. «Ihr könnt nichts tun.»
«Was geschieht da draußen?»
«Männer sind gefangen genommen worden.»
«Welche Männer?»
«Männer des Templerordens. Sie wurden in der Nacht verhaftet. Die Ritter des Königs bringen sie fort.»
Johannes wollte sich erneut umwenden, doch der Alte packte ihn an der Schulter.
«Lasst das», sagte er. «Ihr könnt nichts ausrichten. Weder mit dem Schwert noch mit dem Bogen. Es sind zu viele.»
Johannes senkte das Schwert. Dann folgte er dem Alten hinauf auf das Zimmer und gemeinsam betrachteten sie vom Fenster aus das Geschehen auf dem Platz. Der Lärm schien noch größer geworden zu sein. Die Menge war aufgebracht. Mehr und mehr Reiter kamen auf den Platz, schlugen vom Pferd herab auf die Menschen ein und sorgten dafür, dass der Zug der Gefangenen weiterziehen konnte. Der Alte hatte recht. Es war sinnlos einzugreifen. Johannes wandte sich ihm zu.
«Woher wusstet Ihr?», fragte er.
Der Alte blickte ihn an.
«Es gibt nur wenige, die einen Bogen führen ...», sagte er und verstummte.
Johannes nickte.
«Ich danke Euch.»
Sie wandten sich wieder dem Fenster zu.
«Es ist schlimm», sagte der alte Mann. «Wartet die Nacht ab. Ihr könnt jetzt nichts tun.»
Die Ritter waren die Kathedrale entlang in Richtung Markt weitergezogen. Hunderte von Menschen folgten ihnen. Nach

einiger Zeit hörte man ihr Geschrei nur noch aus der Ferne.

Johannes blickte hinab auf den Vorplatz der Kathedrale. Die Pflastersteine glänzten im Mondlicht, so als wäre nichts geschehen.

Als er am Morgen erwachte, hatte er nur wenig geschlafen. Immer wieder waren die Bilder der Nacht in ihm aufgestiegen. Was geschah nun mit diesen Männern? Jacques hatte davon gesprochen, dass sie verhört und in weitentfernte Klöster geschickt werden würden. Aber konnte man da sicher sein, wenn schon die Gefangennahme auf solche Weise durchgeführt wurde?

Unten in dem kleinen Speiseraum hatte ihm der Alte bereits Haferbrei und Wasser bereitgestellt.

«Ihr hättet nichts tun können», sagte er, nachdem sich Johannes schweigend an den Tisch gesetzt hatte. «Wenn der Pöbel im Spiel ist, wird alles unberechenbar.»

«Aber diese Gefangenen. Mich selbst hätte es treffen können.»

«Ich weiß. Umso wichtiger ist es, dass sie Euch nicht gefunden haben. Ihr müsst fort. Noch heute morgen. Wenn Ihr die Champagne verlassen habt und Trier erreicht, seid Ihr in Sicherheit. Der Weg dorthin ist gut, denn rechts und links des Weges ist nur freies Feld. Ihr könnt mögliche Angreifer schon von weitem erkennen und Euch vorbereiten.»

Johannes nickte. Während er die Schüssel leerte, waren seine Gedanken noch immer bei dem, was er in der Nacht gesehen hatte. Und zugleich war er glücklich, in dem alten Mann einen Helfer gefunden zu haben, der ihn vor Schlimmerem bewahrte.

«Was hat es mit dem heiligen Jacobus auf sich?», fragte er schließlich.

Der Alte lächelte.

«Es ist jetzt keine Zeit mehr. Fragt auf Eurem Weg die Pilger. Sie wissen es genauer als ich und werden Euch viel zu erzählen haben. Aber jetzt müsst Ihr sehen, dass Ihr Euch davonmacht.»

Gemeinsam holten sie das Pferd aus dem Schuppen, und der Alte beobachtete, wie Johannes seinen Bogen am Sattel befestigte.

«Möge er Euch Glück bringen», sagte er und umarmte Johannes.

«Gottes Segen mit Euch», antwortete der. «Habt Dank für alles.»

Johannes nahm die Zügel des Pferdes, führte es vorbei an den Portalen der Kathedrale, drehte sich noch einmal um, doch der Alte war bereits verschwunden.

Kurze Zeit später hatte er Reims durch das Osttor verlassen und ritt auf einem breiten, ebenen Weg. Die Felder vor ihm erstreckten sich bis zum Horizont. So war die Route gut zu überblicken, es gab keine unerwarteten Hindernisse, und Johannes konnte bis Mittag eine Strecke zurücklegen, für die er im Wald zwei Tage benötigt hätte. Er ritt durch kleine Dörfer und kam an vielen einzeln gelegenen Gehöften vorbei. Als er einen Fluss erreichte, gönnte er dem Pferd etwas Ruhe und ließ es trinken. Dann führte er es über eine kleine Holzbrücke und setzte die Reise fort. Am späten Nachmittag war ihm, als habe er noch nie in so kurzer Zeit zu Pferd eine solch große Strecke zurückgelegt. Das stimmte ihn froh, denn je schneller er vorankam, desto eher würde er vor dem Zugriff der Schergen des Königs in Sicherheit sein.

Gegen Abend sah Johannes zwei Gestalten am Horizont. Bald erkannte er, dass es sich um Wanderer handelte, die in dieselbe Richtung marschierten, der auch er folgte. Als sie den Hufschlag des Pferdes hörten, drehten sich die beiden Männer um und blickten ihn verwundert an.

«Seid gegrüßt im Namen des Herrn», sagte der eine, als Johannes sein Pferd neben ihnen zum Stehen gebracht hatte.

«Gottes Segen sei mit Euch, Wanderer», erwiderte Johannes. «Wohin geht Ihr?»

«Erkennt Ihr das nicht?», erhielt er zur Antwort.

Jetzt erst hatte er die Möglichkeit, die Männer genauer zu betrachten. Sie unterschieden sich äußerlich nur wenig voneinander: Beide trugen einen ärmellosen Mantel, einen Hut mit breiter Krempe und hatten sich Trinkflasche und Proviantsack um die Schulter gehängt. Ihre Schuhe waren alt, und auf den zweiten Blick konnte man erkennen, dass ihre Hosen und Hemden schon mehrmals geflickt wurden. Ihre Gesichter waren von der Sonne gebräunt. Der eine Mann hatte tiefschwarzes Haar, während der andere schon fast ergraut war. Johannes bemerkte, dass diese beiden Wanderer jeweils eine silberne Muschel an der Stirnseite ihres Hutes befestigt hatten.

«Ich hörte vom Zeichen der silbernen Muschel in einer Herberge», sagte er.

«Dann kennt Ihr ja unseren Weg.»

«Offenbar zieht Ihr nicht ins Heilige Land.»

Die beiden sahen sich erstaunt an.

«Wenn Ihr Jerusalem meint, so habt Ihr recht. Aber es gibt ein neues Jerusalem. Ihr seid Mönch. Solltet Ihr noch nichts von San Jaco gehört haben?»

Johannes war vom Pferd gestiegen und hielt es an den Zügeln.

«Es gibt einen Pilgerort, weit entfernt, am Ende der Welt. Ich las darüber.»

«Dorther kommen wir. Mein Name ist Anno von Sponheim. Dies ist Enrico Albani. Seine Heimat ist Genua, aber er hat sich entschlossen, auf der Via Lemovicensis in den Norden zu wandern. Und was ist Euer Ziel?»

Johannes war überrascht von der Offenheit des Mannes, hielt

es aber für besser, seine wahren Absichten nicht preiszugeben.

«Mein Orden hat mich auf eine lange Reise geschickt. Ich komme aus Reims.»

«Dann seid Ihr noch nicht lange unterwegs», sagte Anno.

«Reims. Ein beschauliches Plätzchen. Wir waren vor drei Tagen dort.»

Er stutzte, als er den Bogen bemerkte, den Johannes am Sattel befestigt hatte.

«Ihr seht nicht aus wie ein Straßenräuber», fuhr er fort. «Wenn Ihr Euch uns anschließen wollt, so seid Ihr willkommen.»

Johannes nickte. Er bot den beiden an, ihr Gepäck auf das Pferd zu laden, was sie dankbar annahmen. Dann wanderten sie gemeinsam weiter durch die Felder. Johannes musste feststellen, dass die beiden Pilger einen sehr schnellen Schritt hatten. Es fiel ihm schwer, sich ihrem Tempo anzupassen, doch die beiden hatten Mitleid mit ihrem neuen Begleiter und legten öfter Pausen ein. Gegen Abend fanden sie nahe des Weges einen Gutshof. Der Bauer war zunächst überrascht, als er die zwei Pilger, den Mönch und das Pferd erblickte, doch dann hieß er sie willkommen, erlaubte ihnen, im Stall zu übernachten, und brachte Brot und Wasser. Auch für das Pferd sorgte er. Als die Sonne unterging, saßen sie gemeinsam vor der großen Scheune und blickten über die Felder zum Horizont.

«Es ist ein schönes Gefühl», sagte Anno, «überall in der Welt willkommen zu sein.»

Enrico stimmte ihm zu und blickte den Bauern dankbar an.

«Unsereins kommt nicht weit herum», sagte der. «Erzählt ein wenig von dem, was Ihr erlebt habt.»

«Ich bin jetzt drei Jahre unterwegs», sagte Enrico. «Sicher. Räuber haben mich überfallen und ausgeraubt. Mehr als einmal. Aber im Grunde sind die Menschen gut. Sie halten sich an die Worte unseres Herrn und geben dem Pilger Essen, Trinken und eine Bleibe für die Nacht, so wie Jesus es gelehrt hat.»

«Bislang begegneten mir nur Pilger, die nach Jerusalem reisten», sagte Johannes. «Sie nahmen den langen Weg auf sich, um Buße zu tun oder für ihr Seelenheil zu beten. Wenn sie zu Rittern wurden, halfen sie Pilgern auf ihrem Weg. Doch Euer Ziel scheint ein anderes zu sein.»

«Es ist nicht immer möglich, Ritter zu werden», sagte Enrico. «Eine böse Krankheit hat meine Familie hinweggerafft. Ich habe damals alles verloren, was mir lieb war. Allein, dass ich am Leben blieb, war ein Wunder, und ich beschloss, dem Herrn zu danken. Doch ich war zu arm, um eine Passage ins Heilige Land antreten zu können. Und so machte ich mich auf den Weg ans Ende der Welt, um dem Herrn für mein Leben zu danken.»

«Ja. Die Reise zum heiligen Jacobus ist ein Weg zu Gott», meinte Anno, der den Hut mit der silbernen Muschel nicht ohne Stolz vor sich auf den Boden gelegt hatte. «Es ist ein Bruch mit dem Leben, das du bislang geführt hast. Kaum einen Tag bist du am gleichen Ort. Du weißt heute nicht, wo du morgen sein wirst und was dich erwartet, ob du etwas zu essen erhalten wirst, Wasser oder eine bescheidene Unterkunft. Wird es auf deinem Weg regnen, wird dich die Glut der Sonne erschöpfen? Nichts ist gewiss. Und diese Erfahrung prägt dich über die lange Zeit des Pilgerweges. Da ist kein Augenblick, der nicht von diesem Geist durchdrungen ist. In den Hospizen und Klöstern, die Pilger aufnehmen, beginnt der Tag mit der Frühmesse. Auf dem Weg singst du mit deinen Begleitern Pilgerlieder und betest mit ihnen. Der Jacobsweg ist ein heiliger Weg. Immer wieder kommst du an Orte, die Reliquien beherbergen. Und in den Klöstern, Spitälern und Hospizen lernst du, was Barmherzigkeit ist. All dies verwandelt dich, macht dich allmählich zu einem neuen Menschen.»

«So, wie du deinen Weg schilderst, scheint alles an ihm gut zu sein», sagte der Bauer. «Aber gibt es nicht auch Gefahren?»

«Davon könnte ich Euch einiges erzählen», begann Enrico.

«Im Gebirge habe ich oft erlebt, wie Pilger sich verletzt haben, meist beim Abstieg. Dort ist es auch deshalb immer gefährlich, weil du durch enge Schluchten wanderst, die nur gut sind für Räuber, denn man kann nicht ausweichen. Pilger gehen häufig in größeren Gruppen. Das schafft Sicherheit. Aber auch in der Ebene lauern Gefahren. Ich habe Pilger gesehen, die von der Strömung erfasst wurden, als sie eine Furt überqueren wollten. Andere sind umgekommen, als ihre Flussfähre kenterte. Sie konnten nicht schwimmen. Aber die gewöhnlichen Strapazen auf dem Weg sind bereits Prüfung genug. Wenn du dir die Füße wundgelaufen hast, in sengender Hitze ohne Wasser bist, wenn dich im Gebirge ein Schneesturm überrascht: All das sind schlimme Torturen.»

«Würdet Ihr Euch heute noch einmal für diesen Weg entscheiden?», wollte Johannes wissen.

«Gewiss», antwortete Anno. Und dann erzählte er von dem Tag seiner Ankunft in Santiago, von der Straße, die durch die Porta Francígena in die Stadt führte und an der Nordseite der Kirche mündete. Von dem großen Platz mit dem prunkvollen Brunnen, aus dessen Becken sich eine bronzene Mittelsäule erhob, die von vier prächtigen Löwen umgeben war. Von dem Pilgerhospital und dem Atrium, durch das man zum Nordportal der Kirche des heiligen Jacobus gelangte, von dem steinernen Fries mit den lebensgroßen Figuren, auf dem der segnende Christus inmitten der Apostel abgebildet war. Er sprach von der Figur des Jacobus, der umgeben war von Christus zur Linken und König David mit der Harfe zur Rechten. Und noch lebendiger erzählte er von der letzten Station seiner Reise.

«Ich war noch einige Tage lang weiter gen Westen gewandert und hatte das Meer erreicht, das Ende der Welt. Kein Navigator wagt es, mit seinem Schiff zu lange außer Sichtweite der Küste zu kreuzen. Denn wir wissen nicht, was außerhalb ist und was geschieht, wenn wir uns aufs Meer hinauswagen. Lange habe ich auf die Wellen des Ozeans geschaut, habe gesehen, wie die Sonne hier im äußersten Westen unterging. Mir fehlen die Worte, Euch diesen Augenblick zu beschreiben. Es war, als würde sie bis zuletzt gegen ihren Untergang kämpfen. In der Nacht träumte mir, dass sie vielleicht nicht wiederkäme. Denn sie war untergegangen und musste wieder auferstehen, ganz so, wie es unser Herr Jesus Christus getan hatte. Aber dann erhob sich die Sonne im Osten für einen neuen Tag. Und ich lief den Strand entlang und fand, was ich suchte.»

Anno griff in seinen Mantel, holte etwas hervor, das er sorgfältig in ein Tuch gewickelt hatte, und hielt es in die Höhe. Es war eine Muschel, gefunden am Ende der Welt.

Der Bauer hatte ihnen etwas Proviant mit auf den Weg gegeben und sie herzlich verabschiedet. Sie wanderten weiter Richtung Osten. Johannes gelang es nun auch, mit seinen beiden Begleitern Schritt zu halten.

Bald zeigte sich, dass Anno die Route gut kannte. Er wusste von den verschiedenen Pilgerwegen, die zum Rhein führten, und viele Städte hatte er dort bereits einmal besucht. Sie würden an diesem Tag einen größeren Ort südlich umgehen und am Abend Trier erreichen. Johannes war beunruhigt, als er hörte, dass in dieser Stadt auch ein Haus der Templer Unterkunft gewährte. Und umso erleichterter nahm er Annos Vorschlag auf, im Haus der Bruderschaft des heiligen Jacobus zu übernachten.

Unterwegs erzählte Enrico von seiner Reise. Besonders hatte er sich für die Musik der Pilger aus Andalusien begeistern können. Sie sangen ihre Lieder meist zu Ehren der Jungfrau Maria. Dabei wurden sie von Musikanten begleitet, auf Trommeln oder auf hölzernen Instrumenten mit Darmsaiten, die mal gezupft, mal mit Hilfe eines Rosshaarbogens gestrichen wurden. Ein König mit Namen Alfonso, genannt El Sabio, hatte sogar damit begonnen, die Pilgerlieder von seinen Gelehrten mit wundersamen Zeichen aufschreiben zu lassen. Man nannte diese Sammlung das Libre Vermell, das rote Buch. Enrico hatte es nie zu Gesicht bekommen, aber vielleicht benötigte man es auch gar nicht, denn die Pilger verbreiteten diese Lieder untereinander.

Dann begann Enrico zu singen. Er hatte eine warme, klare Stimme. Johannes konnte die Lieder verstehen, denn ihre Sprache war dem Lateinischen ähnlich. Mal war es ein Lob auf Maria, mal eine Warnung vor dem Tod, dann ein Liebeslied. Die Melodien hörten sich ganz eigenartig an, hatten wenig gemeinsam mit den Gesängen der Mönche, aber sie waren schön und gingen zu Herzen.

Enrico berichtete auch von Bildern, die er in der Kirche des heiligen Jacobus gesehen hatte. Er fand sie etwas altmodisch. Waren ihm doch aus Italien Gemälde bekannt, auf denen die Menschen so dargestellt wurden, wie sie wirklich aussahen, und auch Räume und Plätze besaßen darauf mehr Tiefe. Anno konnte diese Einschätzung nicht verstehen. Es komme nicht darauf an, den heiligen Jacobus so zu malen, wie er wirklich ausgesehen hatte. Es sei wichtiger, darzustellen, was er den Pilgern bedeute. Über diese Frage gerieten die beiden in einen längeren Streit, einigten sich aber schließlich darauf, dass die Menschen in Italien wohl anders fühlten als die Menschen am Ende der Welt.

Auch Wundergeschichten bekam Johannes zu hören. In Santo Domingo de la Calsada sei ein Pilger zu Unrecht erhängt worden und ein Jahr später lebendig vom Galgen gefallen. In dem kleinen Ort Arco habe eine gelähmte Frau die Kreuzesreliquien aufgesucht und die kleine Kapelle geheilt verlassen. Gegen Mittag erzählte Anno noch immer eine Wundergeschichte nach der anderen, bis Johannes ihn unterbrach.

«Glaubst du denn, dass all diese Geschichten wahr sind?»

Anno blickte erstaunt auf.

«Gerade von einem Mönch hätte ich diese Frage nicht erwartet», antwortete er. «Warum sollen diese Erzählungen nicht wahr sein? Dann müsste man auch an vielem zweifeln, was uns die Heilige Schrift berichtet. Denk an die Zerstörung der Mauern von Jericho beim Klang der Posaunen. Oder daran, dass sich vor Moses das Meer teilte und dem Volk Israel einen Fluchtweg aus Ägypten freigab. Da gingen sie mitten ins Meer auf dem Trockenen, und das Wasser war ihnen Mauer zur Rechten und zur Linken. Oder denk an Jesus Christus, unseren Herrn, der Blinde wieder sehen und Lahme gehen lassen konnte. Was zweifelst du da? Vielleicht wirst auch du an eine Mauer kommen, die zu einem Wunder wird. Vielleicht wirst auch du plötzlich etwas sehen, für das du zuvor kein Auge gehabt hast. Vielleicht wirst auch du einmal erleben, dass es dir plötzlich möglich ist, aufzustehen und davonzugehen.»

Johannes blickte zu Anno und konnte nur mit Mühe die Unruhe verbergen, die diese Worte in ihm bewirkt hatten. Ja, er hatte sich mit Mauern beschäftigt. Er hatte versucht, die Wahrheit zu sehen. Nur war ihm bislang noch kein Wunder widerfahren.

«Vielleicht hast du recht», sagte er kurz, überlegte einen Moment und war dann froh, als sie auf dem Feld ein seltsames Gebäude erblickten, dass ihre ganze Aufmerksamkeit auf sich zog. Es hatte keine Fenster, war etwa 30 Fuß hoch und besaß hölzerne Flügel, die sich im Wind drehten. Anno erklärte, dass in diesem Haus Korn gemahlen werde, etwa so wie in den Wassermühlen am Fluss. Als Johannes auf das seltsame Haus zugehen wollte, um es näher zu betrachten, hielt er ihn zurück und sagte, dass sie sich beeilen müssten, wenn sie Trier zum Abend erreichen wollten.

Am Nachmittag kamen sie an einen Fluss und folgten seinem Lauf. Anno wusste, dass sie die Mosel erreicht hatten und

Trier nicht mehr fern war. Als die Sonne bereits tiefer stand, sahen sie vor sich die Stadtmauer. Enrico begann ein Lied zu singen, das er von den Pilgern gelernt hatte: Sei gegrüßt, du königliche Stadt, Trier, Stadt der Städte, durch die Frohsinn und Freude zurückkehrt! Stadt voller Anmut, die du Bacchus ehrst und Bacchus überaus teuer bist, schenke deinen Einwohnern die stärksten Weine in der Güte! Vor Jupiters Thron und in Gegenwart der Götter fällt Venus ihr Urteil, dass man die Rose dem Rosengärtner geben solle wegen seines liebenswürdigen Wesens. Was ist erfreulicher als ein vollkommen schönes Gesicht? Der Rosengärtner bringt heute die Rose zu Ehren. Deshalb klingt die Stimme des Jubels noch freudiger vor lauter Wonne.

Anno und Johannes mussten lachen, als Enrico sein Lied beendet hatte. Sie erreichten eine Holzbrücke und überquerten den Fluss. Da es schon sehr spät war, schlug Anno vor, nicht mehr in die Stadt zu gehen und stattdessen ein Quartier außerhalb aufzusuchen. Sie wandten sich flussaufwärts und kamen zunächst an den Ruinen eines großen, verfallenen Gebäudes vorbei. Anno meinte, es wäre vor langer Zeit ein Badehaus gewesen. Johannes erkannte an den Grundmauern, dass dieses Gebäude wohl aus mehreren hohen Hallen bestanden haben mochte, konnte sich aber ansonsten nicht so recht vorstellen, wie es einmal ausgesehen hatte. Dann erblickte er vor sich eine schmucklose Basilika, an die sich südlich ein Langhaus anschloss. Er verstand, dass dies eine Klosteranlage sein musste, und die schlichte Dachkonstruktion der Kirche ließ vermuten, dass sie schon vor langer Zeit erbaut worden war. Anno führte sie zu einer großen Pforte und schlug mit dem Wanderstock dreimal gegen das Holz.

Ein Mönch in weißer Kutte erschien. Nachdem er sich vergewissert hatte, dass es sich bei den drei fremden Wanderern um Pilger handelte, die friedfertig waren, ließ er sie ein. Johannes musste sein Pferd einem Novizen überlassen, der es in die Stallungen des Klosters führte. Dann folgten sie dem Mönch in den Kreuzgang und betraten auf der gegenüberliegenden Seite das Dormitorium, in dem ihnen ein Schlafplatz zugewiesen wurde. In lateinischer Sprache wandte sich der Mönch an Johannes, erläuterte ihm, dass von den Gästen erwartet werde, die Stundengebete zu besuchen. Nicht ohne Sorge blickte er auf den Bogen, den Johannes mit sich führte, und wies darauf hin, dass sie noch in dieser Nacht vom Abt empfangen würden.

Wenig später ertönte die Glocke und rief zum Gebet. Johannes stand im Kreuzgang, um den Sonnenuntergang zu erleben. In diesen letzten Minuten des Tages war die Welt von klarer Kontur und intensiver Schönheit. Die Wolken erglühten ein letztes Mal rotstrahlend, bevor das Licht allmählich schwächer wurde. Es war die Stunde der Vesper, auf die sich Johannes nun einstimmte. Die Benediktinerbrüder hatten die Arbeit niedergelegt. Nach dem Gottesdienst würden sie die Abendmahlzeit miteinander teilen. Johannes betrachtete die Rasenfläche und die gepflegten Kräuterbeete. Auch hier lehrte die Natur über das Jahr den Kreislauf des Lebens, dachte er erneut. Er betrat das Brunnenhaus, um sich vor dem Gebet zu waschen, und sah, wie sich das flüssige Gold der untergehenden Sonne im Wasser spiegelte. Dieser Anblick konnte ein Segen sein, wenn der Tag erfüllt gewesen war und die Anstrengungen ruhen durften. Es war Zeit, die Lichter anzuzünden.

Auch Enrico und Anno kamen in den Kreuzgang, und gemeinsam betraten sie die Basilika. Die Mönche hatten sich bereits im Chorraum versammelt. Als die drei Gäste zu ihnen getreten waren, stimmten sie den Introitus an. Johannes wusste, dass die Gebete und Gesänge der Vesper den Tag abrunden sollten. Unabhängig davon, welche Erfolge, welche Enttäuschungen man erlebt hatte, nun begann die Zeit, all die widersinnigen Teile eines Tages miteinander zu versöhnen, Vergebung zu erfahren, den Tag, so wie er gewesen war, gehen zu lassen. Und so begann Johannes, sich für die besondere Stimmung dieser Stunde zu öffnen. Gemeinsam sangen sie das Magnificat, den Kern dieses Stundengebets, Worte, mit denen Maria einst Elisabeth begrüßt hatte: Meine Seele preist die Größe des Herrn, und mein Geist jubelt über Gott, meinen Retter. Gepriesen sei der Herr, denn er hat sein Volk besucht und ihm Erlösung geschaffen.

Als der Abt die Kerze entzünden wollte, Zeichen der Überwindung von Einsamkeit und Verzweiflung, drangen plötzlich Geräusche von außen in den Kirchenraum. Das Wiehern von Pferden war zu hören. Männer schrien durcheinander.

Der Abt hielt inne, bekreuzigte sich, verbeugte sich zum Altar und ging eilig hinaus, gefolgt von den Brüdern, die so sehr vom Geist des Gebetes und der Musik erfüllt waren, dass sie zunächst nicht verstanden, was geschah. Auch Johannes drängte ins Freie.

Etwa zwanzig Reiter hatten sich im Kreuzgang versammelt. Sie alle trugen Schwerter und waren offensichtlich gewaltsam eingedrungen. Noch immer hallten die Hufschläge ihrer Pferde durch den Kreuzgang. Ohne zu zögern, ging der Abt auf einen der Männer zu, der als einziger über seinem schwarzen Umhang ein Kettenhemd trug und offensichtlich die Reiter anführte.

«Was erlaubt Ihr Euch», rief er ihm entgegen, «diesen heiligen Ort zu entweihen!»

Der Angesprochene schien wenig beeindruckt und grinste den Abt höhnisch an.

«Überlegt, was Ihr sagt, Mönch!», gab er zur Antwort. «Der König kennt kein Pardon! Entweder Ihr seid friedlich und tut, was wir sagen, oder wir pflügen alles mit dem Schwert um!»

«Dies ist das Haus des heiligen Apostels Michael! Seine Gebeine sind in dieser Basilika beigesetzt!»,

Der Abt deutete hinter sich zur Kirchenpforte.

«Ihr schändet einen der heiligsten Orte dieser Welt. Ihr versündigt Euch am Apostel des Herrn! Und so versündigt Ihr Euch am Herrn selbst! Verlasst augenblicklich das Kloster!» Entschlossen stellte sich der Abt vor das Pferd des Anführers. Der reagierte ebenso schnell, zog sein Schwert und hielt es ihm an die Kehle.

«Noch ein Laut, und Eure Zeit ist um», sagte er. «Verhaltet Euch ruhig, dann wird Euch und Euren Männern nichts geschehen.»

Er machte eine kurze Handbewegung, und seine Reiter bildeten einen Halbkreis um die Mönche. Der Anführer hielt sein Schwert weiter an die Kehle des Abtes.

«Sind Männer des Templerordens unter Euch?»

Der Abt schüttelte den Kopf.

«Wir sind Benediktiner», antwortete er kurz. «Selten haben wir Ritter zu Gast. Das Ordenshaus der Tempelritter befindet sich innerhalb der Mauern der Stadt.»

«Sind nur Mönche hier?»

«Wir sind ein gastfreundlicher Orden, und wenn Pilger eine Herberge suchen, nehmen wir sie gern auf. Heute Nacht sind es Pilger des heiligen Jacobus von Santiago. Aber wir mögen keine ungebetenen Gäste, die diesen Ort mit ihren Waffen entweihen.»

Auf ein Zeichen stiegen einige Ritter von ihren Pferden, schritten durch die Reihen der Mönche und betrachteten jeden genau.

Johannes wagte kaum zu atmen. Er trug die Mönchskutte, unterschied sich also nicht von den anderen. Aber war es nicht möglich, dass sein ängstlicher Blick ihn verraten konnte? Er versuchte, gleichmäßig zu atmen und seinen Gesichtsausdruck zu beherrschen. Doch zugleich wurde ihm bewusst, dass es ebenso auffällig wäre, seine Furcht ganz zu unterdrücken. Als er zur Seite blickte, sah er, dass auch den anderen Mönchen die Angst ins Gesicht geschrieben stand. Einer der Ritter kam auf ihn zu, stellte sich direkt vor ihn und blickte ihn entschlossen an. Johannes spürte, dass sich dieser Mann der eigenen Macht bewusst war und es ihm großes Vergnügen bereitete, sie auszuspielen. Er erwiderte den Blick des Ritters, senkte dann aber die Augen, denn er durfte diesen Mann nicht provozieren.

Der Anführer rief seine Leute erneut zusammen, und da sie nichts Auffälliges bemerkt hatten, befahl er ihnen, alle Räume des Klosters zu durchsuchen. Sie schwärmten aus. Einige begaben sich in die Küche, andere in den Kapitelsaal, in das Refectorium, und eine weitere Gruppe durchsuchte die Schlafräume der Mönche. Johannes blieb nichts als die bange Hoffnung, dass sie das Schwert und den Bogen nicht entdecken würden. Beides hatte er unter dem Stroh seines Bettes verborgen und das übrige Gepäck mit dem Pilgermantel darüber gelegt.

Nach und nach kamen die Ritter in den Kreuzgang zurück. Als letztes erschienen jene, die das Dormitorium durchsucht hatten. Johannes konnte ihre Gesichter in der Dunkelheit nicht erkennen. Hatten sie seine Waffen gefunden? Es gäbe für ihn weder die Möglichkeit zu kämpfen noch die Chance zu fliehen. Er wagte nicht, sich zu bewegen. Gebannt beobachtete er, wie auch diese Männer dem Anführer Bericht erstatteten.

Der senkte sein Schwert, befahl seinen Leuten aufzusitzen und blickte dem Abt in die Augen.

«Ihr seid mutig, Mönch. Möge der Herr auch weiterhin mit Euch sein.»

Dann machte er kehrt und trieb sein Pferd quer über den Kreuzgang zur Pforte. Die anderen Reiter folgten ihm. Augenblicke später war es so still, dass Johannes seinen eigenen Herzschlag hören konnte.

Der Abt hatte ihn noch vor Beginn der Komplet zu sich bestellt. Als Johannes den Raum betrat, erhob er sich, trat auf ihn zu, umarmte ihn und gab ihm den Bruderkuss.

«Junger Mönch», begann er. «Ihr seid mit Jacobspilgern unterwegs. Das findet man selten.»

Er schwieg einen Moment, so als wollte er Johannes die Möglichkeit geben, etwas zu sagen.

«Wir Benediktiner folgen dem Vorbild des Herrn. Ihr seid uns willkommen. Doch als Abt habe ich zugleich die Sorge um diesen heiligen Ort. Bruder Theoderich teilte mir mit, dass Ihr einen Bogen bei Euch habt. Wenige sind dazu auserkoren, diese Waffe zu führen. Ich durfte nur einmal einen Mönch kennenlernen, der diese Meisterschaft beherrschte. Es war ein Templer.»

Johannes blickte auf.

«Wir werden Schwierigkeiten bekommen» sagte der Abt. «Das, was heute geschehen ist, kann sich wiederholen. Versteht mich richtig. Mir ist die Sorge um dieses Haus übertragen, ebenso wie die Sorge um die Pilger und alle Menschen, die an unser Tor klopfen. Deshalb möchte ich Euch bitten, diesen Ort nicht zu gefährden.»

Johannes nickte.

«Es ist nicht in meinem Sinne, das Grab des heiligen Apostels in Gefahr zu bringen», sagte er. «Ich stehe in Eurer Schuld, denn Ihr habt mit Eurem Mut mein Leben gerettet. Ich werde Euer Haus morgen verlassen, um Euch nicht weiter eine Gefahr zu sein.»

«Welches Ziel habt Ihr?»

«Den Norden.»

«Nach Köln?»

Johannes nickte.

«Der beste Weg geht über die Eifel. Mit dem Pferd kommt Ihr schnell voran.»

«Dann werde ich diesen Weg nehmen.»

«Nein.» Der Abt überlegte kurz. «Dort wird man Euch erkennen. Ein Mönch zu Pferd. Das ist ungewöhnlich. Ihr könnt so nicht weiterreisen. Und Ihr müsst eine andere Route nehmen.»
«Meine Begleiter wollen nach Sponheim gehen.»
«Das wäre ein großer Umweg. Es gibt noch eine weitere Möglichkeit. Einen Weg, auf dem Euch niemand begegnen wird.»
Von draußen rief die Glocke zum Gebet.
«Lasst uns gehen. Morgen wird sich alles finden.»
Johannes verbeugte sich vor dem Abt und wollte niederknien. Doch der bat ihn aufzustehen, sah ihn wohlwollend an und gebot ihm, in die Klosterkirche zu gehen, um vor dem Grab des heiligen Michael zu beten.

Johannes hatte schlecht geschlafen. Tief aus dem eigenen Inneren war in der Nacht die Unruhe emporgestiegen, dem Instinkt eines Tieres ähnlich, und gegen diese Kraft hatte er sich nicht wehren können. Als er am Morgen durch die Glocke geweckt wurde, die zur Prim rief, kostete es ihn große Willenskraft, die Müdigkeit abzuschütteln und sich vom Lager zu erheben.
Er nahm Teil am Gebet und dem Morgenmahl der Mönche, begab sich danach noch einmal in die Basilika und suchte das Grab des heiligen Michael auf. Eine Steinplatte verbarg die Gebeine des Apostels. Johannes kniete nieder und warf sich zu Boden. Dann betete er das Kyrie, einmal, zehnmal, hundertmal, ohne die Lippen zu bewegen, einem Gesang ähnlich, der nur seinem Geiste hörbar war. Irgendwann erhob er sich, verbeugte sich vor dem Grab und ging langsam zurück zur Pforte. Er spürte, dass ihm dieser Ort Stärke gegeben hatte. Die Dämonen in seinem Herzen waren zur Ruhe gekommen. Doch sie würden wieder erwachen, und er würde ihnen nicht immer davonlaufen können. Heute allerdings ließ er sie dahinfahren, kehrte ganz und gar zurück in jenen Zustand, den die Menschen die Wirklichkeit nennen, und begab sich in den Kreuzgang.

Der Abt wartete dort bereits auf ihn, begleitet von einem Bruder, den er bisher noch nicht gesehen hatte. Johannes verbeugte sich vor den beiden.

«Gott mit Euch», begrüßte ihn der Abt. «Das ist Carolus. Er wird Euch helfen können.»

Carolus verbeugte sich ebenfalls und betrachtete Johannes aus jungen, lebendigen Augen, nicht ohne eine gewisse Neugier.

«Ich glaube, es ist das Sicherste, wenn Ihr auf dem Wasser weiterreist», fuhr der Abt fort. «Unser Kloster hat gute Kontakte zu den Kaufleuten Triers. Sie handeln mit den Städten des Nordens. Carolus kann Euch zu ihnen führen. Allerdings werden sie ihre Dienste nicht ohne Gegenleistung anbieten, denn sie sind Händler, keine Mönche. Ihr müsst selbst mit ihnen verhandeln. Aber sie sind verlässlich. Wenn sie ein Geschäft machen, werden sie Euch nicht enttäuschen.»

«Ich danke Euch», sagte Johannes. «Ihr riskiert viel, um mir zu helfen.»

«Es ist nur wenig, was ich tun kann», antwortete der Abt. «In der Nacht hat es in der Stadt Unruhen gegeben. Die Jagd nach den Brüdern Eures Ordens geht weiter.»

Johannes nickte.

«Dann bleibt mir keine Zeit», sagte er. «Ich werde sofort aufbrechen. Die Reiter des Königs können wiederkommen.»

Der Abt nickte. Dann umarmte er Johannes und gab ihm den Bruderkuss.

«Lebt wohl. Möge die Gnade unseres Herrn Euch allzeit begleiten.»

Johannes wollte etwas sagen, doch der Abt gebot ihm zu schweigen. Alles sei gut, so wie Gott es eingerichtet habe, und sein Weg sei gesegnet, was immer geschehe.

Wenig später verließ Johannes gemeinsam mit Carolus das Kloster. Sie wanderten auf einem kleinen Pfad der Stadtmauer entgegen. Am Sattel des Pferdes waren Bogen und Schwert in einer Decke verborgen. Auch Enrico und Anno waren mitgekommen, nachdem sie erfahren hatten, dass Johannes nicht mehr mit ihnen reisen konnte. Bald erreichten die vier Männer das Südtor der Stadt und durften ungehindert passieren, nachdem die Wachen Carolus erkannt hatten. Vorbei an zweistöckigen Häusern erreichten sie den Hauptmarkt. Jetzt erst nahmen sie Abschied voneinander und wünschten sich gegenseitig Glück. Enrico schenkte Johannes eine winzig kleine Muschel. Vom Ende der Welt, wie er sagte.

Johannes blickte ihnen nach, sah wie sie ihm noch einmal zuwinkten und bald im Getümmel der Menschen verschwunden waren, zwei Pilger, die ihr Ziel gefunden hatten, die wussten, wo ihre Heimat war.

Carolus wollte Johannes zum Weitergehen bewegen, aber der blieb zunächst stehen, betrachtete das Durcheinander, das an diesem Ort herrschte, und entdeckte mitten auf dem Platz ein Kreuz, das trotz der überdachten Stände und der vielen Menschen gut sichtbar war, weil es von einer hohen Säule getragen wurde. Der Form nach war es ein Tatzenkreuz, wohl aus Kalkstein geschlagen. In seiner Mitte konnte man das Lamm Gottes erkennen, das seinen Kopf abgewandt hatte. Johannes wollte von Carolus wissen, was es mit diesem Kreuz auf sich hatte.

«Es zeigt an, dass hier ein Marktrecht herrscht», sagte der. «Alle, die handeln wollen, müssen das Gesetz einhalten. Vor vielen hundert Jahren hat der Bischof es so festgelegt.»

«Das ist ungewöhnlich», sagte Johannes verblüfft. «In den Städten, die ich bereiste, sind es die Bürger, die die Stadtordnung und das Marktrecht bestimmt haben.»

«Hier ist das sehr früh geschehen. Der Bischof brauchte eine Möglichkeit, die Erzeugnisse aus seinen ländlichen Besitzungen verkaufen zu können. Um regelmäßige Einnahmen zu haben, gründete er diesen Markt unmittelbar in der Nähe des Doms.»

Johannes blickte nach Osten. Gleich zwei Kirchen erhoben sich hier, eine Basilika und eine Kathedrale im neuen Stil, Mauer an Mauer. Bevor er fragen konnte, warum dies so war, zog ihn Carolus an der Kutte.

«Wir haben keine Zeit zu verlieren», sagte er. «Ihr steht hier zu auffällig.»

Sie eilten vorbei an Eisen- und Schmiedewaren, Stoffen, Fellen, Holzfässern, Ziegeln, Töpferwaren, vorbei an Ständen mit Honig, Fleischwaren, Fisch und Wein. Sie verließen den Markt über die Straße der Tuchmacher und wandten sich dann in eine kleine Gasse, die keiner Zunft zugeordnet war.

Vor einem Steinhaus blieb Carolus stehen und klopfte ans Tor, während Johannes sein Pferd an einem Pfahl festband und das Gepäck vom Sattel nahm. Die Tür öffnete sich, ein Junge schaute heraus, erblickte Carolus, ließ die beiden eintreten und eine schmale Treppe hinaufgehen. Sie betraten ein Zimmer, in dem unzählige Schriftstücke in Regalen gelagert waren. Ein alter, grauhaariger Mann saß dort über einen Schreibtisch gebeugt und studierte ein Pergament. Als die beiden Mönche hereinkamen, blickte er überrascht auf.

«Carolus», sagte er und erhob sich. «Ein Benediktiner am frühen Morgen. Das scheint ja heute recht wichtig zu sein.»

Der Angesprochene verbeugte sich.

«Ich grüße Euch, Muskin. Ihr seid wie immer sehr gescheit und geistesgegenwärtig.»

«Verzeiht, dass ich Euch keinen Platz anbieten kann», sagte Muskin. «Was führt Euch zu mir?»

«Ihr habt Handelsbeziehungen mit den Städten im Norden.»

«Das ist richtig. Wie Ihr wisst, liefern wir Wein flussabwärts.»

«Wann fährt das nächste Schiff?»

«Eines meiner Schiffe liegt nahe der Römerbrücke am Ufer und wird gerade beladen.»

«Könnt Ihr einen Mann mitnehmen?»

Muskin musterte Johannes aufmerksam, blickte auf dessen Gepäck und sah dann wieder zu Carolus auf.
«Warum habt Ihr es so eilig?»
Carolus deutete auf Johannes.
«Dieser Bruder ist schon sehr lange unterwegs. Er möchte zurück in seine Heimat. Wir hörten, dass der Weg über die Eifel gefährlich geworden ist. Mit Euch fährt er sicher und schnell zugleich.»
Muskin ging zum Fenster, blickte hinab auf die Gasse, zögerte einen Augenblick und wandte sich dann wieder den beiden Mönchen zu.
«Vieles ist gefährlich geworden in diesen Tagen», sagte er. «Manches wird auch für mich gefährlich.»
«Nennt uns einen Preis, Muskin.»
Der Mann blickte erneut auf die Gasse hinaus.
«Ihr werdet Euer Pferd nicht mitnehmen können», sagte er. «Schade. Ein Schimmel. Ein schönes Tier.»
Carolus sah zu Johannes. Der nickte.
«Vielleicht habt Ihr Verwendung dafür», sagte er. «Obwohl... ein hoher Preis.»
Muskin wandte sich an Johannes.
«Ja, vielleicht ein hoher Preis», sagte er. «Aber ein gerechter Preis in unruhigen Zeiten. Wir Juden können viel, aber wir haben wenig Protektion. Im Ministerium unserer Stadt ist jede Zunft vertreten, sogar die Jacobsbruderschaft. Wir Juden dürfen nur Steuern zahlen, und wenn wir uns etwas zu Schulden kommen lassen, büßen wir es doppelt ab.»
Er blickte sie nachdenklich an.
«In diesen Tagen jagen sie die Templer. Schnell kann es sein, dass sie auch uns jagen, so wie es damals geschehen ist, als sich die Christen auf den Weg nach Jerusalem machten, um das Grab Jesu von den Heiden zu befreien. Als Erstes kamen sie in die Städte an Rhein und Mosel und brannten dort die Judengassen nieder.»

Johannes nickte.

«Ich weiß um diese Geschehnisse. Es war nicht im Sinne des Herrn. Doch von mir müsst Ihr nichts fürchten. Ich werde Euch keine Schwierigkeiten bereiten.»

«Das glaube ich Euch wohl», sagte Muskin. «Doch ist die Gefahr groß in diesen Tagen. Es werden wieder Menschen gejagt.»

Dann nahm er ein Pergament aus dem Regal, setzte sich an den Tisch und begann zu schreiben.

«Gut. Wenn Ihr einverstanden seid, ist der Handel gemacht. Ich werde Euch zum Fluss bringen lassen. Am Ufer liegt ein großes Boot, beladen mit Weinfässern. Proviant ist genug an Bord. Dieses Pergament legt Ihr dort vor. Die Männer nehmen Euch mit bis nach Köln. Von dort aus müsst Ihr allein weiterreisen.»

Johannes nickte.

Muskin rief den Jungen herbei und gab ihm einige Anweisungen. Dann drückte er Johannes die Hand und wünschte ihm Glück.

Wenig später liefen sie erneut durch die Gassen von Trier. Für einen kurzen Augenblick sah Johannes im Norden ein altes Stadttor, das dem in Reims ähnlich war. Doch statt darauf zuzulaufen, führte sie der Junge zu einem Turm der Stadtmauer, den sie durch eine hölzerne Pforte betraten. Für kurze Zeit war es dunkel, bis auf der anderen Seite des Turmes eine weitere Pforte geöffnet wurde. Dann sahen sie vor sich den Fluss.

Das Boot hatte am späten Vormittag abgelegt und schnell an Fahrt gewonnen. Drei Männer waren an Bord. Einer von ihnen übernahm das Steuer, die beiden anderen kümmerten sich um die Ladung, spannten wenn nötig Haltegurte nach und brachten das dreieckige Segeltuch in den Wind. Die Strömung der Mosel war ganz erheblich, und das Segel gab dem Boot zusätzliche Fahrt. Dennoch lag es sehr ruhig auf dem Wasser, vielleicht, weil es in der Länge beachtliche vierzig Fuß maß, vielleicht aber auch, weil es durch die Ladung schwer genug war, den Wellen zu trotzen. Johannes hatte genügend Platz, um sich die Reise angenehm zu gestalten.

Zunächst hatten sie nur Felder gesehen, doch bald erhoben sich rechts und links der Mosel steil aufsteigende Hügel. Der Mann am Steuer hatte nun viel zu tun, denn der Fluss änderte häufig die Richtung. Sie erreichten einen Ort, den die Bootsleute Noviomagus nannten. Johannes erkannte unmittelbar am Ufer die Reste einer rechteckigen Festungsanlage, die schon lange verfallen sein musste. Zweimal machte der Fluss einen großen Bogen, dann erblickten sie eine Burg hoch oben im Gebirge. Sie war nicht groß, aber aufgrund ihrer besonderen Lage im Krieg sicherlich von einiger Bedeutung.

Von nun an sahen sie auf beiden Seiten der Mosel immer wieder Hänge, auf denen Reben angepflanzt wurden. Manche dieser Weinberge waren so steil, dass Johannes sich nicht vorstellen konnte, wie es möglich war, dort den Boden zu bestellen.

Sie fuhren vorbei an einer Stadt, die von mächtigen Mauern umgeben war. Am Ufer ragte ein großer Steg in den Fluss. Doch sie legten nicht an.

Wenig später sahen sie ein einzelnes steinernes Haus, das von einer Wehrmauer umgeben war, ähnlich den Komtureien, die Johannes auf seiner Reise kennengelernt hatte.

Gegen Abend erblickte er nahe dem Fluss mehrere Gutshöfe und eine Kirche. Obwohl sie von dieser Siedlung noch weit entfernt waren, lockerten die Bootsleute das Segel, der Steuermann drehte das Boot quer zur Strömung und ließ es die Uferböschung entlangschleifen. Mehrere Male krachte der Bug lautstark gegen Steine und Geäst. Die Planken knirschten besorgniserregend. Johannes wusste nicht recht, was er von diesem Manöver halten sollte, aber tatsächlich verlor das Boot erheblich an Fahrt, und als sie auf Höhe der Ansiedlung einen Steg erreichten, waren dort Männer, die den Bootsleuten schwere Taue entgegenwarfen, das Schiff zum Steg zogen und sorgfältig festzurrten. Der Steuermann teilte Johannes mit, dass die Mannschaft diese Nacht an Bord schlafen würde. Er als Mönch könne jedoch auch das kleine Kloster aufsuchen.

So nahm Johannes das Gepäck und wanderte den schmalen Pfad hinauf zur Kirche. Der Abt war überrascht, Besuch von einem fremden Mönch zu erhalten, begrüßte ihn freundlich, wies ihm als Nachtlager eine einfache Zelle mit Stroh zu und gab ihm zu essen. Am Abend feierte Johannes gemeinsam mit den vier Brüdern des Klosters die Stunde der Komplet. Dann legte er sich schlafen, denn die Fahrt hatte ihn müde gemacht, und seine Stirn fühlte sich kalt an.

In der Nacht kamen die Dämonen zurück. Sie glühten rotgolden in seinem Kopf und warfen ihm fremde Bilder entgegen. Ließen ihn von einer Mauer herabblicken, auf ein tieforanges Leuchten am Horizont. Dort in der Ferne am Rande des Waldes sah er zwei Männer, zu weit entfernt, um sie genau erkennen zu können. Pilger mussten es sein, denn sie hatten Wanderstöcke und trugen hochkrempige Hüte. Einer von ihnen drehte sich um, erhob seinen Arm und warf einen Vogel in die Luft, dessen schwarzer Umriss schnell näher kam. Weit ausladend waren seine Schwingen und sein Flug so leicht und erhaben, als würde es ihm keine Anstrengung bereiten. Johannes wollte den Bogen ergreifen, doch da war eine Gestalt, die ihn mit ruhiger Hand davon abhielt und sanft auf den Hals küsste. Schwarzes Haar fiel ihm über die Schulter und, unfähig sich zu bewegen, ließ er es geschehen, dass er zärtlich zurückgezogen wurde. «Spring nicht, bleib», flüsterte es in sein Ohr, doch der schwarze Adler flog weiter auf ihn zu, bereit, ihm das Herz aus dem Leib zu reißen.

Johannes erwachte, als er den ersten Schmerz zu verspüren

glaubte. Niemand hatte seinen Schrei gehört. Es war ganz dunkel in der Zelle.

Am Morgen setzten sie die Reise fort. Zunächst sahen sie kleine Siedlungen und immer wieder Weinberge. In großen Bögen schlängelte sich die Mosel durch das Gebirge, forderte vom Steuermann noch einmal größte Aufmerksamkeit, bis ihr Lauf geradliniger und die Fahrt schneller wurde. Nun sahen sie nicht weit voneinander entfernt mehrere Burgen und eine Klosterkirche. Von den Bootsleuten erfuhr Johannes so manche Geschichte. Eine auf steiler Anhöhe gelegene Festung, die sie in der Ferne erblickten, sollte bereits von den Römern erbaut worden sein und hieß aufgrund ihrer ruhmreichen Geschichte Castra Gloria. Kurze Zeit später sahen sie eine Burg, die von einem grausamen Vogt bewohnt gewesen sein sollte, den man den Schrecken des Mosellandes genannt hatte. Johannes erfuhr, dass die Mosel schon immer umkämpft war. Die Grafen von Sponheim wollten sie ebenso in ihre Gewalt bringen wie die Bischöfe von Trier und Köln. Und so manche Burg wechselte in diesen Fehden mehrmals ihren Besitzer.

Gegen Nachmittag hatte die Mosel das Gebirge verlassen. Am Ufer sahen sie nun allenfalls kleine Gehöfte, ansonsten Felder, so weit das Auge reichte. Das Boot war sehr schnell geworden, lag aber weiterhin ruhig auf dem Wasser. Die Männer refften das Segel und forderten Johannes auf, sich an den Mast binden zu lassen. Der verstand nicht, wollte dem Befehl nicht Folge leisten und gab erst nach, als der Steuermann ihm erklärte, dass sie bei Confluentes gefährliche Strömungen zu erwarten hätten. Johannes befestigte zunächst sein Gepäck, dann ließ er sich ebenfalls anbinden.

Vom Mast aus beobachtete er, wie der Fluss schneller und schneller wurde. Vor ihnen tauchte am Horizont eine Stadt auf, Confluentes, wie der Steuermann sagte, doch er machte keine

Versuche, die Geschwindigkeit des Bootes zu mindern. Als sie die Stadt erreicht hatten, meinte Johannes, dass das Boot noch weiter beschleunigt würde. Festungstürme, Wassermühlen, Kirchen, Patrizierhäuser zogen geschwind an seinem Auge vorbei. Und dann plötzlich, als sie die Stadtmauer passiert hatten, erblickte er ihr Ziel und verstand, was der Steuermann gemeint hatte. Sie eilten die Mosel abwärts auf einen anderen, größeren Fluss zu, der sie sofort erfasste, als sie in seine Strömung gerieten. Dass Boot wurde zur Seite gerissen, der Steuermann versuchte gegenzuhalten, doch schon drehte sich alles, und Johannes sah vom Mast aus, dass sich Weinfässer aus der Vertauung lösten, hin und her geworfen wurden und beinahe einen der Bootsmänner unter sich begraben hätten, wenn der nicht geistesgegenwärtig zur Seite gesprungen wäre. Nun wurde das Boot rückwärts in nördliche Richtung getrieben. Deshalb ließ es der Steuermann noch eine weitere Drehung machen, so dass der Bug wieder in Fahrtrichtung stand. Noch immer schlingerte das Boot, die Männer hielten sich mit aller Kraft an der Außenwand fest, blickten angespannt zurück, dorthin, wo beide Flüsse aufeinandertrafen, und warteten, bis das Boot sich gefangen und der Steuermann die Kontrolle zurückgewonnen hatte. Dann erst schauten sie um sich und stellten fest, dass sie zwar mächtig durchgeschüttelt worden waren, aber wohl keine Ladung verloren hatten.

Als das Fahrwasser ruhiger geworden war, befreiten die Männer Johannes von seinen Fesseln und legten sich erschöpft auf das kleine Holzdeck. So trieb das Boot, bis die Sonne tief am Himmel stand. Der Steuermann blickte noch einmal zurück.

«Das ist der Rhein», sagte er kurz und lachte Johannes an, dem noch immer etwas flau im Magen war. Doch als einer der Männer ihm freundschaftlich auf die Schulter schlug, musste auch er lachen.

Von nun an verlief die Fahrt ruhig und angenehm. Zu beiden

Seiten des Flusses erhoben sich Gebirgszüge, und wie an der Mosel wurde auch hier Wein angebaut. Hin und wieder sahen sie kleinere Dörfer und einzelne Höfe, doch keine große Stadt. Der Rhein erwies sich als sicheres Fahrwasser. Es gab keine Strudel, keine Untiefen, und die großen Bögen, in denen sich das Boot flussabwärts bewegte, machten dem Steuermann kaum Schwierigkeiten. Seit sie Confluentes hinter sich gelassen hatten, sprachen die Männer wenig miteinander. Die beiden Bootsleute hatten zunächst noch damit zu tun, einige Fässer neu zu vertauen, aber dann legten auch sie sich auf das Deck und dösten vor sich hin.

Johannes tat es ihnen gleich und blickte mal zu den Wolken, mal zu den Weinbergen, aber eigentlich blickte er gar nicht, sondern erinnerte sich an den Traum der letzten Nacht, erspürte noch einmal, wie es ihm ergangen war, dort, irgendwo auf einer Mauer, vielleicht in Laon, kurz bevor sich der Adler hinabstürzte, um ihn zu zerreißen. Und zugleich erinnerte er sich an das seidige schwarze Haar, und jetzt erst wurde ihm bewusst, dass er auch einen Duft wahrgenommen hatte. Plötzlich spürte er wieder den Schmerz, entstanden nicht durch die Krallen eines Adlers, die sich in sein Herz bohrten, sondern in diesem Herzen selbst. Er schloss die Augen, öffnete sie jedoch wieder, weil das Dunkel unerträglich wurde, blickte stattdessen in die Wolken und verlor sich darin.

Eine Stimme unterbrach ihn. Es war der Steuermann, der ihn auf eine Burg hinwies, hoch oben auf dem Berg, den sie den Drachenfelsen nannten. Die Bootsleute waren ebenfalls aufmerksam geworden und hatten die Taue ergriffen. Nicht weit entfernt am Fuße des Berges erblickte Johannes eine kleine Ansammlung von Häusern und einen Steg. Wieder brachte der Steuermann das Schiff quer zum Fluss, und so gelang es den Männern am Steg, ihnen ein Tau zuzuwerfen und das Boot seitwärts zu holen.

Sie verbrachten die Nacht an Bord. Diesmal fiel Johannes in einen traumlosen Schlaf. Als sie am nächsten Morgen die Fahrt fortsetzten, fühlte er nur eine große Leere, und es schien ihm, als wäre es ohne jeglichen Sinn, mit dem Boot flussabwärts zu treiben. Auch Anno und Enrico hatten sich einst auf eine lange Reise begeben. Diese Reise aber hatte ein Ziel gehabt, und sie hatten dieses Ziel erreicht. Ihre Rückkehr war ein Segen, denn ihr Schicksal hatte sich erfüllt. Doch der Weg, den Johannes begonnen hatte, schien keinen Segen zu finden. Er war nicht angekommen und kannte auch jetzt, mitten auf dem Rhein, nur die Notwendigkeit der Flucht.

Bald hatten sie die Gebirge hinter sich gelassen. Zu beiden Seiten des Rheins erstreckten sich nun Felder, auf denen Getreide angebaut wurde, und immer öfter sahen sie auch kleine Dörfer.

Dann erreichten sie Köln. Die Stadtmauer mit ihren Torburgen, die unzähligen Kirchtürme und Häuserreihen und selbst einige Windmühlen waren schon von fern zu erkennen. Johannes hatte noch nie eine solch große Stadt gesehen.

«Das ist das Ende unserer Reise», sagte der Bootsmann. «Weiter dürfen wir nicht.»

Johannes blickte auf.

«Wie meint Ihr das?»

«Wir müssen im Kölner Hafen Halt machen. Die Fässer werden umgeladen und von einem anderen Boot nach Brügge gebracht.»

«Könnt Ihr das nicht selbst tun?»

«Wir könnten schon, aber wir dürfen es nicht», rief er zurück. «Die Kölner lassen es nicht zu.»

Johannes blickte den Steuermann verwundert an.

«Ja, das klingt seltsam», sagte der. «Aber die Kölner haben das Recht dazu. Und sie verdienen gut daran.»

Johannes wollte Genaueres wissen, aber inzwischen hatten sie die Südseite der Stadtmauer erreicht, und die Männer brauchten jetzt all ihre Aufmerksamkeit.

Zwischen Mauer und Fluss befand sich ein etwa hundert Schritt breiter Uferstreifen. Johannes erkannte, dass dort große Mengen Holz gestapelt waren. Er beobachtete Zimmerleute, wie sie den Rumpf eines Bootes ausbesserten. Er sah Pferdewagen unterschiedlicher Größe mit vier oder zwei Rädern. Manche waren beladen mit Steinen, andere mit Fässern, wieder andere mit Getreide. Viele Boote lagen im Hafen, darunter auch zwei Koggen. Am Ufer stand ein großer Kran, der gerade einen Steinquader angehoben hatte, um ihn in eines der Boote zu verladen. Johannes sah, wie mehrere Männer in einer Art Laufrad vorwärts traten, damit die schweren Taue des Krans auf und ab bewegt werden konnten. Unmittelbar am Ufer waren Handwerker damit beschäftigt, kleinere Steine zu bearbeiten, die dann auf Tragen oder Schubkarren zu den Booten gebracht wurden. Etwas weiter nördlich bemerkte Johannes ein Boot, das mit Fisch beladen war. Ein strenger Geruch wehte vom Ufer herüber.

Dem Steuermann war es gelungen, das Boot zu verlangsamen. Sie hatten den großen Kran passiert und fuhren auf einen kleineren Steg zu. Dort warteten bereits Pferdewagen, die die Ladung aufnehmen sollten. Das Boot wurde sicher vertaut, und mehrere Männer begannen damit, die Weinfässer von Bord zu tragen.

«Wir sind da», sagte der Steuermann zu Johannes, der seinen Blick noch immer nicht vom Ufer wenden konnte.

«Nun müsst Ihr ohne uns weiterreisen.»

«Ich danke Euch», sagte Johannes und wandte sich um. «Bringt meinen Dank auch zurück nach Trier und sagt Eurem Herrn, dass ich sehr zufrieden bin. Der Weg über die Eifel hätte viele Wochen gedauert. Es war richtig, über das Wasser zu reisen.»

«Ich werde ihm berichten», sagte der Steuermann. «Er trug mir auf, Euch ein gutes Quartier in Köln zu nennen. Wenn Ihr hier die Nacht verbringen möchtet, geht in das Kloster des heiligen Pantaleon. Es ist ein Haus der Benediktiner, das sich zwar noch innerhalb der Stadtmauer befindet, aber sehr ruhig gelegen ist. Und innerhalb der Klostermauern seid Ihr geschützt. Ihr findet es, wenn Ihr durch das Tor geht, dann geradewegs in westlicher Richtung alle Märkte überquert und Euch dann links haltet.»

Johannes nickte. Er nahm sein Gepäck auf, ließ sich von den Bootsleuten auf den Steg helfen, wünschte ihnen Glück, winkte noch einmal, wandte sich dann um und betrat die Stadt durch ein großes Tor.

Unmittelbar jenseits der Mauer kam er auf einen Markt. Hier wurden vor allem an diesem Morgen gefangene Fische angeboten, aber auch Heringe und gesalzener sowie getrockneter Fisch. Verdeckt von einer Reihe zweistöckiger Fachwerkhäuser erblickte Johannes vor sich einen hoch aufragenden Kirchturm, der fast einem Burgfried ähnlich war. Er ging an der Häuserzeile vorbei, wandte sich nach rechts und kam zu einem weiteren kleinen Platz, auf dem Metallwaren angeboten wurden. Etwas abseits erblickte er einen Holzmarkt. Dünne Latten, Bretter und Balken waren hier ebenso zu erwerben wie Fässer, Räder und Weidengeflechte. Johannes lief weiter geradeaus, und plötzlich befand er sich auf einem großen Platz und war von Hunderten Menschen umgeben. An den Ständen und Buden, auf Kisten und Tischen wurde rege gehandelt. Zunächst waren da Obststände. Vor allem Äpfel wurden angeboten. Dann folgte Gemüse aller Art. Johannes wurde besonders aufmerksam, als er einen Stand mit Kräutern fand. Hier entdeckte er manches, das er zuvor nur in Laon gesehen hatte. In der Mitte des Platzes bemerkte er einen Brunnen. Dort trank er etwas von dem klaren Wasser und wusch sich das Gesicht. Als er nach Norden blickte, bemerkte er in einiger Entfernung ein Gebäude im neuen Baustil. Erst auf den zweiten Blick wurde ihm klar, dass es sich um den Chor einer Kirche handelte, die noch nicht fertiggestellt war. Aufgrund der Ausmaße des Chores konnte sich Johannes vorstellen, dass hier eine Kathedrale entstand, die der in Reims an Größe in nichts nachstehen würde. Er sah weiter um sich, unsicher, wohin er sich wenden sollte. Unmittelbar vor sich erkannte er ein prunkvolles Gebäude. War es der Palast des Bischofs? War es ein Rathaus? Er wandte sich nach Süden, so wie es der Steuermann ihm geraten hatte, kam vorbei an Buden mit Tongefäßen, Zinngeschirr, Lederwaren und trat dann in eine Gasse, die ihn nach etwa fünfzig Schritten auf einen weiteren großen Platz führte, kaum kleiner als der, den er gerade verlassen hatte. Hier wurde vor allem Heu verkauft, aber zum Westen hin sah Johannes auch einige Stände der Fleischer und auf der gegenüberliegenden Seite Buden, an denen man Gemüse, Käse, Gewürze und Hülsenfrüchte erwerben konnte. Johannes überquerte den Platz und betrat eine Gasse, die ihn weiter Richtung Süden führte.

Solange er sich noch in der Nähe der Märkte befand, machten die Gassen einen gepflegten Eindruck. Rechts und links des Weges sah er zwei- und dreistöckige Häuser, die im Erdgeschoss aus Stein erbaut waren, darüber im Fachwerkstil. Meist maßen sie in der Breite nur acht bis zehn Schritte, besaßen aber zur Gasse hin Fenster, die man mit Holzläden verschließen konnte. Einige wenige Häuser waren ganz aus Stein gefertigt und hatten eine mit Rundbögen besonders kunstvoll gestaltete Fassade.

Doch bald kam er in ein Stadtviertel mit engen, verwinkelten, dunklen Gassen. Hier sah es fast aus wie auf dem Land. Die Gebäude waren klein, niedrig und mit Stroh bedeckt. Misthaufen lagen herum, und Viehställe befanden sich gleich neben den Häusern. Werkzeuge, mit denen man das Feld bestellen konnte, standen an der Straße. Auch Schweine und Hühner tummelten sich dort, und Abfälle jeglicher Art lagen herum. Johannes begegnete hier nicht nur einfachen Bauern und Tagelöhnern, sondern auch Bettlern und Kranken. Überall roch es nach Abfall, der von den Tieren aufgewühlt worden war.

Johannes wandte sich nach rechts in eine Gasse, die ihn bald auf einen freien Platz führte. Vor einer Basilika fand er einen kleinen überdachten Brunnen, an dem er sich erfrischen konnte. Er ging weiter nach Osten und kam an Gutshöfen vorbei. Hier sah er große, ganz aus Stein errichtete Wirtschaftshäuser, die fast wie kleine Paläste wirkten.

Dann erblickte er vor sich eine große Kirche und Häuser, die sich unmittelbar anschlossen. Eine mannshohe Mauer zog sich weiträumig um die Gebäude, jedoch nicht, wie er dies bei den Gutshöfen gesehen hatte, in gerader Linie, sondern in einem großen Oval.

Vor ihm lag ein Kloster, das war sicher. Als er an der Pforte klopfte und ein junger Mönch mit brauner Kutte öffnete, wusste Johannes, dass er die Benediktiner gefunden hatte.

Bald konnte er sehen, dass sich jenseits der Mauer nicht nur Gebäude, sondern großzügig angelegte Felder befanden. Der Weg zum Langhaus der Mönche führte vorbei an sorgsam gepflegten Weinreben. Sie betraten das Gebäude, verließen es auf der gegenüberliegenden Seite, schritten durch den Kreuzgang und kamen zum Scriptorium. Johannes war erstaunt über die Menge der Bücher, die in diesem Raum gelagert wurden. An einem der Pulte bemerkte er den Abt, der aufblickte, einen Buchdeckel schloss und dann auf ihn zukam.

Johannes kniete vor ihm nieder und küsste seinen Ring.

«Erhebt Euch», sagte der Abt. «Mein Name ist Georgius. Seid gegrüßt im Namen des Herrn. Was führt Euch zu uns?»

«Mein Name ist Johannes. Ich gehöre dem Orden der Zisterzienser an und möchte den ehrwürdigen Abt bitten, mir für die Nacht Unterkunft zu gewähren.»

Der Abt betrachtete ihn aufmerksam.

«Eure Haut war lange der Sonne ausgesetzt, aber eigentlich ist sie weiß. Ihr seid aus dem Norden?»

Johannes nickte.

«Unsere Brüder des Ordens der Zisterzienser sind allzeit sehr willkommen», sagte der Abt. «Seid unser Gast und feiert mit uns die Gebetsstunden des Herrn.»

«Es freut mich sehr, wieder einmal an einer Hora teilnehmen zu können», sagte Johannes. «Meine Reise war lang, und es ergab sich nicht immer die Gelegenheit.»

Der Abt lächelte.

«Hier werdet Ihr Gelegenheit dazu haben. Da wir heute hohen Besuch erwarten, wird auch die Vigil gefeiert. Erzbischof Heinrich ist zugegen und ein Gesandter der heiligen Inquisition, der erst seit kurzem in unserer Stadt weilt.»

Johannes gelang es nur mit Mühe, seinen Schrecken zu verbergen. Was wollte ein Vertreter der Inquisition in Köln? Eine Vermutung ging ihm durch den Kopf.

«Gibt es in Köln eine Komturei der Templer?»

Kaum hatte er die Frage ausgesprochen, war er über seinen Mut erstaunt und entsetzt zugleich. Der Abt blickte auf und sah ihm in die Augen.

«Auf Reisen hört man viel», sagte er streng. «Ihr werdet wohl kaum eine Antwort von mir erwarten. Bleibt ein paar Tage bei uns. Genießt den Segen unserer Gärten, nehmt an den Stundengebeten teil und betet in unserer Klosterkirche an den Gräbern des heiligen Pantaleon, des heiligen Albinus und der heiligen Theophanu für die Seelen der verirrten Brüder, die den rechten Pfad des Glaubens verlassen haben.»

«Ich danke Euch für Eure Güte, ehrwürdiger Georgius», sagte Johannes, kniete erneut vor dem Abt nieder, der ihn segnete und in das Gästehaus führen ließ, wo man ihm einen Schlafplatz zuwies.

Am Nachmittag tat Johannes, was ihm der Abt geraten hatte. Er verließ das Gästehaus, wanderte durch den Weingarten, wandte sich nach Süden, entdeckte einen Kräutergarten und setzte sich dort auf eine Bank, von der aus man das Westwerk der Klosterkirche betrachten konnte. Ein hoher Rundbogen gewährte Einlass. Im Geschoss darüber befanden sich drei Fenster, dann folgte ein spitz zulaufender Giebel. Der Vierungsturm unmittelbar dahinter mochte etwa doppelt so hoch sein wie das Westwerk. Rechts und links davon erhoben sich schlanke Treppentürme, die einen quadratischen Grundriss hatten, aber nach oben hin erst achteckig und dann rund weitergeführt worden waren. Johannes betrat die Kirche und gelangte in einen großen Raum unterhalb des Vierungsturms, der das Westwerk mit dem Mittelschiff verband. Er blickte nach oben und sah eine Galerie, die aus Rundbögen gebildet wurde. Diese Bögen beeindruckten ihn sehr, denn sie bestanden abwechselnd aus weißem und rotem Sandstein. Er setzte seinen Weg fort und bemerkte in den Seitenschiffen Bauelemente des neuen Stils. Doch noch mehr fesselte ihn ein kleiner Altar, der im westlichen Seitenschiff seinen Platz gefunden hatte. Er bestand aus drei Eichenholztafeln, die mit Leinwand überzogen und in kräftigen Farben bemalt worden waren. Auf Goldgrund hatte der Künstler mit ungebrochenem Blau, Rot und Grün gearbeitet. Das linke der Bilder zeigte die Verkündigung des Erzengels Gabriel an Maria. In der Mitte sah Johannes eine Kreuzigungsszene und zur Rechten eine Abbildung der Darbringung Christi im Tempel. Johannes betrachtete die linke Tafel genauer. Hier verkündete ein Engel Gottes Segen: Ave Maria gracia plena. So stand es auf einem Spruchband. Dieser Engel war rot gekleidet, hatte einen grünen Umhang, aus dem seine Flügel hervortraten. Segnend erhob er die Hand. Maria in blauem Kleid mit rotem

Umhang hielt in der Linken ein Buch und hatte die Rechte grüßend erhoben, so als nehme sie den Segen des Engels dankbar entgegen. Zwischen Maria und dem Engel wuchs eine Lilie in die Höhe.

Johannes ging weiter zum Chor, doch die Abbildung beschäftigte ihn noch immer. Zu schön war sie gewesen, dachte er. Zu schön. Und die Erinnerungen, die ihm dann in den Sinn kamen, erfüllten ihn mit großer Traurigkeit. Er betrat nicht mehr den Chor, sondern stieg hinab in die Stollenkrypta unterhalb des Altars, fand die Gräber, von denen der Abt erzählt hatte, kniete vor dem Altar der heiligen Theophanu nieder, wohlwissend, dass sie ihn verstanden hätte, und dann überließ er sich seinem Schmerz.

Er hatte mit den Mönchen die Stunde der Vesper gefeiert, mit ihnen gemeinsam Brot und Wein geteilt, die Gebete zur Komplet gesprochen und sich zur Ruhe gelegt. Als die Glocke zur Vigil rief, betrat Johannes mit ihnen noch einmal den Chor der Klosterkirche. Er erinnerte sich an die Worte des Abtes, blickte auf und bemerkte den Erzbischof. Rechts davon stand jener Mann, den der Abt als Gesandten des Papstes angekündigt hatte. Johannes durchfuhr es. Trotz der Amtstracht der Kurie erkannte er ihn sofort. Und dieser Mann blickte auch ihn an, ließ sich aber nichts anmerken und eröffnete gemeinsam mit dem Erzbischof den Gottesdienst.

Johannes war kaum in der Lage, den Gesängen und Gebeten zu folgen. Nachdem der Segen erteilt worden war, eilte er durch den Kreuzgang und lief zum Gästehaus. Er suchte nach seinem Gepäck, fand es unter dem Stroh und vergewisserte sich, dass Schwert und Bogen noch da waren. Dann hörte er Schritte. Jemand betrat die Zelle.

Johannes blickte zur Wand, denn er wusste, wer hinter ihm war.

«Ich hätte nicht gedacht, dich so bald wiederzusehen», hörte er ihn sagen.

Nun wandte sich Johannes doch um und blickte Alanus in die Augen.

«Du musst geradezu geflogen sein, um jetzt schon hier in Köln zu sein», sagte der.

«Und du?», erwiderte Johannes. «Welcher Geist hat dich so schnell fliegen lassen?»

Alanus wartete einen Augenblick, bevor er weitersprach.

«Man darf den alten Dingen nicht nachtrauern», sagte er ruhig. «Das Neue gibt uns Flügel.»

Johannes schüttelte den Kopf.

«Nähme ich Flügel der Morgenröte...», begann er.

«Sei still!», unterbrach ihn Alanus. «Ja, du hast die Schrift des Psalmisten vorzüglich gelernt. Aber es ist das eine, gebildet zu sein, und das andere, die Sache des Herrn voranzubringen. Der Zusammenbruch unseres Ordens war nur noch eine Frage der Zeit, das weißt du wie ich. Alle Versuche, ihn zu reformieren, sind gescheitert.»

«Die Sache des Herrn?», entgegnete Johannes. «Ist es die Sache des Herrn, Menschen zu foltern und zu töten?»

Alanus schüttelte den Kopf.

«Das trifft nur die wenigsten, die Starrköpfe und ewig Gestrigen, jene, die nicht wahrhaben wollen, dass die Zeit des Ordens abgelaufen ist. Es gibt in Jerusalem nichts mehr zu verteidigen, keinen Pilger mehr zu schützen. Und seit wann darf sich ein Orden nur noch mit Geldhandel beschäftigen?»

«Geld, das dem Papst und Philipp hochwillkommen ist.»

«Philipp weiß nicht, dass er nur noch geduldet ist», sagte Alanus. «Er wird sterben. Schon im nächsten Jahr.»

Johannes sagte nichts mehr, wandte sich ab und blickte zur Wand. Alanus nahm den Hocker, der neben dem Bett stand, und setzte sich.

Sie schwiegen. Draußen war es ganz still geworden. Durch das Fenster konnte man von fern Hundegebell hören. Johannes lauschte. Nun begann die Zeit der Finsternis. Viele Stunden würde es dauern, bis die Sonne zurückkehrte.
«Wir sind das Licht der Welt», flüsterte Johannes. «War es nicht so?»
Alanus blickte auf und nickte.
«Ja», sagte er leise, «und das werden wir weiterhin sein.»
Wieder schwiegen sie.
«Was soll jetzt geschehen?», fragte Johannes.
«Das liegt nun alles in unserer Hand», antwortete Alanus. «Neue Orden werden sich gründen. Und wir werden dabei sein.»
Johannes überlegte einen Augenblick.
«Als wir gemeinsam die Bücher studierten, damals in Laon, wusstest du da schon, was geschehen würde?»
Alanus nickte.
«Warum hast du mir geholfen, das Geheimnis zu lösen?»
«Hast du das Geheimnis gelöst?»,
«Nein», antwortete Johannes kurz.
«Das wundert mich nicht. Ich selbst habe versucht, es zu lösen, viele Jahre lang. Es ist nur ein Spiel. Man lässt dich durch ein Labyrinth laufen, damit du die wahren Ziele nicht erkennst.»
«Die wahren Ziele?»
«Es geht immer um Macht, um die Herrschaft über Menschen, die aufblicken und ein Ziel suchen. Man gibt ihnen eine Hoffnung, und dann lässt man sie für sich laufen. Und weil sie dies nicht durchschauen, laufen sie unablässig, bis an das Ende ihres Lebens. Und sie werden es nicht einmal bemerken, dass sie für andere gelaufen sind, für die Idee eines der Großen, die unsere Welt in Bewegung halten. Und die wenigsten merken, dass ihr Weg nicht der ihre ist, sondern der eines anderen. So verspielen sie ihr Leben.»

«Und du, bist du sicher, dass du deinen eigenen Weg gehst? Dass du den Weg gehst, den der Herr dereinst gegangen ist? Schau deine Kleidung. Wer verleiht dir dieses Amt? Wer macht dich zu dem, was du bist? Ist es der Herr? Privilegien kann man geben, aber ebenso schnell wieder nehmen.»
«Es ist ein Neuanfang», entgegnete Alanus. «Und ich gestalte ihn mit. Jede Zeit muss den Weg des Herrn von neuem gehen. Und es braucht Menschen, die diesen Weg weisen.»
Johannes drehte sich um und blickte ihm ins Gesicht.
«Warum bist du zu mir gekommen? Warum lässt du mich nicht töten? So wie die anderen.»
«Weil ich in Laon genug Zeit hatte, dich zu beobachten. Du bist ein außergewöhnlicher Krieger und zudem in allen Wissenschaften bewandert. Deine Ausbildung war vollkommen. Und wenn du ein Wort gibst, dann gilt es. Nur wenige sind so befähigt, die neue Welt aufzubauen, wie du.»
Wieder schwiegen beide Männer. Die Kerze am Boden vor dem Bett war fast niedergebrannt.
«Komm mit mir, Johannes. Männer wie du werden gebraucht. Du wirst große Aufgaben übernehmen können und wichtige Ämter bekleiden.»
Alanus ging auf Johannes zu. Sie umarmten sich, so wie sie es in Laon getan hatten, wenn der Gottesdienst in der Kapelle der Templer zu Ende gegangen war.
«Überleg es dir», sagte Alanus.
Dann wandte er sich um, wollte gehen, blieb aber noch einmal stehen.
«Du musst dich bis morgen entscheiden.»
Noch einmal hielt Alanus kurz inne. Dann verließ er die Zelle.
Lange blickte Johannes ins Leere. Schließlich legte er sich auf das Bett. Es war einzig die Müdigkeit, die ihn einschlafen ließ.
Doch früh am Morgen erwachte er aus einem Traum. Er konnte sich nur noch an einzelne Bilder erinnern: Ein Meer

von Pfeilen war vom Himmel herabgefallen. Einem Wunder gleich hatten sie Johannes, der im Gras lag und wie gebannt nach oben schaute, nichts anhaben können. Stattdessen hatte sich eine Wolke geöffnet, aus gleißendem Sonnenlicht waren Engel herabgestiegen, die ihn aufgefordert hatten, nicht liegen zu bleiben, sondern aufzustehen und weiterzuwandern, mitten durch die Pfeile, die noch immer zu Tausenden vom Himmel fielen.

Eine ganze Weile lag Johannes wie benommen auf dem Bett, doch nachdem er wieder zu sich gekommen war, zögerte er nicht. Er griff sich den Mantel, nahm sein Gepäck und durchquerte wenig später ungehindert die Südpforte des Klosters.

Auch in den Gassen begegnete ihm niemand. Von ferne hörte er, wie der Nachtwächter sein Lied in die Stille hineinsang und eine neue Stunde ankündigte. Nur der Mond erleuchtete den Weg durch die Stadt.

Am Hafen fand er einen Fischer, der ihn ans rechte Rheinufer übersetzte. Als die Sonne aufging, erblickte er ein letztes Mal die Silhouette der Stadt Köln.

Auf dem gut ausgebauten Weg war er nach Norden gewandert, hatte gegen Mittag einen Hof entdeckt, dort Wasser und Brot erhalten und von dem Bauern ein Pferd erwerben können. Dann setzte er seine Reise fort, bis er am frühen Abend den Wald erreichte.

Als die Dämmerung hereinbrach, hielt er Ausschau nach einer Lichtung und fand sie auf einem Hügel etwas abseits des Weges. Von hier aus konnte er auf die Felder zurückblicken, doch Köln war bereits so weit entfernt, dass er den Horizont im Westen nur als Linie wahrnahm, hinter der die Sonne allmählich untergehen sollte.

Alanus würde seine Flucht am Morgen bemerkt und wohl geheim gehalten haben. Niemand hatte Kenntnis davon, dass ein Templer im Kloster gewesen war. Doch er würde sich auch im Klaren darüber sein, dass Johannes einer der wenigen war, die wussten, dass er selbst dem Orden angehört und seine eigenen Leute hintergangen hatte. Er konnte damit rechnen, dass Johannes wie viele andere Brüder ans Ende der Welt flüchten würde, unerreichbar und ungefährlich. Doch würde Alanus das genügen?

Johannes dachte noch einmal an die letzte Nacht. Oft in seinem Leben hatte er abwägen müssen. Nun war ihm ein Traum zur Hilfe gekommen, der aus ferner Welt ein Zeichen gab: Johannes durfte der Versuchung durch Macht und Einfluss nicht nachgeben. Wusste er doch zutiefst, dass das, was Jacques ihn gelehrt hatte, kein Spiel gewesen war. Er musste das letzte Geheimnis lösen. Das war sein Weg. Und so würde er morgen weiterziehen, jenem Ort entgegen, der auf all seine Fragen eine Antwort bereithielt.

Er war müde geworden, legte sich ins Gras und bemerkte nicht, wie der Schlaf ihn überkam.

Doch kurze Zeit später schon durchfuhr es ihn. Etwas war da. Etwas, das Gefahr bedeutete. Er richtete sich auf und blickte nach Westen, dorthin, wo die Sonne unterging.

Am Horizont sah er drei Reiter. Ihre Gestalt hob sich vor dem Hintergrund der untergehenden Sonne deutlich ab. Und noch etwas konnte er erkennen: einen Hund.

Er legte den Mantel neben sich und verbarg das Schwert darunter, nahm die Wasserflasche und trank einen Schluck, stellte sein Gepäck in einiger Entfernung ab, kam zurück, suchte eine Weile nach einem geeigneten Platz, einem Ort, der Kraft gab, setzte sich dort ins Gras und legte seine Pfeile und den Bogen neben sich.

Dann wartete er.

Schon lange hatte er nicht mehr den Bogen gespannt, aber dieser Gedanke war nicht stark genug, ihn zu beunruhigen.

Stattdessen atmete er nun langsam und gleichmäßig, ließ alle Eindrücke und Gefühle fallen, und bald gelang es ihm, den Zustand reiner Aufmerksamkeit zu erlangen.

Es war dunkel geworden, als er Hufschläge vernahm. Der Hund fing an zu bellen, und die Reiter hielten an und stiegen von ihren Pferden. Dann hörte Johannes das Tier in schnellen Sprüngen durch das dichte Gebüsch zwischen den Bäumen auf ihn zulaufen.

Er griff nach dem Bogen, erhob sich, legte den ersten Pfeil an, spannte die Sehne, atmete gleichmäßig, wartete, bis der Hund das Dickicht verlassen hatte, und ließ dann die Hand frei, so als würde die Sehne von ihr abfallen. Der Pfeil traf den Hund im Sprung. Nur wenige Schritte entfernt stürzte er zu Boden.

Wieder war es still.

Die Männer hatten wohl bemerkt, dass etwas Gefährliches auf sie wartete. Johannes blieb stehen, ließ den Bogen sinken und horchte in den Wald hinein. Seine Angreifer würden im Vorteil sein. Selbst bei schwachem Mondlicht konnten sie ihn auf dem Hügel deutlich erkennen, sobald sie die Lichtung erreicht hatten. Wenn sie daraus hervorkämen, würde er nur wenig Zeit haben. Zu wenig, um so viele Männer auszuschalten. Doch es half nichts, darüber nachzudenken. Auch das Gefühl, das vom Magen her in ihm aufstieg, konnte jetzt nur ablenken. Johannes sammelte noch einmal all seine Gedanken und Empfindungen, bündelte sie und löste sie auf, bis nur noch die reine Aufmerksamkeit übrig geblieben war.

Zunächst geschah nichts, doch dann vernahm er das Knacken von Ästen, mal von vorn, mal von rechts, mal von links. Sie kamen näher. Das leise Rasseln der Kettenhemden ließ sich nicht verbergen. Johannes blieb aufmerksam, sein Herz schlug ruhig, sein Atem strömte gleichmäßig und unhörbar.

Ein schwacher Wind bewegte die Blätter. Vereinzelt waren Vögel zu hören. Etwas entfernt wieherten die Pferde.

Dann der Pfiff. Von drei Seiten stürzten sie aus dem Dickicht und rannten auf ihn zu. Johannes war erneut aufgesprungen, und wie von selbst leitete sein Körper die Bewegungen ein. Das Spannen und Loslassen der Sehne geschah in völliger Zeitlosigkeit. Kaum vernahm er, wie der erste Pfeil ein Kettenhemd durchbohrte. Schon griff er den nächsten und ließ ihn los, dorthin, wo er den Gegner in der Dunkelheit nur vermuten konnte und dennoch wusste. Etwas streifte ihn am Bein und flog weiter. Zugleich vernahm er, dass auch der zweite Pfeil sein Ziel gefunden hatte. Noch einmal spannte er den Bogen, hörte, wie das Geschoss nur wenige Schritte entfernt den Gegner fast durchschlug, der nun auf ihn zu taumelte, ihn zur Seite stieß und zu Boden warf.

Dann war es still.

Johannes hielt den Bogen noch immer in der Hand und war nicht fähig, sich zu bewegen. Zu schnell war alles geschehen. Und erst allmählich kam die Unruhe in ihm auf. Er befreite sich von dem toten Körper, der halb auf ihm lag, erhob sich, fiel dann wieder auf die Knie, blieb schließlich im Gras liegen, blickte zum Himmel hinauf und hörte sein Herz rasen.

Am Morgen erwachte er dadurch, dass die Sonne herabschien und ihm warm wurde. Nur langsam erhob er sich, öffnete zögernd die Augen und bemerkte zu seiner Verwunderung, dass er auf der Lichtung ganz allein war. Das Schwert und der Bogen lagen neben ihm. Und die Pfeile. Doch sie waren unbenutzt. Nicht einer fehlte.

In der Ferne hörte Johannes das Wiehern des Pferdes. Wenig später fand er es dort, wo er es am Abend zurückgelassen hatte.

Er befestigte Waffen und Proviant am Sattel, schwang sich auf und ließ das Pferd vorsichtig antraben, denn er war sich nicht sicher, ob er das träumte.

Johannes hatte sich und dem Pferd kaum Pause gegönnt. Am frühen Abend spürte er, dass die Kräfte ihn verließen. Seine Stirn war heiß. Nur mühsam konnte er sich aufrecht halten. Und als er unweit des Weges einen Hof entdeckte, lenkte er das Pferd dorthin. Er bemerkte nicht mehr, wie er den Halt verlor und zu Boden stürzte.

Zwei Knechte fanden ihn so und trugen ihn ins Haus. Dort legten sie ihn auf Stroh, rollten seinen Körper in eine schwere Decke ein und kühlten seine Stirn mit klarem Wasser.

In der Nacht erwachte er, unsicher darüber, wo er sich befand. Und er hörte, wie der Wind sanft durch die Bäume strich und die Blätter bewegte. Dieses Geräusch beruhigte ihn. Doch bald darauf vernahm er das Knacken von Ästen. Er wollte sich aufrichten, aber es fehlte ihm die Kraft. Weiter horchte er in die Nacht. Schritte waren auf dem Gras zu hören, so leise, dass nur ein geübtes Ohr sie wahrnehmen konnte. Mal hielten sie inne, mal schienen sie vorsichtig näher zu kommen. Es gelang Johannes, neben sich zu greifen, doch jemand musste ihm den Bogen und die Pfeile genommen haben.

Plötzlich sprang etwas über ihn hinweg, und zugleich wurde es strahlend hell. Er sah Pfeile durch die Luft fliegen. Aufgeregtes Geschrei war zu hören. Menschen schienen durcheinander zu laufen, aber er selbst lag noch immer unbeweglich. Jemand stolperte, fiel zu Boden. Endlich gelang es ihm, den Kopf zur Seite zu wenden, und so sah er Menschen, die in alle Richtungen flüchteten, um den herabfallenden Pfeilen zu entgehen. Doch dann verließen ihn die Sinne. Es wurde dunkel und still.

Noch einmal in der Nacht meinte er zu erwachen. «Du musst zu dir kommen», hörte er eine Stimme. «Du hast lange geschlafen, junger Mönch.» Wieder wollte Johannes die Augen öffnen, doch zugleich fürchtete er sich. Wenn es hell werden würde, könnten auch die Feinde wiederkommen. Als er die Stimme noch einmal vernahm, nun ohne die Worte zu verstehen, erkannte er ihren Klang und spürte, dass sie ihm nur Gutes wollte, so wie damals. Doch er fiel erneut zurück in dunklen Schlaf.

Als Johannes zu sich kam und die Augen öffnete, fand er sich in einer Scheune wieder, ohne zu wissen, wie er dorthin gekommen war. Ein Mann, der neben ihm kniete und seine Stirn mit Wasser kühlte, sprach beruhigende Worte, erzählte, wie sie ihn gefunden hatten, wie er im Fieber unverständliche Worte gesprochen habe, bis die Hitze aus seinem Körper gewichen war.

Es dauerte noch eine Weile, bis Johannes sich aufrichten konnte. Die ersten Schritte fielen ihm schwer. Der Bauer führte ihn zu einem Brunnen, an dem er sich waschen und erfrischen konnte. Dann setzten sich die beiden Männer vor der Scheune an einen Tisch und aßen gemeinsam einen Hirsebrei. Johannes spürte bald, dass die Kraft in seinen Körper zurückkehrte.

Er befragte den Bauern danach, was in den vergangenen Nächten geschehen sei, doch dieser sah ihn nur ungläubig an und konnte ihm nicht mehr mitteilen, als er zuvor schon gesagt hatte. Als Johannes ihm von seltsamen Geräuschen erzählte, die er in der Nacht vernommen hatte, zuckte der Mann nur mit den Schultern und meinte, dass manche Menschen wohl seltsame Dinge hören, wenn sie vom Fieber befallen wären.

Gegen Mittag fühlte sich Johannes stark genug, die Reise fortzusetzen. Der Bauer half ihm dabei, das Gepäck am Sattel zu befestigen. Er bemerkte Bogen und Schwert, musterte Johannes, der wieder mit der Mönchskutte bekleidet war, verlor darüber jedoch kein Wort.

Zum Abschied umarmte Johannes den Mann, dankte ihm herzlich für all seine segensreiche Hilfe und bedauerte, ihm keinen Lohn geben zu können. Doch es zeigte sich, dass der Bauer dies ohnehin nicht erwartet hatte. Er bat Johannes aber, für ihn und seinen Hof zu beten. Johannes versprach es.

Bald befand er sich wieder auf dem Weg und ritt gen Osten. Nach einer Weile hielt er das Pferd an. Er stieg ab und prüfte noch einmal das Gepäck. Alles war da, und nicht einer der Pfeile war abhanden gekommen. Er blickte zurück in die Richtung, aus der er gekommen war, so als würde er von dort irgendetwas Ungewöhnliches erwarten. Aber da war nichts.

Mehrere Tage lang hatte Johannes dichten Wald durchquert, Furten überwunden, bei Bauern in der Scheune übernachtet. Wieder kam er an einen Fluss, und er bemerkte im Norden eine Gebirgskette. Wenn die Karte nicht täuschte, müsste er seinem Ziel sehr nahe sein. Also folgte er dem Flusslauf, bis er am frühen Nachmittag eine Stadt erblickte, deren Silhouette ihm bekannt vorkam.

Je mehr er sich näherte, desto deutlicher erkannte er die massive Ringmauer und die hohen Kirchtürme der Stadt, sieben an der Zahl. Allein die drei größten Kirchen unterschieden sich deutlich voneinander. Während eine im alten Stil erbaut worden war, zeigten die beiden anderen ein schlankes, aufstrebendes Äußeres. Alle Kirchen besaßen jeweils zusätzlich zu den nach Westen ausgerichteten, mächtigen Glockentürmen noch einen weiteren, deutlich kleineren Dachreiter, ähnlich dem, den Johannes bereits aus Loccum kannte. Unmittelbar hinter der Stadtmauer standen die Häuser zum Fluss hin ausgerichtet eng nebeneinander. Johannes war sich sicher. Vor ihm lag die Stadt Minden.

Auf dem Fluss erblickte er Lastkähne, die von der Strömung flussabwärts getragen wurden und flussaufwärts die Segel gesetzt hatten, kleine, einfache Boote. Am Nachmittag erreichte er die große Brücke, die über die Weser führte. Er überlegte kurz, in der Stadt eine Unterkunft zu suchen, doch dann entschied er sich, noch an diesem Tag den Fluss zu überqueren. So ritt er bald auf der östlichen Weserseite und tauchte wieder ein in dichten Wald.

Am Abend kam er an eine Lichtung. Es war noch etwas hell, und so konnte er erkennen, dass sich der Hof nicht verändert hatte. Links des Eingangs saß eine junge Frau auf der Bank, die ganz in das Flechten eines Korbes vertieft war. Sie erschrak, als sie plötzlich ein Pferd vor sich erblickte und einen Reiter in langem, braunem Umhang. Sie legte den Korb beiseite und wagte nicht aufzustehen.

«Du musst keine Angst haben», sagte Johannes, ließ sein Pferd anhalten, stieg ab und hielt es an den Zügeln.

«Wer bist du?», wollte er wissen.

Statt zu antworten, sprang die junge Frau auf und verschwand im Haus. Kurze Zeit später kam ein älterer Mann aus dem Eingang und sah den Reiter verwundert an.

«Erkennst du mich nicht?», fragte Johannes.

Der Mann blickte noch immer ungläubig.

«Junge!», rief er und lief dem Reiter entgegen.

Er umarmte seinen Sohn und hielt ihn so fest, als wolle er ihn nie wieder loslassen.

«Vater!», war das einzige, was Johannes vor Freude hervorbrachte.

Vom Feld her war ein weiterer Mann herbeigelaufen. Außer Atem blieb er stehen.

«Johannes!», rief er. «Johannes. Du bist zurück!»

«Hermann!»

Auch die beiden Brüder fielen sich in die Arme.

«Du bist zurück. Ich wage es kaum zu glauben.»

«Ja, da bin ich. Welche Freude, wieder bei euch zu sein.»

Dann erblickte Johannes im Eingang zur Diele die junge Frau, die vor ihm geflüchtet war.

«Das ist Marta», sagte Hermann.

Zögernd kam die junge Frau auf ihn zu.

«Ich wusste nicht ...», sagte sie unsicher.

«Wie solltest du», sagte Johannes. «Aber ich sehe, mein Bruder ist nun ein glücklicher Mann.»

Marta lächelte, als sie das hörte, und blickte zu Hermann. Der stand etwas abseits und sah zu Boden.
«Du weißt noch nicht alles …», sagte er zögernd.
Johannes wandte sich um.
«Wo ist Mutter?», fragte er.
Auch der Vater blickte betroffen hinüber zum Feld.
«Sie ist nicht mehr unter uns.»
«Was ist geschehen?», fragte Johannes leise.
«Sie bekam ein Fieber. Drei Tage lang.»
Johannes blickte seinen Vater an, doch eigentlich sah er durch ihn hindurch. Für einen Moment schwiegen alle.
«Sie hat von dir gesprochen, in den letzten Stunden», sagte der Vater mit ruhiger Stimme.
«Wir haben ihr versichert, dass es dir bestimmt gut geht und dass du bald zurückkehren würdest.»
Johannes nickte, wusste nicht, was er sagen sollte. Schließlich griff er die Zügel des Pferdes, führte es zum Stall und band es vor dem Tor fest. Dann legte er sein Gepäck auf den Boden und kam zurück zu den beiden Männern und der jungen Frau. Erneut umarmte er seinen Vater.
Dann nahm ihn der Schmerz ganz gefangen.

Als Johannes am Abend seine Geschichte erzählte, hörten die anderen gebannt zu. Nur selten unterbrachen sie ihn mit einer Frage. Gegen Mitternacht hatte er noch immer nicht alles berichtet, aber sie waren müde geworden und beschlossen, schlafen zu gehen und morgen mehr zu hören.
In dieser Nacht schlief Johannes traumlos. Und als er am Morgen aufwachte, hatte er für einen Moment das Gefühl, wieder zu Hause zu sein. Doch dann wurde ihm erneut bewusst, dass seine Mutter nicht mehr lebte. Es war nicht mehr wie früher. Was würde er dafür geben, sich einmal noch von ihr verabschieden zu können. «Es gibt nur einen richtigen Weg»,

hatte Jacques gesagt. «Jenen, den wir tatsächlich gehen.» Aber war das so? Gab es überhaupt richtige Wege? War es nicht eher so, dass jeder Weg auch ein falscher Weg war?

Johannes erwachte endgültig, als er Stimmen im Hof hörte. Wenig später saß er gemeinsam mit seinem Vater, mit Hermann und Marta am Tisch und aß mit ihnen.

Als die Sonne schon hoch am Himmel stand, saßen sie noch immer dort, und Johannes erzählte von der Zeit in Laon, von den prächtigen Bauwerken und von dem Leben in diesem fernen Land. Nur Marie erwähnte er nicht.

Dann beschloss er aufzubrechen. Sie ließen ihn erst gehen, als er versprochen hatte, bald wiederzukommen. Er befestigte die wenigen Dinge, die er mit sich führte, am Sattel, verabschiedete sich herzlich von seinem Vater, von Hermann und Marta, bestieg das Pferd, blickte noch einmal zurück und erhob die Hand zum Gruß.

Dann begann er den letzten Teil seiner Reise. Der Weg nach Loccum durch Moorgebiet und dichten Wald erwies sich als verwirrend. Johannes hatte ihn gut gekannt, doch nun musste er mehrmals absteigen, um sich zu orientieren. Schließlich erreichte er die Quelle. Dort machte er Halt und ließ das Pferd trinken.

Bei Einbruch der Dunkelheit erblickte er die Umrisse der Klosteranlage: die Kirche mit dem Dachreiter, die angrenzenden Gebäude und dahinter die Kornspeicher.

Er erreichte das Haupttor, stieg vom Pferd und schlug mit der Faust kräftig gegen das Holz der Pforte. Kurze Zeit später öffnete sich eine kleine Luke. Ein Mann schaute hindurch, blickte den Ankömmling erstaunt an und schloss die Luke wieder. Dann öffnete sich das große Tor. Ein Mönch trat heraus, blieb in der Pforte stehen und kniete vor dem Reiter nieder.

«Hoher Herr», sagte er. «Verzeiht. Ich muss Euch zunächst beim Abt anmelden.»

«Ihr seid noch nicht lange in diesem Kloster», stellte Johannes fest.

Der Mann erhob sich und betrachtete nacheinander das Schwert, den Bogen und das weiße Gewand des Reiters.

«Ihr habt recht. Wen darf ich melden?», fragte er.

«Sagt dem Abt, Johannes sei gekommen.»

Der Mönch erhob sich und ging davon, ohne weitere Fragen zu stellen, nicht jedoch ohne zuvor die Pforte zu schließen.

Johannes musste eine Zeitlang warten. Er erinnerte sich daran, wie es war, als er zum ersten Mal an dieser Stelle stand. Er hatte sich gefragt, warum es nötig sei, Gott ein Haus zu bauen. Inzwischen wusste er, dass es nicht für Gott gebaut war, sondern um der Menschen willen, die dieses Haus nötig hatten, um Gott nahe zu sein.

Dann öffnete sich die Pforte. Ein Mönch in hellgrauer Kutte trat heraus und begrüßte Johannes ebenfalls mit einem Kniefall. Dann erhob er sich und kam freudestrahlend auf ihn zu.

«Jordanus!», rief Johannes, umarmte seinen alten Freund und gab ihm den Bruderkuss.

«Es ist viel geschehen. So viel zu berichten ...», sagte er, nicht fähig weiterzusprechen.

«Das glaube ich», erwiderte Jordanus und sah Johannes voll Freude an. «Ich bin gespannt. Doch zunächst bringe ich dich zum Abt. Er heißt dich herzlich willkommen und bittet dich, an diesem heiligen Ort die Waffen abzulegen oder stumpf zu machen.»

Johannes übergab dem Mönch Schwert und Bogen. Gemeinsam durchschritten sie das Tor. Ein weiterer Bruder kam herbei und übernahm das Pferd. Auf dem Weg sah Johannes die zum Himmel emporsteigende Westfassade der Klosterkirche. Die Wohngebäude schlossen sich unmittelbar an. Zur Rechten befand sich das Abtshaus. Von dort kam ihnen ein Mönch in weißer Kutte entgegen. Er umarmte den Ankömmling, küsste ihn brüderlich und blickte ihn voll Freude an.

«Sei willkommen in Christo, Johannes. Schon lange ist kein Vertreter des Tempels an dieses Ende der Welt gekommen.»

«Seid gegrüßt, ehrwürdiger Lefhard. Es war eine lange Reise. Der Großmeister des Tempels entsendet seine herzlichsten Grüße.»

«Ich freue mich, dich wieder bei uns zu haben. Es wird viel zu erzählen geben. Doch zuvor wollen wir dem Herrn für deine Rückkehr danken.»

Er wandte sich an den Mönch, der an der Pforte Einlass gewährt hatte.

«Sorge dafür, dass es Johannes an nichts fehlt, und weise ihm im Dormitorium einen Platz zu, an dem er sich ausruhen kann.»

Der Angesprochene nickte kurz.

Dann betraten die drei Männer das Abtshaus.

Dort berichtete Johannes in aller Kürze über seine Reise und das Schicksal seines Ordens. Die beiden Zuhörer waren sehr überrascht von dem, was sie hörten. Dann nahm Johannes das freundliche Angebot des Abtes an, sich zunächst einige Stunden von seinem Ritt zu erholen, und versprach, an den folgenden Tagen Genaueres zu berichten.

Zur Stunde der Vesper versammelten sich die Mönche in der Klosterkirche. Johannes hatte diese Gebetsstunde häufig genug erlebt, um zu wissen, dass es die Stunde des Lichtanzündens war. Der Kreis des Tages schloss sich. Welche Erfolge, welche Enttäuschungen man auch erlebt hatte, nun war es Zeit, all die widersinnigen Teile eines Tages miteinander zu versöhnen, Vergebung zu erfahren und den Tag, so wie er gewesen war, gehen zu lassen. Und so stand diese Gebetsstunde auch für das Ende seiner Reise.

Seit langer Zeit befand sich Johannes wieder im Chorraum der Klosterkirche und sang gemeinsam mit den Brüdern das Magnificat, den Kern dieser Hora, die Worte, mit denen einst

Maria Elisabeth begrüßt hatte: Meine Seele preist die Größe des Herrn, und mein Geist jubelt über Gott, meinen Retter.
Nachdem der Gesang verklungen war, hielt der Abt einen Moment inne.
«Lasst uns beten», sagte er.
Die Mönche senkten den Blick und falteten ihre Hände.
«Heiliger Herr, allmächtiger Vater, ewiger Gott, der du der Führer der Heiligen bist und die Gerechten auf dem Wege lenkst: Du hast den Engel des Friedens mit deinem Diener Johannes gesendet, dass er ihn zu uns zurückgeleite. Er war ihm ein fröhlicher Begleiter, so dass kein Feind ihn von seinem Wege hinweggerissen hat. Fern war ihm jeder Ansturm des Bösen, nah aber der Heilige Geist. Heiliger Herr, allmächtiger Vater, ewiger Gott: Du hast unseren Bruder Johannes begleitet über Bergeshöhen und durch Täler, ihn bewahrt vor den Gefahren der Flüsse und Furten und ihn gut heimgeführt. Dafür danken wir dir.»
Die Mönche antworteten mit einem lang anhaltenden Amen.
Nachdem der Abt den Segen erteilt hatte, kamen die Brüder nacheinander zu Johannes, umarmten ihn und sagten ihm persönliche Worte ihrer Freude.
Dann verließen sie den Chorraum. Johannes blieb noch eine Weile dort, um Stille zu finden.

Auf der langen Reise nach Laon war kein Tag wie der andere gewesen, und Johannes hatte dies als ein einziges großes Abenteuer empfunden. Doch auf dem Rückweg erschien ihm der Wandel der Tage als etwas Unbeständiges. Im Innersten fühlte er sich zutiefst aufgewühlt und beunruhigt.
Nachdem er Loccum endlich erreicht hatte, schien es ihm zunächst so, als würde ihn das Gleichmaß des klösterlichen Lebens sanft und mild auffangen. Alle Menschen, die ihn um-

gaben, alle Räume, durch die er schritt, sandten ihm ein herzliches Willkommen zu. Der Abt übertrug ihm die Aufgabe, künftig gemeinsam mit Jordanus das Scriptorium zu verwalten, eine Tätigkeit, die Johannes mit großer Freude annahm, ging es dabei doch nicht um die Bearbeitung von Kontrakten und Urkunden, sondern um die Erhaltung und Erweiterung der Klosterbibliothek. Er wusste, dass ihm diese Tätigkeit auch die Möglichkeit geben würde, Reisen zu unternehmen, um den Buchbestand zu erweitern. Sein Leben würde nicht auf die Welt innerhalb der Klostermauern beschränkt bleiben. Aber gleichzeitig würde er auch die Möglichkeit haben, sich in die Welt der Bücher zurückzuziehen.

Der Rhythmus der Stundengebete verhalf ihm in den folgenden Wochen, innere Ruhe zu finden und von den Strapazen und Wirrungen der letzten Zeit Abstand zu gewinnen.

Dann kam der Tag, als der erste Schnee fiel und sich die Welt verwandelte. Die Jahreszeit der Dunkelheit und des Rückzugs war gekommen. Johannes trat hinaus aus der Pforte des Konversentrakts, auf den Weg, der am Abtshaus vorbei zu den Kornspeichern führte. Kurz wandte er sich um und erblickte seine Spuren im gleichmäßigen Weiß, das an diesem Morgen allem ein neues Aussehen verlieh. Er erinnerte sich an Laon, daran, dass die Kraft der Sonne in den Gassen der Stadt und in der Ebene des weiten Landes alles hatte lebendig werden lassen. Als er im Schnee voranschritt, schien es ihm, als habe sich die Natur zurückgezogen, als sei sie ganz in sich gekehrt, unsicher, ob sie im Frühjahr mit neuer Kraft erwachen werde. Johannes bemerkte, dass er selbst ähnlich empfand. Denn nun würde er eine lange Zeit in den Räumen des Klosters verbringen, zurückgezogen in Gebet und Kontemplation, Wärme findend einzig im beheizten Calefactorium. Wie anders war es doch im Sommer in Laon gewesen. Ganz deutlich wurden die Erinnerungen, die nun seinen Geist erfüllten, und sogleich war die Unruhe wieder da, die er nach seiner Rückkehr im Kloster hatte ablegen wollen. Da traten sie wieder hervor, die Gedanken und Empfindungen, die sein rastloses Herz in Bewegung hielten. War er nicht schon immer rastlos gewesen? Damals, als Jacques ihn aufgegriffen hatte, irgendwo zwischen Lahde und Loccum, unterwegs mit einem Lastkarren, den er hinter sich her zog. Auch das Kloster war ihm bald zu eng geworden. Er hatte sich in die Welt der Bücher geflüchtet. Und als man ihn auf die große Reise in die Ferne schickte, war sein Herz betrübt und befreit zugleich. Von da an wurde sein Leben ein ständiger Wandel. Doch nichts schien ihn dabei wirklich zu erfüllen. Er lernte, mit dem Bogen umzugehen, hatte die Kirchenväter und die Philosophen studiert, war in die Welt der Symbole eingedrungen, hatte das Leben der Templer kennengelernt, doch immer blieb ihm die quälende Einsicht, nicht angekommen zu sein. Wozu war all dies gut gewesen?

Einzig an einem Nachmittag in Laon hatte er anders empfunden. Marie. Sie hatte ihn gelehrt, was Schönheit war. Doch schien es Liebe nicht zu geben ohne den bitteren Schmerz, jenen Schmerz, den er nun empfand, als er sich erinnerte, an den Duft ihres Körpers, an jede sinnliche Berührung, jede wilde ungezügelte Bewegung ihres Körpers, an ihre Haut, die seiden schimmerte, als sie neben ihm lag und ruhig atmete, während er ihr Herz gleichmäßig schlagen hörte und Frieden empfand. Es würde nie wieder so sein.

Nun verbrachte Johannes viele Stunden im Scriptorium. Dort hatte er sich sehr bald einen Überblick verschafft. Besonders aufmerksam wurde er, als Jordanus ihm einige Schriften zur Symbolik und zum Kirchenbau zeigte. Darüber kamen sie in ein langes Gespräch. Johannes erzählte von seinem Aufenthalt in Laon und den Messungen an der Kathedrale.

«Bist du noch im Besitz der Skizzen?», fragte Jordanus.

«Nein», antwortete Johannes. «Ich musste alles zurücklassen. Vielleicht werden die Zeichnungen gefunden, und jemand bindet sie zu einem Buch.»
Johannes überlegte einen Moment.
«Aber vielleicht ist es auch nicht nötig, die Zeichnungen zu haben, denn die Abweichungen von der Symmetrie sind eindeutig. Ich glaube nicht, dass es da noch auf die genauen Längenmaße ankommt.»
«Du sagst, dein Meister habe dich darauf hingewiesen, dass sich im Grundriss der Kathedrale das Geheimnis der Templer finden lasse», sagte Jordanus. «Hältst du das für wahrscheinlich?»
«Die Abweichung von der Symmetrie muss symbolische Bedeutung haben. Die Templer verstehen es meisterhaft, ihr Wissen in Symbolen zu verbergen. So wird es unzugänglich für alle, die nicht eingeweiht sind. Jacques bat mich, auch hier in Loccum die Klosterkirche zu vermessen und ihren Grundriss mit dem von Laon zu vergleichen. Ich habe nie etwas Ungewöhnliches in unserer Kirche entdeckt, aber vielleicht findet sich bei genauem Hinsehen tatsächlich eine Besonderheit, die ich früher nicht erkennen konnte, weil ich noch nicht über die Kenntnisse der Templer verfügte.»
«Man müsste die Kirche ausmessen und eine Zeichnung anfertigen. Wenn du willst, helfe ich dir dabei.»
Johannes nickte.
«Du kennst den Abt besser als ich und kannst mit ihm sprechen. Eine Messung darf nicht ohne seine Zustimmung erfolgen.»
Jordanus versprach, die Erlaubnis einzuholen.
Zwei Tage später bat der Abt Johannes zu sich und teilte ihm mit, dass er keine Einwände gegen eine Vermessung der Klosterkirche habe, betonte aber auch, dass diese Arbeiten unauffällig vollzogen und die Ergebnisse vorerst noch nicht öffent-

lich gemacht werden sollten. Johannes war dankbar für diese Entscheidung. Zugleich verwunderten ihn die Auflagen des Abtes, die er fast wortgleich auch vom Ordensmeister in Laon erhalten hatte.

Noch am gleichen Tag machte er sich auf zur Klosterkirche. Er ging die Säulen des Innenhofs entlang und erreichte die Pforte des Kirchenschiffs. Kurz wandte er seinen Blick nach links zum Lesegang. Über dem Platz des Abtes erblickte er den Adler, der einen kleinen Vogel in den Krallen hielt. Ein uraltes Symbol war hier in den Stein gearbeitet: Der Adler trägt sein Junges zur Sonne empor, um es in das grelle Licht blicken zu lassen. Nur jene Jungen, die den Anblick der Sonne ertragen können, erweisen sich als würdig, aufgezogen zu werden. Sollte es ihm, Johannes, mit dem Geheimnis der Templer ähnlich gehen? Würde er beim Anblick der Wahrheit erblinden? Oder würde er ein Adler werden?

Er schritt zur Pforte, über der er wie viele Male zuvor die Inschrift las: Hier ist nichts anderes als Gottes Haus. Hier ist die Pforte des Himmels.

Johannes blieb kurz stehen. Dann öffnete er die schwere Holztür und betrat den Kirchenraum.

Er begann mit den Messungen im Chorbereich und arbeitete sich zur Vierung vor. Jordanus wurde ihm dabei zu einer großen Hilfe, denn im Kirchenraum war es inzwischen so kalt, dass man dort nicht längere Zeit verweilen konnte, ohne dass die Finger froren und das Aufzeichnen der Ergebnisse zur Qual wurde. Während er die Kathedrale von Laon in wenigen Tagen vermessen hatte, benötigte er nun allein eine Woche für den Chor und die Querschiffe. In der zweiten Woche machten sich Jordanus und Johannes an das Hauptschiff und die Seitenschiffe. Der Lettner, der den Bereich der Herrenmönche von dem der Laienmönche trennte, bereitete ihnen bei den Messungen einige Probleme. Westlich des Lettners durften sie nur arbeiten, wenn sichergestellt war, dass niemand von den Laienbrüdern sich dort aufhielt.

Am Chor hatte Johannes keinerlei Besonderheiten bemerkt. Im Gegensatz zur Kathedrale von Laon war dieser Raum nicht verlängert, sondern passte harmonisch zur Vierung und zum Querschiff. Das ließ sich auch ohne Messungen leicht daran erkennen, dass das Kreuzjoch der Decke des Chores ebenso groß war wie die entsprechenden Kreuzjoche der Vierung und des Querschiffes. Das Hauptschiff hatte die Fläche von vier Kreuzjochen, und so entstand ein Grundriss, der in äußerster Präzision das Symbol des Kreuzes bildete. Die Kirche war in Abmessungen und Ausführungen auf das Nötige reduziert. Sie sollte der Ort für die Gebete der Mönche sein, mehr nicht. Dennoch konnte Johannes nicht sagen, dass dieses Gebäude weniger auf ihn wirkte als die Kathedrale von Laon. Zugleich wurde es für Johannes von Tag zu Tag unwahrscheinlicher, etwas Außergewöhnliches zu entdecken. Auch die Zahlen bestätigten den Eindruck des Auges: Gleichmaß, kaum Abweichungen, völlige Einhaltung der Symmetrie.

Am letzten Tag ihrer Messung arbeiteten sie am westlichen Abschluss der Klosterkirche.

Johannes bemerkte es sofort. Es war so eindeutig, dass er für einen Moment erschrak.

Jordanus hingegen war nichts aufgefallen, und so führte Johannes die Messungen ohne Unterbrechung fort, diktierte ihm die gewonnenen Längenmaße und schloss die Arbeiten ab.

«Sollten wir auch die Höhenmaße nehmen?», fragte Jordanus, als sie wieder den Kreuzgang erreicht hatten.

«Es wird nicht nötig sein», sagte Johannes. «Das habe ich in Laon auch nicht getan.»

Sie betraten das Scriptorium und sammelten alle Aufzeichnungen auf einem der Pulte.

«Jetzt musst du zeichnen», sagte Jordanus. «Ich bin gespannt auf das Ergebnis.»

Johannes nickte nur, wohlwissend, dass eine Zeichnung nicht mehr nötig war.

In der Nacht versammelten sich die Mönche im Chor der Klosterkirche zur Komplet. Obwohl er an dieser Hora viele Male teilgenommen hatte, war Johannes von den Gesängen und Gebeten noch nie so erschüttert worden wie in dieser Nacht. Die Mönche baten in dieser Stunde Gott darum, dass er sie nicht ins Chaos, ins Nichts fallen lasse.

In dieser Nacht schlief Johannes nur wenige Stunden.

Am nächsten Morgen bat ihn der Abt, nach dem gemeinsamen Mahl im Speisesaal zu bleiben.

«Wie geht es voran mit deinen Messungen?», fragte er und setzte sich neben Johannes auf die Bank.

«Wir sind gestern fertig geworden.»

«Und? Bist du mit dem Ergebnis zufrieden?»

Johannes blickte auf.

«Ich muss alle Längenmaße in eine Zeichnung übertragen.»

Der Abt nickte, schwieg einen Augenblick und blickte zu den Fenstern, die dem großen Raum in dieser Jahreszeit nur wenig Licht gewährten.

«Ich habe noch eine Bitte an dich», sagte er dann. «Der Kapitelsaal soll im Frühjahr neu ausgestaltet werden. Es ist vorgesehen, die Deckenpfeiler mit Sinnsprüchen zu versehen. Es müssen kurze Sätze sein, aus der Heiligen Schrift oder aus den Werken der Kirchenväter. Sie sollen den Mönchen, die im Kapitelsaal beten, Wege in die Kontemplation öffnen. Du gehörst zu jenen Brüdern unseres Klosters, die besonders belesen sind. Ich möchte dich um einen Vorschlag bitten.»

Johannes nickte.

«Wie lange habe ich dafür Zeit?»

«Genug, um in Ruhe nachzudenken», sagte Lefhard. «Am Neujahrstag sollen diese Sinnsprüche feierlich verlesen werden.»

«Gut», sagte Johannes kurz.

Der Abt blickte ihn an.

«Fühlst du dich wohl, jetzt wo du zu uns zurückgekehrt bist?»

«Es ist Winter. In Laon war alles anders.»

Lefhard nickte.

«Ja, die Sonne gibt dem Leben Kraft», sagte er, blickte erneut zu den Fenstern des Speisesaals, erhob sich dann, umarmte Johannes freundschaftlich und begab sich in den Kreuzgang.

Im Anschluss an die gemeinsamen Gebete zur Sext betrat Johannes den großen Schlafsaal, ergriff das Schwert und den Bogen, ging wieder hinab, durchquerte den Kreuzgang und verließ das Klostergebäude über den Ausgang des Konversengebäudes. Er ging durch den Schnee, erreichte die Westfassade der Klosterkirche, betrachtete sie genau und erkannte, dass er am Tag zuvor richtig beobachtet hatte. Warum war ihm das nie aufgefallen? Die großen Geheimnisse sind so offensichtlich, dass man sie nicht sehen kann, dachte er und lächelte still über seine eigene Blindheit.

Dann ging er weiter über den Friedhof zu den Wirtschaftsgebäuden und zur Schmiede. Dort war es angenehm warm. Johannes setzte sich in der Nähe des Feuers auf einen Hocker und beobachtete, wie der alte Schmied ein rotglühendes Hufeisen mit der Zange aus dem Feuer holte und am Amboss zu endgültiger Form trieb. Kurz nach seiner Rückkehr hatte Johannes den Alten besucht und versprochen, bald wiederzukommen und ihm von seiner Reise zu berichten.

Nun saß der Schmied neben ihm und hörte aufmerksam zu. Als Johannes erzählte, dass Jacques entschieden hatte, ihn am Bogen auszubilden, ergriff der Alte das Schwert, betrachtete es genau und legte es dann zu Boden.

«Wahrlich. Es ist kaum benutzt worden», sagte er. «Es verwundert mich. Denn für gewöhnlich werden die Tempelritter am Schwert ausgebildet.»

Dann nahm er sich den Bogen, prüfte die Spannung des Holzes und zog ein wenig an der Sehne.

«Dafür braucht man viel Kraft und Geschick», stellte er fest.

Johannes las ihm seinen Wunsch von den Augen und bat ihn, ihm nach draußen zu folgen.

In der Wärme der Schmiede waren die Finger wieder geschmeidig geworden. Johannes wählte einen Pfeil, legte ihn auf und spannte den Bogen. Er hielt diese Spannung eine Zeit lang, bis der Pfeil sich löste und genau in der Mitte eines Stammes einschlug, der etwa sechzig Schritte entfernt war. Zufrieden ließ Johannes den Bogen sinken. Er wusste nun, dass ihn seine Kunstfertigkeit nicht verlassen hatte.

«Ich verstehe deinen Meister», sagte der Alte, als sie wieder vor dem Feuer Platz genommen hatten. «Dein Schuss war vollkommen.»

Dann ergriff er das Schwert, betrachtete es erneut von allen Seiten und ließ es im Licht aufblitzen.

«Seltsam», sagte er. «Dieses Schwert ist vorzüglich, aber es wird wohl nie seinen Zweck erfüllen.»

«Auch der Bogen hat nie seinen eigentlichen Zweck erfüllt», sagte Johannes. «Diese Welt ist wohl nicht so, wie wir es erwarten.»

Der Alte verstand und nickte stumm.

Am Abend war Johannes allein im Scriptorium. Vor ihm auf dem Pult lag der vollendete Grundriss der Klosterkirche von Loccum. Im Licht der Kerzen erkannte man die Gestalt des Kreuzes, Symbol für den gekreuzigten Christus, aber auch für die Überwindung des Todes, die Auferstehung und das Reich Gottes. Das Kreuz war ein vollkommenes Symbol, weil es den

Gang der Welt hin zum ewigen Jerusalem darstellte. Dieses Symbol der Vollkommenheit hatte der Baumeister gewählt. Doch die Kirche von Loccum war nicht vollkommen. Ein Blick auf den Grundriss machte deutlich, dass im südlichen Seitenschiff etwas nicht stimmte. Unmittelbar zur Westfassade hin fehlte eines der kleinen Kreuzjoche. Auf der Zeichnung wirkte das so, als sei dem Kreuz an der Basis eine Ecke herausgeschnitten worden. Das konnte kein Zufall sein. Der Baumeister hatte mit äußerster Präzision an dieser Kirche gearbeitet. Wenn er das Symbol des Kreuzes in dieser Weise veränderte, war das kein Irrtum, kein Fehler, sondern bewusst so gewollt. Niemals durfte das Kreuz zerstört werden. Dann hätte die Kirche ihre Vollkommenheit verloren. Der Baumeister tat es dennoch, und das war ein deutliches Zeichen.

Nun erinnerte sich Johannes an den Rat, den er von Jacques erhalten hatte. Vergleichen sollte er. Und tatsächlich. Auch im Grundriss der großen Kathedrale von Laon hatte er damals eine Unregelmäßigkeit in der Symmetrie gefunden, ebenfalls im südlichen Seitenschiff, angrenzend an die Westfassade. Dort war es keine Aussparung wie hier in Loccum, sondern eine seltsame Erweiterung, ein zusätzliches Querschiff. Aber auffällig war, dass die Baumeister in beiden Fällen die Symmetrie an der gleichen Stelle aufgehoben hatten, und in beiden Fällen wurde damit das Symbol des Kreuzes in seiner Reinheit beschädigt.

Es war nicht so sehr die äußere, messbare Unregelmäßigkeit, die Johannes vor zwei Tagen hatte erschrecken lassen. Vielmehr war ihm schlagartig klar geworden, dass dies eine steingewordene Nachricht war, eine Glaubensaussage.

Der Baumeister hatte in das Symbol der Vollkommenheit ein Symbol der Unvollkommenheit eingebaut. Er tat dies wissentlich. Diese Asymmetrie, dieser Fehler war gewollt. Und damit stellte er alles in Frage, was mit diesem Symbol verbunden war.

War Christus nicht der Überwinder des Todes gewesen? Wäre dann auch die Welt, die Schöpfung noch nicht vollkommen? Hatte Gott sein Werk noch nicht zu Ende geführt? Johannes wurde sich bewusst, welche Tragweite diese Fragen haben mussten. Standen sie doch in direktem Widerspruch zur Lehre der heiligen Kirche.

Doch mehr noch hatten sie Bedeutung für jeden Einzelnen. Wenn die Schöpfung noch nicht vollkommen war, dann bedeutete dies, dass der Mensch keinen Einklang finden konnte, dass vielmehr seine Unruhe, seine Rastlosigkeit, dass all seine Fragen ihm immer bleiben würden.

Was der Baumeister mit seiner Kirche zum Ausdruck gebracht hatte, war das Unerklärliche, das große Rätsel, das Wissen darum, dass uns das Geheimnis des Lebens verborgen bleiben wird, dass es keine Gewissheiten geben kann. Das Leben des Menschen muss rastlos bleiben, kurz und voller Unruhe.

Johannes hielt inne. Auch sein Leben würde rastlos bleiben.

Da war nur mehr die Hoffnung auf einen gnädigen Gott und darauf, dass nichts aus der Schöpfung herausfallen kann.

Johannes löschte die Kerzen und verließ den Raum.

Komplet

Johannes schließt den Buchdeckel und blickt durch das Fenster hinaus in die Finsternis. Es ist spät geworden. Er beschließt, seinen Brief morgen zu beenden. Bald wird die Stundenglocke ein letztes Mal erklingen, um zur Komplet zu rufen. Sie bildet den Übergang von der Nachtwache in den Schlaf. Komplet bedeutet Vollendung. Sie verbindet das Ende des Tages mit dem Ende des Lebens. Die Komplet macht ein letztes Mal deutlich, dass das Leben und der einzelne Tag einen vergleichbaren Rhythmus haben. Selten ist Johannes dies so deutlich geworden wie heute.

Doch zugleich weiß er, dass die Komplet für die meisten Mönche verbunden ist mit dem endgültigen Übergang in die Dunkelheit. Er kennt das damit verbundene Gefühl der Unsicherheit, ja der Angst seit seiner Kindheit. Diese Furcht gelangt auch in den letzten Winkel der Seele. So bitten die Mönche in diesem Stundengebet um Vergebung, sie bitten Gott um Schutz und Geborgenheit, darum, dass er sie nicht ins Chaos, ins Nichts fallen lasse. Der Ungewissheit der Nacht, der Ungewissheit angesichts des unausweichlichen Todes stellen sie ihr Vertrauen entgegen. Die Hymne der Komplet bringt beides zum Ausdruck, Angst und Vertrauen: Wenn uns die schwarze Nacht umhüllt, sind wir von Traum und Wahn bedrängt, Dreiein'ge Macht, die alles lenkt, behüte uns in dieser Nacht.

Am Ende des Gottesdienstes gehen die Mönche nacheinander in die Marienkapelle und singen das Salve Regina. Sie kehren zurück in den spirituellen Schoß, um am nächsten Morgen wiedergeboren zu werden. Die Mönche erbitten einen ruhigen Schlaf und gute Träume. Sie wissen, dass vieles davon abhängt, wie man einschläft, und sie haben sich den ganzen Tag auf diesen Übergang vorbereitet, haben alles getan, um reinen, kindlichen Geistes zu sein.

Dann ist Schweigen. Doch die Worte, die Klänge des Tages reichen in die Dunkelheit und das Schweigen hinein. Die Stille zwischen den Noten macht den Raum hörbar...

Johannes von Nienburg, Abt zu Lucca,
an Gottfried Graf von Waldeck, Bischof zu Minden

Lucca, im Jahre der Menschwerdung des Herrn 1323, am Tag des heiligen Wunibald

Mein lieber Freund!

Es ist sonderbar, diese Geschichte noch einmal zu lesen. Fast kommt es mir vor, als erwache ich nun aus einem langen Traum, so lange her sind all die Dinge, die ich Euch schilderte. Viele Jahre habe ich gewartet, in der Hoffnung, eine Nachricht von meinem Orden zu erhalten. Aber nichts geschah, und alles, was ich erfahren konnte, drang zu mir als Gerücht, und so musste ich Unwahrscheinliches von Wahrscheinlichem trennen. Die Menschen erzählen viel, und die Legenden waren für mich oftmals nur deshalb von der Wahrheit zu unterscheiden, weil ich in die Regeln, Symbole, Rituale und Geheimnisse der Templer eingeweiht bin. Die vielen grässlichen Vorwürfe, die man gegen den Orden vorgebracht hat, sind ganz unsinnig und entspringen entweder den Verleumdungen der Feinde oder der Phantasie der Unwissenden. Ein großer Teil unserer Brüder ist nach Portugal und Spanien geflohen. Dort entstanden neue Orden, die dem der Templer ähnlich sind. Diese neuen Templer sind nicht mehr Wegbegleiter nach Jerusalem. Das ist auch nicht nötig. Steht doch bei Markus geschrieben: Ihr suchet Jesus von Nazareth, den Gekreuzigten; er ist auferstanden und ist nicht hier. Siehe da die Stelle, da sie ihn hinlegten! Gehet aber hin und sagt es seinen Jüngern.

  Die Grabeskirche konnte nicht für immer das Ziel unserer Wegbegleitung sein. Nun sind wir zu Wegbereitern des Glau-

bens geworden, eines Glaubens, der sich der Unwissenheit des Menschen aufs Neue bewusst ist.

Viele Templer flohen auch nach Schottland, doch habe ich von dort keine genauen Nachrichten. Besonders bedrückend ist, dass ich nie wieder etwas von Jacques gehört habe.

Rätselt Ihr noch immer über die Legende von Köln? Jene seltsame Erzählung über den Regen aus Pfeilen, der drei Templer befreite und ihre Verfolger strafte? Wir beide wissen, dass die Phantasie der Menschen manches vergrößert, manches verfälscht. Oft vermischt sich der persönliche Glaube mit dem Erlebten. Und manche Geschichten werden erfunden. Fast könnte man glauben, dass diese Legende von Templern in die Welt gesetzt wurde, denn sie erscheint wie ein Urteil Gottes: Die üblen Peiniger und Verräter wurden bestraft, die rechtgläubigen Templer aus ihren Fesseln befreit. Doch das wäre wohl als Erklärung recht einfach. Und vielleicht ist, was erzählt wird, durchaus geschehen. Stellt Euch vor, es habe sich damals wirklich so zugetragen, im Jahre der Menschwerdung des Herrn 1307 zu Köln. Wie hätten die Menschen davon erzählt? Die glücklich befreiten Templer würden all dies als Zeichen Gottes gesehen haben, als ein Wunder, das an ihnen getan wurde. Und die vielen hundert Menschen dort auf dem Marktplatz? Konnten nicht auch sie nur an ein Wunder glauben? Ihr spracht davon, dass ein Mann zuvor die Außenwand eines Kirchturms erklettert habe. Allein dies erscheint unglaublich.

Wir werden wohl nie erfahren, was damals wirklich geschehen ist. Für uns, die wir Jahre später davon hören, klingt all das absonderlich. Aber besteht die Stärke des Glaubens nicht eben darin, das Unbegreifliche für möglich zu halten? Wie würdet Ihr benennen, was mir in der Klosterkirche zu Lucca widerfahren ist, als ich den Grundriss zeichnete, als mir im Bruchteil eines Augenblicks seine Besonderheit offenbar wurde?

Alle Dinge haben ihre Zeit. Auch ich brauchte Zeit, um aus tiefstem Herzen zu verstehen, dass der Herr von Anfang an diesen Ort für mich vorgesehen hatte. Und dennoch war all das notwendig, all die Strapazen, all die Reisen durch das Ungewisse, die Rituale und Symbole, das Studium der Theologie und der Baukunst, die Einsicht in das Geheimnis der Templer. Alle Hindernisse, alle Leiden und Freuden waren unverzichtbar für die Schärfung des Geistes und der Sinne. So hat die Kunst des Bogenschießens mein Fühlen und meine innere Haltung in der Kontemplation zutiefst geprägt. Ich habe gelernt, dass ich selbst ein Pfeil bin, der den Bogen verlassen hat, um sein Ziel zu finden; und dass der, der den Bogen einst gespannt hat, mich wieder aufnehmen wird.

Vielleicht ist auch die Flucht aus Laon letztlich segensreich gewesen. Es war wohl nicht meine Bestimmung, weiter in die Welt zu ziehen, sondern dort zu dienen, wo all das, was ich lernen durfte, gebraucht wurde. Und doch bleibt ein Bruch in meinem Herzen, denn die Flucht trennte mich von einem Menschen, den ich zutiefst geliebt habe. Nichts kann mich versöhnen angesichts des Schmerzes, für den ich keine Worte finde.

Ich lebte von nun an in Lucca, am Ende der Welt, als Johannes von Nienburg. Lefhard hatte mir inzwischen diesen Beinamen gegeben, um für mögliche Verfolger der Inquisition alle Spuren zu verwischen.

Ihr werdet Euch sicher fragen, wie man weiterhin als Mönch leben kann mit dem Wissen um jene Geheimnisse, in die ich eingeweiht wurde und die auch Euch nun bekannt sind.

Was bleibt uns, wenn das Kreuz unvollkommen ist? Wenn die Dogmen der heiligen Kirche fragwürdig geworden sind? Wenn die Schöpfung nicht vollendet ist, der Mensch nicht den Einklang mit der Welt finden kann, seine Unruhe und all seine Fragen ihm immer bleiben? Wenn alles ein großes Rätsel ist und das Leben des Menschen kurz und voller Unruhe?

Vor einigen Jahren habe ich noch einmal Augustinus gelesen und bin auf einen Satz voll Weisheit gestoßen: «Geschaffen hast Du uns zu Dir, und ruhelos ist unser Herz, bis dass es seine Ruhe hat in Dir.» Seltsam, Augustinus scheint bereits alles gewusst zu haben. Wir werden keine Ruhe finden, aber wir wissen, dass unser Leben auf Gott ausgerichtet ist und dass, wenn es ein Heil gibt, es nur durch ihn zu erwarten ist.
Und so blieb ich Mönch. Ein Mönch, der die Wahrheit der Stundengebete zunächst nur hörte und nicht verstand, der sich über viele Jahre in diese Wahrheit einlebte und sie schließlich zum Teil seines Selbstgesprächs und Gesprächs mit Gott machte. Zunächst war ich es, der diese Stundengebete trug; nun sind es längst die Stundengebete, die mich tragen.
Doch es ist nicht genug, ein Leben der Zurückgezogenheit zu führen. Bliebe es dabei, liefe man Gefahr, sich mit der Ungerechtigkeit und dem Leiden der Welt abzufinden. Was also ist zu tun, und was ist nicht zu tun? In gewisser Weise fand ich eine Antwort in den Schriften des heiligen Bernhard. Er schreibt: «Was haben die heiligen Apostel uns denn gelehrt und was lehren sie uns noch? Nicht das Fischen, nicht das Zelttuchweben oder etwas dergleichen! Sie unterweisen uns nicht, wie man Platon lesen und die Spitzfindigkeiten des Aristoteles erörtern soll. Sie lehren uns nicht, ewig drauflos zu lernen, ohne doch jemals zur Erkenntnis der Wahrheit zu gelangen. Sie haben mich leben gelehrt. Meinst du, es sei eine geringe Sache, zu leben wissen? Etwas Großes ist es! Ja, das Größte!»
Jesus selbst hat uns gelehrt, das Leben zu fördern, es zum Wachsen zu bringen, überall, wo uns dies möglich ist. Wir Zisterzienser legen Sümpfe trocken und machen so die Erde fruchtbar. Wir stellen unser eigenes Leben in den Dienst Christi, um für das Gute zu beten, um den Leidenden zu helfen und die Welt gerechter zu machen. Oftmals gelingt das nicht, aber

man darf diese Hoffnung nicht verlieren. Und so üben wir uns in Demut und geistiger Besinnung, um diese große Aufgabe aus reinem Herzen auf uns nehmen zu können. Ganz im Sinne der Templer sind wir Wegbereiter des Glaubens. Wir arbeiten am neuen Jerusalem. Wir sind jene Steine, die dereinst die große Kathedrale bilden werden.

Nachdem ich meine Geschichte noch einmal gelesen habe, scheint es mir, als schließe sich der Bogen des Lebens. Ich erinnere mich an das, was ich vor langen Jahren in der Kammer des Todes auf das Papier geschrieben habe: Das ist der Tod! Was ist das Leben? Nun weiß ich, dass alles, was Ihr auf diesen Seiten lesen könnt, die Antwort auf diese Frage in sich trägt.

Die Glocke hat zur Vigil geläutet. Es ist Zeit. Das Fieber ist angestiegen, und auch der Husten ist wieder da. Aber längst bin ich bereit, aufzustehen und davonzugehen. Der Herr wird mich bald zu sich nehmen. Es war mein Wunsch, dieses Leben noch einmal in Gedanken zu durchlaufen, um mir selbst Rechenschaft abzulegen. Werde ich die Gnade unseres Herrn finden? Wie armselig sind wir Menschen. Wie kurz ist unsere Zeit. Unser Leben: nicht mehr als ein rätselhafter Hauch.

Längst ist Mitternacht vorbei. Ich hoffe auf ruhigen Schlaf und gute Träume. Ihr wisst, dass vieles davon abhängt, wie man einschläft. Ein ganzes Leben lang habe ich mich auf diesen Augenblick vorbereitet.

Bald wird Schweigen sein. Lebt wohl!

Es grüßt Euch Euer Freund
Johannes von Nienburg, Abt zu Lucca

Nachwort

Historiker haben es nicht einfach. Ausgehend von einer Fragestellung werten sie eine Vielzahl von Quellen aus. Sie wägen akribisch den Aussagewert jedes Dokuments ab, prüfen dessen situativen Kontext, die Perspektivität und das Interesse des jeweiligen Urhebers und nicht zuletzt den Weg, den die Überlieferung einer Quelle bis auf den heutigen Tag genommen hat. Dann erst, nach einer langen Zeit oft mühsamer Forschungsarbeit, kann ein Historiker mit der nötigen Vorsicht eine Aussage über die Vergangenheit treffen. Und selbst, wenn er sich noch so sehr um Objektivität bemüht, wird es ihm doch nie ganz gelingen, seine ureigene Vorstellung der Dinge völlig auszublenden.

Der Autor eines historischen Romans könnte sich die Sache leichter machen. Er unterliegt nicht dem Selbstverständnis seriöser Wissenschaft, könnte also munter draufloserzählen und die Vergangenheit ungehemmt als Kulisse seiner Phantasie verwenden.

Doch historische Romane werden von Menschen gelesen, die neben der Freude an Geschichten auch ein Interesse an Geschichte haben. Historische Romane prägen das Geschichtsbewusstsein ihrer Leser. Und so wird es für einen Autor, der seine Sache ernst nimmt, zur Pflicht, eben nicht einfach draufloszuerzählen.

Im vorliegenden Roman ist jedes Detail genauestens recherchiert. Die literarische Freiheit beginnt erst dort, wo auch die historische Forschung nicht weiter weiß, wo wir aus der Distanz der Zeit aufgrund nicht vorhandener Quellen keine eindeutigen Aussagen machen können. Doch auch über das eindeutig Recherchierbare hinaus bleibt die Freiheit des Autors eingeschränkt: Er kann nicht Zusammenhänge entwickeln, die für die gewählte Epoche völlig untypisch oder gar undenkbar wären. So wie er auf der einen Seite die Aufgabe hat, die ferne Zeit gegenwärtig zu machen, muss er auf der anderen Seite verhindern, dass Gegenwärtiges die Vergangenheit in ein unangemessenes Licht taucht.

※

Fast alle in diesem Roman geschilderten Orte, Gebäude etc. sind bis auf den heutigen Tag erhalten. Die Kathedrale von Jumièges hat als Ruine überdauert. Wenn man am frühen Morgen in das kleine Dorf kommt und die Türme der Westfassade plötzlich inmitten des Nebels sichtbar werden, bleibt das nicht ohne Wirkung auf den Betrachter; ebensowenig wie ein Blick hinab von den Ruinen des Château Gaillard auf den großen Seinebogen in der Ebene von Les Andelys. Lebendiges Mittelalter begegnet uns noch heute: in Laon die Stadtmauer und die Tore, enge Gassen, jahrhundertealte Häuser, die Kapelle der Templer, heute Teil eines Museums, und natürlich die große Kathedrale. Die Klöster in Trier und in Köln. Der Dom zu Minden. Und schließlich Loccum, die besterhaltene Klosteranlage Norddeutschlands. Der Leser könnte die beschriebene Reise selbst antreten und würde alles auffinden, was im Roman geschildert wird, selbst jene architektonische Besonderheit, die das Geheimnis von Loccum ausmacht. Doch ein historischer Roman ist kein Reiseführer. Bei aller Genauigkeit im Detail ist die Geschichte des Johannes von Nienburg auch eine Deutung der Vergangenheit.

※

Aus den Quellen des frühen 14. Jahrhunderts erfahren wir wenig über einzelne Menschen. Grund dafür ist neben anderem, dass dem Individuum im späten Mittelalter bei weitem nicht jene Bedeutung zugemessen wurde, die ihm heute zukommt. Selbst die Namen der Baumeister der großen Kathedralen sind uns weitgehend unbekannt. Sie treten hinter ihrem Werk zurück. In den Urkunden werden in der Regel nur wenige herausragende Persönlichkeiten benannt. So ergibt es sicht, dass der Großteil der Figuren in diesem Roman frei erfunden ist, selbst wenn man hier und da eine Anspielung vermuten könnte. Authentisch sind die Bischöfe von Köln und Minden, der Loccumer Abt Lefhard, sein Nachfolger Jordanus, im Roman Novizenmeister und Bibliothekar, und Johannes von Nienburg. Er war Abt des Klosters Loccum von 1323 bis 1324. Die Urkunden kennen nur seinen Namen.

※

Wer sich, angeregt vom Roman, weitergehend mit der Welt des späten Mittelalters beschäftigen möchte, der kann heute auf eine Fülle empfehlenswerter Sekundärliteratur zurückgreifen. An dieser Stelle sei eine kleine Auswahl empfohlen. Der Historiker Otto Borst gibt in «Alltagsleben im Mittelalter» eine fundierte Einführung in jene Zeit; ebenso Barbara Tuchman in «Der ferne Spiegel». Wer sich für den besonderen Aspekt des Reisens/Pilgerns im Mittelalter interessiert, sei verwiesen auf zwei Bücher von Norbert Ohler: «Reisen im Mittelalter» und «Pilgerleben im Mittelalter». Sehr gute Darstellungen der gotischen Baukunst stammen von Otto von Simson («Die gotische Kathedrale»), Günther Binding («Was ist Gotik?») und Hans Jantzen («Die Gotik des Abendlandes»). Zur Klosterkultur der Zisterzienser sei Franz-Karl Freiherr von Lindens «Die Zisterzienser in Europa» empfohlen. Zum Orden der Templer gibt Martin Bauer in «Die Tempelritter» eine seriöse Darstellung der Geschichte der Templer und der bis heute andauernden Mythenbildung. Für genauere Einblicke in die Geschehnisse von 1307 und die nachfolgenden Prozesse gegen den Orden sei auf Konrad Schottmuellers mehrbändiges Werk «Der Untergang des Templerordens» hingewiesen, in dem auch relevante Urkunden veröffentlicht sind. Wer sich näher mit dem Kloster Loccum beschäftigen möchte, findet in Nicolaus Heutgers zur «Expo 2000» erschienener Darstellung «Das Kloster Loccum im Rahmen der zisterziensischen Ordensgeschichte» eine gute Einführung.

❊

Das Mittelalter ist nicht finster. Oftmals verbinden Menschen mit dieser Zeit Unterdrückung, Unwissenheit und Irrationalität. Das stimmt jedoch nur bedingt. Sicherlich sind Begriffe wie Freiheit und Gleichheit den Menschen des Spätmittelalters fremd. Niemand bezweifelte damals ernsthaft die Hierarchie der als gottgegeben aufgefassten Stände. Doch gab es Freiräume, in denen sich neue Konstellationen entwickeln konnten. Das waren vor allem die Städte, in denen Handwerk und Handel ihre Blüte erlebten. Und es waren die Klöster, in denen das Wissen der Zeit gesammelt wurde. Natürlich gab es auch in dieser Zeit Unmenschlichkeit, Verfolgung und Krieg. Doch die großen Hexenverfolgungen, Inquisitionsgräuel und gewaltsamen Auseinandersetzungen zwischen den Konfessionen ereigneten sich später; sie sind Schattenseiten jener Neuzeit, der wir zugleich den Aufbruch in ferne Länder, den Beginn aufklärerischen Denkens und die Anfänge der modernen Naturwissenschaften verdanken.

Dem späten Mittelalter ist die Vernunft nicht unbekannt, nicht einmal die offene Kritik an der Institution Kirche. Gelehrte wie Abaelard oder Anselm von Canterbury nehmen Gedanken vorweg, die Jahrhunderte später im Kontext der Reformation relevant werden; sie kennen die antike Philosophie und machen die Theologie zu einer Sache der Vernunft.

Aber charakteristisch für diese Zeit ist auch ein anderes Phänomen: Der Philosoph Hans-Georg Gadamer bezeichnete es gern als die «Kunst, hören zu lernen». Es ist der Wunsch, diese Welt nicht nur mit dem Verstand zu erfassen, sondern sich mit jeder Faser des Körpers und der Seele für sie zu öffnen, sich auf sie einzulassen, sich auf das Göttliche in ihr einzulassen.

Wir erleben heute eine Renaissance der Spiritualität, doch begegnet uns diese nicht selten als bunter Flickenteppich, ebenso vielfältig wie der Markt der Angebote auf diesem Feld, der allzu oft den kurzfristigen Charakter von Events und Wochenendseminaren annimmt.

Das spirituelle Bewusstsein der Menschen im Mittelalter erscheint dagegen mutiger, radikaler: Wer sich auf die Welt des Glaubens, der Spiritualität, der Mystik, der Wunder einließ, tat dies vollständig. Die Menschen im Kloster gingen einen konsequenten und dauerhaften Weg. Der Pilger, der nach Rom, Jerusalem oder Santiago aufbrach, war sich bewusst, dass er sein Leben aufs Spiel setzte und vielleicht nicht zurückkehren würde. Da war kein Platz für Halbherzigkeiten. Es ging um dieses eine Leben, das uns geschenkt ist. Die Geschichte des Johannes von Nienburg erzählt von einem Menschen, der sich von der Welt ergreifen lässt.

※

Heute fällt es schwer, sich auch nur annähernd vorzustellen, wie sehr die Welt des späten Mittelalters durch den Glauben geprägt war. Diese starke spirituelle Ausrichtung äußerte sich in zum Teil widersprüchlichen Phänomenen. Natürlich wuchs auf diesem Boden manch Irrationales. Viele Wundergeschichten, die dem gläubigen Menschen damals als Indiz der Gegenwart Gottes galten, würden heute wohl belächelt. Der Glaube an die vermittelnde Kraft der Heiligen und der Engel lässt sich scheinbar nicht vereinbaren mit unserer nüchternen Rationalität. Wir sind vorsichtig geworden, vermuten die falschen Propheten gerade in diesem Bereich; um alsbald vielleicht auf neue Propheten hereinzufallen, von denen es auch heute mehr als genügend gibt. Wohl jede Zeit hat ihre Irrungen, aber auch Facetten, die uns in Erstaunen versetzen, wenn wir uns nur von ihnen ergreifen lassen.

Neben vielen Irrationalitäten zeigt das späte Mittelalter zugleich einen durchaus sehr reifen, angemessenen Umgang mit Rationalität: Nicht wenige Wissenschaftler dieser Zeit sind sich der Kraft des Verstandes bewusst, doch unterwerfen sie sich ebenso wenig dem Diktat der Rationalität wie den Dogmen der Institution Kirche. Ihnen ist bewusst, dass der menschliche Verstand vieles ordnen und durchdringen kann; doch scheint es unter ihnen zugleich eine Art Grenzbewusstsein zu geben: Der Mensch ist in der Lage, Fragen zu stellen, auf die die Welt keine Antwort gibt. Der Raum des Unbegreifbaren ist riesengroß. Die Ehrfurcht vor der letztlich unergründlichen Tiefe allen Seins führt zum Glauben. Die Erbauer der großen Kathedralen waren begnadete Architekten. Wer die Zeichnungen im Musterbuch des Villard de Honnecourt betrachtet, erkennt, welch immenses Wissen und welche Erfahrung die Baumeister besessen haben. Die Philosophen und Theologen der Scholastik sind umsichtige Denker gewesen, die die Grenzen des menschlichen Verstandes ausloten. Dennoch zweifelten sie nicht an der Existenz dessen, was der Verstand nicht fassen kann. Das Erhabene der Welt stand ihnen vor Augen. Und so waren ihnen Glaube und Wissenschaft kein Widerspruch. Die Ordnung der Welt wurde zurückgeführt auf göttliche Prinzipien. In der Magie der Zahlen versuchte man diese Weltgesetze aufzufinden und manifestierte sie in der architektonischen Harmonie der Kathedralen. Auch in der Abfolge und der Liturgie der Stundengebete findet man diese Ordnung wieder. Und es gab Menschen, die angesichts der Begrenztheit menschlichen Verstehens den Schluss zogen, bewusst den Weg mystischer Erfahrung zu gehen.

※

Wer sich für ein Leben im Kloster entscheidet, den erwartet eine Welt der Stille und des Gleichmaßes. Die Stundengebete geben dem Tag Struktur. Sie bilden einen äußeren Rahmen, der es ermöglicht, innere Stille zu finden und sich mit allen Sinnen auf das Göttliche auszurichten.

Ein Roman, der die Welt des Klosters darstellen möchte, wird in einer Weise erzählen, die das Phänomen des Gleichmaßes im Lesevorgang erfahrbar macht. Inhalt und Form müssen harmonieren. In diesem Buch gilt das zunächst für die Darstellung der Novizenzeit des Johannes von Nienburg. Doch auch in vielen anderen Zusammenhängen wird das kontemplative Moment gegenwärtig. So ist etwa die Ausbildung am Bogen – zu damaliger Zeit eher eine Ausnahmeerscheinung – in diesem Sinne zu verstehen, denn der Bewegungsablauf des Bogenschießens ist hochkomplex. Nur wer es gelernt hat, seine Affekte und seinen Geist zur Ruhe zu bringen, wer Funktionalität und Effektivität vergessen und die nötige Gelassenheit erworben hat, kann diese Kunst meisterlich ausüben. So bedeutet auch der Weg des Bogens, Abstand von sich selbst zu gewinnen, so dass innere Stille einkehren kann.

※

Das späte Mittelalter ist eine Zeit der Sagen, Mythen und Geheimnisse. Wer kennt sie nicht, die Geschichten um König Artus, um Parzival oder Richard Löwenherz. Sagenhaftes und Historisches vermischen sich. Auch die Templer bieten Stoff für manch abenteuerliche Theorie, und das wohl vor allem aufgrund der Umstände ihres Untergangs.

Auf den ersten Blick ist das verwunderlich, denn das Verfahren gegen die Templer ist dokumentiert. Die Akten befinden sich heute im Französischen Nationalarchiv in Paris und sind dort allgemein zugänglich. Weitere Dokumente lagern in den Archiven des Vatikans; sie geben Auskunft über die päpstliche Haltung im Kontext der Templerprozesse.

Das Geschehen lässt sich also gut rekonstruieren. Seltsam sind allein die letztlich unerklärlichen taktischen Wendungen der Führung des Ordens während des Prozesses. Die Wahrscheinlichkeit, dass künftige Forschung Licht in die Sache bringen wird, ist nicht groß. So bietet sich Raum für mancherlei Spekulation. Und in jüngster Zeit hat es nicht an waghalsigen Behauptungen und vordergründigen Verschwörungstheorien gefehlt.

Vielleicht hilft es, historisch zu denken, abzuwägen, welche Möglichkeiten die spätmittelalterliche Welt einem Suchenden gewähren konnte. Das Rätsel, das Johannes schließlich zu lösen in der Lage ist, erweist sich als eines, das sich nur demjenigen erschließt, der reinen Herzens nach Wahrheit sucht. Das Geheimnis von Loccum übersteigt alle menschlichen Eitelkeiten. Allerdings verlangt es vom Suchenden jene Fähigkeit, die den Menschen des späten Mittelalters sehr vertraut war: die Kunst, hören zu lernen, sich von der Welt ergreifen zu lassen. So lautet ein alter Gruß der Zisterzienser: PORTA PATET, COR MAGIS – die Pforte ist geöffnet, das Herz noch mehr ...

Danksagung

Schreiben geschieht in selbstgewählter Einsamkeit. Und so darf sich glücklich schätzen, wer dennoch nicht allein bleiben muss.

So möchte ich zu allererst meiner Frau Anja danken, die dieses Projekt mit viel Intuition und großer Sympathie begleitet hat.

Mein Dank gilt ferner Elisabeth und Falk Bloech, Helmut Dörmann, Norbert Hummel, Elisabeth Jost, Rainer Kregel, Anne Korte, Melanie Matthey, Lisa Stark, Wolfgang Stark und besonders Lukas Trabert, Geschäftsführer des Verlags Josef Knecht. Sie haben mir mit Wissen und Einfühlungsvermögen zur Seite gestanden.

Ganz besonders danken möchte ich Gerhard Lunde, der diesen Roman von Anfang an mit fachlichem und stilistischem Rat begleitet hat und mich immer wieder darin bestärkte, mit Johannes von Nienburg unterwegs zu sein.

Glossar

Abaelard
Petrus Abaelard wurde 1079 in einem kleinen Ort bei Nantes geboren und starb 1142 im Kloster Saint-Marcel bei Chalon-sur-Saône. Er war einer der richtungsweisenden Gelehrten seiner Zeit, beschäftigte sich mit Erkenntnistheorie und Logik, ferner mit Theologie, die er philosophisch zu begründen suchte. Er lehrte in Melun, Corbeil und schließlich in Paris. Dort erlangte er nicht nur durch seine Werke Berühmtheit, sondern auch durch die Liebe zu seiner Schülerin Héloise.

Abt
(aramäisch = «Vater») Vorsteher eines Klosters, der vom Konvent meist auf Lebenszeit gewählt wird und als Stellvertreter Christi seinen Brüdern geistlicher Vater ist.

Anselm von Canterbury
Anselmus von Canterbury wurde 1033 in Aosta geboren und starb am 21. April 1109 in Canterbury. Seit 1060 war er Benediktinermönch, wurde 1078 Abt eines Klosters in der Normandie und 1093 Erzbischof von Canterbury. Seine Bedeutung als Theologe besteht darin, dass er versucht hat, einen Glauben ohne Vermittlung durch die Bibel und die Institution Kirche einsichtig zu machen; die Vernunft solle den Glauben soweit wie möglich durchleuchten und systematisieren.

Antiphon
(lat. = «Wechselgesang») Seit dem 4. Jahrhundert bekannter liturgischer Gesang. Zunächst verstand man unter Antiphon einen gegenchörig gesungenen Psalm, später einen Kehrvers im Vortrag von Psalmen und Hymnen, mit dem eine Gemeinde auf eine Vorsängergruppe antwortet.

Atrium
Bei den Römern unbedachter Innen- bzw. Vorhof eines Privatgebäudes oder Heiligtums. In der christlichen Architektur des Mittelalters der von Säulengängen umgebene Vorhof einer Kirche.

Augustinus
Aurelius Augustinus wurde am 13. November 354 in Thagaste (Numidien) geboren und starb am 28. August 430 in der nordafrikanischen Stadt Hippo Regius. Er gilt als einer der großen abendländischen Kirchenväter. In seiner Schrift «confessiones» (Bekenntnisse) berichtet er über sein Leben und Denken. Als Lehrer der Rhetorik war er in Karthago und Rom tätig. Von seiner Mutter christlich erzogen, wandte er sich zunächst vom Glauben ab, ließ sich aber, beeindruckt vom Mailänder Bischof Ambrosius, 387 taufen und wurde 391 zum Priester geweiht. Seit 396 war er Bischof von Hippo. Seine philosophischen und theologischen Werke wurden grundlegend für die Theologie des Abendlandes.

Ave Maria
(lat. = «gegrüßet seist du, Maria») Gebet zur Verehrung Marias, bestehend aus dem Gruß des Engels (Lk 1, 28), den Worten Elisabeths (Lk 1, 42) und einem kurzen Bittgebet.

Benedicamus
(lat. = «lasst uns [den Herren] preisen») Entlassungsformel in Stundengebeten und in der Liturgie am Schluss einer Messe.

Benedictus
(lat. = «gepriesen») Lobgesang des Zacharias (Lk 1, 68-79), der in der Liturgie vor allem am Ende der Laudes verwendet wird.

Calefactorium
Beheizbarer Raum in einem Kloster.

Carta Caritatis
Die von Papst Calixt II. genehmigte und später mehrfach geänderte Verfassungsurkunde des Ordens der Zisterzienser, in der die Grundlinien des Ordenslebens festgelegt wurden.

Château Gaillard
Festungsanlage in der Normandie, 1197/98 von Richard Löwenherz zum Schutz der Stadt Rouen 100 m über der Seine auf einem Bergvorsprung erbaut. Über viele Jahrhunderte konnte diese Anlage gegen herannahende Feinde verteidigt werden. Erst 1603 gelang es Henri IV., die Burg einzunehmen und zu schleifen.

Chor
In der kirchlichen Baukunst wird als Chor ursprünglich jener Teil einer Kirche bezeichnet, der in der Liturgie den Sängern vorbehalten war. In Klosterkirchen trafen sich hier am Altar die Mönche zum Gottesdienst. Im Kirchenbau Bezeichnung für den Raum zwischen Vierung und östlichem Abschluss des Gebäudes mit dem Hochaltar und dem Chorgestühl.

Cîteaux
Kloster im Burgund, 1098 gegründet, das zum Mutterkloster des Zisterzienserordens wurde.

Clairvaux
Zisterzienserabtei in der Champagne, 1115 von Bernhard von Clairvaux gegründet.

Communio
(lat. = «Gemeinschaft») Abendmahlsgemeinschaft, zugleich die Gemeinschaft aller Geschöpfe Gottes.

Deificari
(lat. = «Vergöttlichung») Erreichen der Gottesebenbildlichkeit.

Domfreiheit
Selbständiges Rechtsgebiet innerhalb einer Stadt um den Sitz eines Bischofs gelegen. Dieser Bezirk war in der Regel mit einer Ummauerung eingefasst und unterstand nicht der städtischen Gerichtsbarkeit.

Dominikaner
Der Orden der Dominikaner wurde 1216 gegründet. Er förderte besonders die theologischen Wissenschaften. Berühmte Gelehrte wie Albertus Magnus, Thomas von Aquin und Meister Eckhart gingen aus ihm hervor.

Dormitorium
Schlafsaal eines Klosters.

Gloria (in excelsis deo)
(lat. = «Ehre [sei Gott in der Höhe]») Psalmähnlicher Lob- und Bittgesang, ausgehend von Lk 2,14.

Häresie
Abweichung vom Dogma der Kirche; Ketzerei.

Hora
(lat. = «Stunde») Stundengebet.

Hymnus
Feierlicher Lobgesang. Metrisches Strophenlied im Stundengebet.

Infirmarius
Der «Siechenmeister» eines Klosters, der sich um erkrankte Mönche und andere Kranke kümmerte.

Ingressus
(lat. = «Ankunft, Beginn») Gesang beim Einzug des Klerus in die Kirche.

Introtus
(lat. = «Einzug») Eröffnungsgesang einer Messe.

Invitatorium
(lat. = «Einladung») Psalmengesang (Psalm 95), der die nächtlichen Stundengebete eröffnet; oft responsorisch vorgetragen.

Jacobus der Ältere
Nach dem Evangelium des Markus (1,19) Bruder des Evangelisten Johannes. Jacobus wurde 44 von Herodes Agrippa I. hingerichtet. Nach späteren Legenden ist er in Santiago de Compostela begraben.

Johanniter
Ursprung des Johanniterordens war ein Hospital für Pilger in Jerusalem. Der Orden breitete sich im Mittelmeerraum aus, erwarb großen Besitz und übernahm seit 1137 auch militärische Aufgaben. 1309 gründeten die Johanniter auf Rhodos einen souveränen Ritterstaat. Mit der Auflösung des Templerordens erlebten sie einen weiteren Machtzuwachs.

Jumièges
Benediktinerabtei in der Normandie nahe Rouen, in einer Seineschleife gelegen. Der Name deutet auf einen alten Kreuzweg bzw. Flussübergang hin. Das Kloster wurde bereits 654 gegründet, nicht zuletzt als Stützpunkt für irische und bretonische Wandermissionare. Nach Zerstörung durch die Normannen wurde die Abtei ab 925 wiederaufgebaut. Die Klosterkirche Notre Dame entstand zwischen 1040 und 1067. Die Mönche von Jumièges hatten als Gelehrte weit über die Grenzen der Region einen hervorragenden Ruf. Durch die Schenkung des Abtes und Pariser Magisters Alexander (1198-1213) besaß Jumièges eine der reichsten Büchersammlungen Nordfrankreichs.

Kapitelsaal
In Klöstern dient dieser Raum der Versammlung der Mönche zu Lesungen eines Abschnittes (Kapitels) aus der Bibel oder aus den Ordensregeln.

Kartäuser
Der 1084 durch Bruno von Köln in der Grande Chartreuse bei Grenoble gegründete kontemplative Orden verpflichtet die Mönche, die in seinen Einzelhäusern innerhalb der Kartause leben, zu Einsamkeit und Schweigen.

Komplet
(lat. = «Vollendung») Stundengebet zum Abschluss des Tages und zum Beginn der Nacht (ca. 21 Uhr).

Komturei
Kleinste Einheit der Ordensverwaltung, geleitet von einem Commendator.

Kontemplation
Betrachtende Zuwendung zum Übersinnlichen. Ziel der Kontemplation ist die Versenkung in einen gegenstands- bzw. unterscheidungsfreien Bewusstseins- und Empfindungszustand bzw. die unmittelbare Vereinigung mit dem Göttlichen. Die «vita contemplativa» galt als Wegweiser für das tätige Leben («vita activa»).

Konversen
(lat. = «die Umkehrenden») Laienmönche, die im Gegensatz zu den Herrenmönchen für die Bewirtschaftung des Klosters (z.B. Landwirtschaft, Obst- und Gartenanbau) verantwortlich sind.

Kurie
(lat. = «Rathaus») Bezeichnung für den päpstlichen Hof und seine Verwaltung, aber auch für den Verwaltungsbereich eines Bischofs.

Kyrie
Kyrie eleison (griech. = «Herr, erbarme dich»), in der Liturgie die Anrufung Christi, meist in Form eines Wechselgesangs.

Labor manuum
(lat. = «Arbeit der Hände») Eine der in der Carta Caritatis festgelegten zisterziensischen Pflichten. Neben Gebet und Studium der Heiligen Schrift soll der Mönch auch einen Teil der im Kloster anfallenden handwerklichen Arbeiten übernehmen.

Laon
Französische Stadt in der Picardie, nordwestlich von Reims, seit 497 Bischofssitz. Die dort seit 1160 errichtete Kathedrale gehört zu den bedeutendsten Kirchen Frankreichs und war Vorbild für viele Sakralbauten in der Epoche der Gotik.

Laudes
(lat. = «Lobgesänge») Frühmorgentliches Stundengebet (ca. 3 Uhr) nach den Laudates-Psalmen 148-150 in Erwartung des Sonnenaufgangs.

Lectio Divina
(lat. = «göttliche Lesung») Eine der in der Carta Caritatis festgelegten zisterziensischen Pflichten. Das tägliche Studium der Heiligen Schrift soll den Mönch an das Geheimnis des Glaubens heranführen.

Lettner
Die halbhohe Wand, die vor allem in Klosterkirchen des Mittelalters den für den Gottesdienst der Herrenmönche bestimmten Altarraum von der übrigen Kirche absondert.

Livre d'Égards
Kommentare und Auslegungen zu den Regeln des Ordens der Templer.

Loccum
Das Zisterzienserkloster Loccum wurde 1163 von Graf Wullbrand von Hallermunt gegründet, die Klosterkirche im romanischen Stil begonnen und in gotischer Zeit beendet. Heute gilt Loccum als die besterhaltene mittelalterliche Klosteranlage Norddeutschlands.

Lucenarium
Das Anzünden der Lichter im Rahmen des Stundengebets der Vesper.

Magnificat
(lat. = «[meine Seele] rühmt [den Herrn]») Ein der Maria (Lk 1, 46-55) zugeschriebener Gesang, der besonders im Stundengebet der Vesper seinen Platz gefunden hat.

Miserere
(lat. = «erbarme dich») Bußpsalm (in Anlehnung an Ps. 51).

Mittelschiff
Innerhalb einer Kirche das mittlere, meist erhöhte Schiff des Langhauses, das gewöhnlich durch Säulen von den beiden Seitenschiffen abgegrenzt ist und von der Eingangsfront im Westen auf das Querschiff, die Vierung und den Chor zuläuft.

Non
Nachmittagsgebet zur neunten Stunde (ca. 15 Uhr). Gedenken an die Todesstunde Jesu und den eigenen Tod; durch Apg 3,1 motiviert.

Novize
Künftiger Mönch, der sich bis zum Ablegen des Gelübdes in einer Vorbereitungs- und Erprobungszeit befindet.

Oblatus
(lat. = «dargebracht») Bezeichnung für Kinder, die von ihren Eltern für das Leben im Kloster bestimmt wurden.

Officium
(lat. = «Amt») Andere Bezeichnung für das Stundengebet.

Opus Dei
(lat. = «Werk Gottes») Gottesdienst bzw. Chorgebet der Mönche. Eine der in der Carta Caritatis 1119 festgelegten zisterziensischen Pflichten.

Pater Noster
(lat. = «Vater unser») Einziges Gebet, das im Neuen Testament Jesus zugeschrieben wird (Mt 6, 9-13; Lk 11, 2-4). Die längere von Matthäus überlieferte Fassung wurde Teil der christlichen Liturgie.

Pauliner
Der Orden der Pauliner, der nach dem hl. Paulus von Theben benannte wurde, entstand 1250 aus mehreren Eremitenklöstern und orientierte sich an den Regeln des Ordens der Augustiner.

Prämonstratenser
Der Orden der Prämonstratenser wurde 1121 durch den heiligen Norbert von Xanten mit 40 Klerikern in Prémontré (Praemonstratum, Diözese Laon) nach der Augustinerregel gegründet. 1126 bestätigte Papst Honorius II. den Orden.

Prim
Gebet zur 1. Stunde (ca. 6 Uhr). Zeit des Sonnenaufgangs und des Arbeitsbeginns.

Prior
Nach dem Abt der zweite Vorsteher eines Klosters.

Profess
Ablegen des klösterlichen Gelübtes als Grundlage für die Aufnahme in einen Mönchsorden.

Psalterium
Zusammenstellung von Psalmen für den liturgischen Gebrauch.

Quadrivium
(lat. = «Vierweg») Teil der «freien Künste» des mittelalterlichen Bildungskanons, der aus dem Trivium (Grammatik, Rhetorik, Dialektik) und dem Quadrivium (Arithmetik, Geometrie, Musik und Astronomie) bestand.

Querschiff
Raum einer Kirche, der quer zwischen Chor und Langhaus liegt und gemeinsam mit diesen einen kreuzförmigen Grundriss bildet.

Refectorium
Speisesaal eines Klosters.

Responsorium
Liturgischer Wechselgesang mit Kehrvers, bei dem solistische Partien und Chorgesänge abwechseln.

Retrais
Kommentare und Auslegungen zu den Regeln des Ordens der Templer.

Saint-Denis
Französische Stadt nördlich von Paris. Die dort seit 1137 unter Abt Suger errichtete Kathedrale wurde zum Vorbild gotischen Kirchenbaus.

Salve Regina
(lat. = «sei gegrüßt, Königin») Antiphon zu Ehren Marias, meist am Ende eines Stundengebets intoniert.

Santiago de Compostela
(lat. = «Heiliger Jakob vom Sternenfeld») Stadt in Galicien. Seit

dem 11. Jahrhundert neben Jerusalem und Rom bedeutendster Wallfahrtsort der Christenheit. Der Legende nach fand man an diesem Ort um 830 die Gebeine des Apostels Jacobus des Älteren, Schutzpatron Spaniens.

Schlagde
Mittelalterlicher Handels- und Umschlagplatz unmittelbar am Ufer eines Flusses. (Als Begriff nur regional gebräuchlich)

Scriptorium
Schreibsaal eines Klosters.

Sext
Mittagsgebet zur sechsten Stunde (ca. 12 Uhr).

Seitenschiff
Teil des Langhauses einer Kirche, meist durch Säulen vom Mittelschiff abgetrennt.

Terz
Gebet zur dritten Stunde (ca. 9 Uhr). Erinnerung an die Ausgießung des Heiligen Geistes.

Unam sanctam
(lat.: = «die eine heilige [Kirche]») Bulle des Papstes Bonifatius VIII. aus dem Jahre 1302 gegen den frz. König Philipp IV., in der die Unterwerfung unter den Papst als heilsnotwendig dargestellt wurde.

Universalia
In der Philosophie werden unter Universalia die Allgemeinbegriffe verstanden. Im späten Mittelalter ging es im Universalienstreit darum, ob den Allgemeinbegriffen reale Existenz zukommt. Die sog. Nominalisten widersprachen dieser Anschauung und sahen in den Allgemeinbegriffen nur Wörter, mit denen ähnliche Phänomene zusammengefasst werden.

Vesper
Stundengebet zum Abschluss des Arbeitstages (ca. 18 Uhr). Anzünden der Lichter.

Vierung
Zentraler Raum einer Kirche mit meist quadratischem Grundriss zwischen Langhaus, Chor und Querschiff. An dieser Stelle kreuzen Lang- und Querhaus und bilden gemeinsam den kreuzförmigen Grundriss einer Kirche.

Vigil
(lat. = «Nachtwache») Mitternächtliches Stundengebet. Begegnung mit der Dunkelheit als Symbol des göttlichen Mysteriums. Die Vigil fand meist nur zu besonderen Anlässen, etwa der Vorbereitung auf ein kirchliches Fest statt.

Villard de Honnecourt
Der französische Bauhüttenmeister wurde Ende des 12. Jahrhunderts in Honnecourt-sur-Escaut an der Schelde geboren. Als Steinmetz und Architekt arbeitete er u.a. an den Kathedralen von Laon, Chartres, Meaux und Cambrai. Zwischen 1230 und 1235 entstand sein Bauhüttenbuch (33 Blätter erhalten), bis heute eine einzigartige Quelle, in der sich Skizzen und Entwürfe befinden, die es uns ermöglichen, die gotische Baukunst genauer zu verstehen.

Zisterzienser
Reformorden, der 1098 in Cîteaux (lat. Cistercium) von einer Gruppe von Benediktinermönchen unter der Leitung von Robert von Molesme gegründet wurde, um streng nach den Regeln des heiligen Benedikt von Nursia zu leben. Unter dem Einfluss von Bernhard von Clairvaux gelang eine schnelle Verbreitung des Ordens in ganz Europa. Anfang des 14. Jahrhunderts gehörten dem Orden ca. 700 Klöster an.